KLAUS KORDON

UND ALLES NEU MACHT DER MAI

KLAUS KORDON

UND ALLES NEU MACHT DER MAI

Roman

BELTZ
& Gelberg

Für Jutsch!

MIX
Papier aus verantwortungsvollen Quellen
FSC® C089473

Dieses Buch ist erhältlich als:
ISBN 978-3-407-75602-2 Print
ISBN 978-3-407-75603-9 E-Book

in der Verlagsgruppe Beltz · Weinheim Basel
Werderstraße 10, 69469 Weinheim

Lektorat: Frank Griesheimer
Einbandgestaltung: Suse Koppe
Foto: © akg-images/Denise Bellon
Herstellung: Nancy Aprile
Satz: publish4you, Roßleben-Wiehe
Druck und Bindung: Beltz Grafische Betriebe GmbH,
Bad Langensalza
Printed in Germany
1 2 3 4 5 6 24 23 22 21

Weitere Informationen zu unseren Autor_innen und Titeln
finden Sie unter: www.beltz.de

INHALT

ERSTER TEIL: Wiedersehen ist wunderschön!

Der letzte Zug 17
Heim ins Reich 25
Unser Haus in Eichenbrück 35
Kein Schnickschnack 47
Barbaren 58
Vier Eisen im Feuer 66
Kuckt nicht so dumm! 72
Wer zuerst kommt … 80
Nicht stolpern! 90

ZWEITER TEIL: Klaas Beckers

Vierundzwanzig Stunden 104
In der Not … 121
Polacken 129
Pfeifen im Keller? 139
Büffelköpfe. Und Schlafanzüge! 146
Tot ist tot! 154
Mann mit Motorrad 165
Ein Geburtsfehler 172
Bei Onkel Hans auf dem Land 184
Die unsichtbare Wand 198
Auf den Mehlkästen 211

Und dann: Peng! 217
Wissen, wann's vorbei ist 229

DRITTER TEIL: Alles neu macht der Mai
Wir Teufel 250
Schokoladenpapier 257
Über die grüne Grenze 273
Am Eppendorfer Baum 287
So viel Glück haben nicht alle 296
Zauberei 312
Ein Kinnhaken für zwei 329
Erntezeit 341
Wieder ein Brief 348

VIERTER TEIL: Bunkerkinder
Staub 361
Was hätte Klaas dazu gesagt? 378
Was heißt schon »Frieden«? 391
Räuberbraut 407
Mein zweites Zuhause! 419

Anstelle eines Nachworts 431
Worterklärungen 441

ERSTER TEIL

Wiedersehen ist wunderschön!

in wieder aufgestanden, hab mich warm angezogen und mich n die kleine Kammer mit dem nur trübe funzelnden Deckencht gesetzt. Der alte, wacklige, schon ziemlich wurmzerfresene Holztisch soll mein Schreibtisch werden.

Muss früher mal die Räucherkammer gewesen sein, dieser nge, schmale Raum. Die Wände riechen noch danach. Aber venigstens ist's hier nicht ganz so kalt wie in dem Zimmer, n dem wir schlafen sollen. Die eine Wand grenzt direkt an rau Griess' Küche. Auch gibt's hier kein Fenster, durch das ler Wind pfeifen könnte. Nur eine Lüftungsklappe führt nach raußen, aber die hab ich mit Lumpen zugestopft. Kein Hauch Winterluft kann eindringen.

In unserem »Schlafzimmer« könnte ich nicht schreiben.)arin gibt's ja nicht mal einen Tisch. Und von der Kälte würde ch klamme Finger bekommen. Ein Wunder, dass du, Jutsch, lir in diesem Eispalast noch nichts weggeholt hast. Wenn du m Schlaf hüstelst, schrecke ich jedes Mal auf, decke dich bis zum Hals zu und presse mich fest an dich, um dich zu wärmen. Kann dann natürlich selbst erst recht nicht mehr einschlafen.

Und das Ärgerlichste: Zwischen den beiden Betten, die wir fünf uns jetzt teilen müssen – du und ich das eine, Jockel, Kutti und Momm das andere –, steht ein kleiner Kanonenofen. Den zu heizen erlaubt uns die Griess aber nicht. In Kriegszeiten, sagt sie, wäre das nichts als Verschwendung. Wir könnten uns des Nachts ja zudecken, Decken habe sie mehr als genug.

Hab mir erlaubt zu fragen: »Und tagsüber?«

Sie: »Wer sich bewegt, friert nicht.«

Seit einer ganzen Woche sind wir nun schon hier. In Berlin ha ten wir ja nicht bleiben dürfen. In dieses Kuhdorf Kewenov nicht weit von Hamburg hat man uns geschickt. Wieder saße wir in der Eisenbahn, dann der lange Weg durch den Nebel un all die kahlen Felder und an den vielen, von nur noch wenige Schneeresten bedeckten Wiesen entlang. Und wie wir danac bei der Griess vor dem Haus standen! *Wilhelm Griess* stand übe dem bronzenen Löwenkopf mit dem Schlägel zum Klopfen a der alten Holztür, von der längst alle Farbe abgeblättert war.

Ich hatte gleich kein gutes Gefühl. Wie würde wohl alle weitergehen, fragte ich mich. Momm, Jockel und Kutti fragte sich das auch. Erst blickten wir uns ewig lange um, ob irgend wo jemand zu sehen war, zu dem wir hätten gehen können dann griff Momm nach dem Schlägel und klopfte. Das ehe vorsichtig.

Es dauerte ein bisschen, dann hörten wir Schritte. Die Tü wurde geöffnet – und Frau Griess stand vor uns.

Wie soll ich sie beschreiben? Sie war mir vom ersten Blick an unsympathisch. Momm sagt, wir sollen nicht ungerecht sein der lange Krieg habe manche Menschen eben hart gemacht.

Woran die Griess mich sofort erinnerte – an eine Hummel Und das, obwohl ich Hummeln ja eigentlich mag. Etwa sechzig Jahre alt ist sie, nicht groß, aber kräftig. Stämmige Beine, di- cker Busen, die Haare so dunkel wie ihre Augen. Dazu Knopf- nase und das dichte Haar am Hinterkopf zu einer mächtiger Portierzwiebel gebunden. Und wie sie an diesem Tag vor uns and! Die Hände tief in ihrer graublauen Kittelschürze verraben, die Augen uns musternd, als hätte sie noch nie eine rau mit vier Kindern gesehen.

»Guten Tag!« Momm grüßte höflich. »Mein Name ist Iaak, Lotte Haak. Wir kommen aus Berlin, aber eigentlich ı aus Eichenbrück im Wartheland*. Wir ... wir haben einen inquartierungsbescheid mitgebracht.«

Die Frau in der Tür sagte nichts und da reichte Momm ihr urz entschlossen die Hand.

Die Griess nahm ihre Hand, ließ sie aber gleich wieder los nd sah Jockel, Kutti und mich an. Ein Blick, als fragte sie sich, vas die Katze ihr wohl da wieder ins Haus geschleppt hatte.

»Sagt Guten Tag!« Momm schob Kutti als Ersten vor.

»Guten Tag!« Widerwillig streckte Kutti die Hand aus. Die Griess sah ihn nur stumm an, und deshalb versuchten Jockel ınd ich erst gar nicht, ihr die Hand zu geben.

Und Momm hatte Mühe, weiter so freundlich zu bleiben. »Man hat uns gesagt, Sie wären bereit, uns aufzunehmen, wenn vir Ihnen dafür bei der Arbeit zur Hand gehen«, redete sie infach weiter. »Doch vielleicht ist's ja besser, ich zeige Ihnen rst mal unseren Einquartierungsschein.«

Jetzt machte die Griess endlich doch mal den Mund auf. »Nicht nötig!«, knurrte sie. Und dann öffnete sie die Tür ganz ınd trat einen Schritt beiseite. »Komm' Se rein!«

»Gerne!«, sagte Momm, blieb aber noch stehen. »Doch nöchte ich Ihnen zuvor meine Kinder vorstellen.« Und damit

* Mit einem Sternchen gekennzeichnete Wörter sind am Ende des Buches kurz erklärt.

zeigte sie zuerst auf dich, Jutsch – »unsere kleine Jutta« –, un
nannte danach auch Kuttis, Jockels und meinen Namen.

Jockel – »unser Joachim« – grinste dabei frech. Ich wei
dass Sie sich über unser Kommen nicht freuen, wollte er de
Griess zu verstehen geben, aber wir, das dürfen Sie mir ruhi
glauben, freuen uns noch weniger.

Die Griess begriff sofort – und nahm mich ins Visier. Blick
te mir direkt in die Augen, und wie hätte ich da ein freund
liches Gesicht machen können? Also sah sie auch mir an, wi
wenig mir dieser Empfang gefiel, und schroff wandte sie sic
ab und ging vor uns ins Haus.

Momm wollte ihr folgen, Jockel hielt sie fest. »Und wie hei
ßen Sie?«, fragte er kess. Die Griess hatte sich uns ja noch nich
vorgestellt.

Wie sie da herumfuhr und Jockel anblaffte! »Kannst d
nicht lesen? Steht mein Name nicht an der Tür?«

»Da steht nur ›Wilhelm‹.« Jockel machte ein übertrieben
doofes Gesicht. »*Wilhelm* Griess. Und so können Sie ja nich
heißen.«

»Jockel!« Jetzt hätte Momm ihm am liebsten eine runter
gehauen. Doch beherrschte sie sich, entschuldigte sich nur be
der Griess. »Nehmen Sie ihm diese Entgleisung bitte nich
übel! Wir haben viel hinter uns, sind am Ende unserer Kräf
te ... Er ... er ist sonst gar nicht so.«

Die Griess interessierte nicht, wie Jockel sonst war. Al
gehörte die Mutter für den Sohn bestraft, so sah sie Momm
an. Und dann befahl sie: »Sagen Sie Ihren Kindern, dass si
hier nur zu Gast sind und sich gefälligst zu benehmen haben
Sonst ...«

Doch schien sie nicht zu wissen, was sie uns androhen sollte, drehte sich nur wieder um. »Machen Se mal 'n bisschen hin! Hab nicht den ganzen Tag Zeit.« Und wieder wollte sie vor uns hergehen.

Jetzt Kutti! Erst sah er Momm an, dann machte er rasch ein, zwei Schritte und hielt die Griess am Arm fest. »Gibt's heute noch was zu essen?« Er machte sein treuherzigstes Kleinkindergesicht. »Wir … wir haben nämlich großen Hunger.«

Ich erwartete eine Antwort wie: Erst die Arbeit, dann das Vergnügen. Die Griess jedoch sah Kutti nur kurz an, dann nickte sie. »Zum Abend gibt's Suppe.«

So war es, als wir bei der Griess vor der Tür standen – und so ist es noch immer. »Bewegen« sollen wir uns! Nur nicht faul im Zimmer »herumlungern«! Unterkunft, Brot und Suppe müssen abgearbeitet werden. Sie habe nichts zu verschenken, sagt sie. Oder ob wir etwa glaubten, dass das einfach sei, als alleinstehende Bäuerin einen Hof zu bewirtschaften. Sie könne nicht ewig Rücksicht auf andere nehmen.

Sie ist eine so unfreundliche Frau, bemüht sich kein bisschen, uns unser Hiersein ein wenig erträglicher zu machen. Wir sollen uns nachts besser zudecken, wenn wir frieren! Immer wieder sagt sie das. Und das nur, um Holz und Kohlen zu sparen. Aber wie sollen wir unter immer mehr Decken denn schlafen können? Unter so vielen Decken schwitzen wir, strecken wir aber einen Fuß, eine Hand oder auch nur die Nase heraus, wachen wir auf, weil wir frieren. – Nein, ich mag sie nicht. Sagen jedoch darf ich das nicht. Wir seien nun mal hier gestrandet, predigt Momm Jockel, Kutti und mir jeden Tag.

Und wer keine andere Wahl hat, der ist gezwungen, die »Gegebenheiten« zu akzeptieren, egal ob sie ihm gefallen oder nicht.

Aber wahr ist auch: Eine bessere Einquartierung als uns hätte die Griess nicht bekommen können. Momm darf die Magd Nummer eins spielen, die aus lauter Dankbarkeit, dass wir hier »überleben« dürfen, von morgens bis abends schuftet, bis ihr alle Knochen wehtun. Magd Nummer zwei bin ich. Mit sechzehn ist man kein Kind mehr, sagt die Griess. Bin also voll einsatzfähig. Nur den Mund aufmachen darf ich nicht. Sag ich mal was »Ungehöriges«, bin ich doch wieder das dumme Kind.

Jockel und Kutti müssen auch ran. Jockel ist ja nun schon dreizehn und ziemlich groß für sein Alter. Die Griess findet auch für ihn immer irgendwas zu tun. Nicht mal Kutti, erst in zwei Monaten zehn und noch ziemlich verspielt, entkommt ihr. Gestern hat sie ihm eine riesige Forke in die Hand gedrückt. Damit sollte er den Stall ausmisten. Was ja eigentlich meine Arbeit ist. Aber ich sollte in der Küche bleiben, Großputz machen.

Momm hat Kutti die Forke dann bald weggenommen und selbst ausgemistet. Was der Griess nicht gefiel. »Stadtkinder!«, hat sie vor sich hin gemurmelt und: »Verwöhnte Blage!« Hab's deutlich gehört. Und vielleicht hat sie damit ja sogar recht. Jockel, Kutti und ich sind nun mal nicht in einem Dorf, sondern in Städten aufgewachsen.

Ach, Eichenbrück! Darf gar nicht daran denken. Wie schön dort alles war! Nicht zu vergleichen mit diesem trostlosen Dorf Kewenow. Doch ob wir jemals nach Hause zurückdürfen?

Das würde ich Momm am liebsten zwei- oder dreimal am Tag fragen. Muss mir das richtig verkneifen, will ihr damit nicht auf die Nerven gehen.

Kann mir einfach nicht vorstellen, hier lange bleiben zu müssen. Nur für dich, Jutsch, ist hier alles gar nicht so schlimm. Bist ja gerade erst zwei geworden, dir kann die Griess nicht von morgens bis abends irgendwelche Arbeiten aufdrücken. Obwohl du ja immer helfen willst.

Für dich ist unser Hiersein so was wie ein einziges, großes Abenteuer. So viele Tiere, die du dir anschauen kannst! So viel Neues, wie dich hier umgibt! Nur wirst du dich an dieses »Abenteuer« später nicht mehr erinnern können, und vielleicht kam ich deshalb auf die Idee, mal aufzuschreiben, was wir seit unserer Flucht alles erlebt haben. Und ja, auch, was wir weiterhin noch erleben werden. Soll so eine Art Tagebuch werden, das du, Jutsch, wenn du größer bist, mal lesen kannst, wenn du willst.

Jetzt, im Winter, ist's hier ja nicht nur so früh dunkel wie überall, sondern alles so mausetot, als gäbe es die übrige Welt gar nicht. Beim Abendessen in der Küche hören wir die Dachbalken knarren. Also denke ich viel nach. Und warum soll ich denn nicht aufschreiben, was mir alles durch den Kopf geht? Für dich, Jutsch, und auch für mich.

Ist wirklich schlimm hier, kein Kino gibt's und keine Bibliothek, nur dieses backsteinerne Haus mit der Kneipe, dem *Kirchspielkrug*, wo abends ein paar alte Männer sitzen, Bier und Schnaps trinken und »klönen«. So nennt man das hier, wenn die Leute mal ein bisschen länger miteinander reden als sonst.

Die jungen Männer sind alle an der Front. Und Frauen und Mädchen? Auf dem Land haben die anderes zu tun, als im Wirtshaus die Stühle zu wärmen, sagt Momm.

Alles prima Futter für meine Langeweile, denn Momm ist, seit wir hier sind, ja auch eher schweigsam, sorgt sich um uns und noch mehr um Pappka. Wir wissen ja immer noch nicht, ob er noch lebt. Haben schon so lange keine Post mehr von ihm bekommen.

Ja, und weil das alles so ist, sitze ich jetzt hier und schreibe. Das ist, als ob ich mit mir selbst rede oder mir was erzähle. Nur gut, dass ich ein paar leere Hefte dabeihabe! Wir sollten ja Schulbücher und Hefte einpacken, weil wir ganz sicher irgendwo anders zur Schule gehen würden, wie laut verkündet worden war. Doch daraus wird vorläufig nichts. Zwar soll es in Burgheide – nächster größerer Ort in dieser Einöde – sogar ein Gymnasium geben, doch wozu soll Momm uns, solange noch Krieg ist, irgendwo zur Schule anmelden? Entweder schuften wir von morgens bis abends für die Griess oder wir drücken die Schulbank. Beides zusammen geht nicht.

Der letzte Zug

Wie wir in Posen auf dem Bahnsteig standen! Der schneeverwehte, finstere Abend, die so dicht gedrängt stehenden Leute mit all ihren Rucksäcken, Koffern, Bündeln, Säcken, Kisten und Kartons. Dazwischen wir.

Berlin! Wir wollten nach Berlin. Zu Tante Mala, Onkel Egon oder notfalls auch Onkel Rudi. Dein kleines Gesicht unter der dicken, blauen Strickmütze, Jutsch, ganz rot gefroren war es. Hab dir immer wieder die Wangen mit Schnee eingerieben, weil das die Durchblutung fördern soll. Ob's geholfen hat, weiß ich nicht.

Und das Schneetreiben wurde immer heftiger. Bald waren wir völlig zugeschneit. Lauter Schneemänner, sagte Kutti.

Jockel und er hatten versucht, in den von vielen Rauchern zugequalmten, kleinen Wartesaal zu gelangen. Nicht einen einzigen Zentimeter waren die, die schon drin waren, beiseite gerückt. Ging ja vielleicht auch gar nicht, so eng, wie sie standen. Und warum hätten sie denn Mitleid mit Jockel und Kutti haben sollen? Waren sie etwa die einzigen Kinder, die auf dem Bahnsteig ausharren mussten?

Einmal passierte Unheimliches: Alle Lichter gingen aus. Sogar die Schreibtischlampe in dem kleinen Büro des Bahnhofsvorstehers, die so matt durch das rußverschmierte Fenster zu uns hingeleuchtet hatte, erlosch. War ein Fliegerangriff gemeldet worden? Bahnhöfe sind ja besonders gefährdet. Vor einem Jahr, als Posen von amerikanischen Bombern angegriffen wurde und es schwere Zerstörungen und viele Tote gab, war ja auch schon der Bahnhof getroffen worden.

Aber wenn jetzt Fliegeralarm kam, wo sollten wir hin? Zurück in die Stadt, in einen Luftschutzkeller? Doch was, wenn dann der Zug kam, der letzte in Richtung Westen, wie alle sagten?

Zum Glück ging das Licht bald wieder an. Momm hielt dich, Jutsch, auf dem Arm, wiegte dich und lächelte uns zu. »Na also!« Und Jockel blies die Backen auf, als wollte er sagen: Noch mal Glück gehabt!

Der Zug aber kam und kam nicht. Immer unruhiger wurde ich. Was, wenn das mit dem letzten Zug gar nicht stimmte und keiner mehr kam? Sollten wir dann etwa nach Eichenbrück zurück, um dort auf die russischen Soldaten zu warten, von denen in letzter Zeit so viel Grausames berichtet worden war und vor denen sich vor allem Frauen und Mädchen fürchten mussten?

Als Kutti nicht mehr stehen konnte, durfte er sich auf unseren großen Koffer setzen. Jockel, die Skimütze tief in die Stirn gezogen, tat, als würde er den Koffer nicht sehen. Er will ja immer der große Starke sein. Nur wenn Kutti aufstand, um sich die Füße warm zu trampeln, und Momm ihm streng befahl, jetzt nicht den Helden zu spielen, setzte er sich. Um dann bald wieder Kutti Platz zu machen.

Momm und ich setzten uns nicht. Momm schaukelte dich, Jutsch, ohne Pause hin und her, weil du, obwohl warm eingepackt, einfach nicht einschlafen wolltest. Hast uns nur ewig mit deinen großen, blauen Augen angeschaut. Vielleicht hast du dich ja gefragt, warum wir denn zwischen all diesen eingeschneiten Leuten herumstanden, anstatt zu Hause in unseren warmen Betten zu liegen. Ich – deine »Eena«, weil du »Rena« ja noch nicht aussprechen kannst – wollte Späßchen mit dir machen, um dich von all dem düsteren Drumherum abzulenken. Aber darauf bist du nicht eingegangen.

Das Bahnhofsgebäude mit dem Dienstraum des Bahnhofsvorstehers. Mutterseelenallein saß er hinter seinem nur schummrig beleuchteten Schreibtisch. Neben ihm bollerte ein Kanonenofen, auf seinem Schreibtisch stand eine Thermoskanne mit heißem Kaffee oder Tee. Wenn er uns zu sich hereingelassen hätte, wie viel besser wäre das gewesen. Aber natürlich, dann hätte er auch alle anderen in seinen Dienstraum lassen müssen, und wie sollte das gehen?

Ich musste an Pappka denken. Wenn er bei uns gewesen wäre, was hätte er jetzt getan? Euer Vater, hat Momm früher oft gesagt, ist klug, der findet sich überall zurecht. Seit er bei den Soldaten ist, sagt sie das nicht mehr.

Hab Angst um Pappka, sogar sehr, sehr große Angst. Aber jetzt durfte ich nicht zu lange an ihn denken. Er war nicht bei uns, also konnte er uns nicht helfen.

Wieder studierte ich die Leute um uns herum. All diese rot oder blau gefrorenen Gesichter – Frauen, Kinder und alte Männer –, wie verbissen sie in die Richtung starrten, aus der der Zug kommen musste. Wenn er denn überhaupt noch kam. Gesprochen wurde kaum, und wenn doch, dann nur leise flüsternd.

Die Furcht vor den Russen, wer verspürte sie nicht? Von Erschießungen war berichtet worden, von endlosen Plünderungen und besonders oft von den vielen, vielen Vergewaltigungen. Sogar noch ganz junge Mädchen – Kinder! – und Greisinnen sollten den russischen Soldaten zum Opfer gefallen sein. Momm hat oft gesagt, die Leute würden gern übertreiben. Doch vielleicht wollte sie mich damit ja nur beruhigen?

Heimlich sah ich sie an. Eine so hübsche, kupferrothaarige Mutter haben nicht viele. Selbst in dieser Kälte – ihre schwarze Pelzkappe über und über zugeschneit – war sie eine Dame.

Sie bemerkte meinen Blick und nickte mir zu. Und um uns aufzuheitern, zog sie Kutti die Mütze so tief in die Stirn, dass er nichts mehr sehen konnte. Kutti, der über seinem Kinderrucksack noch den vollgepackten Schulranzen auf dem Rücken trug und die Botanisiertrommel umgeschnallt hatte, schob sie empört wieder zurück. Aber dann lachte unser kleiner blonder »Sonnenschein«, der immer und überall für jeden Scherz zu haben ist. Dass wir »Momm« sagen und nicht Mama oder Mutti und »Pappka« anstatt Papa oder Papi, haben wir ihm zu verdanken. Als er noch ganz klein war, hat er mal gesagt, so riefen ja alle Kinder ihre Eltern. Wie wolle man denn da all die vielen Mamas und Muttis, Papas und Papis voneinander unterscheiden? Einen ganzen Nachmittag lang hat er darüber nachgedacht, wie wir unsere Eltern rufen könnten, und sich am Ende »Momm« und »Pappka« einfallen lassen. Na ja, und wir fanden das lustig, haben es übernommen und sind dabei geblieben.

»Mal kucken, ob der Zug schon zu sehen ist.« Irgendwann konnte ich nicht mehr länger so tatenlos auf dem Bahnsteig herumstehen. Meine eiskalten Füße, ich musste sie endlich mal bewegen.

»Bleib lieber hier!« Momm wollte das nicht, doch da hatte ich mich schon bis an die Bahnsteigkante vorgedrängt und spähte den Schienenstrang entlang in die schwarz-weiße Finsternis hinein. Doch nein, kein einziges Licht näherte sich dem Bahnhof.

Wieder der Gedanke, was werden sollte, wenn kein Zug mehr kam. Und dann begann hinter mir auch noch ein Kind zu weinen. Es war ein so kläglich schreiendes Protestheulen, dass es mir durch und durch ging. Doch drehte ich mich nicht um. Das warst ja nicht du, Jutsch. Du hast – was mich noch immer wundert – in all der Zeit auf diesem eisigen Bahnhof nicht ein einziges Mal geweint. Hast nur immer all die Leute um uns herum angeschaut, als wolltest du herausfinden, was wir mit ihnen zu tun hatten.

Das Kind hinter mir hörte ewig nicht auf zu schreien. Eine alte Frau – vielleicht seine Großmutter – versuchte, es zu beruhigen, bis sie doch ungeduldig wurde. »Jetzt sei aber endlich mal still!«, schimpfte sie.

Eine andere Frau mischte sich ein: »Nu lassen Se de Kleine doch weinen! Weinen macht müde. Vielleicht schläft se dann ja 'n bisschen.«

Mittendrin schrak ich auf: Hatte ich mich getäuscht oder wurde die eine große Schneeflocke in all dem Schneetreiben tatsächlich immer größer und heller?

Aber nein, ein Raunen ging durch die Menge: Ein Zug näherte sich uns!

Alles geriet in Bewegung. Beinahe wäre ich aufs Gleis gestürzt, ein solches Gedränge und Geschiebe setzte ein. Dann der Bahnhofsvorsteher. Mit der Kelle in der Hand, mit der er das Signal zur Weiterfahrt geben musste, schob er die Vorwärtsdrängenden auseinander. »Aber meine Herrschaften, bitte!«, rief er. »Seien Se doch vernünftig! Treten Se zurück. Sie riskieren ja Ihr Leben.«

Einzige Antwort: ein unwilliges Murren. Keiner wollte zu weit hinten stehen. Vielleicht war der Zug ja schon überfüllt.

»Momm!«, schrie ich, so laut ich konnte. »Momm! Jockel! Kutti! Schnell! Hierher!«

Doch wie sollte Momm sich denn mit dir, Jutsch, auf dem Arm und Jockel und Kutti im Schlepptau und dem riesigen Rucksack auf dem Rücken und auch noch dem schweren Koffer in der Hand bis ganz nach vorn durchkämpfen? *Ich* musste zu *euch*, um Momm wenigstens den Koffer abzunehmen. Mit aller Kraft stemmte ich mich den Herandrängenden entgegen, mit noch mehr Kraft schoben sie mich zurück.

Hilflos brüllte ich noch einmal: »Momm! Schnell! Hierher!« Und fuchtelte dabei wie wild mit den Armen, um mich irgendwie bemerkbar zu machen.

Endlich Momms Stimme, fast genauso laut: »Rena! Wo bist du denn?«

»Hiiier!«, schrie ich. »Hiiier!« Und rücksichtslos um mich boxend kämpfte ich mich, mit meinem Rucksack auf dem Rücken, der dabei natürlich mächtig störte, durch all die Anstürmenden zu euch zurück, schnappte mir Momms schweren Koffer und drängte wieder auf die Bahnsteigkante zu. Jetzt mit der freien Hand auch noch Kutti hinter mir herzerrend. Momm, mit dir auf dem Arm und Jockel vor sich herschiebend, hielt sich dicht hinter mir.

Fauchend fuhr die Lok in den Bahnhof ein, dahinter all

die Waggons, von denen wir nicht wussten, ob sie nicht bereits vollbesetzt waren. Die Räder quietschten, die Bremsen kreischten, zischend heißer Dampf stieg auf und alle drängten noch heftiger nach vorn. Für uns war endgültig kein Durchkommen mehr. Je rücksichtsloser ich versuchte, uns einen Weg zu bahnen, desto erbarmungsloser wurde ich zurückgestoßen. Am liebsten hätte ich mich geohrfeigt. Wie lange hatte ich ganz vorn an der Bahnsteigkante gestanden! Wäret ihr bei mir gewesen, wir wären unter den Ersten gewesen, die eine Waggontür hätten aufreißen können. Jetzt mussten wir zusehen, wie der Zug nicht nur von der Bahnsteigseite, sondern auch vom Gleisbett her von anderen geentert wurde.

Überall Kindergeschrei, lautes Frauenweinen und irgendwelche Rufe, die vom Durcheinander der Stimmen verschluckt wurden. Zum Glück war der Zug noch ganz und gar leer. Durch die Türen drängten sich die Leute und kletterten durch die von innen geöffneten Fenster und kleine Kinder wurden hineingereicht. Das Gepäck schoben die noch draußen Stehenden nach.

Momm, Jockel, Kutti und ich starrten nur stumm all die Leute an, die sich so hart bekämpften, um bloß schnell in diesen Zug zu gelangen. Ich hätte am liebsten geheult. Dann aber, ganz plötzlich, machte ich eine Entdeckung. Und ohne mich erst lange zu besinnen, ließ ich Kuttis Hand los und stürzte auf einen SS-Mann* zu. Groß und schlank war er, die vollgeschneite Mütze mit dem silbernen Totenkopfabzeichen trug er tief ins Gesicht gezogen, stumm beobachtete er all das Treiben um sich herum.

Mit beiden Fäusten trommelte ich auf seine Brust, heulte los und rief irgendwas Unzusammenhängendes.

Er packte mich am Arm und fauchte mich an: »Was ist los mit dir? Reiß dich zusammen! Bist du ein deutsches Mädchen oder nicht?«

»Meine Mutter, meine Brüder, meine Schwester ...«, konnte ich nur stammeln. »Wir müssen doch auch in den Zug.«

Er: »Wie viele seid ihr denn?«

Ich: »Fünf. Und Jutsch ist doch erst zwei.«

Nur kurz überlegte er, dann zog er seine Pistole und befahl: »Führ mich hin!«

Und er fackelte auch danach nicht lange. »Folgen Sie mir!«, herrschte er Momm an, und dann schritt er mit der Pistole winkend vor uns her und befahl allen, die im Weg standen: »Machen Sie Platz, bilden Sie eine Gasse! Hier ist eine deutsche Mutter mit ihren vier Kindern.«

Die Leute vor uns gehorchten nur widerwillig. Eine noch sehr junge Frau schrie: »Bin auch 'ne deutsche Mutter. Hab auch drei Kinder. Muss auch in den Zug.«

»Schließen Sie sich an«, befahl er. »Mütter mit Kindern zuerst, gar keine Frage.«

Ein Tumult entstand. Wer Kinder an den Händen oder in den Armen hielt und noch nicht bis an die Bahnsteigkante vorgelangt war, drängte hinter uns her. Die vor uns aber wollten keine Gasse bilden. Allein der Anblick der Pistole ließ sie zurückweichen. Und so, ich hatte schon nicht mehr darauf gehofft, gelangten wir endlich doch noch in den Zug.

Heim ins Reich

Sitze wieder in meiner Räucherkammer. Kann gar nicht mehr anders, *muss* alles aufschreiben. Urschel hatte ja schon ab der Siebten Tagebuch geführt und es mir öfter zu lesen gegeben. Aber das war alles nur Schwärmerei. Mal hatte sie aus Illustrierten ausgeschnittene Fotos von Stuka-Fliegern* oder U-Boot-Helden in ihr Heft geklebt, mal einen berühmten Filmschauspieler. Drunter stand, was ihr an ihnen gefiel.

Lust, selber mal Tagebuch zu führen, hatte ich nie. Jetzt ist das anders. Vielleicht liest du's ja später wirklich mal, Jutsch.

Der Abend in Posen. Der zugeschneite, zur Hälfte zerstörte Bahnhof. Dann der Zug, der endlich kam. Und wie übervoll er bald war! In den Gängen standen die Leute so dicht gedrängt, dass kaum ein Durchkommen war. Zwischen ihnen all das, was sie mitgeschleppt hatten: Rucksäcke, volle Taschen, Kisten, Säcke, Körbe, Bettzeug. Oft war auf den Rucksäcken oder Taschen noch eine Pfanne, ein Kochtopf oder irgendwas anderes festgeschnallt.

Unser Retter hatte uns in einen Waggon 1. Klasse geschoben, aber das galt ja nun nicht mehr und so waren auch dort alle Sitzplätze längst besetzt. Frauen hatten ihre Kinder oder die schon sehr alten Großmütter oder Großväter auf den Schoß genommen und auch in den Gepäcknetzen war nichts mehr frei. Meistens lagen kleine Jungen oder große Mädchen drin.

Der Gedanke, die ganze Fahrt über stehen zu müssen, und das in dem total überfüllten schmalen Gang zwischen den Abteilen, machte mir Angst.

Unser SS-Mann mit der Pistole aber gab nicht auf. Immer weiter drängte er sich vor uns her durch die so dicht Stehenden, bis wir vor einem Abteil angelangt waren, in dem es keine Kinder gab. Links quetschten sich vier schon etwas ältere Frauen auf den drei Sitzen, rechts drei junge Frauen und ein alter Mann. In den Gepäcknetzen lagen zwei große schlaksige Mädchen, die sich mit ihren Mänteln zudeckten, zwischen den Sitzen standen auch schon zwei Frauen und zwei alte Männer.

Feindselig starrten die drei jungen Frauen uns an. Sie fürchteten um ihre schwer erkämpften Plätze. Und richtig: »Hier ist eine Mutter mit ihren vier Kindern.« Unser SS-Mann hielt noch immer die Pistole im Anschlag. »Bitte machen Sie die Sitzplätze frei.«

Die drei – die Jüngste kaum älter als ich – blieben sitzen. Zwei hatten sich ihre schneenassen Skimützen über die Ohren gezogen, wie um nichts hören zu müssen, die dritte wollte gerade ihr total durchnässtes wollenes Kopftuch abnehmen. »Wissen Sie, was wir hinter uns haben?«, fragte sie bitter. »Wir schaffen das nicht mehr, die ganze Fahrt über zu stehen. Sonst klappen wir noch ganz und gar zusammen.«

»Das trifft auf viele zu.« Unser Retter schwenkte die Pistole. »Aber Kinder sind nun mal Kinder und damit Deutschlands Zukunft. Zwingen Sie mich nicht, Sie aus dem Zug zu werfen.«

»Komm, Ilse!« Die erste der drei jungen Frauen gab auf. »Der bringt es fertig und macht Ernst.«

Ihre Freundin zögerte noch zwei, drei Sekunden, dann wrang sie ihr Kopftuch aus, bis das Schneewasser auf den Fußboden plätscherte, und starrte unseren Retter dabei an, als würde sie ihm am liebsten eine kleben. Schließlich aber klaubte sie nur ihren unter den Sitzen verstauten Rucksack hervor und schob sich mit mürrischer Miene an uns vorbei in den Gang.

»Tut uns alles furchtbar leid.« Momm wollte sich für unser Eindringen in dieses Abteil entschuldigen, der SS-Mann unterbrach sie: »Ihnen muss überhaupt nichts leidtun! Schutz denen, die Schutz verdienen! Das sollte uns allen oberstes Gebot sein.« Und damit verließ er das Abteil, um den Müttern mit Kindern, die sich uns angeschlossen hatten, ebenfalls Sitzplätze zu verschaffen.

Ich hatte kein schlechtes Gewissen. Die drei jungen Frauen, egal wie müde und erschöpft sie waren, mussten für keine Jutsch, keinen Kutti und keinen Jockel sorgen. Wären sie nicht nur für sich allein verantwortlich gewesen, nie wären sie so schnell in den Zug gelangt, um noch Sitzplätze zu ergattern.

Momm sah das anders. »Tut mir ja alles so leid«, sagte sie wieder. »Aber unsere Kleine ist erst zwei und den Jungs fallen gleich die Augen zu, so müde sind sie.«

Keiner antwortete irgendwas. Bestimmt dachten alle: Hauptsache, *wir* behalten unsere Sitzplätze. Auch der alte Mann, der dann die ganze Fahrt über neben mir saß – ein graubärtiger, mürrisch wirkender Borstenkopf in dicker Bauernjoppe, der ohne Ende seine nasse Schirmmütze in den Händen drehte –, stierte nur stumm in sich hinein.

Ich quetschte den Koffer und all unsere Rucksäcke unter die für uns frei gemachten Sitze, Jockel und Kutti nahmen ihre Ranzen und Kutti auch noch seine Botanisiertrommel auf den Schoß. Die beiden Mädchen in den Gepäcknetzen sahen uns dabei zu. Ich, schon neben dem Alten, versuchte, ein gleichgültiges Gesicht zu machen, Jockel und Kutti zwängten sich auf den Fensterplatz. Momm setzte sich zwischen uns. Du, Jutsch, auf ihrem Schoß, hast so neugierig geblickt, als fragtest du dich immer noch, was das denn alles sollte.

Die drei jungen Frauen, die wir verdrängt hatten, starrten uns durch die offene Abteiltür hindurch an. Um diesen Blicken auszuweichen, zog ich dich zu mir herüber, als wollte ich Momm Gelegenheit geben, sich von deiner Last auszuruhen. Und dann sang ich dir dein Lieblingslied ins Ohr:

»Rena – Jockel – Kutti – Jutsch
fahren mit der Kutsch.
Fahren in den Wald hinein,
wollen bald zu Hause sein.
Doch da macht die Kutsch 'n Rutsch –
und ist futsch!«

Fünf- oder sechsmal sang ich dir das Lied vor und ließ dich bei jedem »Rutsch!« nach hinten fallen, wobei ich dich an den Händen festhielt. Jedes Mal hast du vor Begeisterung gekräht.

So war bis jetzt alles noch ziemlich glimpflich abgelaufen. Wenn nur der Zug endlich losgefahren wäre! Wir standen und standen, als hätte der Lokführer vergessen, weshalb er überhaupt gekommen war.

Unruhe machte sich breit. »Wann geht's denn endlich los?«, schimpfte eine der Frauen, die stehen musste, und zog das Fenster herunter, um den Bahnsteig entlangzuspähen. Jockel und Kutti drängten sich neben sie, und da sahen sie, warum wir nicht losfuhren – weil all die Leute, die nicht in den Zug gelangt waren, sich auf die Puffer und Wagendächer gesetzt oder an den Trittbrettern festgeklammert hatten, dort aber nicht bleiben durften. Einer nach dem anderen mussten sie vom Bahnhofsvorsteher davon überzeugt werden, dass sie sonst schon nach wenigen Kilometern steifgefroren auf die Gleise fallen würden. »Wir haben Januar und nicht Juli oder August«, hörte ich ihn schimpfen. »Seien Se doch vernünftig!«

Jetzt drängten noch mehr in den Zug, und unser SS-Mann lief von Abteil zu Abteil, fuchtelte mit seiner Pistole und schrie immer wieder: »Zusammenrücken! Alle zusammenrücken! Vorher geht's nicht weiter.«

Nicht lange und eine alte Frau schrie, dass sie keine Luft mehr bekäme. In unserem Abteil aber stand noch immer das Fenster offen. Der Alte neben mir hustete und beschwerte sich: »Nu machen Se doch endlich 's Fenster zu! Denken Se, der Lokführer fährt los, nur weil Se kucken?«

Die Frau am Fenster gehorchte nur unwillig. »Ich will endlich hier weg«, schimpfte sie zurück. »Hab die Schnauze gestrichen voll. Trödeln wir noch lange rum, schnappt uns noch der Russe.«

»Ja.« Das Mädchen im Gepäcknetz gegenüber nickte ihr zu. »Im Radio haben se's gesagt, für jeden gefallenen Russen wollen se fünf Deutsche abknallen, ganz egal, ob Mann, Frau oder Kind.«

»Scheißhausparolen!«, knurrte der Alte neben mir und drehte die Mütze in seinen Händen gleich noch ein bisschen schneller. »Bin kein Russenfreund, aber so was? Alles nur Scheißhausparolen! Damit wir bis zuletzt für unsere hohen Herren die Köppe hinhalten.«

»Na, wenn Se meinen!« Das Mädchen hatte keine Lust, mit dem Alten zu streiten. Sie zündete sich lieber eine Zigarette an.

Sofort rief eine der Frauen unter ihr: »Das hier ist *Nichtraucher*.«

»Raucher! Nichtraucher!« Das Mädchen lachte nur. »Danke, liebe Tante, aber so was gilt schon lange nicht mehr.« Und seelenruhig rauchte sie weiter – und zwinkerte mir zu. »Wie heißt denn deine kleine Schwester? Die ist so süß, so eine hätte ich auch gern.«

»Sag, wie du heißt«, ermunterte ich dich.

Du aber hast dieses Mädchen lange nur angeblickt, wie um herauszufinden, ob sie eine Antwort wert war, und erst danach ganz leise »Jutsch« gesagt.

»Jutsch?«, staunte das Mädchen. »Ist das denn überhaupt 'n Name?«

Stolz hast du genickt, und ich hab allen im Abteil erklärt, dass du natürlich nicht Jutsch, sondern Jutta heißt und wir dich Jutsch riefen. Das Mädchen wollte noch etwas sagen, aber da ging plötzlich ein Ruck durch die lange Reihe der Waggons: Wir fuhren! Zwar ging es nur sehr, sehr langsam aus dem Bahnhof hinaus, immerhin – wir fuhren! Wie unwichtig war nun alles andere.

Diese Zugfahrt! Wie soll ich sie beschreiben? Sie erschien mir endlos – und das war sie ja auch. Sie machte mich müde, und doch war ich fast die ganze Zeit über, egal ob Tag oder Nacht, so hellwach, als müsste ich überhaupt niemals mehr schlafen. Das sonst so einschläfernd wirkende Rattern der Räder, es fraß sich in meine Gedanken, bohrte im Kopf – und machte mich immer wacher.

Wie denn jetzt alles weitergehen sollte, fragte ich mich. Wir fuhren ja nicht einfach nur *weg*, wir fuhren in eine unbekannte, düstere Zukunft hinein. Zwar ist Berlin Momms und Pappkas Heimatstadt, doch sollte dort ja vieles längst zerbombt sein. Standen die Häuser, in denen Tante Mala, Onkel Egon und Onkel Rudi zuletzt gewohnt hatten, denn überhaupt noch?

Die Nacht über war von der Landschaft draußen nichts zu sehen. Und im Abteil war es auch finster, weil aus Furcht vor Fliegerangriffen alle Vorhänge zugezogen sein mussten und wir trotzdem kein Licht einschalten durften. Es sollte kein einziger, noch so schmaler Lichtstrahl verraten, dass hier ein Zug unterwegs war.

Oft blieben wir auf freier Strecke stehen, und der alte Mann neben mir wusste, warum. Weil so viele Schienenstränge und Bahnhöfe längst zerstört waren. »Wir müssen Umwege fahren«, erklärte er Momm. »Haben wir Pech, brauchen wir bis Berlin 'ne ganze Woche. Mit viel Glück drei Tage.«

Drei Tage? Eine Woche? Damit hatte ich nicht gerechnet. Wir hatten doch früher nach Berlin immer nur ein paar Stunden gebraucht. Für eine so lange Fahrt hatten wir ja gar nicht genug zu essen und zu trinken mit. Wie sollten wir – und vor allem du, Jutsch – denn so lange aushalten, ohne was in den Bauch zu bekommen?

Endlich wurde es draußen hell. Wir konnten die Vorhänge zurückziehen und in die Schneelandschaft hinausschauen. So viel endloses, in der Sonne glitzerndes Weiß hatte ich noch nie gesehen. Ein weißes Meer war das, Büsche und Bäume versanken darin. Verschneite Strommasten und schneegepolsterte Warntafeln flogen an uns vorüber. Fast sah es aus, als blickten sie uns nach.

Die plötzliche Helligkeit machte mir Mut. Drei Tage? Eine Woche? Der Alte neben mir hat ganz bestimmt übertrieben. So was kann ja gar keiner aushalten. Aber dann entdeckte ich eine Rinderherde, die brüllend durch all dieses Weiß lief, und mein Mut war wie weggeblasen: Wer hatte die Tiere denn freigelassen? Im Winter gehörten sie doch in den Stall. Waren ihre Besitzer ebenfalls auf der Flucht? Und brüllten die Kühe, weil sie schon viel zu lange nicht mehr gemolken worden waren und ihnen die Euter schmerzten?

Dörfer und kleine Städte flogen vorüber. Manchmal wurde im Abteil irgendein Ortsname genannt, doch hörte ich nicht zu. Wir kamen aus Eichenbrück und wollten nach Berlin, *heim ins Reich*, wie es jetzt überall hieß, alles andere ging uns nichts an.

Solange es dunkel war, hatten Jockel und Kutti dicht aneinandergelehnt geschlafen. Jetzt kramte Kutti sein Geduldspiel aus der Botanisiertrommel und bewegte die kleine Dose in seinen Händen hin und her, bis er alle drei Kügelchen eingelocht hatte. Gleich darauf schüttelte er die Kügelchen wieder raus und begann von neuem. Er wollte auch Jockel die Dose geben, aber der starrte nur stumm in sich hinein. Ich hätte gern gewusst, was er dachte. Er redet nicht mehr viel, seit wir aus Eichenbrück fort sind, ist jetzt oft so verschlossen. Und früher war doch ich, seine große Schwester, immer die Erste gewesen, der er anvertraute, was ihn bewegte.

Der Alte neben mir wurde unruhig. Die Helligkeit der Schneelandschaft sorgte ihn. »Wär besser, wenn's bald wieder dunkel wird«, sagte er zu Momm. »Tagsüber kommen die Tiefflieger. Wie sollen sie uns in all dem Weiß nicht entdecken?« Und er verriet ihr, was sein Schwager von der Reichsbahn ihm erzählt hatte, nämlich dass die Züge aus dem Osten ja eigentlich angewiesen waren, nur bei Nacht zu fahren. Tagsüber hätten alle in einem Bahnhof oder Rangierwerk auszuharren. Jetzt aber sei schon lange Tag, ob das denn nicht sehr verantwortungslos sei, dass wir immer noch fuhren?

Jockel hatte zugehört und machte nun doch mal den Mund auf. »Aber wenn wir in einem Bahnhof herumstehen, dann sehen die Flieger uns ja auch«, sagte er. »Und unbewegliche Ziele sind noch besser zu treffen.«

»Nicht wenn der Bahnhof 'n Dach hat.« Den Alten ärgerte es, dass ein Jungspund wie Jockel es wagte, seine Worte anzuzweifeln.

Doch so schnell gab Jockel nicht auf. »Wir sind aber schon an vielen Bahnhöfen vorübergekommen, die keins hatten.«

»Jockel!« Momm stieß ihn an. Sie mag es nicht, wenn Jockel den Altklugen spielt.

Kutti dachte ein Weilchen nach, dann fragte er, auf einmal gar nicht mehr der kleine Kutti, sondern fast schon ein Kurt: »Und was ist, wenn ganz lange kein Bahnhof kommt, der ein

Dach hat, und besonders viele Tiefflieger unterwegs sind? Wo hält der Zug dann?«

Darauf wusste niemand eine Antwort. Alle machten Gesichter, als lohnte es nicht, mit einem Kind zu streiten. Ich schloss lieber wieder die Augen und dachte weiter an Berlin: Wir waren zu fünft. Wo sollten wir unterkommen? Zwar hatte Tante Mala eine große Wohnung, aber was, wenn ihr Haus nicht mehr stand? Onkel Egons und auch Onkel Rudis Wohnung war für so viele Leute ja eigentlich viel zu klein. Aber Momm danach fragen? Wozu? Es war schon so lange aus Berlin keine Post mehr gekommen, woher hätte sie mehr wissen sollen als ich?

Unser Haus in Eichenbrück

Unser Haus in Eichenbrück! Wie oft sah ich es vor mir, während wir durch die immer trostloser wirkende Schneelandschaft fuhren: die schöne, grüne, rundum mit Pflanzen bewachsene Gartenpforte mit dem messingfarbenen Türschild *Hermann Haak, Bauingenieur*! Der von Momm und Frau Piwonka so liebevoll gepflegte Garten mit den vielen Gemüse- und Blumenbeeten und die Haustür mit dem bunten Glasfenster – bei Sonnenschein eine hell leuchtende Teichlandschaft! Ach, und unser Wohnzimmer mit den alten, oft sehr teuren Möbeln, die Momm und Pappka schon in Berlin und später in Frankfurt zusammengekauft hatten, wie tot und leer musste es darin jetzt aussehen. Und wie gern hätte ich jetzt in unserer großen, so gemütlichen Küche das Geschirr abgewaschen, Bohnen geschnippelt oder Kartoffeln geschält – und dabei ganz bestimmt nicht leise vor mich hin geschimpft wie sonst so oft.

Die Treppe rauf: in der Mitte das Elternschlafzimmer, links das »Bubenzimmer«, rechts die »Mädchenbude«. Bei Jutsch und mir schmückten farbige Drucke von wild wachsenden Blumen die Wände, bei Jockel und Kutti aus Illustrierten ausgeschnittene Fußball-, Flieger- und U-Boot-Helden ...

Blöd! Jetzt ist mir eine Träne ins Heft getropft, alles ist verwischt. Kann erst mal nicht weiterschreiben. Ist ja wirklich alles zum Heulen.

Eichenbrück! Und Posen, unsere Gauhauptstadt! Die Posener Altstadt, wie schön war sie, bevor die Bomben einschlugen. Aber auch Eichenbrück ist nicht hässlich. Und waren wir dort etwa eine ganz und gar unbekannte Familie? Pappka als Tiefbauingenieur – am Straßen- und Autobahnbau hatte er mitgewirkt – galt lange als Persönlichkeit. Straßen für den Sieg hatte er gebaut. Auf unseren Pappka, sagt Momm noch heute, dürfen wir stolz sein.

Ja, alles war schön! Lange Zeit störte nicht mal der Krieg, es gab ja immer nur Siege. Wie ein heißes Messer durch warme Butter, so hätten wir Deutschen die Polen überrannt, hatte unser Klassenlehrer Herr Huberty uns voller Stolz verkündet. Aber die Polacken seien ja selber schuld, nie hätten sie wagen dürfen, das Deutsche Reich anzugreifen.

Später England, Frankreich, Dänemark, Norwegen und immer weitere Länder, die uns den Krieg erklärten. Doch im Radio nichts als Siegesmeldungen. Die Fanfaren, die die Sondermeldungen ankündigten, schallten laut auf die Straßen hinaus. Im Kino wurde Beifall geklatscht, wenn die *Wochenschau* zeigte, wie unsere Soldaten vorrückten. Wir alle – Urschel, Christel, Mechthild, Ruthchen Kösling und sogar Burkhard Schmidtchen, unser Mathe-Genie, aber ganz bestimmt kein zukünftiger Kriegsheld –, wie stolz waren wir auf unsere tapferen Soldaten.

Allein Frau Piwonka machte jedes Mal ein ernstes Gesicht, wenn sie eine dieser Siegesmeldungen mitbekam. Als ich einmal früher aus der Schule kam, war das Radio an, und sie glaubte, allein im Wohnzimmer zu sein. Da sah ich, wie sie den Kopf schüttelte und auf Polnisch irgendwas in sich hineinflüsterte. Es klang sehr ablehnend, vielleicht sogar hasserfüllt. Ob sie damit aber uns, die deutschen Sieger gemeint oder nur ganz allgemein den Krieg verflucht hatte? Das habe ich nicht heraushören können. Verstehe ja kein Polnisch. Doch ging mir ihr Geflüster nicht aus dem Kopf. Wenn sie damit uns Deutsche gemeint hatte, was dachte sie dann von unserer Familie? Sie arbeitete zu dieser Zeit ja schon lange für uns.

Viele Polinnen verdingten sich bei Deutschen als Hausangestellte. Die meisten gaben sich freundlich. Aber war das immer echt? Oder wollten sie nur ihre Arbeit nicht verlieren?

Frau Piwonkas Familie war mal sehr wohlhabend gewesen. Ihr Vater ist Tischlermeister, fünf Gesellen und zwei Lehrlinge soll er beschäftigt haben. Nach unserem Sieg wurde die Familie dann umgesiedelt, in eine Stadt weit im Osten des Landes. So wie viele andere Familien auch. Frau Piwonka durfte bleiben, weil ihr Mann für die Gauleitung als Dolmetscher arbeitete.

Ich weiß noch, wie sie das erste Mal zu uns kam – eine große, hagere Frau mit weit vorspringender Nase und im Nacken straff zusammengeknotetes Haar. Anfangs erledigte sie nur die Arbeiten, die Momm ihr aufgetragen hatte, bis sie immer öfter von selbst wusste, was zu tun war. Als Momm wegen dir, Jutsch, im Krankenhaus auf der Entbindungsstation lag, schmiss sie schon den gesamten Haushalt. Alles mit sehr ernstem Gesicht. Dass sie auch lächeln konnte, bekamen wir erst mit, als Momm mit dir zu uns zurückkehrte. »So süüß!«, hat sie gesagt – und auf einmal stand eine ganz andere Frau Piwonka vor uns.

Momm versuchte öfter herauszubekommen, wie Frau Piwonka uns sieht. Doch hat sie stets nur sehr ausweichend geantwortet. Bis auf ein einziges Mal. Da hatte Momm sie gefragt, ob es nicht sehr schlimm für sie sei, dass ihre Familie so weit wegziehen musste. Nach kurzem Erschrecken sei es dann sintflutartig aus ihr herausgebrochen, sagt Momm. Ja, sehr, sehr schlimm sei das, habe sie mit Tränen in den Augen zugegeben. Aber das seien sie, die Polen, ja nun schon gewohnt. Immer wieder sei ihr Land besetzt und geteilt worden, mal von den Deutschen, mal von den Russen. Wir aber, die Familie Haak, könnten ja nichts dafür. Allein die Politiker seien es, die immer wieder ganze Völker ins Unglück stürzten.

Durfte ich ihr das glauben? Ich musste unbedingt Herrn Huberty danach fragen. Gleich zu Anfang des Unterrichts war das, und sofort vergaß er, dass er ja eigentlich Schillers Ballade *Die Bürgschaft* mit uns durchnehmen wollte. Das ewige Stück Kreide in der Hand, marschierte er schmal und dünn zwischen den Bankreihen hin und her und erklärte uns, dass die Provinz Posen und das gesamte Westpreußen schon seit fast einhundertfünfzig Jahren deutsch sei. Nur seien uns diese Gebiete nach dem verloren gegangenen Ersten Weltkrieg eben gestohlen worden. Ein Raub an Land und Menschen, den wir allein dem Schandvertrag von Versailles* zu verdanken hätten. Doch natürlich, ein solch bösartiger Diebstahl sei »unvergessbar, unertragbar und unversöhnbar«. Deshalb habe unser Führer dieses Unrecht am deutschen Volkskörper schnellstmöglich getilgt.

In der Klasse wurde gemurrt, das sei ja alles längst bekannt, und so behielt ich meine zweite Frage für mich: wem denn *vor* diesen einhundertfünfzig Jahren, von denen Herr Huberty gesprochen hatte, das Warthegau* gehört hatte, den Deutschen oder den Polen?

Doch so wichtig war das Ganze für mich nicht, ich vergaß diese Frage bald wieder. Erst jetzt, im Zug, dachte ich wieder darüber nach: Was, wenn wir auch diesen Krieg verlieren und das Warthegau erneut polnisch wird? Werden wir dann jemals wieder heimkehren dürfen?

Es war das erste Mal, dass ich mich das fragte.

Unser Haus! Die Schule! Und alle meine Freunde! Im Kopf floh ich nicht *mit* dem Zug aus Eichenbrück, sondern *aus* dem Zug zurück nach Eichenbrück.

Der Fahnenappell! Wie schön war das, wenn wir die Siege unserer Soldaten feierten. In Reih und Glied standen wir im Schulhof, die Jungen in ihren schwarz-braunen Uniformen, wir Mädchen in unseren dunkelblauen Röcken, den weißen Blusen und dem schwarzen Tuch mit dem braunen Lederknoten um den Hals.

Ach, überhaupt: meine BDM*-Kluft, die ich ja auf die Flucht nicht mitnehmen durfte! Wie stolz war ich, als ich sie das erste Mal tragen durfte! Zwischen Urschel, Mechthild, Christel und Ruthchen und all den anderen Mädchen stand ich und hörte die feierlichen Worte, mit denen wir auf unser neues Leben eingeschworen wurden. An Führers Geburtstag war das. Und auch danach, wie wir – Flagge und Wimpel voran – laut singend durch die Straßen zogen. *Eine* große Kameradschaft waren wir, *eine* Gemeinschaft, jede war für die andere da.

Auch die Fackelzüge, wenn um uns herum alles dunkel war, wir unseren Schritt dem Trommelschlag anpassen mussten und alle Gesichter vom Widerschein der Fackeln rot leuchteten – wie erhebend war das! Langeweile? So was kannten wir nicht. Jeder Mittwochnachmittag und jeder Sonnabend gehörte den Mädels. Zeltlager, Geländespiele, Sonnenwend- und Morgenfeiern, im Winter Volkstänze oder Stricknachmittage. Ohrenwärmer und Handschuhe für unsere Väter und Brüder an der Front haben wir gestrickt. Ich, weil ich ja zuletzt schon Scharführerin war, durfte den neuesten Wehrmachtsbericht vorlesen: Wie viele feindliche Flugzeuge waren in den letzten Tagen abgeschossen worden! Wie viele feindliche Schiffe hatte unsere Marine versenkt! Wie weit waren unsere Soldaten ins Feindesland vorgedrungen!

Nicht so schön waren unsere Lazarettbesuche. Da mussten wir manchmal hin, um verwundeten Soldaten die Zeit zu vertreiben. Wir unterhielten uns mit ihnen oder sangen ihnen was vor. Anfangs haben wir das gern getan, aber dann hat einer der Soldaten Urschel unter den Rock gegriffen und von da an gingen wir nicht mehr so gern hin.

Wie Jockel mich damals beneidete! Wie er dem Tag entgegenfieberte, an dem er endlich ins Jungvolk übernommen wurde. Und als es dann so weit war, wie glänzend er die Pimpfenprobe* bestand! Im Schießen mit dem Luftgewehr und im Sport war er einer der Besten, im Altpapier- und Schrottsammeln einer der Fleißigsten. Die Schwertworte *Jungvolkjungen sind hart, schweigsam, tapfer und treu. Jungvolkjungen sind Kameraden. Der Jungvolkjungen Höchstes ist die Ehre* hatte er schon ein halbes Jahr zuvor auswendig gelernt. Sein Lieblingsspruch hing über seinem Bett: *Wer auf die Fahne des Führers schwört, hat nichts mehr, was ihm selbst gehört.* Die Sommeruniformhose konnte ihm nicht kurz genug, der Dolch, den er bei der Aufnahme überreicht bekommen hatte, nicht scharf genug sein.

Schlimm für Kutti. Die große Schwester lief in Kluft herum und nun auch der große Bruder. Und er? Er durfte uns nur bewundern, war ja noch lange nicht so weit. Und jetzt? Ob es überhaupt noch dazu kommt, dass auch er irgendwann die Pimpfenprobe bestehen darf? Was, wenn am Ende die recht behalten, die uns immer nur mit mürrischen Mienen nachschauten, wenn wir singend durch die Straßen zogen? Wir lachten über sie. Alles Miesmacher! Alles Leute von gestern und vorgestern! Nicht ernst zu nehmen. Unsere Eltern dachten anders und Herr Huberty auch. Und ist der etwa dumm? Er weiß alles über die großen deutschen Dichter und kann die deutsche Geschichte so spannend erzählen, dass wir stolz darauf waren, auch Deutsche zu sein. Auch wenn ein Mädchen oder Junge die Nachricht mitbrachte, dass der Vater, Bruder, Cousin oder Onkel an der Front gefallen war, wie geduldig erklärte er uns dann, dass auch dieser Tod uns mit Stolz erfüllen durfte.

Kann mich noch gut an den Tag erinnern, als wir erfuhren, dass auch Mechthilds Vater gefallen war. In Russland, nicht weit von Moskau. Gleich setzte Herr Huberty sich neben sie und erzählte von der »roten Flut«, die aus dem Osten über uns hereinzubrechen droht. Mechthilds tapferer Vater, sagte er, hätte sein Leben dafür eingesetzt, dass diese »Flut der minderwertigen Menschen« uns nicht verschluckt. Die Slawen, denen unsere Soldaten an der Ostfront gegenüberstehen, seien nun mal eine »sich wie Ungeziefer ausbreitende, alle Zivilisation verschluckende Rasse«. Zu vergleichen nur mit den Juden, »den allerschlimmsten Parasiten«, die sich mit ihnen verbündet hätten, um sich weiter an unserem gesunden Volkskörper festsaugen zu können. Nein, Mechthild dürfe nicht weinen und nicht verzagen. Mit erhobenem Haupt solle sie durchs Leben gehen. Mindestens das sei sie ihrem Vater schuldig.

Mir tat Mechthild leid, doch musste ich mal wieder an Frau Piwonka denken. Polen sind doch auch Slawen. Also ist auch sie minderwertig? Ich fand das irgendwie seltsam, weil sie mir doch ganz normal erschien. Aber wenn Herr Huberty das sagte und es ja auch sonst überall so verkündet wurde, durfte ich daran zweifeln?

Davon, dass »Leben« immer auch »Kämpfen« bedeuten würde, redete Herr Huberty dann noch, und dass sich am Ende nur »die beste und widerstandsfähigste Rasse« durchsetzen würde. Eine natürliche Auslese sei das und nicht etwa ungerecht, sondern eben von einer anderen, viel höher zu wertenden, naturgesetzmäßigen Gerechtigkeit. Wir sollten uns nur mal einen Wettlauf vorstellen. Am Start haben alle die gleichen Chancen, am Ende aber siegt der Schnellere, Stärkere, von der Vorsehung Gesegnete. »Ungerecht wäre es doch wohl nur, wenn der Langsamere, Schwächere die Siegespalme überreicht bekommen würde, oder?«

Er lachte und wir nickten und lachten mit. Sogar Mechthild vergaß für diese eine Unterrichtsstunde ihre Trauer, so stolz war sie auf ihren Vater. Ich aber, auf dem Nachhauseweg, konnte nicht mehr an Frau Piwonka denken, dachte nur noch an eines – nämlich dass nun auch Pappka bald Soldat werden würde und dass die mit den mürrischen Mienen nicht recht behalten dürfen. Sonst stimmt ja alles irgendwie nicht.

Der Tag, an dem der Gestellungsbefehl kam! Sehe alles noch vor mir. Momm lief voller Sorge hin und her, und Pappka versuchte, sie zu beruhigen. »Aber Lottchen, mal doch keinen Teufel an die Wand«, schimpfte er. »Es geht ja erst mal nur in die Kaserne. Vielleicht ist der Krieg, bevor ich an die Front muss, längst vorüber.«

Momm konnte ihre Angst um ihn trotzdem nicht so einfach abstellen und er wurde immer ärgerlicher. »Aber Lotte! Jetzt reiß dich doch mal zusammen! Der Krieg ist schließlich Sache des *ganzen* Volkes. Wehrdienst ist Ehrendienst, verdammt noch mal! Würde ich mich davor drücken, müsstet ihr euch dann nicht für mich schämen?«

Momms Sorgen wurden trotzdem nicht weniger. Und meine auch nicht. Erst vor einem Dreivierteljahr hatte der Russland-Feldzug begonnen. Mit Schrecken hatte ich im Atlas gesehen, wie riesengroß sie ist, diese Sowjetunion*, zu der ja nicht nur Russland, sondern noch viele andere Völker gehören. Mechthilds Vater war vor Moskau gefallen, was, wenn auch Pappka dorthin musste?

Jockel war mutiger. »In keinem Krieg fallen alle Soldaten«, sagte er mit streng zusammengezogenen Augenbrauen, als ich ihm auf dem Globus zeigte, wie groß die Sowjetunion ist. »Und darf Pappka denn nur an sich selbst denken? Es geht um unser heiliges Deutschland. Wenn ich dürfte, ich würde mit ihm gehen.«

Zuerst musste Pappka aber nur nach Breslau. In die Kaserne. Mit einem leeren Pappkarton zum Zurücksenden seiner Zivilkleider unterm Arm zog er los, bis zwölf Uhr mittags musste er sich dort gemeldet haben. Wir brachten ihn zum

Bahnhof, und kaum war sein Zug nicht mehr zu sehen, fühlte ich mich alleingelassen. War das nicht der Anfang von etwas, das böse enden konnte? Ich spürte eine Unruhe in mir, wie ich sie vorher nicht gekannt hatte. Als wir Mädels ein neues Lied einstudierten, in dem es hieß: *Nun brausen nach Osten die Heere*, brüllte ich mehr, als ich sang. Als ob ich damit irgendwas tief in mir übertönen wollte.

Zweimal durfte Momm Pappka in Breslau besuchen. Dort wurdest dann du, Jutsch, »in Marsch gesetzt«. Momm lachte, als sie mir das verriet, aber wirklich glücklich war sie nicht. Ein viertes Kind? Mitten im Krieg? Doch natürlich, kaum warst du auf der Welt, wurdest du ihr Ein und Alles. Welche Frau hat denn schon das Glück, mit einer ihrer Töchter am selben Tag Geburtstag feiern zu dürfen?

Zu der Zeit war Pappka dann bereits an der Front – und nach deiner Geburt stolz wie ein König, wie er schrieb. Am 30. Januar zehn Jahre davor war unser Führer Reichskanzler geworden. Als da am Abend in Berlin ein großer Fackelzug stattfand, war Pappka mitmarschiert. Er war damals ja schon lange bei der SA*, ganz niedrige Mitgliedsnummer, wie er uns oft erzählt hat. Und jetzt? Jetzt war er mit einer Frau verheiratet, die jedes Jahr am 30. Januar ihren Geburtstag, den ihrer jüngsten Tochter *und* den Tag der Machtergreifung feiern durfte. »Aller guten Dinge sind drei!«, scherzte er in dem Brief von der Front. Ihm sei zumute, als hätte die Vorsehung ihm mit dir, Jutsch, einen ganz besonderen Kriegsorden verliehen.

Ehe er nach Russland musste – Momm war da gerade erst ein paar Wochen mit dir schwanger –, hatte er uns dann noch mal besuchen dürfen. Für zwei Tage und zwei Nächte. Wie wir da am letzten Abend alle miteinander im Wohnzimmer saßen und Momm immer wieder in die Küche lief, um sich die Tränen aus den Augen zu wischen! Pappka sollte sie nicht weinen sehen. Mir waren meine Tränen egal. Warum denn nicht heulen, wenn ich ihn doch an diesem Abend vielleicht zum letzten Mal sah?

»Aber Fräulein Renate!«, versuchte er mich aufzuheitern. »Was ist denn heute mit Ihnen los? Wollen Sie mir 'ne Freude machen? Leute, um die bereits zu Lebzeiten getrauert wird, leben ewig, heißt es.« Und wie so oft fiel ihm eine Locke in die Stirn, so dunkelblond wie meine Zöpfe. Und mit dieser widerspenstigen Locke, die ihn richtig jung macht, hat er mir immer am besten gefallen. An diesem Abend aber war nicht mal Kutti nach Witzen zumute.

Zum Bahnhof durften wir Pappka diesmal nicht bringen. Bloß kein Wasserballett, hatte er gesagt. Wir winkten ihm von der Gartenpforte aus nach.

Später: die Warterei auf den Briefträger! Jeden Tag, kaum war ich aus der Schule zurück, spähte ich alle paar Minuten auf die Straße hinaus. Würde Herr Libuda, der alte Pole mit dem tief hängenden Schnauzbart, auch auf unser Haus zusteuern?

Kam er dann tatsächlich mal, rannte ich ihm bis zur Gartenpforte entgegen, wurde aber jedes Mal enttäuscht. Post von Tante Mala oder Onkel Egon, nur Pappka meldete sich nicht.

Als er dann endlich kam, der erste Brief von der Front, erkannte ich schon auf dem Kuvert Pappkas Schrift und tanzte mit dem Brief in der Hand durch die ganze Küche. Hatte ja solche Angst vor einer fremden Handschrift gehabt! Mechthild hatte mir die Todesnachricht, die ihre Mutter bekommen hatte, mal gezeigt. Von einem Hauptmann Müller war sie abgesandt worden, schon auf dem Briefumschlag war Mechthild die fremde, steife Handschrift aufgefallen.

Pappkas Brief klang heiter. Fast, als berichte er von einem lustigen Schulausflug. Er wollte uns beruhigen und irgendwie klappte das auch.

Ein paar Wochen nach deiner Geburt, Jutsch, durfte er uns dann noch mal besuchen. Das allein deinetwegen. Müde und abgemagert stand er plötzlich vor der Tür. Ein Anblick, der überhaupt nicht zum Ton seiner Briefe passte. Gleich musste Momm wieder weinen, und Pappka drohte ihr: »Wenn du nicht sofort damit aufhörst, Lottchen, bin ich in zwei Minuten wieder an der Front.«

Aber dann nahm er dich auf den Arm und strahlte dich an und wollte dich lange nicht in dein Bettchen zurücklegen, so verliebt war er in dich.

Kein Schnickschnack

Hab mehrere Tage nicht geschrieben. Die Griess deckt uns mit so viel Arbeit zu, da war ich abends immer viel zu müde, um noch in meine Schreibkammer zu gehen.

Wie wir im Zug saßen – das Toilettenproblem! Zwar gab's in jedem Waggon einen Abort, aber zu dem mussten wir uns jedes Mal erst lange durchkämpfen. Und hatten wir das nicht gerade besonders saubere Klo dann endlich erreicht, standen vor der Tür schon viele an. Dauerte ewig, bis man hineinkam. Und hielt der Zug auf freier Strecke – was ja öfter passierte –, durfte man dann etwa aussteigen, um sich im Nachbargleis zwischen die Bahnschwellen zu hocken? Wer wusste denn, wann der Zug weiterfuhr.

Uns blieb gar nichts anderes übrig, als uns alle paar Stunden zwischen den im Gang stehenden Leuten und all ihrem Hab und Gut hindurchzuquetschen, um uns vor dem Abort anzustellen. Dort wurde der Druck von Minute zu Minute größer. Oft kaum zum Aushalten.

Einmal allerdings sorgte dieses »Problem« dafür, dass in unserem Abteil laut gelacht wurde. Wem wir das zu verdanken hatten? –Kutti!

Jockel und er gingen immer zu zweit zum Abort. Dieses Mal aber dauerte alles viel zu lange. Mit hochrotem Kopf kämpfte Kutti sich in unser Abteil zurück und Momm wusste gleich, was zu tun war. Sie ließ das Fenster runter, hob Kutti hoch und stellte ihn, der seinen Schlitz schon aufgeknöpft hatte, auf den Klapptisch direkt davor. Und während sie ihn im Rücken stützte, plätscherte, was Kutti da im hohen Bogen in den Wind hinauspinkelte, nicht nur gegen die Waggonwand, sondern auch gegen das Fenster zum Nachbarabteil. Zum Glück war es geschlossen.

Nie hätte ich gedacht, dass an diesem Tag mal so herzhaft gelacht werden würde. Kutti war das Ganze zutiefst peinlich. Kaum saß er wieder, schloss er die Augen, um nur ja niemanden ansehen zu müssen.

Das Mädchen im Gepäcknetz uns gegenüber hatte am längsten über Kuttis »Schifffahrt« gelacht. Gut gelaunt griff sie in ihre Zwiebacktüte, um dir, Jutsch, über alle Köpfe hinweg einen ihrer Schätze hinzuhalten. »Na, Jutsch?«, fragte sie. »Willst du auch einen?«

Doch von fremden Leuten etwas nehmen? Das hättest du nie getan. Also nahm ich ihr den Zwieback aus der Hand, brach ihn in der Mitte durch und steckte dir erst die eine und danach die andere Hälfte in den Mund. Und sofort hast du losgelutscht. Was von deiner Eena kommt, darfst du essen.

Wieder lachte das Mädchen, und weil sie jetzt wohl ein bisschen reden wollte, erzählte sie, dass Verwandte von ihr schon viel früher die Beine in die Hand genommen hätten, um ins Altreich abzutauchen. »All das Gerede vom Durchhalten«, beschwerte sie sich. »Könnte mich ohrfeigen, dass ich den Scheiß so lange geglaubt habe. War doch vor Silvester schon Kanonendonner zu hören.«

Der alte Mann neben mir schien nur darauf gewartet zu

haben, dass jemand so etwas sagte. »Keinen Meter Wartheland wollten sie preisgeben«, pflichtete er dem Mädchen bei. »Posen wird Festung, haben sie getönt. Und jetzt?« Er schnaubte böse. »Jetzt müssen wir froh sein, wenn die Russen nicht schneller sind als unser Zug.«

Zwei Frauen direkt vor unserer Tür gefiel das nicht. Die eine, rotgesichtig und sehr korpulent, das Frauenschaftsabzeichen* am Mantel, empörte sich laut: »Lassen Sie gefälligst diese Hetzreden! So etwas will, so etwas darf ich nicht hören. Sonst zwingen Sie mich, Ihre Äußerungen anderen Orts zur Sprache zu bringen.«

Ihre Nachbarin, schmal und eher grau, stimmte ihr zu. »In der Not darf niemand zweifeln«, rief sie mit schriller Stimme. »Unser Führer weiß schon, was er macht.«

Den Alten beeindruckte das nicht. »Sind Sie auf meinen Sitzplatz scharf?«, fragte er gelangweilt. »Na, dann denunzieren Sie mich doch. Nur zu, die Damen! An meinen Zweifeln aber ändert das nichts. Bin weder blind noch taub, sehe und höre, was um mich herum passiert. Überall wird die Front *bereinigt*, überall wird se *begradigt*. Das Wörtchen *Rückzug* kennen unsere Feldherren nicht.« Er lachte meckernd. »Von mir aus können Sie den Herren von der Gestapo* ruhig melden, was ich gesagt habe. Denken Sie denn, einer wie ich hat noch vor irgendwas Angst? Hab nichts mehr und bin nichts mehr. Fahre ich morgen in die Grube, zeige ich Leute wie Ihnen noch aus'm Sarg heraus 'nen Vogel.«

Vor Verblüffung wussten die beiden Frauen nicht, was sie sagen sollten. Tuschelten nur erregt miteinander. Mich ärgerte, dass ich dem Alten, ob ich wollte oder nicht, recht geben musste. Wie oft hatten wir zu hören bekommen, es gäbe keinerlei Grund zur Sorge, unsere Soldaten hielten dem Feind stand. Wer flieht, falle ihnen in den Rücken. Hab das geglaubt. Alle in unserer Klasse, auch Urschel, Christel, Mechthild, Ruthchen und Burkhard, haben das geglaubt. Weiß noch, wie ich wenige Tage nach Neujahr eine Wehrmachtskompanie in Richtung Osten marschieren sah. Lauter noch sehr junge Männer. Ich sah ihnen nach und war mir sicher, dass sie keinen einzigen Russen zu uns durchlassen würden. Und richtig, nur zwei Tage später marschierten streng bewachte Kriegsgefangene in genau die andere Richtung. Und das mussten ja Russen sein. Ihre Mäntel waren mit R gezeichnet, Polen trugen ein P auf dem Rücken.

Also: Weshalb hätte ich mir Sorgen machen sollen? Dann aber, nur wenige Tage später, kehrten die Sorgen zurück. Da erzählte Frau Piwonka, dass inzwischen schon viele Deutsche, aus Danzig und Bromberg kommend, in Richtung Westen geflohen seien. Sie wusste das von ihrem Mann.

»Und was ist, wenn die Russen doch bis zu uns kommen?«, fragte ich Momm. »Erfahren wir das dann rechtzeitig?«

Momms Antwort: »Natürlich! Und deshalb bleiben wir hier, solange uns keine Gefahr droht. Das haben wir Pappka doch versprochen.« So richtig überzeugt davon, dass uns keine Gefahr drohte, aber war sie nicht. Das sah ich ihr an.

Zwei Tage später rollte der erste Fluchtwagen durch Eichenbrück. Ein ganz normaler schmaler Bauernwagen war das, eine Fuchsstute vorgespannt. Die Familie, dick vermummt, hockte zwischen vielen Kisten, Säcken, Kartons und Möbelstücken. Ihren ganzen Hausrat, auch das Bettzeug, hatten sie mitgenommen, so vollbepackt war der Wagen.

Ich erzählte Momm davon, und zuerst sagte sie nur: »Angsthasen gibt's überall. Die hören schon die Flöhe husten, bevor sie überhaupt welche haben.« Doch dann knallte sie plötzlich den Deckel auf den Topf mit dem Brei, den sie gerade für dich kochte, Jutsch, und schimpfte los: »Ach, ich weiß ja auch nicht, was richtig ist! Vielleicht ist das alles nur Hinhaltetaktik, womit sie uns hier festhalten ... Wir sollen in Frontnähe bleiben, damit unsere Soldaten das Gefühl haben, Frauen und Kinder und nicht nur irgendwelche menschenleeren Höfe und verlassenen Wohnungen zu verteidigen.« Sagte es, erschrak und packte mich fest an der Schulter. »Das hast du nicht gehört, Rena, verstanden? Kein Wort darüber zu irgendwem! Bitte!«

Wer am Endsieg zweifelt, wird erschossen, so wird geredet. Nur ein Gerücht, wie Urschel gesagt hat? – Egal, jetzt hatte unsere Momm, die doch zuvor noch nie an irgendetwas gezweifelt hatte, plötzlich ganz anders gesprochen. Angst stieg in mir auf.

Momm sah mir das an, konnte aber nicht mehr zurück. Ich hatte ja gehört, was sie gesagt hatte. »Tut mir leid, dass mir das herausgerutscht ist«, flüsterte sie mir zu, obwohl uns doch niemand hören konnte. »Weiß oft nicht mehr, was ich denken oder wem ich noch glauben darf. Will ja alles richtig machen, verstehst du? Muss doch an euch denken.«

Ich versprach ihr, den Mund zu halten, fragte mich aber den ganzen Nachmittag, was Pappka wohl dazu gesagt hätte. Dachte er inzwischen vielleicht auch ganz anders? Als er uns bat, in Eichenbrück zu bleiben, waren die Russen ja noch weit weg.

Als dann endlich auch wir packen mussten – oder durften –, musste alles ganz schnell gehen. Doch kein Grund zur Beunruhigung, wie die Kreisleitung verkündete, nur eine Frontbegradigung, nichts anderes. Wir tauschen *Raum gegen Zeit*, hieß es.

Sollte heißen, wir ziehen uns kurz zurück, um zu einer großen Gegenoffensive auszuholen, um danach noch vernichtender zuschlagen zu können als jemals zuvor und so bedeutend mehr Raum zu gewinnen, als wir jetzt aufgeben mussten. Und war der Russe erst zurückgetrieben, sollten alle sofort wieder heimkehren dürfen.

Momm und Frau Piwonka liefen durchs Haus, um zusammenzutragen, was wir unbedingt mitnehmen mussten. Auch Jockel, Kutti und mir erteilte Momm Anweisungen, was wir einpacken sollten. Ich aber überlegte nicht lange. Ohne ein Wort zu sagen, lief ich zu Urschel.

Dort wurde nicht gepackt. Urschels Mutter saß nur blass und steif im Sessel und drehte immer wieder am Radioknopf, um die neuesten Wehrmachtsnachrichten zu empfangen. Als sie mich sah, machte sie ein trotziges Gesicht. »Weshalb sollen wir denn hier weg? Haben wir irgendwen bestohlen? Das hier«, mit dem Arm zog sie einen weiten Kreis, »ist unser Zuhause. Hier gehören wir hin, hier bleiben wir.«

Urschel wusste nicht, ob sie das gut finden sollte. »Oma und Opa sind ja schon viel zu alt für eine Flucht«, flüsterte sie mir zu, als müsste sie sich für ihr Zurückbleiben entschuldigen. »Mama sagt, das überleben sie nicht, jetzt, mitten im Winter.« Und im Flur, als wir miteinander allein waren, fiel sie mir um den Hals und weinte.

»Wiedersehen ist wunderschön«, so hatten wir uns jedes

Mal voneinander verabschiedet, wenn eine von uns in die Ferien fuhr. Doch ob wir uns diesmal wiedersehen werden? Feierlich schworen wir, alles, aber auch wirklich alles zu tun, um uns nicht aus den Augen zu verlieren. So schnell wie möglich wollte ich ihr schreiben, damit sie meine neue Adresse hatte, und hab das dann ja auch getan. Aber ob sie diesen Brief noch erhalten hat? In Eichenbrück sind ja längst die Russen.

Muss oft an Urschel denken. Wie es ihr, ihrer Mutter und ihren Großeltern wohl ergangen ist? Hoffentlich haben die russischen Soldaten ihnen nichts getan.

Von Urschel lief ich zu Christel und danach zu Mechthild, Ruthchen und Burkhard. Wollte mich von allen verabschieden. Wir kennen uns schon so lange. Seit vielen Jahren sind wir eine Clique mit Burkhard Schmidtchen als einzigem Jungen in unserer Mitte.

Nein, Burkhard ist nicht *mein* Freund, obwohl er bestimmt nichts dagegen gehabt hätte, wenn ich ihm ein bisschen Mut gemacht hätte. Er war schon immer *unser* Freund. »Ein echtes *Schmidtchen*«, spottete Pappka gern über ihn, »kein Schmidt!« Das, weil Burkhard so zierlich ist. Doch kann er sehr tapfer sein. Das hatte er uns letzten Sommer bewiesen.

Offiziere hatten den Führer ermorden wollen, zu unserer großen Freude aber hatte die Bombe ihn nur verletzt. Und in der Schule gab's einen Sonderappell, zu dem Burkhard zu spät kam. Mitten in Herrn Hubertys Dankesrede an die Vorsehung, die uns den Führer erhalten hatte, platzte er hinein. Seine Mutter sei krank, er habe erst noch den Arzt holen müssen, entschuldigte er sich später. Herr Huberty steckte ihn trotzdem in den Jugenddienstarrest. Weil zu diesem besonderen Appell jeder hätte pünktlich sein müssen, wie er sagte, ganz egal ob das Haus in Flammen oder unter Wasser stünde.

Von Sonnabendmittag bis Montag früh, zwei Nächte und einen ganzen Tag hatte Burkhard im Arrest schmoren müssen. Als er daraus entlassen wurde, wollten wir wissen, ob es sehr schlimm gewesen sei. Doch da hatte er nur den Kopf geschüttelt und gesagt, dass er, wenn es seiner Mutter mal wieder schlecht gehen sollte, auf jeden Fall trotzdem als Allererstes den Arzt holen würde. Und wir haben ihm angesehen, dass er das wirklich tun würde.

Ja, wir sechs sind sehr verschieden, hängen aber aneinander wie die Kletten. Deshalb lief ich, als ich von Urschel kam, weiter von Haus zu Haus. Wiedersehen ist wunderschön, wir mussten doch in Verbindung bleiben. Doch weder bei Christel, Mechthild, Ruthchen oder Burkhard wurde noch geöffnet. Alle waren sie schon weg. Enttäuscht und auch ein wenig ratlos lief ich nach Hause zurück. Frau Piwonka schimpfte mit mir: »Jesus, du dummes Kind! Wo hast du gesteckt? Beeil dich! Ihr müsst weg, ganz schnell weg!«

Ich zog mich nur lustlos um. Das nach dem Zwiebelsystem, eine dicke Pelle über der anderen. Drunter möglichst warme Unterwäsche, wie von Momm befohlen. »Es ist noch keiner *erschwitzt*«, hatte sie gesagt, »aber erfroren sollen schon öfter welche sein.« Und: »Nimm bloß keinen Schnickschnack mit, wir werden auch so genug zu schleppen haben.«

Hab in Frankfurt auf der Kerb mal »die dickste Frau der Welt« gesehen – genauso sah ich jetzt aus: über der Trainingshose die Skihose, über dem Pullover eine Strickjacke, drüber noch die neue Winterjacke, Schal um und die rot-blaue Wollmütze auf. Nur die gefütterten Handschuhe, die stopfte ich erst mal nur in die Jackentaschen.

Danach: der Rucksack! Bloß keinen Schnickschnack einpacken? Aber sind denn meine Klassenfotos Schnickschnack? Oder die Fotos, die Pappka von uns gemacht hatte: Klein-Rena bei der Einschulung? Wir, noch ohne dich, Jutsch, in den Ferien an der Ostsee? Momm beim Werkeln in unserer Küche? Und viele andere.

Ich packte Wäsche ein und Kleidung und schob zum Schluss auch noch mein Fotoalbum und all das, was ich für die Schule brauchte, in den Rucksack und lief damit zu Momm. Ihr Koffer war sehr, sehr schwer. Unser silbernes Besteck lag drin. »Darf das doch nicht im Garten vergraben«, sagte sie. »Weiß ja nicht, ob wir noch mal wiederkommen.«

Was hatte sie da gesagt? Fast hätte ich mich an meiner eigenen Zunge verschluckt. Nicht mehr wiederkommen? Aber wie konnte sie denn so etwas denken? Das sollte doch alles nicht von Dauer sein, *Raum gegen Zeit* und danach ging's wieder zurück. Oder etwa nicht? War das erste Mal, dass Momm so etwas sagte – und das erste Mal, dass diese Möglichkeit, von wem auch immer, überhaupt in Betracht gezogen wurde. Ich musste mir Mühe geben, nicht loszuheulen wie zuvor Urschel.

Ihren Schmuck versteckte Momm am Körper. »So haben wir, wenn's ganz schlimm kommt, wenigstens was zu verkaufen«, sagte sie.

Wenn's ganz schlimm kommt – noch so etwas, das mir nicht schmeckte!

Du, Jutsch, längst reisefertig eingemummelt, hast die ganze Zeit über nur auf deinem Stühlchen gesessen und uns mit großen Augen angeschaut. Nur ein einziges Mal, da hast du irgendwas fragen wollen. »Eena« hast du ganz leise gesagt.

Aber deine Eena überhörte das. Wie hätte ich dir denn, was da gerade geschah, erklären sollen? Auch grübelte ich ja immer noch darüber nach, ob Momms »Weiß ja nicht, ob wir noch mal wiederkommen« nur so dahingesagt war. Natürlich werden wir wiederkommen, redete ich mir ein. Wir *müssen* doch irgendwann nach Hause zurück. Mein Lieblingskleid, das ich nicht mitnehmen durfte, weil es ein Sommerkleid ist, und auch meine Kletterweste*, alles wird schön brav auf dem Bügel hängen bleiben und auf mich warten. Auch die Bernsteinsammlung von der Ostsee, mein erster Teddybär, meine Puppenparade, an der ich ja irgendwie noch immer hänge, und so vieles andere. Haben unsere Soldaten die Russen erst zurückgetrieben, gehört alles wieder mir.

Als ich mit meinem prall gefüllten Rucksack auf dem Rücken und dir, Jutsch, auf dem Arm dann vor Momm die Treppe hinabstieg, warteten Jockel und Kutti schon auf uns. Beide ebenfalls dick angezogen, beide mit Rucksäcken und oben drüber noch ihren Schulranzen auf dem Rücken. War ja so angeordnet worden: Egal wohin wir kommen, die Schule sollte weitergehen. Über Kuttis Botanisiertrommel aber habe ich mich ein bisschen geärgert. Was konnte da schon drin sein, wenn doch nicht nur lauter Schnickschnack? Und ich hatte so viel davon zurücklassen müssen.

»Es ist so weit.« Als Momm Frau Piwonka um den Hals fiel, konnte sie die Tränen nicht zurückhalten. »Vielen, vielen Dank für alles, liebe Frau Piwonka«, sagte sie dann nur noch.

»Sie waren uns immer eine gute und zuverlässige Stütze. Jetzt hab ich nur noch eine einzige Bitte: Passen Sie gut aufs Haus auf, ja? Schauen Sie öfter nach dem Rechten. Den Schlüssel haben Sie ja.«

Frau Piwonka weinte nicht, nickte nur immer. Ein Verdacht schoss mir in den Kopf: Konnte sie denn ernsthaft traurig sein? Freute sie sich nicht insgeheim, dass wir Deutschen endlich wieder verschwanden? Und das vielleicht sogar für immer?

Barbaren

Roman brachte uns nach Posen, Frau Piwonkas Neffe, nicht viel älter als ich. Von hier, so war gesagt worden, sollte er abgehen, der letzte Zug in Richtung Westen. Den alten Balthus vor den Wagen gespannt, hatte Mani, wie wir Roman nur nennen, vor dem Haus auf uns gewartet.

Manis Eltern leben nicht mehr. Er ist längst so etwas wie Frau Piwonkas Sohn geworden, die ja sonst keine Kinder hat, und arbeitet auch für die Gauleitung.

Wir reichten ihm unsere Rucksäcke, Ranzen und Momms Koffer, er half uns aufsteigen und Momm setzte sich mit dir auf dem Arm, Jutsch, zu ihm auf den Kutschbock. Frau Piwonka winkte uns noch einmal zu, dann ging sie los, die lange Fahrt durch den eiskalten Schneeabend.

Ich saß direkt hinter Mani, auf Momms großem Koffer. Er trug eine dicke, schwarze Bauernjacke, in der er noch breiter wirkte, als er ohnehin ist. Wir mussten weg, er durfte bleiben. Wie beneidete ich ihn!

Mani hatte mir, wenn er zu uns kam, um seiner Tante etwas zu bringen oder wir uns zufällig irgendwo begegneten, öfter zugelächelt. Ich glaube, ich gefiel ihm. Jetzt saß er vor mir und brachte mich fort. Ob ihm das schwerfiel?

Jockel, Kutti und ich verkrochen uns in die dicken Decken, die Mani mitgebracht hatte. Stumm hockten wir auf dem vor sich hin rumpelnden Wagen. Du, Jutsch, warst auf Momms Schoß kaum zu sehen, so eingemummelt warst du. Deine Lieblingspuppe Elke hattest du so fest an dich gepresst, als müsstest du sie vor irgendwas beschützen. Kutti umklammerte seine Botanisiertrommel.

Würden wir noch rechtzeitig zum Posener Bahnhof kommen, um diesen allerletzten Zug, von dem so viel geredet worden war, zu erreichen? Ich konnte an nichts anderes mehr denken. Fünfzig Kilometer lagen vor uns – was, wenn wir zu spät kamen? Oder wenn gar kein Zug mehr kam?

Jockel schämte sich dafür, »weglaufen« zu müssen. Er war immer so stolz auf unsere Soldaten gewesen. Als wir durch die breite Baumallee fuhren und schneebedeckte schmiedeeiserne Gitter oder Holzzäune die Vorgärten von der Straße abschirmten, lachte er einmal böse auf. An einem der hohen Gitter hing ein Transparent. *Uns geht die Sonne nicht unter* stand drauf. An einem solch kalten, düsteren Winterabend eine Sonne, die nicht untergeht, wenn man gerade davonläuft? Das tat weh und war komisch.

Bald drängten sich immer mehr Wagen heran. Aus allen Richtungen kamen sie angefahren. Kinder, Frauen und alte Männer saßen drauf. Dazwischen genauso voll bepackte Schlitten, Karren und Handwagen. Was da alles mitgeschleppt wurde! Kisten, Koffer, Säcke, Kartons, Körbe, Stühle, große Bündel, kleine Bündel, Bettzeug und sogar Matratzen. Auch Hunde und Katzen. Die Pferdehufe stampften durch den Schnee, aus den Nüstern der Tiere quollen Nebelwolken.

Vor der Stadt stießen wir immer öfter auf aus den Ställen entlassenes Vieh – Rinder, Schweine, Schafe. Kutti machte sich

Sorgen: Sollten alle diese Tiere jetzt etwa sich selbst füttern? Und konnten die Kühe sich denn selber melken?

Kurz darauf überholte uns ein mit Soldaten voll besetzter Laster. Einer der Soldaten rief uns etwas zu. Keiner konnte ihn verstehen, doch wie beunruhigte uns dieser Zuruf! Hatte er uns vor irgendetwas warnen wollen?

Gern wären wir schneller vorangekommen, doch drängten immer noch mehr Wagen, Schlitten, Karren und Handwagen heran. Und am Straßenrand standen Frauen, Kinder und alte Männer, die winkten, um mitgenommen zu werden. Und zwar mitsamt all ihren Habseligkeiten. Aber auf welchem Wagen war denn noch Platz? Die meisten waren so vollgeladen, dass sie nicht noch weiter belastet werden durften. Wollte ja keiner einen Achsenbruch riskieren. Zwei Frauen ließen ihr Gepäck dann sogar stehen, um auf einen der Wagen klettern zu dürfen.

Mani nahm noch eine andere Familie mit. Bei uns war ja noch Platz. Eine steinalte Großmutter gehörte dazu, ein genauso alter Großvater und eine blasse Mutter mit ewig hustender großer Tochter. Sie wollten auch zum Posener Bahnhof und hatten nicht mehr Gepäck dabei als unbedingt notwendig. Die Tochter aber hustete so schlimm, dass Momm dir, Jutsch, den Schal über Mund und Nase schob und Jockel, Kutti und mich anwies, dasselbe zu tun. Das fehlte uns gerade noch, dass wir uns bei dem fremden Mädchen ansteckten.

Gleich darauf: der erste Stopp! Alles stand still und wütende Rufe wurden laut. Konnte ja keiner sehen, weshalb es nicht weiterging. Mani sprang vom Bock und lief nachschauen. Der Grund: ein Wagen hatte sich in all dem Schneetreiben zu weit rechts gehalten, war in den Straßengraben gekippt und musste mitsamt dem Pferd, das sich zum Glück nichts gebrochen hatte, mit vereinten Kräften wieder aufgerichtet werden. Eine halbe Stunde ging's weiter, dann machte ein Ochse schlapp, der vor einen der Wagen gespannt war. In den Schnee legte er sich und wollte nicht wieder aufstehen. Mit Stockschlägen musste er zum Weiterziehen angetrieben werden. Aber ein Ochse ist kein Pferd, die anderen Wagen mussten immer wieder warten, bis sie ihn überholen konnten.

Wie lange wir insgesamt unterwegs waren? Ich weiß es nicht. Es dauerte endlos lange. Irgendwann aber kamen wir in Posen an und die Schlange der Fuhrwerke teilte sich. Die einen wollten zum Bahnhof, die anderen in Richtung Westen weiterfahren. Und nun ging's wirklich ein bisschen schneller voran. Nur eben nicht schnell genug. Plötzlich hörten wir in der Ferne Artilleriefeuer. Noch sehr weit weg, aber trotzdem: Was, wenn die Russen schneller am Bahnhof waren als der Zug, falls überhaupt noch einer kam?

Mani schlug vor, uns besser bis nach Scharnikau zu bringen. Was Momm sofort ablehnte. »Lieb von dir, Mani«, sagte sie. »Aber denk an Jutsch. Eine so lange Fahrt auf dem offenen Wagen, und das bei Eis und Schnee und ohne was Warmes im Bauch, nein, das dürfen wir ihr nicht zumuten.«

So war die Fahrt für uns und die andere Familie vor dem Bahnhof zu Ende, und beim Abschied sah Mani mich so traurig an, dass ich nicht anders konnte – rasch beugte ich mich vor und küsste ihn auf die Wange, als wäre er einer meiner Brüder.

Er wurde rot und wusste nicht, was er sagen sollte, und dann mussten wir uns auch schon von ihm trennen, um mit all unserem Gepäck zwischen den anderen Flüchtlingen auf den Bahnhofstunnel zuzulaufen. Dort staute sich alles. Kinder schrien, es wurde geflucht und geschimpft, gestoßen und geschubst. Alle hatten wir Angst, diesen letzten Zug nicht mehr zu erreichen.

Und dann? Dann saßen wir im Zug – und ich war in Gedanken noch immer in Eichenbrück.

Jockel flüsterte mir zu: »Du heulst ja.«

»Quatsch!«, schimpfte ich und wischte mir die Augen – und genau in diesem Moment passierte es.

»Tiefflieger!«, flüsterte das Mädchen im Gepäcknetz uns gegenüber mit einem Mal ganz erschrocken.

Ich drängte mich bis ans Fenster vor – und da sah auch ich sie herangeflogen kommen, drei Jagdflugzeuge, die unseren Zug verfolgten. Wie drei riesige, bösartige Hornissen schossen sie heran und nur zwei, drei Sekunden später hörten wir das Gehämmer der Bordkanonen.

Jockel und Kutti hatten sich neben mich gequetscht, Momm riss uns zurück. »Setzt euch sofort wieder hin!«, fuhr sie uns mit vor Schreck ganz hoher Stimme an. »Und macht euch klein, so klein, wie's nur irgend geht.«

Wir duckten uns und bangten: Was, wenn die Piloten durchs Fenster schossen?

Sie flogen eine Schleife – und kamen zurück. Und wieder hämmerten die Bordkanonen los.

»Terror ist das!«, schimpfte die Dickmadame mit dem Frauenschaftsabzeichen. »Einschüchtern will man uns, die Treue zum Führer ins Wanken bringen.« Ihr Gesicht war vor Schreck nicht weiß, sondern knallrot geworden.

Sie erwartete Widerspruch, doch niemand wollte etwas sagen. Momm, Jockel, Kutti, ich und du auf Momms Schoß, Jutsch, so eng zusammengerückt saßen wir, als wollte jeder in den anderen hineinkriechen. Wenn ich in diesem Augenblick überhaupt irgendwas dachte, dann nur das eine: Wir waren doch fast nur Frauen, Kinder und alte Männer! Heißt es denn, wenn irgendwo auf der Welt ein Schiff untergeht, nicht jedes Mal: Frauen und Kinder zuerst von Bord? Und gilt im Krieg diese Abmachung nicht?

»Hoffentlich werfen die keine Bomben«, sorgte sich Kutti mit ganz fahlem Gesicht.

Jockel widersprach ihm. »Quatsch! Das sind doch Jäger, die können gar keine Bomben abwerfen.« Und fachmännisch erläuterte er, was er im Jungvolk gelernt hatte. »Die schießen auf uns, bis ihre Munitionskammern leer sind, dann müssen sie abdrehen.«

Bestimmt war das nur ein kurzer Angriff, doch wie endlos erschien er mir! Als dann endlich wieder alles still war, konnte die Dickmadame gar nicht mehr an sich halten. Vor Empörung zitternd schimpfte sie auf die »russischen Barbaren«, die zwischen Zivilisten und Militär keinen Unterschied machten.

Eine junge Frau, die auf dem Boden sitzen musste, konnte das nicht länger mitanhören. »Und wem haben wir das zu verdanken?«, fragte sie mit zornig blitzenden Augen. »Wer hat uns die Barbaren ins Land geholt? Waren wir das denn nicht selbst? Und, mit Verlaub, glauben Sie etwa, dass nur die Russen Barbaren und unsere Soldaten Engel sind? Im Krieg, Gnädigste, sind wir Menschen seit jeher zu allem fähig. Das können Sie zurückverfolgen bis in die Steinzeit.«

Der Dicken verschlug es die Sprache. Aufgeregt drehte sie sich hin und her, als müsste sie, was die junge Frau gesagt hatte, sofort irgendwem melden. Doch stand sie viel zu eingepfercht, keinen Schritt konnte sie machen. »Muss ich mir das anhören?«, brachte sie dann nur heraus. »Ich, eine Mutter, die dem Führer zwei Söhne geopfert hat? Und niemand widerspricht? Schämen sollten Sie sich allesamt!«

Doch die junge Frau winkte nur ab, als ärgerte sie sich bereits, überhaupt etwas gesagt zu haben. Dafür meldete sich eine andere zu Wort. Die kleine, stille, schon ältere Frau mit dem schwarzen Hut uns gegenüber hatte zuvor ebenfalls noch kein Wort gesagt. »Mein Mann ist auch gefallen«, flüsterte sie auf einmal vor sich hin, »und mein Sohn Friedrich gilt als vermisst. Und Tochter und Enkelin, die haben mir die Russen erschlagen.«

Was für eine Stille plötzlich im Abteil herrschte! Die kleine Frau mit dem schwarzen Hut aber nickte nur, als wollte sie das Gesagte noch mal bestätigen. »Ja, erst haben sie sie vergewaltigt und dann erschlagen ... Sie ... sie waren ja so voller Hass! Nicht alle, nein, nein, aber viele ... Bin zu einem ihrer Offiziere gelaufen, erschießt mich doch, bitte erschießt mich, hab ich ihn angefleht. Doch haben sie's nicht getan, und dann haben fremde Leute mich gezwungen, mit ihnen zu gehen ... So sind wir nach Posen gekommen. Auf dem Bahnsteig hab ich sie verloren ... Aber wo soll ich denn jetzt hin? Kenne niemanden im Altreich, fahre nur mit, weil ich nicht weiß, wohin denn sonst?«

Noch immer schwiegen alle, bis der Alte neben mir mit einem Mal leise knurrte: »Ja, es stimmt! Wir haben uns den

Feind selbst ins Land geholt. Und nun müssen wir die Suppe auslöffeln, die wir uns eingebrockt haben, ganz egal wie sehr sie auf der Zunge brennt.«

»Sie Vaterlandsverräter, Sie! Jetzt halten Sie doch endlich mal den Mund!« Die Graue im Gang wollte auch wieder mal was sagen. »Eine Schande, was Sie hier so alles von sich geben! Denken Sie bloß nicht, wir kommen niemals mehr irgendwo an. Wir werden schon dafür sorgen, dass Sie zur Rechenschaft gezogen werden, warten Sie's nur ab!«

»Aber gern doch!« Der Alte drehte seine Mütze wieder etwas schneller. »Im Warten bin ich ja geübt.« Sagte es, lachte kurz auf und schwieg danach starr. Ich schloss wieder die Augen. Wie wünschte ich uns raus aus diesem Zug! Andererseits aber war ich froh, dass er überhaupt weiterfahren konnte nach diesem schlimmen Fliegerangriff.

Vier Eisen im Feuer

Flieger ließen sich danach keine mehr blicken, doch hielten wir jetzt noch öfter. Und vorm Fenster? Immer dasselbe: verschneite Wälder, weite, genauso weiße Felder oder unterm Schnee schlafende Dörfer und kleine Städte. Irgendwann fielen mir die Augen zu. Mühsam riss ich sie wieder auf, bis ich schließlich ganz abtauchte und seltsames Zeug träumte:

Frauen, Männer und Kinder lagerten auf einer grünen Sommerwiese und warteten auf irgendwas. Ich mittendrin. Alle blickten wir zum Himmel hoch. Erwarteten wir ein Flugzeug, das uns abholen kommen sollte? Aber was, wenn dieses Flugzeug gar kein deutsches, sondern ein amerikanischer oder englischer Bomber oder ein russischer Jäger war?

Dann war die Wiese plötzlich gar keine mehr, sondern ein langer weißer Sandstrand irgendwo an der Ostsee. Also warteten wir auf kein Flugzeug, sondern auf ein Schiff? Das war besser, viel besser! Vor einem Kriegsschiff, das uns vielleicht gar nicht abholen, sondern seine Kanonen auf uns richten wollte, konnten wir davonlaufen, vor einem Flugzeug nicht.

Laute Schreie weckten mich, und Momm flüsterte mir zu, was gerade jetzt passierte: Im Nachbarabteil kam ein Kind zur Welt. Die junge Mutter, die es in all der Enge und ohne jede Hebamme oder ärztliche Hilfe entbinden musste, war es, die so fürchterlich schrie. Allein die Frauen in ihrem Abteil konnten ihr beistehen.

Als die Frau dann nicht mehr schrie, hätte Kutti sich das Kind gern angesehen. Doch sich bis ins Nachbarabteil vorkämpfen und dann vielleicht vor lauter Leuten gar nichts zu sehen bekommen? Die Mühe lohnte nicht. Was aber wohl mal in der Geburtsurkunde dieses Jungen oder Mädchen stehen würde? Darüber rätselte er lange. Jockel und er waren in Frankfurt am Main geboren worden, du, Jutsch, kamst in Posen zur Welt, ich in Berlin. Doch wenn ein Kind in einem Zug zur Welt kommt, was steht dann in der Geburtsurkunde? Der Name der letzten Bahnstation, an der der Zug gehalten hatte? Oder erst der des nächsten Ortes?

Eine Frage, die Kutti niemand beantworten konnte.

Wir fuhren und fuhren. Mal zuckelten wir im Schneckentempo dahin, dann wieder in etwas schnellerer Fahrt. Quietschten die Bremsen besonders laut, blieben wir mal wieder auf freier Strecke stehen. Meine Ungeduld wuchs. Und das Hungergefühl in meinem Bauch auch. Noch schlimmer der Durst. Wir hatten belegte Brote mitgenommen, zwei Thermoskannen mit Tee und drei Flaschen Wasser. Davon war nichts übrig geblieben.

Hielten wir auf einem Bahnhof, überlegte ich jedes Mal, ob ich nicht unsere leeren Flaschen nehmen und loslaufen sollte, um einen Trinkwasserhahn zu finden. Vor allem du, Jutsch, musstest bald wieder etwas zu trinken bekommen. Nur: Was, wenn der Zug dann weiterfuhr? Und das ohne mich?

Momm war gegen dieses *Unternehmen Wasserhahn.* »Nein«, sagte sie. »Das Risiko ist viel zu groß.«

Ich hörte auf sie. Bis es mich beim Halt auf einem dieser vielen Kleinstadtbahnhöfe dann doch überkam. Ohne ein Wort zu sagen, drängte ich mich mit all meiner Kraft durch die dicht stehenden Leute, in jeder Hand eine leere Flasche. Momm rief mir noch nach: »Nein, Rena! Bitte nicht! Bleib hier.« Doch quetschte und rempelte ich mich immer weiter durch und bald taten ein paar Frauen und zwei oder drei alte Männer aus unserem Waggon es mir nach. Fast so, als hätten sie nur darauf gewartet, dass einer oder eine damit anfing. Mit Flaschen, Töpfen oder Kochgeschirren in den Händen stürzten wir auf die an das Bahnhofshäuschen angeschlossene Wasserleitung zu. Und erst jetzt konnte ich sehen, was dieser Fliegerangriff angerichtet hatte: Der Zug war voller Einschüsse, viele Fenster waren zerstört, Verwundete oder Tote wurden herausgetragen.

Lange umschauen aber konnte ich mich nicht, ich musste mich vor der Wasserleitung anstellen. Doch Pech gehabt, aus dem Hahn kam nichts. Die Leitung war zugefroren.

Ohne erst lange nachzudenken, hasteten wir weiter, hinein in das flache, düster wirkende Bahnhofsgebäude. Vielleicht gab's dort ja noch eine Wasserleitung. Viele jedoch wagten das nicht, manche liefen lieber wieder zurück in den Zug. Wie sollten sie denn innerhalb des Gebäudes mitbekommen, wenn er wieder anfuhr? Gab ja keine Garantie dafür, dass er vorher pfiff.

In der Tür hatte ich mich noch einmal kurz umgeschaut. Momm! Sie stand am Zugfenster und winkte mir. »Komm sofort zurück«, sollte das heißen. Auf ihrem Arm du, Jutsch, neben ihr Jockel und Kutti. Ich lief trotzdem weiter – und tatsächlich, ganz am Ende des Gebäudes war noch eine Wasserleitung. Und die funktionierte. Nur war ich jetzt nicht mehr eine von den Ersten, musste mich weit hinten anstellen. Und dann wurde mir auch noch schlecht. Der Durst, der Hunger, dazu die Angst, dass der Zug ohne mich weiterfuhr …

Der fast zwergenhaft kleinen Frau vor mir erging es nicht anders. »Nu beeilen Se sich doch!«, drängte sie, nervös mit den Beinen trippelnd. »Im Zug sitzt meine alte Mutter. Ohne mich ist sie völlig hilflos.«

»Immer mit der Ruhe!«, knurrte ein alter Weißkopf, der gerade seine Trinkflaschen vollfüllte. »Kann den Hahn ja kitzeln, nur fließt das Wasser dann auch nicht schneller.«

Irgendwann war dann aber auch ich an der Reihe und durfte mit meinen beiden vollen Flaschen zum Zug zurückstürzen und mir Momms Vorwürfe anhören. Doch waren das »dankbare Vorwürfe«, denn wie gierig hast du, Jutsch, von Eenas Wasser getrunken!

Der Zug jedoch fuhr noch lange nicht weiter. Und da wurden alle die unruhig, die sich zuvor nicht hinausgewagt hatten. Durften sie jetzt noch aussteigen? Einige wagten es und schafften es dann nur mit Mühe und Not, auf den wieder anfahrenden Zug aufzuspringen. In unserem Abteil waren bis zum Schluss alle außer mir sitzen geblieben, jetzt schielten sie, wenn wir tranken, auf unsere Flaschen. Doch nein, wir durften niemandem etwas von unserem Wasser abgeben. Zwei Flaschen für fünf Leute, das war nicht viel. Wussten wir denn, wann wir sie wieder nachfüllen konnten?

Zuerst war der Durst das Schlimmste, später wurde es der Hunger. Wie gut, dass du, Jutsch, keine Heulsuse bist. Jockel, Kutti und ich wussten, weshalb Momm uns nichts mehr zu essen geben konnte, du wusstest es nicht. In den Nachbarabteilen hörten wir die kleinen Kinder schreien, mal wütend, mal so kläglich, dass es bald zum Wimmern wurde. Du hast nur manchmal leise vor dich hin geschnieft.

Um uns auf andere Gedanken zu bringen, redete Momm viel über das, was uns in Berlin erwartete. »Tante Mala hat eine so schöne große Wohnung«, sagte sie, »da finden wir ganz bestimmt alle Platz. Und bei Onkel Egon notfalls auch. Peter und Klaus sind ja nun auch schon bei den Soldaten, ihre Zimmer stehen leer. Und dann gibt's ja auch noch Frau Hönig und Onkel Rudi, obdachlos werden wir nicht.«

Kein Wunder, dass sie an Onkel Rudi erst ganz zuletzt dachte. Pappka und Onkel Rudi sind zwei sehr unterschiedliche Brüder. »Mein großer Bruder, der rote Jesus«, hat Pappka früher gern gespottet und dabei halb zornig, halb traurig gelacht. Und auch Momm hab ich öfter über Onkel Rudi schimpfen hören. Zwar halte er jetzt schon seit Jahren den Mund, hat sie mal zu Pappka gesagt, aber in Wahrheit sei er noch immer gegen den Führer und seine Politik. »Vielleicht hofft er ja darauf, dass Deutschland den Krieg verliert, damit endlich seine Leute an die Macht kommen.«

Hab Onkel Rudi nicht oft gesehen. Das letzte Mal war ich elf oder zwölf. Ein Mann mit Halbglatze, der auf Krücken ging, weil er als Zwanzigjähriger im Ersten Weltkrieg ein Bein verlor. Sehr ernst wirkte er auf mich, und das sogar dann, wenn er versuchte, lustig zu sein. Nach unserem letzten Besuch bei ihm sagte Momm: »Ist vielleicht besser, wir gehen mal eine Weile nicht mehr hin. Gibt ja doch immer nur Ärger.«

Mir war das recht. Diese häufigen Streitereien mit Onkel Rudi und Tante Lene, nie hatte ich so richtig verstanden, worum es überhaupt ging. Hatte nur jedes Mal ein ungutes Gefühl, wenn wir bei ihnen waren. Und so hoffte ich, wie Jockel und Kutti auch, dass wir bei Tante Mala einziehen durften.

Momm und Tante Mala hängen sehr aneinander. Und auch uns Kinder mag Tante Mala. Schon früh hat sie gesagt, sie will nicht nur Momms, sie will auch meine große Schwester sein. Na ja, und wenn es schon bei Tante Mala nicht klappte, so dachte ich, dann blieb uns ja immer noch Onkel Egon, Momms und Tante Malas älterer Bruder. Großeltern, bei denen wir vielleicht hätten bleiben können, haben wir ja schon lange nicht mehr.

Ja, und ganz sicher würde auch Frau Hönig sich freuen, uns zu sehen. Pappka und Herr Hönig waren zusammen zur Schule gegangen und auch danach die besten Freunde geblieben. In den Sommern waren Hönigs uns manchmal besuchen gekommen. Volleyball hatten wir zusammen gespielt und schwimmen waren wir mit ihnen gewesen. Bis dann Herr Hönig noch vor Pappka zu den Soldaten eingezogen und nach Frankreich geschickt wurde. Seither haben wir uns nicht mehr gesehen.

Vier Eisen, sagte Momm, hätten wir also im Feuer. Wir müssten nur endlich in Berlin ankommen. Und sie lächelte uns dabei so Mut machend zu, dass wir alle vier zurücklächelten. Warum denn nicht mal für ein paar Wochen woanders wohnen? Und war Berlin etwa eine langweilige Stadt?

Kuckt nicht so dumm!

Ja, wir wollten endlich in Berlin ankommen! In Frankfurt an der Oder aber dröhnte laut der Bahnhofslautsprecher, und uns wurde befohlen auszusteigen. Der Zug fuhr nicht weiter. Warum? Das wurde nicht gesagt. Doch so schlimm, wie er nach dem Fliegerangriff aussah, war das kein Wunder.

Wieder standen wir mit all unserem Sack und Pack auf einem eiskalten, zugigen Bahnsteig. Einzige Hoffnung: dass über den Lautsprecher schon bald ein Ersatzzug angekündigt wurde.

Lange hörten wir nichts. Doch durfte Kutti jetzt das Baby sehen, das im Nachbarabteil zur Welt gekommen war. Zwei Frauen vom Roten Kreuz führten die müde hin und her schwankende Mutter, die ihr Neugeborenes im Arm trug, ins Bahnhofsgebäude.

Und der Bahnsteig füllte sich immer mehr. Hatten zuvor schon viele auf einen Zug in Richtung Westen gewartet, so standen wir jetzt noch enger. Alte und junge Frauen, mit Hüten, einem modischen Turban auf dem Kopf oder auch nur einem umgebundenen Schal oder Tuch, ratlos blickten sie in die Runde. Zwischen ihnen ihre Kinder: große und kleine, Krümel, Säuglinge. Kamen die alle aus Frankfurt und Umgebung?

Kessel mit heißem Ersatzkaffee karrten die Frauen von der Volkswohlfahrt* heran, Schmalzbrote verteilten sie. Heißhungrig bissen wir in die Brote, gierig schluckten wir den Muckefuck, der doch nach gar nichts schmeckte, aber wenigstens ein bisschen wärmte. Sogar dir, Jutsch, gab Momm davon zu trinken.

Noch mit Kauen beschäftigt, sah ich die Dickmadame mit dem Frauenschaftsabzeichen wieder. Zwei »Kettenhunde« – Feldgendarmen mit ihren an Ketten befestigten Schildern um den Hals – liefen neben ihr her.

»Die suchen die beiden, die so frech geredet haben«, flüsterte Jockel mir zu.

Ich konnte nur staunen: In all dem Durcheinander um uns herum und trotz der Ungewissheit, wann es denn überhaupt weitergehen würde, war es dieser Frau so wichtig, dass der alte Mann, der die ganze Zugfahrt über neben mir gesessen hatte, und die junge Frau, die ja nur ganz kurz mal den Mund aufgemacht hatte, für ihre Reden bestraft wurden? Ob die beiden gefunden wurden, bekam ich nicht mit. Die Frau im Pelzmantel hinter uns, ganz plötzlich kreischte sie los: »Mein Koffer! Mein Koffer ist weg!« Und begann laut zu weinen. »Aber wer macht denn so was? Wer bestiehlt eine Frau, die doch sowieso schon alles verloren hat? – Nein, nein! Das ist zu viel, da mache ich nicht mehr mit!«

»Nicht mehr mitmachen?«, fragte ein hagerer, beinamputierter Mann im Soldatenmantel bitter. »Wie soll das denn funktionieren? Wir werden alle weiter mitmachen müssen, ob wir wollen oder nicht.«

»Aber in dem Koffer sind doch alle meine Wertsachen«, schluchzte die Frau da nur noch. »Mein ganzer übrig gebliebener Besitz ... Bin ausgebombt, hab ja sonst gar nichts mehr.«

»Tut mir leid für Sie.« Der Kriegsversehrte zuckte die Achseln. »Aber darf man so was denn auch in den Koffer legen?«

Die Leute um uns herum nickten. Ja, so dumm darf man nicht sein, sollte das heißen. Mir tat die Frau trotzdem leid. Warum stehen denn jetzt, wo es so viel Not gibt in Deutschland, nicht alle einander bei, anstatt sich auch noch gegenseitig zu bestehlen?

Wie lange wir in Frankfurt warten mussten? Mal wieder eine kleine Ewigkeit. Doch wie geduldig all diese Leute, von denen viele ja schon seit Tagen unterwegs waren, das ertrugen! Waren sie zu erschöpft, um noch schimpfen zu können? Oder hatten sie's aufgegeben, weil sie längst wussten, dass auch die lautesten und wütendsten Beschwerden keinen Zug herbeizauberten?

Bald saßen alle auf ihren Koffern, Säcken oder Rucksäcken. Manche, quer übers Gepäck gelegt, schliefen sogar. Darunter eine sehr, sehr alte Frau. Der Kriegsversehrte neben uns weckte sie. »Aufwachen, Oma!«, schimpfte er. »Ist ja viel zu kalt zum Schlafen. Da erfrieren Sie doch.«

Die alte Frau – wirres, weißes Haar ragte unter ihrer Pelzkappe hervor – erschrak und bedankte sich vielmals. »Ich wollte ja gar nicht schlafen«, beteuerte sie. »Nur fehlt mir leider die Kraft für solche Abenteuer.«

»Abenteuer!« Ein fast genauso alter Mann grinste schief. »Na, wenigstens haben *Sie* Ihren Humor noch nicht verloren.« Und er wollte noch etwas sagen, wurde aber unterbrochen: der Lautsprecher! Ein Zug in Richtung Berlin wurde angekündigt – und im selben Moment fuhr er auch schon ein. Im Nu war alles wie in Posen: Wieder brach ein Sturm los, wieder ging's durch alle Türen und Fenster, um möglichst einen der raren Sitzplätze zu ergattern. Diesmal aber war weit und breit kein rettender Engel zu sehen, der sich um Frauen mit Kindern kümmerte. Wir mussten uns selber helfen. Mit all meiner Kraft schob ich mich voran und Momm, Jockel und Kutti drückten mich vorwärts. Du, Jutsch, auf Momms Arm, hast nur ganz fest deine Puppe an dich gepresst.

Doch alle Mühe war umsonst, wir gelangten erst in den Zug, als kein Sitzplatz mehr frei war. Momm versuchte, uns damit zu trösten, dass Berlin ja nicht mehr weit sei und wir während der Weiterfahrt sicher nicht mehr so viele Stopps und Wartezeiten zu überstehen haben würden wie zuvor.

Doch was passierte danach? Kaum hatten wir eine Ecke erwischt, in der wir einigermaßen stehen und uns sogar anlehnen konnten, gab's einen Tumult. Soldaten kamen und befahlen allen, die es in unseren Waggon geschafft hatten, sofort wieder auszusteigen. Warum, das wurde mal wieder nicht gesagt.

Es hagelte Proteste, und erst als ein Soldat einen Warnschuss abgab, wurde der Befehl befolgt. Draußen sahen wir dann, weshalb wir wieder aussteigen mussten: Vor unseren Waggon waren mehrere Krankentragen und Rollstühle mit verwundeten Soldaten geschoben worden. Manche dieser Männer sahen furchtbar aus. Einer von ihnen trug an seinem Mantel die silberne Scharfschützenschleife und die Nahkampfspange, doch war vor lauter Verbandstoff kein Kopf mehr zu sehen. Nur die Öffnungen für Augen, Nase und Mund verrieten, dass sich unter all diesem Weiß ein Mensch verbarg. Ein anderer hatte keine Beine mehr, wieder einem anderen fehlte die halbe

Schulter. Pappka, schoss es mir in den Kopf. Was, wenn auch er längst so aussah? Was, wenn er in diesem Augenblick total verstümmelt in irgendeinem Lazarett lag?

Momm war leichenblass geworden. Vielleicht dachte sie ja dasselbe. Jockel und Kutti bekamen vor Schreck und Staunen den Mund nicht mehr zu. Du, Jutsch, hast ebenfalls hingeschaut, aber ob du irgendwas begriffen hast?

Die Verwundeten wurden in den Waggon geschafft, auf die Sitzplätze gesetzt oder quer darübergelegt, und erst als alle drin waren, durften wir wieder einsteigen. Doch wurde jetzt nicht mehr so heftig gedrängelt, gestoßen und geschubst. Der Anblick dieser Soldaten hatte viele nachdenklich gestimmt. Hatten wir, verglichen mit diesen Männern, denn überhaupt irgendeinen Grund zur Beschwerde?

Jetzt war es noch enger im Waggon. Brust an Brust standen wir und konnten kaum noch atmen, so dick war die Luft. Sich irgendwo anlehnen oder auf den Boden setzen – unmöglich! Jockel und Kutti legten sich sogar ihre Ranzen auf den Kopf und hielten sie mit den Händen fest, um nicht ganz so beengt zu stehen. Kuttis Botanisiertrommel, jetzt störte sie sogar ihn.

Momm und ich stapelten all unsere Rucksäcke auf den Koffer. Wenn der Zug fuhr und sich im Waggon alles zurechtgeschaukelt hatte, wollten wir dich, Jutsch, obendrauf setzen und zu zweit festhalten.

Doch war es noch lange nicht so weit. Obwohl ja nun alle wussten, dass es verboten war, auf den Waggondächern, Puffern oder Trittbretter mitzufahren, versuchten einige es trotzdem. Sie mussten dort runtergeholt und noch zusätzlich in die Waggons gedrückt werden. Das dauerte!

Eingezwängt und einen dicken, nach Mottenkugeln riechenden Mantel vor der Nase, starrte ich zur Waggondecke hoch. Was sollte das für eine Fahrt werden? Wie sollten wir hier jemals auf die Toilette gehen können? Zum Glück behielt Momm recht: Dieser Zug musste nicht immer wieder auf irgendwelchen Kleinstadtbahnhöfen auf die Freigabe zur Weiterfahrt warten und nicht vor jeder zweiten oder dritten Signalanlage stoppen. Wenn wir für die kurze Strecke von Frankfurt nach Berlin auch sehr viel länger brauchten als in den Jahren zuvor, es wurde nicht so schlimm wie befürchtet. Nur für dich, Jutsch, dauerte auch diese Fahrt viel zu lange. Zweimal hast du eingepullert. Ich sah's dir an den Augen an, hab aber nichts gesagt. Hätte ja doch nichts geändert.

Endlich – Berlin! Doch war, was wir beim Einfahren in die Stadt zu sehen bekamen, denn wirklich Berlin? Immer wieder halb oder ganz zerstörte Häuser, immer wieder von dreckigen Schneeresten bedeckte, total ausgebrannte Ruinen. Dazu Unmengen Schuttberge. Das Berlin, das ich von unseren Besuchen her kannte, hatte anders ausgesehen. Ich kam mir vor wie in einem fremden Land.

In den Anhalter Bahnhof fuhren wir ein. Und was sagte Momm als Erstes zu uns, als wir mit all unserem Gepäck und noch immer erschreckt vom Anblick dieser Trümmerstadt auf dem Bahnsteig standen? »Kuckt nicht so dumm! Wir haben diese furchtbare Fahrt überstanden, da werden wir uns doch jetzt nicht den Mut nehmen lassen. Also: Erst mal ab auf die Toiletten und dann besorgen wir uns was zu futtern und ganz viel zu trinken!«

Die Toiletten, natürlich waren sie überfüllt. Wir mussten anstehen und unsere Not wurde von Minute zu Minute größer. Einmal glaubte ich sogar, vor all den Leuten um uns herum in irgendeine Ecke pinkeln zu müssen. Als wir dann endlich alle wieder zurück waren und Momm für dich, Jutsch, frische Wäsche aus dem Koffer gekramt und sie dir angezogen hatte, suchten wir die Tische von der Volkswohlfahrt. Heiße Erbsensuppe und für jeden ein Stückchen Brot sollte es dort geben.

Wieder mussten wir anstehen. Vor uns, neben uns, hinter uns in diesem riesigen, von Menschen überquellenden Bahnhofsgebäude lauter Leute wie wir. Alle bewachten wir unsere Rucksäcke, Koffer, Körbe und Taschen, als trügen wir Goldschätze mit uns herum. Die Gesichter müde, grau, verfallen. Viele waren noch länger unterwegs gewesen als wir und auch sie hatten sich Hals über Kopf auf die Flucht begeben müssen. Für eine der Frauen wäre es dann beinahe zu spät gewesen. Ihr Treck war von Tieffliegern eingeholt und beschossen worden, wie sie Momm erzählte. Tote und Verletzte hätte es gegeben und alles inmitten von Eis und Schnee. Sofort musste ich daran denken, dass uns ja vielleicht Ähnliches passiert wäre, wenn Mani uns weiter in Richtung Westen kutschiert hätte.

Eine junge Frau in einem alten, sehr abgerissenen Männermantel war auch lange mit einem Treck unterwegs gewesen. Vor einen voll bepackten Handwagen hatte sie sich gespannt, Hände am Griff, Seil um die Schulter. Von hinten schob ihr alter Vater. Unendliche, oft total vereiste Chausseen ging es entlang. Viele hielten das nicht lange aus. Alte Leute und kleine Kinder starben zuerst. Darunter auch der Vater der Frau.

Was aber das Schlimmste war: Die Toten konnten nicht beerdigt werden. Der Boden war zu tief gefroren und natürlich hatte niemand eine Spitzhacke dabei. Und hätte doch einer eine gehabt, wäre nicht genügend Zeit geblieben für so viele Gräber. Die Toten mussten, in Tücher gewickelt, am Straßenrand niedergelegt werden. Manchmal, so gab die junge Frau zu, fehlte nicht viel und sie hätte sich danebengelegt.

Ich spürte diese Geschichten bis in den Bauch. Hatte solchen Hunger und doch schmeckte mir danach die Suppe nicht. Jockel erging es nicht anders. Stumm starrte er in sich hinein. Kutti war dem Weinen nahe. Momm sah das und flüsterte ihm zu, dass die beiden Frauen sicher sehr, sehr übertrieben hätten. »So schlimm kann das alles doch gar nicht gewesen sein. Sie leben ja noch und holen sich Suppe.«

Doch nein, auf einen so billigen Trost fiel Kutti nicht mehr herein. Momm sah ihm das an, seufzte und streichelte ihm nur noch die Schultern.

Wer zuerst kommt ...

Mit ein paar Löffeln Erbsensuppe, einem Stückchen Brot und du, Jutsch, noch mit einer Tasse warmer Milch im Bauch, so verließen wir den Bahnhof. Und wollten zu Tante Mala. Auf der Straße überlegte Momm es sich anders. »Gehen wir vielleicht besser zuerst zu Onkel Egon«, entschied sie. »Hab's vom Zugfenster aus gesehen – in seiner Gegend sieht's besonders schlimm aus. Hoffe sehr, dass es ihm gut geht.«

Wir mussten uns Mühe geben, mit ihr Schritt zu halten, so schnell wurde sie plötzlich. Doch kaum waren wir hundert Meter weit weg, hielt Kutti sie fest. »Meine Botanisiertrommel!«, rief er ganz erschrocken. »Hab sie im Bahnhof vergessen.«

Er hatte sie, während wir die Erbsensuppe löffelten, an eine Wand gelehnt – und dort stehen lassen!

Momm: »Na, dann lauf zurück! Aber beeil dich, und nimm Jockel mit, damit du dich in dem Bahnhofsgetümmel nicht verirrst.«

Die beiden stürzten davon und Momm seufzte. »Auch das noch! Beten wir zu allen Heiligen, dass er seine Trommel wiederfindet. Weiß nicht, ob er den Verlust verkraftet.«

Kuttis geliebte Botanisiertrommel! Was er darin schon alles angeschleppt hatte! Nicht nur Blätter und Blüten von Sträuchern und Bäumen, auch Käfer, Würmer und anderes Kleingetier. Und wie sorgsam er danach immer alles studiert hat! Pappka nannte ihn oft »unseren Biologie-Professor«.

Es dauerte eine Weile, bis die beiden zurückkehrten. Schon von Weitem sahen wir, dass sie die Botanisiertrommel nicht gefunden hatten. Kutti ging ganz langsam, den Kopf gesenkt, die Hände tief in den Taschen vergraben.

»Die ... die muss einer geklaut haben«, schluchzte er, als er vor uns stand. »Weiß noch ganz genau, wo ich sie hingestellt habe ... Aber ... da war sie nicht mehr.«

Momm und ich mussten vorsichtig sein. Bloß nicht so tun, als wäre seine Botanisiertrommel kein großer Verlust. »Soll *ich* noch mal suchen gehen?«, fragte ich, damit Kutti sah, dass ich seine Trauer ernst nahm.

Aber damit geriet ich bei Jockel an den Falschen. »Wir haben doch schon überall gesucht«, schimpfte er. »Denkst du, wir sind blind? Die hat jemand geklaut, sie *ist* weg und bleibt weg.«

»Geklaut oder nicht geklaut!« Momm streichelte Kutti die Schultern. »Wir müssen trotzdem weiter. Ich will wissen, was mit Onkel Egon ist. Irgendwann, das verspreche ich dir, bekommst du eine neue Botanisiertrommel.«

»Aber was da alles drin ist!« Kutti wollte tapfer sein, doch fiel ihm das schwer. Dicke Tränen liefen ihm übers Gesicht. Ich nahm mein Taschentuch und wischte sie ihm fort und schniefend ging er danach neben uns her.

An Ruinen und Trümmerschutt, Splittergräben voller Schneewasser und schneegesprenkelten Erdbunkern in den Parks hastete Momm vorüber. Den schweren Rucksack auf dem Rücken und den auch nicht gerade leichten Koffer mal in der linken, mal in der rechten Hand tragend. Ihre ganze Kindheit hatte sie in dieser Gegend verbracht, in jedem dritten oder vierten Haus hatte eine Klassenkameradin von ihr gewohnt. So wie er jetzt aussah, erkannte sie ihren »Kiez« kaum wieder.

Die Schule stand noch, aber viele Läden, in denen sie als Mädchen einkaufen war, gab es nicht mehr. Ob die netten Bäckers- und die eingebildeten Fleischersleute die Bombenangriffe wohl überlebt hatten, fragte sie sich. Nie hatte sie zum Einkaufen Geld mitnehmen müssen, in beiden Geschäften wurde »angeschrieben«. Ihre Mutter – unsere Oma Hilde, die wir nicht mehr kennengelernt haben – hat später für sie bezahlt.

Mich erschreckten besonders die stehen gebliebenen Hausfassaden. Die leeren Fensterhöhlen starrten mich an, als trüge ich die Schuld daran, dass hinter ihnen alles weggebrochen war. Ein gespenstischer Anblick. Und das sogar an diesem Tag voll Wintersonne.

In einer etwas breiteren Straße liefen wir an einem ausgebrannten Straßenbahnwagen vorüber. Er erinnerte an einen großen, hässlichen Tierkäfig. Grau und verstaubt aussehende Menschen kamen uns entgegen. Die meisten schleppten ebenfalls irgendwas mit sich herum: Rucksäcke, Koffer, vollgepfropfte Hand- oder Aktentaschen. Eine sehr, sehr dünne Frau erinnerte an eine Vogelscheuche. Ihre oft geflickten Kleider umschlotterten sie wie Lumpen. Ein alter Mann schlurfte in total zerrissenen Schuhen an uns vorüber. Die Sohlen hatte er mit den Schnürsenkeln festgebunden.

Vor einem noch heil gebliebenen Lebensmittelgeschäft eine fast endlos lange Schlange von Leuten. Frauen, Kinder und alte Männer standen dort an. Eine der Frauen trug einen Trauerflor am Arm und gleich musste ich wieder an Pappka denken. Würden Momm und ich, Jockel und Kutti vielleicht auch bald so einen Trauerflor tragen müssen? Mir wurde ganz kalt in der Brust. Bloß nicht auf offener Straße heulen, dachte ich.

Manchmal mussten wir Kriegsversehrten ausweichen. Einige trugen noch ihre Uniform – einen Ärmel oder ein Hosenbein hochgebunden –, andere liefen bereits in Zivilkleidern herum. Ein junger Soldat hatte gar keine Beine mehr. Auf dem Untergestell eines Kinderwagens hockte er und stieß sich mit den Händen vorwärts. Als er an mir vorüberrollte, sah er mich von unten herauf an. Schnell blickte ich weg.

In einer Straße waren die Ruinen voller Kreideinschriften. Die dort gewohnt hatten, wollten ihren Verwandten oder Freunden mitteilen, dass sie noch lebten und wo sie jetzt zu finden waren. Auch irgendwie gespenstisch.

Dann – endlich! – Onkel Egons Straße. Wir bogen in sie ein – und blieben stehen. Was für ein Anblick: Kein einziges Haus war heil geblieben, nichts als Trümmer, Ruinenreste und Schuttberge! »Nein«, sagte Momm nur, »nein!« Und dann musste sie sich an einer umgeknickten Laterne festhalten, so schwindlig war ihr auf einmal geworden.

»Aber warum hat Egon uns denn nicht geschrieben, dass sie ausgebombt sind?«, flüsterte sie dann, als sie den ersten Schreck überwunden hatte. »Oder Clara? So was teilt man doch mit. Oder ist das erst gestern oder vorgestern passiert?«

Ich sagte dazu nichts, blickte nur still zu dem Schuttberg hin, der dort lag, wo mal das Haus gestanden hatte, in dem

Onkel Egon und Tante Clara mit Peter und Klaus gewohnt hatten. Bis es mich mal wieder überkam: Ich setzte dich, Jutsch, auf den Koffer und rannte über die Straße, um nachzuschauen, ob nicht auch hier irgendwelche Kreideinschriften zu entdecken waren. Von den Bewohnern dieses Hauses aber hatte sich niemand die Mühe gemacht, seine neue Anschrift an die Hauswand zu kritzeln. – Oder konnten sie es vielleicht gar nicht mehr?

Wieder zurück, zuckte ich still die Achseln. Wusste einfach nicht, was ich sagen sollte.

»Gut!«, seufzte Momm, obwohl ja eigentlich nichts »gut« war. »Dann gehen wir jetzt zu Tante Mala. Sie wird Bescheid wissen ... Das geht ja gar nicht anders, sie *muss* was wissen.«

Den Koffer in der Hand, hastete sie wieder los, und Jockel, Kutti und ich, mit dir, Jutsch, auf dem Arm, gaben uns Mühe, mit ihr Schritt zu halten. Nur eben in einem viel größeren Abstand als zuvor.

Tante Mala wurde schon immer Mala genannt. Ihr wirklicher Name – Amalia – gefällt ihr nicht. Und irgendwie ist sie ja auch eine ganz besondere Tante, deshalb passt dieser Name. Allein wie sie sich anzieht! Sie trägt nur Kleider in leuchtenden Farben, ganz egal ob die ihre kräftige Figur noch stärker hervorheben oder nicht. Und sie mag Schmuck, er muss nur zum jeweiligen Kleid passen. Sie hat auch mir mal einen sehr schönen und bestimmt nicht billigen Armreif geschenkt. Zur Konfirmation war das. Pappka aber wollte nicht, dass ich Schmuck trage, und so liegt er jetzt in irgendeiner Schublade in Eichenbrück.

Momm hat mal mit ihr geschimpft: »Malchen, du solltest

dich nicht immer so schmücken. Bist doch kein Weihnachtsbaum.« Aber das war nur, weil Pappka immer so redet.

Tante Malas Antwort: »Na, Gott sei Dank! Sonst gäb's für mich ja nur zwei hohe Feiertage im Jahr. Ich brauch aber mehr davon.«

Pappka hat es schon immer gestört, wie auffällig Tante Mala sich kleidet und schmückt. Und am allerwenigsten gefällt ihm, dass sie auch noch raucht. Er findet sie »undeutsch«. Hab mal gehört, wie er sich mit Momm gestritten hat, weil sich auf der Straße so viele Leute nach uns umdrehten. Natürlich wegen Tante Mala. Da sprach Momm ganz anders. »Das ist's ja gerade«, verteidigte sie ihre große Schwester. »Weil so viele ihre Art zu leben ablehnen, übertreibt sie's erst recht. Es macht ihr Spaß aufzufallen. So war sie schon als junges Mädchen. Aber wenn sie nun mal so ist, lass sie doch. Sie tut damit ja niemandem weh.«

Nein, Tante Mala tut niemandem weh, aber sie macht sich's damit selbst nicht leicht. In vielen Gaststätten ist's Frauen verboten zu rauchen. Tante Mala jedoch hat ihr silbernes Zigarettenetui auch dort immer in Griffnähe. Und kuckt jemand dumm, steckt sie sich gleich noch eine zweite Zigarette an. Verhaften kann man sie deshalb ja nicht, sagt sie, und Blicke können nicht töten.

Jetzt – auf dem Weg zu ihr – die Angst, bald wieder vor einer Ruine oder einem Schuttberg zu stehen! In Tante Malas Straße angelangt aber durften wir aufatmen: Alle Häuser standen noch! Auch die mit Stuckfiguren verzierte Nr. 12.

Zwei Stufen auf einmal nehmend, stürmte Momm in den 3. Stock hoch. Hoffentlich war Tante Mala zu Hause. Sie ist oft unterwegs, geht viel ins Kino, ins Theater oder in Konzerte und muss alle paar Tage unbedingt jemanden besuchen, damit die Freundschaft nicht abkühlt, wie sie sagt. Doch nein, kaum hatte Momm geklingelt, öffnete sie schon. Und nach einem kurzen freudigen Aufschrei fiel sie Momm um den Hals, weinte und schluchzte »Egon!« und brachte danach lange kein Wort mehr heraus.

Jockel, Kutti und ich, wir standen im Treppenhaus und wussten nicht, was für Gesichter wir machen sollten. Keine Frage, was passiert war! Ich sah Onkel Egon vor mir: Der große, schlanke Mann, wie oft hatte er uns zum Lachen gebracht! Momm und Tante Mala, seine beiden jüngeren Schwestern, diese »verwahrlosten Küken«, seien ihm vom Teufel untergeschoben worden, hatte er gern gewitzelt. In Wahrheit aber, sagt Momm, war er der beste große Bruder, den sich zwei kleine Mädchen wünschen konnten. Immer habe er sie beschützt. Und jetzt war er, der wegen seines schlimmen Asthmas nicht Soldat werden durfte, nicht an der Front gefallen wie so viele andere Männer, sondern im Luftschutzkeller ums Leben gekommen. Und sein Clärchen, unsere »Ersatzoma« Clara, die so herrliche Kuchen backen konnte, auch.

Tante Malas großer Wohnzimmertisch. Unmengen, wenn auch nur dünn belegter Brote hatte sie vor uns hingestellt, literweise Tee tranken wir.

Die Straße, in der Onkel Egon und Tante Clara gewohnt hatten, war erst drei Tage zuvor zerbombt worden. An dem Brief, in dem Tante Mala uns das mitteilen wollte, saß sie immer noch.

»Weißt du, Lottchen«, entschuldigte sie sich bei Momm, »noch nie ist mir ein Brief so schwergefallen. Fange zu schreiben an, zerreiße alles wieder, fange neu an ... Kann euch und auch Peter und Klaus doch eine so furchtbare Nachricht nicht einfach vor den Latz knallen. Muss doch die richtigen Worte finden.«

»Aber mach dir doch keine Vorwürfe«, bat Momm mit noch immer nassen Augen. »Uns hätte dein Brief ja gar nicht mehr erreicht.«

Ich hätte auch gern geweint. Irgendwie ging das aber nicht. War alles viel zu furchtbar.

»Es gab Rettungsaktionen«, erzählte Tante Mala. »Aber wo anfangen, wenn's die ganze Straße getroffen hat? Und muss man denn nicht zuerst die Keller frei räumen, die am leichtesten zu erreichen sind? Ja, und dann gab's ja schon den nächsten Angriff ... Egon und Clara und all die Leute in ihrem Haus, sie sind aus ihrem Keller nicht mehr herausgekommen.«

Tante Mala konnte oder wollte nicht weiterreden. Momm legte ihr die Hand auf den Arm und streichelte sie und erzählte dann leise von unserer Zugfahrt und unserer Hoffnung, vorerst bei ihr bleiben zu dürfen.

Eine Weile hörte Tante Mala nur still zu, dann schreckte sie auf. »O Gott, Lottchen, wie gern würde ich euch aufnehmen! Das wisst ihr doch hoffentlich, aber leider, leider – es geht ja nicht!«

So erfuhren wir, dass ihr ja nur noch das Wohnzimmer gehört, in dem wir jetzt saßen und das mir vorher schon so ungewöhnlich vollgestellt vorgekommen war. Schreibtisch, Bücherregal und auch der kleine Schreibmaschinentisch hatten zuvor in ihrem Arbeitszimmer gestanden. Doch das hatte sie – wie auch ihr Schlafzimmer – für Einquartierungen hergeben müssen. In beiden Räumen wohnten jetzt Ausgebombte.

»Gute Leute«, sagte Tante Mala. »Eine Mutter mit drei kleinen Jungen, eine mit zwei großen Mädchen. Die mit den Jungen weiß schon, dass ihr Mann gefallen ist, die andere hofft noch.«

Tante Mala hat ein großes Herz. Momm sagt das immer wieder. Über zwanzig Jahre lang war sie Chefsekretärin in einem großen Elektrowerk, spricht und schreibt perfekt Englisch und Französisch. Doch jetzt gibt es das Werk schon lange nicht mehr. Englische Bomber haben es zerstört. Seither lebt Tante Mala von »schlauen Geschäften«. So nennt sie das. Sie kennt ja »Gott und die Welt« und der eine braucht dies und der andere das. Sie findet heraus, wo das eine sich »versteckt« und wo das andere. »Kaufen und verkaufen, das ernährt mich«, so entschuldigt sie ihre Schiebergeschäfte.

Doch jetzt, wie sollte es mit uns weitergehen? Sie konnte ihre Einquartierungen doch nicht auf die Straße setzen, nur weil Verwandte gekommen waren. Durfte das ja auch gar nicht. Zu sechst in ihrer vollgestellten Stube konnten wir aber auch nicht bleiben.

»Hab ja nur noch das eine Sofa, mein Bett hab ich der Frau Reinhardt gegeben«, sagte sie und sah uns der Reihe nach traurig an. »Das ist die mit den beiden Mädchen. Sie hat's im Rücken. Und könnt ihr denn ewig auf dem Teppich schlafen? Ein, zwei Nächte, ja, klar! Aber danach sind eure Rücken auch hin.«

Ich sah Momm an. Nicht bei Tante Mala, nicht bei Onkel Egon! Blieb nur Onkel Rudi. Oder wir gingen zu Hönigs.

Und da sagte Momm auch schon: »Mach dir um uns keine Sorgen, Malchen. Wir fragen mal die Biggi Hönig. Ihr Willi ist ja auch an der Front. Wenn sie noch keine Einquartierung zugewiesen bekommen hat, nimmt sie uns auf. Da bin ich mir ganz sicher.«

Ja, »wenn«, dachte ich, sagte es aber nicht. Tante Mala muss dasselbe gedacht haben. Sie schlug vor, dass Momm am besten sofort zu Frau Hönig ging. »Je eher du bei ihr bist, desto größer die Chance ... Werden ja jeden Tag neue Ausgebombte auf die noch einigermaßen heilen Wohnungen verteilt. Wer zuerst kommt, mahlt zuerst. Die Kinder aber lass besser hier. Sie sollen sich erst mal erholen. Hab sie ja auch viel zu lange nicht mehr gesehen.«

Momm allein durch die Trümmerstraßen ziehen lassen? Nein, das kam gar nicht infrage! Jockel wollte das nicht, Kutti wollte das nicht und ich auch nicht. So gern wir Tante Mala haben und so müde wir waren, wir gingen lieber mit. Konnte ja sein, dass Momm auch bei Hönigs vor einer Ruine oder einem Schuttberg stand und sich irgendwo festhalten musste. Wer war dann bei ihr?

Und du, Jutsch, du kamst auch mit. Kanntest Tante Mala ja noch gar nicht richtig, für dich war sie eine Fremde. Allein unser Gepäck ließen wir zurück. Wozu uns damit abschleppen, solange wir nicht wussten, wo wir bleiben durften?

Nicht stolpern!

Unterwegs zu Hönigs – und die zwei Fragen, die uns begleiteten: Stand das Haus, in dem sie zuletzt gewohnt hatten, überhaupt noch? Und wenn ja, hat Frau Hönig dann noch keine Einquartierung zugewiesen bekommen?

Darüber, dass auch Onkel Rudi uns aufnehmen könnte, hatten Momm und Tante Mala nicht gesprochen. Das aber war die dritte Frage, die ich mir stellte. Wenn es bei Frau Hönig nicht ging, wer blieb uns dann noch außer Onkel Rudi? Musste man sich, auch wenn Pappka und er sich zerstritten hatten, denn im Notfall nicht gegenseitig helfen, ganz egal, was vorher war? Wir waren doch eine Familie.

Du, Jutsch, auf meinem Arm, wie still du warst! Hielst deine Puppe Elke mal wieder so fest an dich gepresst, als müsstest du sie beschützen.

Dann – die Straße, in der Hönigs gewohnt hatten. Wir durften aufatmen: Ihr Haus war unversehrt. Die ganze lange Straße sah aus, als hätte sie noch gar nicht mitbekommen, dass Krieg ist.

Momm vorweg, betraten wir den Hausflur mit der Holztafel, auf der alle Mieter und die Stockwerke, in denen sie wohnen, verzeichnet sind. Sahen aber gar nicht hin, wir wussten ja, in welchem Stock Hönigs wohnten, stiegen in den 3. Stock hoch und Momm klingelte an Hönigs Wohnungstür.

Nichts rührte sich.

Sie klingelte noch mal und klopfte danach laut. Was ja eigentlich überflüssig war: Wenn Frau Hönig das Klingeln nicht gehört hatte, dann war sie nicht zu Hause. Momm aber klingelte und klopfte weiter, bis hinter uns plötzlich eine Frau fragte: »Zu wem wollen Sie denn?«

Ein schon sehr altes Weiblein in einer stark verblichenen blauen Kittelschürze stand in der Tür zur Nachbarwohnung. Über ihre tief auf der Nasenspitze sitzenden Brille hinweg musterte sie uns von unten bis oben.

»Zu Frau Hönig.« Momm machte zwei Schritte auf die Frau zu. »Wir ... wir sind Freunde von Hönigs und wollten Biggi mal besuchen. Wissen Sie, wo wir sie finden können?«

Die Alte lachte meckernd. »Ja, das weiß ich! Das weiß ich sogar sehr genau.«

Momm wartete darauf, dass sie mehr sagte. Als nichts kam, fragte sie höflich, wenn auch schon ein bisschen ungeduldig: »Und wo bitte ist das?«

»Auf dem Friedhof.«

Momm erschrak. »Besucht sie ein Grab?«

»Nein!«, triumphierte die Frau in der Tür. »Sie liegt drin. Hat sich das Leben genommen. Gashahn auf, man kennt das ja. An uns aber, an die Leute im Haus, hat sie nicht gedacht.« Vor Aufregung begann sie zu zittern. »Hätte ja das ganze Haus in die Luft fliegen können, wenn ich das Gas nicht rechtzeitig gerochen hätte. Stellen Sie sich das doch mal vor, bis jetzt von den Bomben verschont, aber von der eigenen Nachbarin in die Luft gesprengt.«

Mehrere Sekunden lang starrte Momm diese kleine, mit

einem Mal so erregte Frau nur an, als hätte sie kein einziges Wort verstanden, dann schüttelte sie den Kopf. »Aber warum hätte Biggi ... ich meine, warum hätte Frau Hönig denn so etwas tun sollen?«

Das Weiblein, jetzt keifte es. »Glauben Sie mir etwa nicht? Ihr Mann ist gefallen. Das war's! Sie ist damit nicht fertig geworden. Und was hat sie getan? Sie hat sich einfach verdrückt. Ich, werte Dame, bin nun schon so lange Witwe, aber hab ich mich deshalb davongemacht? Und gar noch meine Mitmieter gefährdet?«

Ich wollte es nicht glauben. Die fröhlichen Hönigs alle beide tot? Ein unvorstellbarer Gedanke!

Momm erging es nicht anders. Erst stand sie da, als horchte sie in sich hinein, wie um all das, was die Alte gesagt hatte, zu überprüfen, dann drehte sie sich zu der Tür um, hinter der Hönigs gewohnt hatten. Um das Namensschild anzusehen. Vorher hatten wir das nicht getan. Wozu denn, wir kannten uns hier doch so gut aus. Jetzt sahen wir: Auf dem Messingschild stand ein ganz anderer Name.

Die Alte in der Tür blinzelte ungeduldig. Sie wartete darauf, dass wir wieder gingen. Wir waren Fremde, hatten in diesem Haus nichts zu suchen.

Still nickte Momm ihr zum Abschied zu, dann stiegen wir wieder die Treppe hinab.

Onkel Rudi! Jetzt blieb uns wirklich nur noch Onkel Rudi. Momm musste gar nichts sagen, sie hatte bereits den Weg zu ihm eingeschlagen.

Jockel gefiel das nicht. Mit Leuten, die nicht zum Führer

standen, wollte er nichts zu tun haben. Er war ganz auf Pappkas Seite, und ich ja eigentlich auch. Nur: Wer blieb uns denn sonst noch?

Momm sah Jockel an, wie unwillig er ihr folgte. »Nützt ja alles nichts«, verteidigte sie ihren Entschluss, der ihr selbst sehr schwergefallen sein muss. »Wir brauchen ein Dach über dem Kopf. Außerdem haben die Streitereien von damals doch jetzt gar kein Gewicht mehr. Onkel Rudi ist ja kein schlechter Kerl, er denkt nur manchmal ein bisschen anders als wir.«

Ja, dachte ich, *Gewicht* hat nur noch, dass wir unser Zuhause verloren haben und dass Onkel Egon und Tante Clara und auch Hönigs nicht mehr leben. Alles andere ist ab sofort zweitrangig.

Wieder liefen wir durch halbwegs heile, dann durch schlimm zerstörte Straßen, und an uns nagte die Frage, ob das Haus, zu dem wir wollten, noch stand. Und wenn ja, ob dann auch Onkel Rudi und Tante Lene nicht längst eine Einquartierung aufgedrückt bekommen hatten.

Doch auch dieses Haus stand noch! Rechts und links davon nichts als Trümmerberge, in der Mitte dieses eine heile Haus. Wie ein Turm ragte es in die Höhe. Trotzdem sah ich unserem Besuch nur mit bangem Gefühl entgegen: Was für eine Wiederbegegnung würde das werden?

Im zweiten Stock lief ein Radio. Der Führer sprach. Doch war, was er sagte, durch die Tür hindurch nicht zu verstehen. Ich musste an die neuen Vergeltungswaffen denken, V1 und V2 werden sie genannt. Sollten sie endlich zum Einsatz kommen? Aber was, wenn der Krieg dadurch nur noch länger dauerte? Durfte ich mir das denn überhaupt wünschen? Eigentlich wollte ich schon damals nichts anderes mehr, als dass der Krieg jetzt schnellstmöglich zu Ende ging, wir nach Eichenbrück heimkehren durften und Pappka zu uns zurückkehrte.

Im Dachgeschoss angekommen, studierte Momm als Erstes das Namensschild an der Wohnungstür. Uns sollte nicht wieder so etwas passieren wie bei Hönigs. Und richtig, ein anderer Name stand auf dem Schild über der Klingel: *Heribert Külz*!

Lange wollten wir's nicht glauben: Schon wieder Pech gehabt? Aber wie konnte das denn sein, Onkel Rudi mit seiner schweren Verwundung aus dem Ersten Weltkrieg konnte doch nicht an der Front sein. Außerdem würde dann ja noch immer Tante Lene hier wohnen. Oder waren sie in den letzten Jahren umgezogen und hatten uns wegen all der Streitereien ihre neue Adresse nicht mitgeteilt?

Kutti stiegen die Tränen in die Augen, Jockel hätte am liebsten »kehrt marsch« gemacht, um sofort zu Tante Mala zurückzukehren. Momm stand da wie festgenagelt. Also gab ich mir einen Ruck und klingelte. Dieser Heribert Külz oder seine Frau, vielleicht wussten sie ja, wo Onkel Rudi und Tante Lene jetzt wohnten.

Doch auch hier – hinter der Tür rührte sich nichts. Ich klingelte noch mal, und als sich danach noch immer nichts rührte, stellte ich mich vor die Tür zur Nachbarwohnung und klingelte dort. *Winkler* stand auf dem Türschild, nur *Winkler*, kein Vorname.

Nicht lange und Schritte näherten sich der Tür. Ein Riegel wurde zurückgeschoben und ein junger Mann mit einer schräg in die Stirn hängenden braunen Locke stand vor mir. Einen dicken, grauen Pullover mit rotem Hirschmuster trug er und eine dunkle, ihm etwas zu weite Hose. Seine Füße steckten in Filzlatschen.

»Ja, bitte?«, sagte er – und sah schräg an mir vorbei.

Ein Blinder! Die Frau Martin in Eichenbrück hatte genauso gekuckt, wenn sie vor unserer Tür stand und Momm, Frau Piwonka oder mich um irgendetwas bitten wollte.

»Entschuldigen Sie die Störung«, stotterte ich überrascht. »Wir ... wir wollen zu Haaks. Die haben doch mal hier gewohnt. Wissen Sie, wo wir sie finden können?«

Er drehte den Kopf in meine Richtung und ich sah seine weißlich hellen Augen. »Haaks? Ja, ja, die haben mal hier gewohnt«, sagte er dann so leise, dass es fast nicht zu hören war. »Aber bitte, wer sind Sie denn?«

Momm trat an meine Seite, nannte ihren Namen und sagte, dass sie Rudolf Haaks Schwägerin sei und wir gekommen wären, um Haaks mal wieder zu besuchen. »Wissen Sie, wir haben uns jetzt schon sehr lange nicht mehr gesehen, deshalb kennen wir ihre neue Adresse nicht.«

Der junge Mann lauschte erst mal nur. Er musste längst mitbekommen haben, dass da nicht allein ein Mädchen und seine Mutter vor seiner Tür standen. Unschlüssig, was er jetzt tun oder sagen sollte, stand er da.

»Sagt Guten Tag«, bat Momm. Jockel und Kutti gehorchten und auch du, Jutsch, hast ganz vorsichtig »Tag!« gepiepst.

»Guten Tag!« Über das Gesicht des jungen Blinden huschte ein Lächeln, und dann streckte er einfach die Hand aus, in die wir nacheinander einschlugen.

»Ich heiße Christoph«, sagte er danach, »Christoph Winkler. Meine Mutter ist in der Fabrik, sie könnte Ihnen vielleicht mehr sagen. Ein bisschen aber weiß auch ich Bescheid. Doch – ich möchte nicht gern im Treppenhaus darüber reden. Wenn Sie so freundlich sind, kurz zu mir hereinzukommen?«

Er machte eine einladende Handbewegung, wir traten ein und er führte uns in eine sehr geräumige Küche. Drei verschieden große Sägen, mehrere dünne Bretter und Sperrholzplatten lehnten an den Wänden, es roch nach Leim.

»Sie haben ja sicher bemerkt, dass ich blind bin.« Er wies auf all das Holz, die Sägen und den Leimtopf. »Damit verdiene ich mir ein Zubrot. Vogelkästen, Wetterhäuschen, alles so was bastele ich. Die Leute ringsherum kennen mich, fällt ihnen ein, was ich für sie anfertigen oder reparieren kann, beauftragen sie mich.«

Er schob zwei Stühle in die Mitte des Raumes. »Aber bitte, setzen Sie sich doch. Ich stehe gern, sitze ja sonst fast den ganzen Tag.«

Momm und ich gehorchten und Jockel und Kutti schwangen sich auf den kleinen Einbauschrank unterm Fenster. Und dann fragte Momm auch schon: »Bitte, was ist denn nun mit Haaks? Warum sind sie ausgezogen?«

Da rieb dieser höfliche und gern lächelnde Christoph Winkler sich erst mal nur die Stirn, als wollte er irgendwas ausradieren, bis er schließlich sagte: »Leider war das kein, na ja, *freiwilliger* Auszug. Sie ... sie sind verhaftet worden.«

»Verhaftet?« Momm wurde bleich.

Der junge Blinde machte ein bekümmertes Gesicht. »Tut mir leid, dass ich Ihnen keine bessere Auskunft geben kann.«

»Ja, aber warum denn?« Momm fragte das, obwohl sie – wie ich ja auch – die Antwort bereits ahnte. Im Luftschutzkel ler war es gewesen, mitten in einem Bombenangriff. Da hatte Onkel Rudi mit einem Mal ganz laut zu schimpfen begonnen. Das hätten wir nun davon, dass so viele dem Führer willig gefolgt seien, soll er gesagt haben. Erst einen Krieg anzetteln, wie es zuvor noch keinen gab, und sich dann wundern, wenn all dieses Bomben, Morden und Totschlagen nach Deutschland zurückkehrt.

Der junge Herr Winkler hatte direkt neben ihm gesessen und noch versucht, Onkel Rudi zum Schweigen zu bringen. Onkel Rudi aber soll immer weiter geschimpft haben. Vor allem auf den Führer. Dank ihm und seinen Vasallen würde es für uns Deutsche keine Rückkehr in die menschliche Gesellschaft mehr geben, soll er gesagt haben. Oder ob hier im Keller etwa jemand glaube, dass irgendein Staatschef, egal ob Russe, Amerikaner, Brite oder Franzose, mit solchen Mördern und Totschlägern einen einigermaßen ehrenvollen Waffenstillstand vereinbart? Vor Gericht würden sie die Herren Hitler und Konsorten stellen, und das wüssten diese Kriegsverbrecher natürlich, und deshalb ließen sie sich bis zur letzten Patrone verteidigen. Wir aber, wir feigen Deutschen, sollten wenigstens jetzt, da alles in Scherben fällt, den Mut haben, uns gegen sie zu erheben.

Was für unausdenklich schlimme Worte! Doch soll niemand widersprochen haben. Er aber, der blinde Herr Winkler, hätte das Unheilvolle dieses Schweigens gespürt. Und richtig, kaum war der Angriff vorüber und alle wieder in ihre Wohnungen zurückgekehrt, hörten seine Mutter und er Schritte die Treppe heraufkommen.

»Wir haben die Tür nicht aufgemacht, haben nur gelauscht

und bald laute Stimmen gehört«, flüsterte er uns zu, als fürchtete er, dass wir sogar in seiner Küche belauscht werden könnten. »Und, na ja, Herr Haak wollte sich wohl nicht so einfach abführen lassen, schlug mit den Krücken um sich ... Und seine Frau hat geschrien, man solle doch berücksichtigen, dass ihr Mann kriegsversehrt sei. Nur deshalb seien ihm im Keller die Nerven durchgegangen. Dann aber, als alles Bitten und Flehen nichts half, vergaß auch sie sich. Ihr Mann habe ja völlig recht, hörten wir sie schreien, wir würden doch schon seit Langem von Verbrechern regiert, die ihr eigenes Volk hinopferten.«

Und so sei es kein Wunder gewesen, dass auch Tante Lene abgeführt wurde und nur eine Woche später neue Mieter einzogen. Ausgebombte. Wohin man Onkel Rudi und Tante Lene gebracht hatte und was aus ihnen geworden ist, das wusste Herr Winkler nicht.

Noch jetzt, wenn ich über all das nachdenke, kann ich's nicht verstehen: Durften Onkel Rudi und Tante Lene denn so wütend werden? Es schimpfen ja inzwischen viele auf den Krieg, aber doch nicht mit solchen Worten! Nur waren es ja wirklich bloß »Worte«. Muss man dafür gleich verhaftet werden?

Momm wollte erst mal nichts dazu sagen. War ja nun schon die dritte furchtbare Nachricht, die wir verdauen mussten. Dann bedankte sie sich bei dem jungen Mann dafür, dass er so offen und ehrlich mit uns gesprochen hatte. »So viel Mut hat nicht jeder«, sagte sie.

Gleich lächelte er wieder. »Was hab ich Ihnen denn schon groß erzählt? Doch nur, was das ganze Haus mit anhören durfte. Wie Sie das werten, das ist ganz allein Ihre Sache.«

ZWEITER TEIL

Klaas Beckers

Hab mal wieder lange nicht geschrieben. Erstens, weil wir von Tag zu Tag mehr zu tun haben, zweitens, weil mir die leeren Hefte ausgegangen waren. Was mir half? Eine von Frau Griess' Nachbarinnen – »Großmutting« Petersen – kam, um sich ein halbes Brot auszuleihen. Und was tat die Griess da? Sie stieg auf einen Stuhl, um vom Küchenschrank einen Bogen Einwickelpapier zu nehmen.

Kaum war ich wieder allein in der Küche, sah ich nach. Vielleicht lag ja noch mehr Papier auf dem Schrank. Und richtig, ich konnte mein Glück kaum fassen: Ein ganzer Stoß von diesem hellbraunen Packpapier staubte da gelangweilt vor sich hin. Vielleicht hatten die Griess und ihr Mann früher Fleisch, Schinken oder Würste darin eingewickelt oder Tüten daraus gedreht, jetzt wurde es kaum noch gebraucht.

Hab mir ein paar von diesen Bogen auf Heftgröße zurechtgeschnitten und jetzt kann ich weiterschreiben und muss abends nicht mehr ewig lange wach im Bett liegen, nur weil ich vor Im-Kopf-Schreiberei nicht einschlafen kann.

Das Schreiben wird mir immer wichtiger. So kann ich meine Gedanken besser sortieren, so begreife ich viel mehr. Komme ich längere Zeit nicht dazu, fehlt mir richtig was.

Muss auch sagen, dass es sowieso nicht so leicht ist, mit dir ein Bett zu teilen, liebe Jutsch. Mal atmest du so laut durch deine kleine, verstopfte Nase, dass es wie Schnarchen klingt, mal wälzt du dich alle paar Minuten von der einen auf die andere Seite, bis die Bettdecke auf den Boden fällt. Dann muss ich dich neu zudecken und dir was Beruhigendes ins Ohr flüstern und bin danach so wach, dass ich erst recht nicht einschlafen kann.

Schreibe jetzt in ganz kleiner Schrift, um möglichst viel Papier zu sparen. Hab vorher aber mein bisher Geschriebenes noch mal durchgelesen – und alles wieder vor mir gesehen: Wie wir in Posen auf dem Bahnhof standen und der SS-Mann uns Sitzplätze verschaffte! Die lange Zugfahrt, der Fliegerangriff und meine Angst, den Zug zu verpassen, als ich Wasser holte! Der Bahnhof von Frankfurt an der Oder und die Ruinen in Berlin …

Oft war mir, als ob das alles gar nicht wahr sein kann. Weil es so schreckliche Sachen doch eigentlich gar nicht geben darf. Und wie hab ich mich danach nach Eichenbrück zurückgesehnt und tue es immer noch: Unser Haus! Unsere Straße! Urschel und Christel, Ruthchen Kösling, Burkhard Schmidtchen und Mechthild! Verspüre dabei jedes Mal ein so heftiges Ziehen in der Brust, ein richtiger Schmerz ist das.

Ach, und was ich jetzt oft träume! Einmal rannte ich durch eine Ruinenstraße, um Momm, Jockel und Kutti zu suchen. Du, Jutsch, schon älter, liefst neben mir her. Beide keuchten wir, beide fürchteten wir, Momm, Jockel und Kutti könnten nicht mehr am Leben sein. Irgendwann wühlten wir mit den Händen im Trümmerschutt und legten immer neue fremde tote Gesichter frei. Das war so furchtbar, dass ich aufschrak Und da lagst du wach neben mir und hast mich mit ganz ernsten, großen Augen angeschaut.

Ein anderer Traum spielte an der Front. Überall wurd

geschossen, Flugzeuge warfen Bomben ab. Diesmal suchte ich Pappka. So allein, als hätte ich Momm, Jockel, Kutti und auch dich, Jutsch, längst verloren, lief ich durch immer neue Schützengräben. Überall lagen tote oder schlimm verwundete Soldaten. Da musste ich dann vor Entsetzen sogar laut aufgeschrien haben.

Momm kam. »Ist ja gut«, flüsterte sie mir zu. »Ist ja gar nichts passiert. Hast alles nur geträumt.«

Ja, *nur* geträumt! Aber muss es in den Schützengräben denn nicht genauso, wenn nicht noch viel entsetzlicher aussehen? Ein Gedanke, der mir Angst machte. Sah Pappka vor mir und musste heulen und hätte am liebsten damit gar nicht mehr aufgehört.

Vierundzwanzig Stunden

Das Haus von Onkel Rudi und Tante Lene. Der blinde Herr Winkler. Und wie still wir danach durch die Straßen gingen. War längst dunkel geworden, sogar stockfinster. Brannte ja keine einzige Laterne und hinter den Fenstern waren schon die Verdunkelungsrollos heruntergelassen worden. Kein feindlicher Pilot sollte erkennen können, wo es noch lohnte, Bomben abzuwerfen.

Kutti machte das Angst. »Gut, dass wenigstens der Mond scheint«, sagte er.

Das war mal wieder was für Jockel. »Was soll daran denn gut sein?«, schimpfte er. »Darüber freuen sich die Engländer und Amerikaner ja nur. Da können wir verdunkeln, so viel wir wollen, sie sehen jedes einzelne Haus. Der Mond, merk dir das, ist unser Feind.«

Er hatte recht. Und das machte auch mir nicht gerade Mut. Was, wenn jetzt Fliegeralarm kam? So eng gingen wir nebeneinander her, dass wir uns öfter mit den Schultern anstießen. Kamen wir durch eine Ruinenstraße, rückten wir noch enger zusammen. Die leeren Fensterhöhlen! Hier musste niemand mehr verdunkeln. Mir aber machten diese riesigen, toten Augen jetzt noch mehr Angst. Wenn die Piloten ihre Bomben ausklinken, ob sie dann an die vielen Menschen in den Häusern denken, die sie bombardieren, fragte ich mich.

Als Pappka das letzte Mal auf Fronturlaub war, hatte Kutti ihn gefragt, ob ihm der russische Soldat, auf den er schießen musste, nicht leidtat. »Er hat ja vielleicht Kinder, die dann weinen«, hat er gesagt.

Pappkas Antwort: »Es gibt nur wenige, die gern schießen. Aber was soll ich machen, wenn ich nicht will, dass *ihr* weint?«

Vielleicht würden die Piloten in den Bombern genau das Gleiche sagen. Wir sind ja ihre Todfeinde, so wie sie unsere Todfeinde sind ... Ach, je länger ich über all das nachdenke, desto weniger begreife ich, worum es in diesem Krieg überhaupt noch geht. Als er begann, hieß es: Wir müssen uns verteidigen, die Polen haben uns angegriffen. Das hab ich verstanden. Aber seither führen wir ja gegen immer mehr Länder Krieg. Sogar gegen ein so fernes Land wie die USA. Und kann das denn sein, dass fast die ganze Welt im Unrecht ist und nur wir im Recht sind?

Würde so gern mit Pappka darüber reden. Onkel Rudi und die Leute im Zug, wie sie geschimpft haben! Vielleicht denkt Pappka ja inzwischen auch ganz anders.

So ging es mir durch den Kopf, als wir hastig durch die dunklen, fremden Straßen zogen. Mitten hinein in diese Grübelei kam er dann tatsächlich, der von Jockel und mir schon befürchtete Fliegeralarm. Zuerst das laute Heulen des Voralarms, dann der eklige, lang anhaltende, laut an- und abschwellende Sirenenton des Vollalarms. Hab ihn in Eichenbrück schon gehasst. Dort aber war uns der Weg zum Luftschutzbunker vertraut, hier, in dieser riesigen, bereits so schlimm zerstörten und durch die Verdunkelung wie abgestorben wirkenden Stadt, mussten wir uns Mühe geben, nicht in Panik zu geraten.

Auch die Flakscheinwerfer, die jetzt mit breiten, gierig wirkenden Lichtfingern den Himmel nach feindlichen Bombern abtasteten, konnten uns nicht beruhigen. Sie machten uns nur noch mehr Angst.

Bald kamen die ersten Leute angerannt, Koffer, Taschen oder Klappstühle in den Händen. Jockel giftete Kutti an: »Wie gut, dass wenigstens der Mond scheint, was? Das hast du Gurke nun davon!«, dann hetzten auch wir los. Alle, die da rannten, wo wollten sie sonst hin, wenn nicht in einen Luftschutzbunker oder -keller?

Auf ein zweistöckiges Gebäude liefen sie zu. Irgendein Berliner Amt musste darin untergebracht sein, ein Schild neben dem Eingangstor verkündete das. Lesen, was draufstand, konnte ich nicht. Die Leute, die nach uns kamen, schoben uns viel zu heftig vorwärts. Alle wollten wir möglichst rasch in den schützenden Keller gelangen.

Eine breite Hofdurchfahrt, dann eine Kellertreppe mitsamt Pappschild: *Öffentlicher Luftschutzraum*. Doch waren wir damit gerettet? Nicht nur ich, auch Momm, Jockel und Kutti mussten in diesem Moment an Onkel Egon und Tante Clara denken.

Wie lange wir in diesem düsteren, aus mehreren Räumen bestehenden, bald total überfüllten Keller aushalten mussten? Mir erschien's mal wieder ewig.

Auf dem kalten Zementfußboden saßen wir, den Rücken an die Wand gelehnt. Zwar gab's hier Stühle, alte Sessel und hölzerne Sitzbänke, doch gehörten die den Leuten aus der Nachbarschaft, die keine Klappstühle mitgeschleppt hatten. Von der Decke herab baumelte eine bei jedem Luftzug schaukelnde und nur trübe funzelnde Glühbirne, in manchen Ecken flackerten Kerzen. Mit den Gasmasken in den Händen, die sie im Notfall aufsetzen wollten, saßen die Frauen, Kinder und wenigen Männer vor den kalkweißen Wänden. Viele sahen neugierig zu uns hin.

Dann: das immer lauter werdende Dröhnen der Bomber! Und nicht lange und es rauschte, pfiff, jaulte, fauchte und krachte über uns, dass ich mein Herz bis in den Hals spürte. So etwas hatte ich noch nicht erlebt. In unserem Bunker in Eichenbrück hatten wir ja oft nur die Zeit abgesessen. Die Bomber wollten nach Posen oder über irgendeiner anderen Stadt ihre Bomben ausklinken, über uns waren sie meistens nur hinweggeflogen.

Das war jetzt ganz anders. Einmal bebten die Wände so sehr, dass Kalk von der Decke rieselte. Der alte Mann schräg gegenüber begann zu zittern, die junge Frau im Korbstuhl neben uns bekreuzigte sich immer wieder und betete leise vor sich hin. Kutti riss den Mund auf, als wollte er etwas sagen, brachte aber kein Wort heraus. Jockel schloss einfach nur die Augen, ich blickte starr auf meine Hände.

Und Momm? Momm begann plötzlich zu singen. Vor und zurück bewegte sie sich mit dir, Jutsch, das so sanft, als wollte sie dich in den Schlaf wiegen. Das Lied vom spannenlangen Hansel und der nudeldicken Deern, die Birnen pflücken wollen, sang sie dir vor. Und lächelte dich dabei an, als wäre, was über unseren Köpfen geschah, gar nicht wirklich wahr.

Bald hast du zurückgelächelt. Nur wenn es mal wieder besonders laut krachte, bist du zusammengezuckt. Bis du dann plötzlich »Hunger« gesagt hast und »Durst«.

Aber wir hatten ja nichts dabei. Woher hätten wir denn wissen sollen, dass wir so lange unterwegs sein würden? »Wenn wir wieder bei Tante Mala sind«, vertröstete Momm dich, »kannst du essen und trinken, so viel du willst.«

Die junge Frau im Korbstuhl hatte das gehört. »Du hast Hunger?«, fragte sie voller Mitleid. »Das ist schlimm, wenn man noch so klein ist. Wenn du willst, gebe ich dir ein halbes Brot. Die andere Hälfte brauche ich für mich.« Und schon öffnete sie den Beutel auf ihrem Schoß, nahm eine in der Mitte durchgeschnittene Klappstulle heraus und reichte dir eine Hälfte.

»Sag Danke!«, ermahnte dich Momm.

»Danke!«, hast du geflüstert und gleich so hastig in das Wurstbrot gebissen, als würde es dir sonst vielleicht wieder weggenommen werden.

Momm und die junge Frau lächelten einander zu und begannen, sich zu unterhalten. So erfuhren wir, dass dieser Luftschutzkeller nur deshalb so überfüllt war, weil viele ihre Hauskeller nicht als besonders sicher betrachteten. »Die in den Ämtern«, verriet uns die Frau, »die schützen sich selbst am besten.«

Gleich musste ich wieder an Onkel Egon und Tante Clara denken. Sie *hatten* sich in ihren Hauskeller geflüchtet ... Um mich von diesen schlimmen Gedanken abzulenken, schloss ich die Augen und versuchte mir vorzustellen, wie es jetzt draußen aussah. Im Kino, in einer *Wochenschau*, war mal gezeigt worden, wie bei einem Nachtangriff »Christbäume« auf eine Stadt niederschwebten. Die vielen weißlichen Punkte, die tatsächlich ein wenig an Christbaumlichter erinnerten, würden

den feindlichen Piloten ihr Zielgebiet ausleuchten, erklärte der *Wochenschau*-Sprecher ... »Zielgebiet«, das waren jetzt wir!

Als ich die Augen danach wieder öffnete, war es über unseren Köpfen ruhiger geworden. In der Hoffnung, dass das Schlimmste überstanden war, sah ich mich um, und mein Blick fiel auf einen Jungen, der mir zuvor gar nicht aufgefallen war. Nicht weit von uns saß er, auch auf dem kalten Zementboden und direkt vor dem Stuhl eines verwundeten Soldaten, der seine Krücken an die Wand gelehnt hatte. Die Hose des Jungen war am Knie so zerrissen, dass die nackte, rot gefrorene Haut zu sehen war. Seine Stahlbügelbrille wurde mit Bindfäden zusammengehalten, die Mütze hielt er in der Hand. Er war sehr mager und etwa so alt wie ich und sein weißblondes Haar wirkte schmutzig.

So laut redete dieser Junge auf den Verwundeten ein, als wollte er, dass alle um ihn herum mitbekamen, was er zu erzählen hatte. Seine Mutter sei nicht weit von Danzig auf der Flucht erschossen worden und sein Vater schon seit zwei Jahren in russischer Gefangenschaft, sagte er, und Geschwister habe er keine, also sei er zuletzt ganz allein gewesen. In der Hoffnung auf Verwandte sei er nach Berlin gekommen, hätte aber niemanden mehr gefunden. »Überall nur Ruinen!«, stellte er eher sachlich als traurig fest. »Und nirgendwo 'ne neue Anschrift an den Mauern, falls meine Leute überhaupt noch leben.«

Der Soldat antwortete irgendwas, doch sprach er viel zu leise. Ich konnte nicht verstehen, was er sagte. Der Junge aber hatte bemerkt, dass ich zu ihm hinsah, und erzählte nun – und das jetzt noch ein bisschen lauter –, dass er inzwischen so etwas wie der »Herr der Ruinen« sei. Er schlafe mal in der einen, mal in der anderen. Und dabei grinste er mir so vertraulich zu, als würden wir uns schon aus dem Kindergarten kennen. Schnell blickte ich weg. Beneidete er mich etwa, weil ich nicht allein war, sondern noch eine Mutter und Geschwister hatte?

Dann, ganz plötzlich, eine so überlaute Detonation, dass die junge Frau im Korbstuhl heftig erschrak und erneut zu beten anfing. Einer schon etwas älteren Frau mit Kind auf dem Schoß gefiel das nicht. »Mit wem reden Se denn da?«, spottete sie. »Etwa mit dem lieben Jott? Könn' Se sich sparen! Der da oben war noch nie auf unsrer Seite.«

Die Frau im Korbstuhl betete trotzdem weiter, und Momm streichelte ihr die Schulter, wie um ihr Mut zu machen.

Endlich: die Entwarnung! Was für ein freundlich klingender Signalton. Im Nu leerten sich die Räume, und dann standen wir zwischen all den Leuten aus dem Keller auf der plötzlich so menschenvollen Straße und blickten stumm zum Himmel hoch.

Über den Dächern roter Feuerschein, sonst nichts als schwerer, schwefelgelber Qualm. Verkohlte Papierfetzen trieben vorüber, ein scharfer, ätzender Brandgeruch drang uns in Mund und Nase. Ringsum wurde auf die Tommys geschimpft, die einfach nicht aufhören wollten mit dem Bomben.

Warum unsere Flak die feindlichen Bomber denn nicht einfach allesamt abgeschossen hätte, fragte der weißblonde Junge mit der Stahlbügelbrille, der sich direkt neben mich gestellt hatte. Ob die auf den Flaktürmen etwa kein Zielwasser getrunken hätten? Und wieder grinste er mir so vertraulich zu.

Er war mir nicht unsympathisch, doch ein solch dummer Spruch an einem solchen Abend? Schroff drehte ich mich weg.

und dann mussten wir ja auch schon los, immer weiter durch die dunkle Stadt, zurück zu Tante Mala.

Wir gingen schnell, blickten uns aber immer wieder um. Alle, die in den Keller geflohen waren, eilten hastig in ihre Wohnungen zurück. Zwar hatten sie noch mal Glück gehabt, ihre Häuser standen noch, doch durften sie sich darüber freuen? Schon in ein paar Stunden oder in der nächsten Nacht konnte es anders sein.

In einer Straße hatten viele *kein* Glück gehabt. Jedes zweite oder dritte Haus war zerstört, mehrere brannten lichterloh. Balken stürzten auf die Straße herab, wir sahen Tote und Verletzte, Feuerfunken flogen uns um die Ohren und eine solche Hitze lag über dieser Straße – ein Wunder, dass ich mir nicht Brauen und Wimpern versengte.

Auf der steinernen Umrandungsmauer eines Vorgartens saßen Frauen mit ihren Kindern, vor sich ihre Taschen und Koffer. Mit leeren Gesichtern starrten sie in die Flammen des Hauses gegenüber. Hier gab's nichts mehr zu retten. Ein paar Häuser weiter aber hasteten Frauen, alte Männer, Jungen und Mädchen immer wieder in die Ruine ihres Hauses hinein, um zu bergen, was noch zu retten war. Manche warfen einfach alles aus dem Fenster, weil hinter ihnen schon die Flammen züngelten.

»Kommt!« Momm drängte zur Eile. »Wir müssen zurück. Tante Mala wartet.«

»Aber wir können doch helfen«, protestierte Jockel.

»Nein!« So barsch fuhr Momm ihn an, als hätte er etwas sehr, sehr Ungehöriges gesagt. »Hier kann keiner mehr helfen. Und wir, hörst du, wir schon gar nicht.«

Jockel und Kutti jedoch drehten sich immer wieder um, als schämten sie sich dafür, jetzt einfach weiterzugehen. Ich stieß sie vorwärts. »Jetzt macht schon, bin hundemüde!«

Momm hatte ja recht, was konnten wir schon tun? Noch dazu mit einer Jutsch auf dem Arm?

Diese Erleichterung, als wir endlich wieder vor Tante Malas Haus standen! Es war unzerstört, und mir war, als fielen mir gleich mehrere Felsbrocken vom Herzen. Wenigstens jetzt – Glück gehabt! Doch war die Haustür abgeschlossen. Während des Fliegeralarms müssen alle Haustüren offen bleiben, damit im Notfall jeder schnell aus dem Haus kommt. Jetzt, nur eine halbe Stunde nach der Entwarnung, war die Tür zu Tante Malas Haus schon wieder zu.

Ratlos blickten wir uns an, bis Momm plötzlich zwei Finger in den Mund steckte und pfiff. Und das so laut und schrill, dass es weit zu hören gewesen sein muss.

Wir staunten über sie und Momm freute sich und pfiff gleich noch mal. Und schon hörten wir Tante Malas Stimme. »Ich eile!«, rief sie aus dem dunklen Fenster auf die Straße hinab.

»Woher kannst du das?« Ist ja schon lange einer von Jockels größten Wünschen, auf zwei Fingern pfeifen zu können. In Eichenbrück hatte es Jungen gegeben, die das konnten, aber keiner hatte so viel Geduld, ihm das beizubringen.

Momm, in Gedanken an Onkel Egon und Tante Lene gleich wieder traurig, seufzte. »Onkel Egon hat das mit Mala und mir ewig lange geübt, damit wir ihn herbeipfeifen konnten, wenn andere Kinder uns dumm kamen. Irgendwann konnten wir's dann.«

Jockel wollte, dass sie auch Kutti und ihm diesen Zweifingerpfiff beibrachte, und als sie ihm versprach, das bald mal zu tun, war er wieder versöhnt. Und Kutti freute sich, dass Jockel auch an ihn gedacht hatte.

Im Morgenmantel und mit der Taschenlampe in der Hand, die sie wegen der Verdunkelung aber rasch ausschaltete, ließ Tante Mala uns ein. Und dann umarmte sie uns einen nach dem anderen, als wären wir von den Toten auferstanden, so froh war sie, dass wir den Luftangriff heil überstanden hatten.

Gleich wollte Momm ihr erzählen, wo wir überall gewesen waren und was wir Schlimmes erfahren hatten. Tante Mala vertröstete sie auf später: »Nicht jetzt, Lottchen! Wascht euch erst mal, ihr seid ja ganz vollgestaubt. Ich will inzwischen sehen, ob ich euch noch mal satt bekomme. Weiß ja, der Luftschutzkeller macht hungrig.«

Sie tischte uns ein paar Schmalzstullen auf – »den letzten Rest vom Schützenfest«, wie sie traurig scherzte – und jetzt durfte Momm erzählen. Doch wollte ich schon bald nicht mehr zuhören, verkroch mich lieber in den Decken, die Tante Mala auf dem Fußboden für uns bereitgelegt hatte. Und im Nu war ich eingeschlafen. Und das auf nichts als einem Teppich als Unterlage und in eine Wolldecke gewickelt. Jockel und Kutti erging es nicht anders, und Momm und du, Jutsch, ihr durftet euch später Tante Malas Sofa teilen. Sie selbst schlief in zwei zusammengeschobenen Sesseln.

Am Morgen darauf tat mir dann alles weh: Rücken, Arme, Beine. Doch kam das nicht allein von der Nacht auf dem Teppich. All die Strapazen in den Tagen zuvor – das stundenlange

Herumstehen auf den eiskalten Bahnsteigen, die Fahrt in den überfüllten Zügen und zuletzt die endlose Stadtmarschiererei –, wie tief steckte mir das alles in den Knochen!

Momm, die schon wach war, flüsterte mit Tante Mala. Du, Jutsch, warst auch längst wach und hast an einem schmalen Kanten Brot gelutscht. Ich wollte ins Bad, kam aber lange nicht hinein: Tante Malas Einquartierungen hielten es in Beschlag.

Zurück in der Wohnstube, flüsterten Momm und Tante Mala noch immer miteinander. Was uns der blinde Herr Winkler verraten hatte, ließ Momm nicht los. »Ich will ja gar nicht bewerten, ob das, was Rudi gesagt hat, in Ordnung war oder nicht«, sagte sie. »Aber darf denn in einer solchen Situation – mitten in einem Bombenangriff – jedes Wort auf die Goldwaage gelegt werden?«

Was Tante Mala darauf wohl geantwortet hätte? Ich erfuhr es nicht, weil genau in diesem Moment Kutti aufwachte. Mit schlafverquollenen Augen blickte er um sich, als müsste er erst mal herausfinden, wo er sich denn hier überhaupt befand.

Gleich spielte Tante Mala wieder die Fröhliche. »Na, Prinz Sonnenschein, zurück in der Reichshauptstadt?«

Davon erwachte auch Jockel. Erst sah er nur mürrisch zu uns her, dann beeilte er sich, vor Kutti ins Bad zu kommen.

»Gut so!« Tante Mala klatschte ihm Beifall. »Mit schmutzigem Hals gibt's kein Frühstück. Und ohne Frühstück fällt's schwer, Heldentaten zu vollbringen.«

Für jeden zwei Marmeladenbrote, noch mehr »Reserven« konnte Tante Mala nun wirklich nicht mehr herbeizaubern.

Sie selbst begnügte sich mit einem »Künstlerfrühstück« – Tasse Ersatzkaffee und Zigarette.

Danach wurde beratschlagt: Wie sollte es weitergehen mit uns? Irgendwo mussten wir ja bleiben. Am Ende stand fest, dass Momm zum Alexanderplatz gehen würde, zum Polizeipräsidium. Zwar sei das seit dem Vorjahr auch schon teilweise zerstört, wie Tante Mala sagte, doch wo sonst hätten wir uns hinwenden sollen? Es gab ein Amt für Bombengeschädigte, aber zu denen gehörten wir ja nicht. Auf dem Alex würde man wissen, welches Amt für uns zuständig war, tröstete uns Tante Mala.

Jockel, Kutti, du, Jutsch, und ich, wir sollten währenddessen bei ihr bleiben. Unsere Geburtsurkunden waren ja Beweis genug dafür, dass es uns gab.

Wir gehorchten, aber das nur, weil wir spürten, dass Momm diesmal nicht mit sich reden lassen würde. Und dann war sie weg, und während wir auf ihre Rückkehr warteten, rätselten Tante Mala und ich, wo man uns wohl einquartieren würde. Bloß nicht in eine dieser brüchigen Ruinen, an denen wir vorübergekommen waren, sagte ich und musste an den »Herrn der Ruinen« denken, wie er im Luftschutzkeller sogar ein wenig mit seiner Ruinenwanderei geprahlt hatte. Eine von diesen Ruinen hatte ja überhaupt keine Vorderfront mehr gehabt, in alle Wohnräume konnten wir blicken, sogar Möbel standen drin. Wie aufeinandergestapelte Freilichtbühnen sahen diese »Wohnungen« aus. Frauen, Kinder und alte Männer bewegten sich darin, als würden sie mehrere Stücke zugleich aufführen. Und das auch noch mitten im Winter.

Stunden vergingen und Jockel, Kutti und ich wurden immer unruhiger. War Momm etwas passiert? Einen Bombenangriff hatte es in all der Zeit nicht gegeben, doch vielleicht war ihr wieder schwindlig geworden.

Tante Mala sagte, dass Momm auf dem Amt, zu dem sie geschickt worden war, ganz bestimmt lange warten musste. Wir seien doch nicht die Einzigen, die einen Einquartierungsschein benötigten. Beruhigen konnte sie uns damit nicht.

Und dann musste auch sie weg – einkaufen gehen, um noch irgendwas an Lebensmitteln zu ergattern.

Ich wäre gern mitgegangen. Mal raus aus diesem mit Möbeln vollgestellten Zimmer, mal wieder frische Luft schnappen. Eine »Frau« aber musste bleiben. »Männern«, hatte Tante Mala gesagt, dürfe man keine Kleinkinder überlassen. Und damit hatte sie sicher recht. Momm weg und ich weg und du, Jutsch, mit Jockel und Kutti allein, das hätte dir ganz bestimmt nicht gefallen.

Zwei Stunden blieb Tante Mala weg. Als sie wiederkam, präsentierte sie uns, was ihre »guten Beziehungen« ihr eingebracht hatten: ein halbes Brot, ein Viertel Margarine, eine kleine Leberwurst und ein Glas selbst gemachte Kirschmarmelade, das sie befreundeten »Laubenpiepern« extra für uns abgeluchst hatte. Wie eine Trophäensammlung hielt sie ihre Einkäufe hoch. Doch war diese ewige Heiterkeit nur gespielt, ich sah ihr an: Sie hatte gehofft, dass Momm inzwischen zu uns zurückgekehrt war.

Wir mussten weiter warten, dann, nach noch einer Stunde Zittern und Bangen, kam endlich auch Momm. Müde ließ sie sich in einen Sessel sinken, erst nach einer Tasse Ersatzkaffee im Bauch begann sie zu erzählen.

Tante Mala hatte richtig vermutet. Auf dem Amt, zu dem Momm geschickt worden war, wartete schon eine lange Schlange von Leuten, die alle dasselbe benötigten: eine Zuzugsgenehmigung für Berlin und einen Einquartierungsschein. Und beides dringend. Vor Aufregung und Sorge um ihre Kinder oder Enkelkinder redeten sie laut durcheinander. Jeder glaubte, der andere wüsste vielleicht besser, wie man an diese Scheine kommt.

»Und alle, aber auch wirklich alle, hatten wir das Gefühl, den Beamten hinter ihren Schreibtischen lästig zu fallen.« Kopfschüttelnd rieb Momm sich die schmerzenden Beine. »Von wegen ein Volksgenosse steht für den anderen ein! Gibt ja viel zu viele von uns, um dieser Obdachlosigkeit Herr zu werden. Also gilt am Ende mal wieder nur eines: Jeder ist sich selbst der Nächste.«

Kaum hatte sie das gesagt, erschrak sie. »Na, ist doch wahr!«, verteidigte sie sich vor sich selbst. »Wo sind denn jetzt unsere großen Organisationskünste, auf die wir immer so stolz waren?«

Wer endlich dran war, legte seine Papiere auf den Tisch, erklärte, woher er kam, und bat zuerst mal um eine Zuzugsgenehmigung für Berlin, ohne die ein Einquartierungsschein ja nicht zu bekommen war. Doch erhielt er weder das eine noch das andere Papier. Für Flüchtlinge, so hieß es, sei die Reichshauptstadt nur Durchgangsstation. Alle müssten weiter ins Reich, länger als vierundzwanzig Stunden dürfe keiner bleiben. Ein echter Rausschmiss, wie Momm sagte, denn ohne Zuzugsgenehmigung und Einquartierungsschein keine Lebensmittelkarte, und ohne Lebensmittelkarte kein Stückchen Brot, Wurst oder sonst irgendwas.

»So eine Sauerei!« Empört blickte Jockel in die Runde. Dass man uns in der Reichshauptstadt nicht haben wollte – und das, obwohl Momm und Pappka doch geborene Berliner sind –, damit hatte er nicht gerechnet. Außerdem: Unsere vierundzwanzig Stunden waren ja längst abgelaufen. Hieß das etwa, dass wir bestraft werden könnten, nur weil wir immer noch nicht wussten, wohin?

»Keine Sorge!« Tante Mala winkte ab. »Solch dumme Regeln sind einzig und allein dazu da, dass sie gebrochen werden.«

Ja, und bevor auch Momm in diesem Amt an der Reihe war? Da war ihr tatsächlich wieder schwindlig geworden. Sie musste sich auf den Fußboden setzen, vielleicht weil Hunger und Durst zu groß geworden waren. Doch war das ihr »Glück«, denn jetzt regten ein paar Frauen sich über die so langsame Abfertigung auf. »Wie wir auf den Ämtern behandelt werden«, rief eine, »wenn das der Führer wüsste! Mit dem eisernen Besen würde er hier kehren.« Eine andere schrie: »Ihr verkriecht euch hinter euren Schreibtischen, ihr Sesselfurzer, während wir nicht wissen, welcher Ziegelstein heute Nacht unser Kopfkissen sein wird.«

Doch wer saß denn in diesem Amt hinter den Schreibtischen? Nur ein paar ebenfalls sehr müde aussehende Frauen und drei, vier alte oder kriegsversehrte Männer, wie Momm sagte. Viel zu wenige, um diesen Ansturm der Antragsteller zügiger abfertigen zu können. Doch wirkten diese Proteste. Bald winkte eine der Frauen Momm an ihren Schreibtisch, obwohl sie ja noch nicht an der Reihe war, gab ihr Wasser zu trinken und einen Zwieback zu essen und ließ sie erzählen. Den Zuzug nach Berlin aber, das wusste Momm längst, konnte sie ihr nicht gewähren. Sei ja alles streng geregelt, sagte sie, Ausnahmen gebe es nicht. Doch dann telefonierte sie irgendwohin und verkündete Momm danach, dass es zwischen Hamburg und Hannover ein Dorf namens Kewenow gebe. Dort könnten wir hin.

»Kewenow?« Tante Mala zog die Stirn kraus. »Von dem Kaff hab ich ja noch nie was gehört. Was sollt ihr denn dort? Ihr seid Städter, keine Bauern.«

»Eine Frau Griess wird uns aufnehmen.« Momm zuckte die Achseln. »Und was wir dort sollen? Natürlich arbeiten, der Frau auf den Feldern und in den Ställen helfen. Ihr Mann und ihre Söhne sind an der Front, und da ist's doch ganz egal, ob wir Bauern sind oder nicht ... Außerdem hab ich auf dem Weg hierher nachgedacht: Ist's auf dem Land denn jetzt nicht viel besser als in der Stadt? Dort fallen kaum Bomben und verhungern soll auch keiner.«

Nur kurz überlegte Tante Mala, dann nickte sie. »Hast recht, Lottchen, keine schlechte Sache, das Ganze! Hier liegt alles in Schutt und Asche, dort gibt's Felder und Wiesen und sicher auch die eine oder andere fette Wurst in den Bauch.«

»Schreib dir die Adresse auf«, bat Momm, »damit wir uns nicht aus den Augen verlieren und ... und ... na ja, damit du Hermann zu uns schicken kannst, falls er bei dir nach uns fragt.«

»Klarer Fall!« Tante Mala legte den Arm um sie und küsste sie, weil Momm plötzlich Tränen in den Augen hatte. »Und wie sollten wir einander denn verloren gehen, du Dummchen, so hell wie unsere Heiligenscheine leuchten?«

Jockel und Kutti, lange hatten sie nur still zugehört. Auch

sie hatten gehofft, dass wir in Berlin bleiben durften. Und jetzt sollte es in ein *Dorf* gehen?

»Gibt's da wenigstens Pferde?«, fragte Kutti so leise, dass es kaum zu hören war.

»Aber ja!« Tante Mala nickte ihm zu, als kenne sie sich in diesem Dorf, dessen Namen sie noch nie zuvor gehört hatte, inzwischen schon bestens aus. »Auf dem Land gibt's doch überall Pferde. Auch Kühe, Schweine, Hühner und Kaninchen. Jutsch bekommt dort jeden Tag einen halben Liter warme Milch in den Bauch und ihr vor lauter guter Luft schon bald ganz rote Backen.«

»Und wann fahren wir?«, wollte Kutti da nur noch wissen.

»Gleich morgen früh«, sagte Momm. »Hab eine Freifahrtsbescheinigung bekommen.«

Alles war geklärt, mich aber überkam ein komisches Gefühl: *Kewenow*? Das war kein schöner Name für ein Dorf. Und was diese Frau Griess wohl für eine war? Nur: Wozu länger darüber nachdenken? Wer keine Wahl hat, muss nehmen, was er bekommt.

In der Not …

Wieder der Anhalter Bahnhof. Und wieder war er voller Flüchtlinge. Kutti musste an seine Botanisiertrommel denken. Ob sie noch irgendwo auf ihn wartete?

Tante Mala hatte uns bis auf den Bahnsteig gebracht. Momm und sie, dreimal umarmten sie einander. »Versprecht mir, dass ihr übrig bleibt«, sagte Tante Mala.

Der neue Abschiedsgruß. Kaum einer sagt noch »Auf Wiedersehen«. »Bleib übrig« trifft's besser.

Tante Mala ließ uns nicht gern fort. »Muss eben alles seinen kriegserprobten Gang gehen«, versuchte sie Momm und sich aufzuheitern. Und dann kam schon der Zug, wir mussten schnell machen – und hatten Glück, erwischten sogar noch Sitzplätze.

Die Leute in unserem Abteil, Frauen mit großen und kleinen Kindern, waren diesmal eher still, hatten keine Lust zu reden. Und wir auch nicht. Wo würden wir landen, fragten wir uns, wie sah es dort aus und wie würde alles weitergehen?

Meine Beine waren so schwer und mein Kopf war so leer, als hätte ich die ganze Nacht über nichts anderes getan, als durch diese riesige Trümmerstadt zu wandern, die nun hinter uns lag. Momm sah mir das an, ahnte aber, dass ich durch nichts aufzumuntern war. Also seufzte sie nur.

Ein Bummelzug war es, der uns immer weiter in den Norden brachte. An fast jeder Station hielt er. Und zweimal mussten wir in andere Bummelzüge umsteigen und lange auf die Weiterfahrt warten, und nur einmal erwischten wir wieder Sitzplätze – zwei für uns vier.

Irgendwann am Nachmittag: die Ankunft. Der Bahnhof: nichts als ein schon halb verrostetes, weißes Blechschild. Aufschrift: *Kewenow*. Wir stiegen aus, und mutterseelenallein standen wir auf einem Bahnsteig, der eigentlich gar keiner war. Nicht mal gepflastert war er. Nur dieses armselige, einsame Blechschild verriet, dass wir in der Nähe eines Ortes mit dem Namen Kewenow gelandet waren. Von dem Ort selbst war weit und breit nichts zu sehen.

Ratlos standen wir da. Wohin uns wenden? Sollten wir links oder rechts die Landstraße entlanggehen, um in dieses Kewenow zu gelangen? Nirgendwo konnten wir uns erkundigen.

Eine Weile beratschlagten wir, dann bogen wir links ein. Wir konnten ja nicht vor diesem Blechschild stehen bleiben.

Ein feuchtkalter, nebliger Tag war das, kaum hundert Meter weit konnten wir blicken. »Hier sieht's aus, als ob die Wolken auf die Erde gefallen sind«, flüsterte Kutti mir zu. Jockel freute es, dass bei so niedrig hängenden Wolkenmassen sich wenigstens keine Feindflieger blicken lassen würden. Als es dann für kurze Zeit doch mal ein wenig heller wurde, schien die Sonne so matt, als hätte sie sich hinter einer Milchglasscheibe versteckt.

Momm, Rucksack auf dem Rücken, den Koffer mal links, mal rechts tragend, ich mit dir, Jutsch, auf dem Arm, so wanderten wir die wie endlos vor uns liegende Landstraße entlang. Links und rechts von uns kahle, graubraune Felder, schmutzige

Schneereste und vereiste Wasserlachen. Nur wenige vereinzelt stehende Bäume reckten ihre Äste und Zweige wie Hilfe suchende, magere Arme und Hände in die Luft. Um uns herum die totale Stille, kein Vogelschrei, kein Rabenkrächzen.

Jockel und Kuttis Gesichter wurden immer länger und dann begann Kutti auch noch zu hinken. Seine Schuhe drückten. Er hätte längst größere benötigt, doch hatte Momm trotz Bezugsschein* in ganz Eichenbrück keine passenden mehr gefunden.

»Halt noch ein bisschen aus.« Momm streichelte ihm die Schulter. »So weit kann's ja jetzt nicht mehr sein.«

Ein schlimmer Irrtum. Wir waren schon mindestens eine halbe Stunde marschiert, da entdeckten wir endlich einen Wegweiser. Und was verriet uns der? Dass wir die ganze Zeit in die falsche Richtung gelaufen waren. *Kewenow 9 km* stand drauf, der Pfeil aber wies in die Richtung, aus der wir gekommen waren.

»Warum war denn am Bahnhof nicht so 'n Pfeil?« Vor Zorn wurde Jockel ganz rot im Gesicht, so sehr ärgerte ihn diese »Bauernblödheit«. »Steigen hier denn nie Fremde aus?«

»Vielleicht hat den einer geklaut – so wie meine Trommel.« Kutti trieb der Gedanke, in diesen Schuhen den ganzen Weg wieder zurücklaufen zu müssen, die Tränen in die Augen.

»Aber wozu denn?«, schrie Jockel ihn an. »Um sich Suppe draus zu kochen?«

»Nicht streiten, Jungs!«, bat Momm. »Hilft ja alles nichts. Und wenigstens wissen wir jetzt, in welche Richtung wir gehen müssen. Das ist doch auch etwas.«

Und damit griff sie nach dir, Jutsch, um dich über ihren

Rucksack auf ihre Schultern zu setzen, nahm wieder ihren Koffer in die Hand und sah mich an. »Kannst du Kutti nehmen?«

Hätte ich nein sagen dürfen, weil Kutti ja schon längst kein Leichtgewicht mehr ist? Still nickte ich und Kutti drückte Jockel Rucksack und Ranzen in die Hände und stieg mir auf die Schultern. Und Rucksack auf dem Rücken und Kuttis Hacken vor der Brust ging's zurück zum Bahnhof und danach immer weiter durch diese wintergraue Ebene, nur eben jetzt in die andere Richtung.

»Hier möchte ich nicht begraben sein«, sagte Jockel irgendwann. »Ist ja auf jedem Friedhof mehr Leben als hier.«

»Will dich ja auch gar keiner hier begraben«, erwiderte Momm nur müde. Deine kleinen Hände an ihrem Hals, Jutsch, nahmen ihr die Luft. »Ist der Krieg erst vorbei, sind wir schnell wieder weg. So lange aber müssen wir für alles dankbar sein, das uns hilft, diese schlimme Zeit einigermaßen heil zu überstehen.«

Wir gingen und gingen und mussten öfter stehen bleiben, um unsere Lasten abzusetzen und zu verschnaufen. Doch beschwerte sich keiner mehr. Schimpfen oder Stöhnen hätte uns ja keinen einzigen Millimeter weitergebracht.

Dann – wir hatten schon fast nicht mehr damit gerechnet – das erste Zeichen von Leben in all dem Grau um uns herum: Schafe, die zwischen den Schneeflecken nach einem bisschen Grün suchten. Vorsichtig hellten unsere Gesichter sich auf. Wo es Schafe gab, musste es doch bald auch Menschen geben. Und tatsächlich, nur wenig später hatten wir die ersten Häuser erreicht. Mal waren es rote Backsteinbauten, mal reetgedeckte

Katen. Hunde verbellten uns, nur ließ sich noch immer keine Menschenseele blicken.

»Wunderbar!« Momm gab sich Mühe, die Zufriedene zu spielen. »Besser hätten wir's gar nicht treffen können. Solche Hühnernester werden ganz gewiss nicht bombardiert.«

Im Dorfkern, direkt vor der Kirche, wollte Kutti dann wieder selber laufen, und ich übernahm dich wieder, Jutsch. Es war Kutti peinlich, von seiner großen Schwester getragen werden zu müssen. Lieber lief er sich Blasen an die Füße.

Die Kewenower Kirche passt zu diesem Dorf. Nicht groß, nicht klein und ganz und gar aus rotem Backstein. Gleich daneben die Bäckerei. Über der Tür ein oft im Wind klapperndes, verwittertes Holzschild. *Hinrich Hielscher* steht in Schrägschrift über einem aufgemalten Brot.

Momm wollte jemanden nach dem Weg zu dieser Frau Griess fragen, bei der wir einquartiert werden sollten, doch war weit und breit niemand zu sehen. Und natürlich stand jetzt, im Winter, auch keine Tür offen, kein Fenster. Ihr blieb nur die Bäckerei, um sich zu erkundigen.

Ich sah sie den Laden betreten und mir wurde ganz komisch zumute: In diesem Totendorf sollten wir bleiben? Und das vielleicht für lange? Na dann: Gute Nacht, liebe Rena!

Weit hinten, am Ende des Dorfes, liegt er, der Hof von Frau Griess. Das große, nur grob verputzte Haus mit dem spitzen Giebel ist schon aus der Ferne zu sehen. Rundherum dösen ein paar kahle Obstbäume vor sich hin, dazwischen halten streng abgezirkelte Gemüsebeete ihren Winterschlaf. Hinter dem Garten erstrecken sich ein paar kleinere Felder, dahinter erhebt sich ein Wald. Neben dem Haus links: ein verwitterter Holzschuppen, rechts: ein genauso verwitterter Heuschober.

Als wir hier ankamen, stieg kein Rauch aus dem Schornstein, wie wir es bei einigen anderen Kewenower Häusern gesehen hatten. Nichts deutete auf Wärme hin. Ob hier vielleicht gar keiner mehr wohnt?, schoss es mir durch den Kopf.

Auch Jockel und Kutti kuckten entsetzt. Dass wir in diesem Dorf noch kein einziges Pferd, keine Kuh und kein Huhn zu sehen bekommen hatten – na gut, im Winter bleiben die Tiere wohl im Stall, das hatte Kutti eingesehen. Aber dass wir so weit außerhalb des Ortskerns und in einem so wenig einladend wirkenden Gemäuer wohnen sollten?

»Na, das nützt ja nun alles nichts!« Mit festen Schritten ging Momm auf das Haus zu – und wie es danach weiterging, wie »herzlich« wir von der Griess begrüßt wurden, das hab ich ja schon berichtet. Und auch, dass es danach nicht besser wurde.

Erna heißt sie mit Vornamen, Erna Griess. Für die Leute im Dorf aber ist sie nur »die Erni«. Weil sie als Kind so gerufen wurde? Ich finde, Erna passt besser zu ihr …

Wie wir an diesem Tag das erste Mal neben ihr in unserem »Zimmer« standen! Diese kleine, düstere, ewig kalte Kammer! Ringsum nichts als kahle, früher mal weiß getünchte Wände, an vielen Stellen ohne Putz, sodass die nackten Rohrmatten zu sehen sind. Das »Mobiliar«? Zwei Betten, ein schmaler Schrank, zwei Holzschemel, eine Kommode mit Schüssel und Waschkrug, kein Tisch.

Und elektrisch Licht haben wir auch nicht. Weil die Griess die Glühbirne aus der Fassung geschraubt hat. Um Strom zu sparen. Mit Kerzen müssen wir uns behelfen, sollen aber auch damit sparsam umgehen. Auch die kosten Geld. Wäre aber alles noch zu ertragen, wenn wir wenigstens den Ofen heizen dürften ...

Diese mich so sehr an eine Hummel erinnernde Frau sah uns unsere »Begeisterung« an. Mürrisch zuckte sie die Achseln. »Besseres kann ich nicht bieten. Ich bewirtschafte einen Hof, kein Stadthotel.«

Als sie danach ging, klein, aber ganz die Herrin im Haus, drehte sie sich in der Tür noch einmal um. »Wenn Se ausgepackt haben, dürfen Se in die Küche kommen.«

Dürfen! Wie großzügig! Kaum war sie weg, setzte ich dich, Jutsch, auf das Bett, das später unseres werden sollte, und schmetterte meinen Rucksack auf den Boden. »Da hätten wir uns doch lieber in Berlin in 'ner Ruine verstecken sollen«, brach es aus mir heraus. »Das hier, das ist ja das Letzte von allem.«

»Und unsere Lebensmittelkarten, hättest du uns die gedruckt?« Streng schüttelte Momm den Kopf. »Kapier doch endlich mal: In Berlin hätten wir kein Anrecht auf irgendwas. Wir müssen nehmen, was man uns gibt.«

Ich: »Na prima! Dann werde ich jeden Abend beten, dass uns dieses Paradies erhalten bleibt.«

Das war blöd von mir, aber in diesem Augenblick musste ich einfach so ein dummes Zeug reden.

»Pass mal auf!« Momm setzte sich zu mir und legte mir den Arm um die Schulter. »Diese Frau Griess, ja, sie würde uns am liebsten auf den Mond schießen. Doch braucht sie Hilfe, ganz egal, ob ihr das gefällt oder nicht. Und das weiß sie und deshalb ist sie in Wahrheit froh, dass wir hier sind. Was jetzt hier beginnt, Rena, so was nennt man Notgemeinschaft. Und in der Not, da frisst der Teufel eben manchmal Fliegen. Keiner freut sich darüber, dass wir aufeinander angewiesen sind, doch muss einer dem anderen dankbar sein, dass er ihn hat.«

Ich war aber viel zu blind, um irgendwas einsehen zu können. Und Jockel und Kutti erging es nicht anders. Stumm warfen sie sich auf das noch freie Bett und vergruben die Köpfe unter den Armen.

Das war zu viel. »Aufstehen!«, schrie Momm uns an. »Ihr habt doch gehört, erst auspacken, dann die Küche.«

Widerwillig gehorchten wir und verstauten alles, was wir seit Eichenbrück mit uns herumgeschleppt hatten, in dem dafür viel zu kleinen Schrank. Die leeren Einweckgläser, die wir darin gefunden hatten, stellten wir obendrauf. Am liebsten aber hätte ich sie an die Wand geknallt.

Polacken

Die erste Nacht in Kewenow. Ein eiskalter Wind pfiff durch die Fensterritzen. Hätte es noch ein zweites Fenster gegeben, wir wären in unseren Betten erfroren. Dazu die raue, kratzende Bettwäsche, irgendwann im Mittelalter selbst gewebt, ewig haltbar. Nur gut, dass wir uns wegen der Kälte in unseren Kleidern schlafen gelegt haben, sonst hätten wir uns darin wundgescheuert. Inzwischen aber haben wir uns schon ein bisschen »eingelebt«, wie Momm das nennt.

Doch was heißt schon »eingelebt«? Das Waschen in der morgens noch klirrend kalten Küche mit dem ewig tropfenden Wasserhahn – eine einzige Tortur! Dabei müssen wir uns freuen, *wenn* er tropft. Weil dann wenigstens die Wasserleitung nicht zugefroren ist. Was leider öfter mal vorkommt, sodass wir uns das Wasser von der gegen die Kälte mit Stroh abgedeckten Pumpe vor dem Haus holen müssen. Die komischerweise nie zufriert.

Noch schlimmer: das Plumpsklo hinter der Scheune. Friert im Haus die Wasserleitung zu, funktioniert auch die Toilettenspülung nicht. Dann müssen wir uns anziehen wie zu einer Nordpol-Expedition und uns mit dem nackten Hintern auf die mit einer dünnen Eisschicht überzogenen Holzbretter dieses Außenklos setzen. Das auch mitten in der Nacht, wenn kaum was zu sehen ist.

Vor uns hat ein Kriegsgefangener in unserer Kammer gehaust. Ein Franzose. Er war der Griess zur Arbeit zugewiesen worden. Nicht untüchtig sei er gewesen, sagt sie, eines Nachts aber einfach verschwunden. Und das, obwohl sie ihn immer gut behandelt habe. Ein Franzose, so habe sie gedacht, sei doch was Besseres als irgend so ein slawischer Untermensch. Aber da habe sie sich geirrt, dieser Marcel jedenfalls, das wisse sie jetzt, habe vor Undankbarkeit gestunken.

Gleich musste ich wieder an Frau Piwonka denken und an das, was Herr Huberty über die Slawen gesagt hat. Lieber zehn Frau Piwonkas als eine Erna Griess, sagte ich mir und erschrak über mich selbst. Darf ich denn so etwas denken, die Griess ist doch eine Deutsche?

Auf jeden Fall: Jetzt sind wir so was wie Frau Griess' Kriegsgefangene. Schlau von ihr, dass sie darauf bestand, Leute einquartiert zu bekommen, die noch oder schon richtig arbeiten können. Momm hat auch gar nichts gegen diese Schufterei. Sie findet es sehr vernünftig, dass wir mithelfen, unsere Soldaten und die Leute in den Städten mit Lebensmitteln zu versorgen. »Im Krieg wird jede Hand gebraucht«, sagt sie und: »Pappka kämpft an der Front, wie dürfen wir uns da von morgens bis abends im Bett räkeln?«

Soll ein Scherz sein, aber lachen kann ich darüber nicht.

Jockel sagt, mit uns habe die Griess das große Los gezogen. Sie zahle uns ja keinen Lohn. Allein für die beiden Betten in dieser eisigen Stinkebude, die wir kaum zu lüften wagen – in der bescheuerten Hoffnung, dass unser Mief uns wärmt –, und ein paar Krümel in den Bauch würden wir arbeiten. Für ihn ist das die reine Ausbeutung.

Er redet oft so, Momm weist ihn dann jedes Mal zurecht. Die Griess habe viel mitgemacht, sagt sie. Ihr Sohn Arthur sei irgendwo in Afrika gefallen, ihr Mann und der ältere Sohn Ernst würden *vermisst*. Das heißt, die Griess weiß noch nicht, ob sie in Gefangenschaft geraten oder gefallen sind. Von allen dreien hängen Fotos in ihrer Wohnstube. Als ich dort mal putzen musste, hab ich sie mir angeschaut.

Ihr Mann, dieser Wilhelm Griess, hat kleine Augen und einen großen kahlen, auf dem Foto im Sonnenschein glänzenden Quadratschädel. Dazu ein Führerbärtchen. Sohn Ernst sieht ihm ähnlich, hat aber noch alle Haare auf dem Kopf und kuckt eher traurig aus seiner Uniform. So, als wäre er nicht gern Soldat.

Sohn Arthur sieht lustig aus. Breit lacht er in die Kamera. Eine Verlobte soll er gehabt haben, dieser blonde junge Mann. Keine drei Wochen nachdem der Brief mit der Todesnachricht eintraf, sei diese Erika jedoch schon mit einem anderen gesehen worden, sagt die Griess. Und schimpft: »Wer sich so schnell mit einem anderen tröstet, der hat kein Herz.«

Auch von ihr hängt ein Foto an der Wand. Rund und pausbäckig steht die darauf noch sehr junge Frau neben einer großen, gerade erst prämierten Milchkuh und lächelt stolz. Zu der Zeit war sie wohl wirklich noch eine »Erni«. Jetzt will keiner von uns glauben, dass sie überhaupt lächeln kann. Aber dass sie viel an uns verdient, wie Jockel glaubt? Das ist Quatsch! Wir halten nur ihren Hof und damit auch uns am Leben, sagt Momm. Und so sehe ich das auch.

Was wir alles tun müssen? Momm, Jockel und Kutti helfen bei den Frühjahrsvorbereitungen auf den Feldern und im Gemüsegarten, ich bin fürs Haus, die Küche und die Ställe zuständig.

Früher gab's auf dem Hof mehr Tiere, wie die Griess Momm erzählt hat. Jetzt hält sie nur noch zwei Schweine – Panne und Dorchen, von denen sie hofft, dass Dorchen im Frühjahr wieder ferkelt – und Liese, die Milchkuh. Dazu noch drei Ziegen, die keine Namen haben, und ein paar Hühner.

Im Haus muss ich putzen – alles so vollgestellt mit wuchtigen, alten Bauernmöbeln, dass man sich darin kaum bewegen kann – und in der Küche die Töpfe, Schüsseln und Pfannen »in Schuss halten« und abwaschen. Auch Kartoffeln schälen muss ich – wenn die Griess mal wieder welche rausrückt –, Holz hacken und immer wieder aus den Zuckerrüben vom vorigen Jahr Sirup kochen. Also erst die harten Rüben in kleine Stückchen zerschnippeln und dann in Frau Griess' großem Kessel so lange kochen, bis aus den Schnipseln ein dickflüssiger Saft geworden ist. Den können wir uns dann aufs Brot streichen. Eine mühselige Arbeit, diese Schnippelei! Ganz raue Hände bekomme ich davon.

Lieber gehe ich in die Ställe. Ausmisten muss ich sie, die Tiere füttern und Liese melken. Hat mir alles die Griess beigebracht und dabei oft über das »Stadtmädchen« geschimpft. Besonders das Melken fiel mir anfangs nicht leicht.

Jetzt gehe ich auch in die Ställe, wenn ich dort nichts zu tun habe. Ist viel wärmer dort als im Haus, und da habe ich meine Ruhe. Die Tiere kennen mich schon. Komme ich, begrüßen Panne und Dorchen mich jedes Mal mit einem satten Grunzen, bleiben aber in ihrem Koben liegen. Liese kommt auf mich zu und dann darf ich ihren kraushaarigen Kopf kraulen. Sie tut mir so leid, kann ja immer nur ganz wenige Schritte machen, weil sie mit einer Kette an der Wand befestigt ist. Erst wenn es wieder wärmer ist, darf sie auf die Weide.

Momm sagt, dass es gut ist, dass wir so viel Arbeit haben. Dadurch kämen wir nicht so viel zum Nachdenken. Bei mir – und ich glaube, auch bei ihr – wirkt das aber nicht. Gestern hat sie ganz anders geredet ...

Jockel und Kutti hatten den Auftrag, ein großes Stück Erde umzugraben, weil die Griess dort irgendwas aussäen will. Bald taten Kutti die Füße weh, weil er ja noch immer keine passenden Schuhe hat und beim Hineinstechen in die harte Wintererde jedes Mal fest auf den Spaten treten musste. Irgendwann konnte er nicht mehr. Er setzte sich auf die feuchtkalte Erde und heulte. Und da hat die Griess gesagt, er solle sich nicht so haben. Nichts falle vom Himmel, jede Scheibe Brot müsse erarbeitet werden.

Trotzig humpelte Kutti zu Momm, die ein ganzes Stück entfernt arbeitete, zog seine Schuhe aus und zeigte ihr seine wunden, an zwei Stellen bereits blutenden Füße. Sofort nahm Momm ihn auf den Arm und lief mit ihm zur Griess und er musste auch ihr seine Füße zeigen. Und danach verkündete Momm der Griess, dass Kutti, solange sie nicht irgendwo passende Schuhe für ihn aufgetrieben habe, nicht mehr im Freien beschäftigt werden dürfe. Im Haus, na gut, da könne er auf zwei- oder dreifach übereinander angezogenen oder mit irgendwas umwickelten Strümpfen laufen, aber nicht im Freien.

Machte die Griess in diesem Augenblick ein Gesicht, als schämte sie sich? Fast sah es so aus. Und nach kurzem Zögern lief sie ins Haus und kam mit ein paar Schuhen zurück, die mal ihrem Arthur gehört hatten. »Sie werden ihm noch zu groß sein«, murrte sie, »doch wenn Sie Papier reinstopfen, müsste es gehen.«

Momm bedankte sich und sagte, dass wir ihr ja gern auf dem Hof und den Feldern helfen würden, aber alles seine Grenzen habe und Kinder eben noch Kinder seien.

Die Griess sagte dazu nichts, doch zeigte sie uns deutlich, dass sie diese »Grenzen« für übertriebene Fürsorge, vielleicht sogar Affenliebe hielt.

Sieht lustig aus, wenn Kutti mit den viel zu großen Schuhen durch den Garten watschelt. Oft müssen wir über ihn lachen. Nur die Griess lacht nicht. Ob sie, wenn sie Kutti in diesen Schuhen sieht, an ihren Arthur denken muss? Momm vermutet das.

Du, Jutsch, hast Glück. Bist noch viel zu klein, um für die Griess arbeiten zu müssen. Läufst nur immer hinter Momm oder mir her, willst alles sehen, alles verstehen und möchtest helfen. Also müssen wir immer wieder etwas finden, womit wir dich beschäftigen können. Bist dann mit Feuereifer bei der Sache und stolz, wenn wir dich loben.

Ja, ist wirklich nicht alles wunderbar hier! Aber wenigstens ist der Krieg weit weg. Zwar sehen wir am Himmel öfter die Kondensstreifen englischer oder amerikanischer Bomber, die über uns hinwegfliegen, doch kümmern die sich nicht um Dörfer wie Kewenow. Dass wir trotzdem Abend für Abend die Fenster verdunkeln müssen, kann aber nicht falsch sein.

Vom Dorf selbst haben wir bisher noch nicht viel mitbekommen. Der Griess-Hof liegt zu weit abseits. Nur zum Bürgermeister musste Momm, um uns anzumelden. Wegen der Lebensmittelkarten. Frau Griess braucht die, um auch für uns einkaufen zu können. Alles das, was ihr Hof nicht hergibt. Mit ihrem alten, klapprigen Bollerwagen zieht sie dann jedes Mal los.

Bin auch gar nicht neugierig auf die Leute hier. Kommen welche auf den Hof, betrachten sie uns jedes Mal, als ob wir irgendwelche zugelaufenen, unerwünschten Hunde wären. Frage mich oft, was sie über uns denken.

Einmal gab's deswegen Ärger. Da war Großmutting Petersen gekommen, um der Griess ein Stück von ihrem Geburtstagskuchen zu bringen. Vor der Tür hatten sie gestanden, die Griess hielt den Teller mit dem Stück Streuselkuchen in der Hand, die verhutzelte Alte das schon fast leere Kuchenblech. Von Haus zu Haus war sie damit gelaufen, nur an uns hatte sie nicht gedacht.

Ich hackte in der Küche Zwiebeln und hörte sie immer wieder von »Polacken« reden. Wohnen in Kewenow denn auch Polen?, fragte ich mich. Bis es mich plötzlich siedend heiß durchfuhr: Die beiden Frauen sprachen von uns! Wir, Frau Griess' Einquartierung, waren die *Polacken*, weil wir aus dem Wartheland kamen ...

Den ganzen Nachmittag über ließ mich das Gerede der beiden Frauen nicht los. Wieder musste ich an Frau Piwonka denken. Und an Mani. Also waren für die Kewenower jetzt auch wir »slawische Untermenschen«?

Am Abend erzählte ich Momm davon und sofort stellte sie die Griess, die noch in der Küche hantierte, zur Rede. Ich presste mich im Flur an die Wand, um möglichst viel mitzubekommen.

Momm, ganz aufgeregt: »Frau Petersen und Sie haben uns ›Polacken‹ genannt? Wie darf ich das verstehen? Wir sind Deutsche, kommen aus Berlin und haben lange in Frankfurt am Main gelebt. Mein Mann ist allein aus Berufsgründen in den Warthegau versetzt worden. Wie können Sie nur auf die Idee kommen, dass wir Polen sind?«

Die Griess, kalt wie eine Hundeschnauze: »Ja, ja, das kennen wir schon! Bei den Schmiedings ist auch 'ne Familie einquartiert worden. Aus Schlesien sind die, und natürlich auch keine Polen, wie sie behaupten. Aber ihre Kinder klauen wie die Polacken. Kein Stück Brot ist vor ihnen sicher. Sogar die Speisekammer haben sie aufgebrochen.«

Momm, noch lauter: »Was geht uns diese andere Familie an? *Meine* Kinder stehlen nicht. Und wenn's die Kinder dieser anderen Familie getan haben, dann vielleicht nur, weil der Hunger sie dazu getrieben hat. Wissen Sie denn, wie viel oder wenig bei den Schmiedings auf den Tisch kommt?«

»Jetzt seien Se doch nicht so empfindlich!« Auch die Griess wurde lauter. »Hungern Sie etwa? Hungern Ihre Kinder? Solange Sie für mich arbeiten, werden Sie Ihr Brot bekommen. Doch wird bei mir auch nur ein einziges Fitzelchen Wurst oder Speck gestohlen, dürfen Sie sich ein anderes Quartier suchen. Mehr sage ich dazu nicht.«

Nicht viel, und ich wäre in die Küche gestürmt, um mit den Fäusten auf die Griess loszugehen. Sah sie vor Momm stehen, die Beine herausfordernd weit auseinandergestellt, den dicken Busen vorgestreckt, die Hummelaugen funkelnd. Wir schuften für sie von früh bis spät – und diese Frau behandelt uns, als ob wir nichts als lästige Parasiten wären?

Lange, sehr lange sagte Momm nichts. Dann kam es, leise, aber bestimmt: »Keiner von uns wird Sie je bestehlen. Dafür lege ich meine Hand ins Feuer. Doch verlange ich von Ihnen, dass Sie, wenn Sie von meinen Kindern und mir reden, uns nicht länger als ›Polacken‹ bezeichnen. Wir sind nicht weniger deutsch als Sie, ob Sie das nun einsehen wollen oder nicht.«

Und damit ließ sie die Griess stehen und ich flüchtete in unsere Kammer zurück.

Ob die Griess uns danach noch mal »Polacken« genannt hat, weiß ich nicht. Die Leute im Dorf aber nennen uns und die Familie aus Schlesien noch immer so. Für Jockel und Kutti ist das besonders schlimm. Sie sind ja sowieso enttäuscht, weil sie sich unser Dorfleben ganz anders vorgestellt hatten. Jede Menge Pferde und vielleicht sogar Reiten lernen? Haha! Es gibt ja kaum noch Pferde in Kewenow, die werden ja an der Front gebraucht, solange sie noch nicht steinalt sind. Ist mal eins zu sehen, dann ist es fast immer nur die verrückte Jola, die alte Stute vom Bäckermeister Hielscher. Er spannt sie vor seinen Karren, wenn er seine Brote von Hof zu Hof fährt.

Jola schlägt gern aus und rollt dabei so heftig mit den Augen, dass nur noch das Weiße darin zu sehen ist. Allein zu Kutti ist sie freundlich. Hält er ihr seine Hand vors Maul, fährt sie mit ihrer langen, rauen Zunge drüber, als würde er ganz besonders gut schmecken.

Doch das reicht natürlich nicht, um den beiden das Dorfleben schmackhaft zu machen. Und zu allem anderen Übel jetzt auch noch dieses Polacken-Gerede! Wie sollen Jockel und Kutti hier jemals Freunde finden?

Einmal, als die Griess mal nichts für sie zu tun hatte, sind sie auf den Platz vor der Kirche gelaufen. Dort treffen sich die Dorfkinder jeden Tag. Jockel und Kutti hätten sich gern dazugestellt, doch kaum hatten sie sich den Jungen und Mädchen genähert, schrien die schon los: »Haut bloß ab, ihr Polacken!« Und dann machten sie Jagd auf Jockel und Kutti, konnten sie aber zum Glück nicht einholen.

Die beiden wollen trotzdem nicht aufgeben. Bei jeder Gelegenheit schleichen sie hinter Büschen und Zäunen entlang, um die anderen Kinder zu beobachten. Einmal, nachts im Schlaf, hat Kutti dann ganz traurig gesagt: »Aber wir haben euch ja gar nichts getan!«

Momm hat das gehört und Jockel und ihm am nächsten Morgen das Pfeifen auf zwei Fingern beigebracht. Das hatte sie ihnen in Berlin versprochen und sollte Kutti trösten. Hat ein bisschen gedauert, das Ganze, weil Kutti lange nur pustete und Jockel so über ihn lachen musste, dass auch er keinen einzigen Pfiff zustande brachte. Die Griess am Küchenfenster hat dumm gekuckt, Momm aber blieb die Ruhe selbst. Bis zuerst Jockel und dann auch Kutti ein paar Töne zustande brachten. Ein wirklicher Trost aber konnte das nicht sein. Nicht für Kutti und erst recht nicht für Jockel.

Pfeifen im Keller?

30. Januar – dein Geburtstag, Jutsch! Zwei Jahre bist du nun schon alt. Gleich nach dem Aufwachen haben wir dir ein Ständchen gebracht. Wie hast du uns da angestrahlt, obwohl du doch noch gar nicht weißt, was das überhaupt heißt, Geburtstag zu haben.

Ich freue mich, dass ich geboren bin und hab Geburtstag heut, haben wir gesungen. Das ganze Lied, von vorn bis hinten. Und weil du so gestrahlt hast, gleich noch mal und viel lauter als beim ersten Mal. Die Griess muss es gehört haben, hat aber nichts gesagt und auch nichts gefragt.

Es tat uns weh, aber wir hatten kein einziges Geschenk für dich. Woher denn? In Wahrheit also eine ziemlich traurige Geburtstagsfeier. Und das, obwohl wir doch sogar einen »Zwillingsgeburtstag« hätten feiern müssen – deinen und Momms.

Momm versprach dir, dass wir deinen dritten Geburtstag dafür ganz groß feiern würden, mit Kuchen und Kakao und lustigen Mützen auf dem Kopf. Das hast du verstanden und gleich noch mehr gestrahlt, und da haben wir dich gedrückt und geküsst, bis es dir zu viel wurde.

Später, nach dem Mittagessen – Bratkartoffeln ohne alles –, erlaubte uns Frau Griess, im Radio die Führerrede mit anzuhören. Ist ja heute nicht nur doppelter Geburtstag, sondern auch der zwölfte Jahrestag der Machtergreifung. Wir rückten Stühle vor den schon sehr alten, öfter krächzenden und pfeifenden Volksempfänger in Frau Griess' guter Stube und lauschten dem Führer.

Komisches Gefühl, seine vertraute, immer ein wenig heiser klingende Stimme hier, in diesem Dorf, im Radio zu hören. Ging es Momm genauso? Zu fast allem, was der Führer sagte, krauste sie die Stirn. In Eichenbrück hatte sie zu den Führerreden oft genickt, als hätte sie sagen wollen: »Ja, er hat recht! So ist es!«

Glaubte sie ihm nicht mehr? Oder war allein ich es, die plötzlich an allem zweifelte und wollte, dass es ihr nicht anders erging?

Der Führer sprach auch über uns, redete vom »grauenhaften Schicksal, das sich heute im Osten abspielt«. Das tat mir gut. Wenigstens dachte er an uns, wenn er uns schon nicht helfen konnte. Doch dann sagte er etwas, das mir so sehr Angst machte, dass es mir kalt den Rücken runterrieselte – nämlich dass wir zukünftig im Kampf um die Errettung unseres Volkes vor nichts mehr zurückschrecken dürfen. Aber war denn nicht alles längst schlimm genug?

Ich sah Momm an. Doch sie seufzte nur und schloss die Augen.

Kutti hatte nicht alles verstanden, machte am Ende aber, weil sich das seiner Meinung nach wohl so gehörte, ein beeindrucktes Gesicht. Jockel fühlte sich ermutigt. Wenn der Führer noch immer vom Endsieg sprach, würden wir dann nicht trotz allem doch noch siegen und schon bald nach Eichenbrück heimkehren dürfen?

Ich wünschte mir das ja auch und wünsche es mir immer

noch. Gegen meine Zweifel aber komme ich nicht an. Klang, was der Führer gesagt hat, nicht auch nach Pfeifen – nach Pfeifen im Keller?

Als die Rede vorüber und das Radio ausgeschaltet war, machte Frau Griess ein ergriffenes Gesicht. »Ein heiliger Mann! Danken wir der Vorsehung, dass sie uns einen solchen Führer beschert hat. Wie sollte denn jetzt alles weitergehen, hätten wir nicht einen wie ihn?« Ihr kamen die Tränen, sie griff nach dem Taschentuch und schnäuzte sich.

Momm sagte dazu nichts. Sie bedankte sich nur leise, dass wir die Rede mit anhören durften, und ging in die Küche, um abzuwaschen. Ja, eigentlich meine Arbeit, doch sah ich ihr an, sie musste jetzt irgendwas tun, so unruhig hatte sie diese Rede gemacht.

Ich nahm das Handtuch, um abzutrocknen, und hing ebenfalls meinen Gedanken nach. Was die Griess gesagt hatte – wie würde denn nun wirklich alles weitergehen? Heute, Jutsch, haben wir *deinen* Geburtstag gefeiert – wie wird alles sein, wenn Kutti Geburtstag hat? Im März. Oder wenn Jockel vierzehn wird – im Juni? Oder ich siebzehn – im August? Ist dann der Krieg vorüber? Ja, und was, wenn wir dann *nicht* gesiegt haben?

Jetzt habe ich eine ganze Woche lang nichts notiert. Weil ich einfach keine Lust dazu hatte. Doch hat sich viel verändert: Seit der Führerrede dürfen wir öfter mal in Frau Griess' guter Stube sitzen. Vielleicht weil sie gemerkt hat, dass wir ihr nichts kaputt machen. Nachrichten oder Musik hören wir dann und gestern lag eine alte Illustrierte auf dem Tisch. Vom September 1941! Ich blätterte sie durch und alles erschien mir total unwirklich. Das waren ja lauter Fotos aus einer längst vergangenen Zeit. Lachende, ordensgeschmückte Kriegshelden und endlose Schlangen gefangener Russen, die in irgendwelche Lager gebracht wurden, starrten mich an, als hätten sie damals schon gewusst, dass ich sie jetzt – vier Jahre danach! – betrachten würde. Vielleicht leben diese Männer inzwischen ja gar nicht mehr.

Hätte ich die Illustrierte damals in die Hände bekommen, bestimmt hätte ich achtlos über diese Fotos hinweggeblättert. War ja alles so normal. Jetzt erschreckten sie mich. Wie anders ist unser Leben seither geworden? Und bin nicht auch ich längst eine andere geworden? Nicht mal die Schlager, nach denen ich früher oft mit ausgebreiteten Armen durchs Wohnzimmer tanzte, mag ich mehr, dieses ewige *Das kann doch einen Seemann nicht erschüttern* oder *Ich brauche keine Millionen, mir fehlt kein Pfennig zum Glück*. Mir fehlen sehr, sehr viele »Pfennige« zum Glück.

Auch die Nachrichten! Ich würde jedes Mal am liebsten weghören. Immer noch wird von Endsieg geredet und gleichzeitig über die allerschlimmsten Luftangriffe der Feinde berichtet. Nur vier Tage nach deinem Geburtstag, Jutsch, einem Sonnabend, hat es auch Berlin wieder getroffen. Diesmal sogar ganz besonders fürchterlich. Über eine Stunde lang sollen amerikanische Bomber über die Innenstadt hinweggeflogen sein und sie noch weitaus heftiger verwüstet haben als je zuvor. Ein Großangriff, wie es im Radio hieß, ein entsetzlicher Terrorangriff. Viele, sehr viele Tote soll es gegeben haben. Momm und ich, natürlich haben wir sofort an Tante Mala denken müssen. Hat es diesmal auch ihr Haus getroffen? Wir wissen es immer noch nicht. Schreiben kann sie uns ja nicht mehr, die Post wird schon seit Tagen nur noch innerorts befördert, wie wir aus dem Radio wissen. Und so werden wir auch von Pappka lange nichts mehr hören, brauchen auf keinen Brief mehr zu warten. Auch nicht aus Eichenbrück. Gleich nach unserer Ankunft hatte Momm Frau Piwonka unsere neue Adresse mitgeteilt. Doch ob ihr Brief überhaupt noch weiterbefördert wurde?

Und hier in Kewenow? Da sind gestern noch mehr Flüchtlinge eingetroffen. Hab sie gesehen. Vor dem *Kirchspielkrug*, dem Gasthof gleich gegenüber der Kirche, standen sie. Frauen, Kinder, alte Leute. Zwischen ihnen ihre Koffer, Rucksäcke und Pappkartons.

Mit einem Laster sind sie gekommen, die Wirtin vom *Kirchspielkrug* sollte sie aufnehmen. Doch wollte sie das nicht. »Bin ein Gasthof und kein Obdachlosenasyl«, rief sie immer wieder. Und mit weit ausgebreiteten Armen verteidigte die große, kräftige Frau, deren Mann auch irgendwo in Russland ist, die Tür zum Gasthof. Unser Bürgermeister, ein schmaler Mann mit wasserhellen Augen im sonst so wettergeröteten Gesicht, ließ aber nicht mit sich reden. Irgendwas von »jetzt alle zusammenrücken« und von »Volksgemeinschaft« sagte er, und als die Wirtin trotzdem nicht beiseitetreten wollte, stieß er sie mit dem Ellenbogen weg und winkte die Flüchtlinge in die Gaststube, um sie auf die leeren Gästezimmer zu verteilen.

Also gibt's jetzt noch mehr »Polacken« in Kewenow. Leute aus Posen oder gar Eichenbrück allerdings sind nicht darunter. Hab auch kein etwa gleichaltriges Mädchen unter ihnen entdecken können und Jungen in meinem Alter erst recht nicht. Die dienen längst als Flakhelfer oder sind schon Soldaten.

Hatte sehr gehofft, irgendwas über Zuhause zu hören. Nur deshalb war ich, als die Griess von der Ankunft weiterer Flüchtlinge erzählte, zum Gasthof gelaufen. Im Radio war gesagt worden, dass Posen inzwischen zur Festung erklärt worden ist, um so dem Ansturm der Russen besser standhalten zu können. Was aber konnte das anderes bedeuten, als dass Posen von der russischen Armee eingeschlossen ist? Und Eichenbrück ist ja nur fünfzig Kilometer weit entfernt. Wüsste zu gern, wie es Urschel in den letzten Wochen ergangen ist, Mechthild, Ruthchen, Christel und Burkhard.

Am Abend hab ich mein Fotoalbum durchgeblättert. Bin ja so froh, dass ich es mitgenommen habe! Auf einem der Fotos sind wir fünf Mädchen – noch keine zwölf Jahre alt – in weißen Gymnastikkleidchen zu sehen. Keulen schwingend. Die reinsten Kichererbsen waren wir damals. Auf einem anderen, viel später aufgenommenen Foto: unser Chor! Alle in Kluft! Und auf wieder einem anderen: Ruthchen, Mechthild, Urschel, Christel und ich im Zeltlager an der Ostsee, Arm in Arm und in Badeanzügen.

Ich musste heulen und auch jetzt steigt mir wieder das Wasser in die Augen. Manchmal kann ich einfach nicht anders.

Das habe ich gestern geschrieben. Heute wurde im Radio durchgegeben, dass die Lebensmittelrationen noch mehr gekürzt werden müssen und dass sich nun auch Frauen zum Volkssturm melden sollen und nicht mehr nur Jungen und alte Männer.

Momm hat dazu mal wieder nichts gesagt, aber ein ganz

versteinertes Gesicht gemacht. Die Griess hat sofort trompetet, sie wäre dazu bereit, wenn der Feind vor Kewenow steht. »Mein Arthur, soll er denn ganz umsonst gefallen sein?«, hat sie Momm gefragt. »Für nichts und wieder nichts?«

Doch war das noch nicht das Schlimmste: Es hat auch wieder zwei furchtbare Großangriffe gegeben. Diesmal auf Dresden. An dem einen Tag sollen die Engländer unzählige Phosphorbomben auf die Stadt abgeworfen und sie am Tag danach zusammen mit den Amerikanern noch mal bombardiert haben. Und das, obwohl die Stadt voller Flüchtlinge ist. Viele tausend Menschen sollen dort ums Leben gekommen sein. Und wer nicht in seinem Haus verbrannt ist, der musste auf den Plätzen der Stadt eingeäschert werden. Damit nicht etwa noch eine Seuche ausbrach. Szenen, die ich mir lieber nicht vorstellen will.

Der Radiosprecher sagte, was in Dresden geschehen ist, sei ein Verbrechen an der Menschlichkeit. Darüber muss ich immer wieder nachdenken. Ist denn nicht der ganze Krieg ein Verbrechen an der Menschlichkeit? Und warum haben wir denn nicht längst kapituliert, wie ja auch die Polen und Franzosen mal kapituliert haben, als es für sie zu schlimm kam? Kann ein mit so viel Menschenleben erkaufter *Endsieg*, wenn er überhaupt noch möglich ist, denn tatsächlich noch ein *Sieg* sein?

Ein anderer Gedanke, der mir nicht aus dem Kopf geht: Nicht lange her, da sind wir durch Berlin gelaufen wie jetzt so viele Flüchtlinge durch Dresden. Was, wenn wir einen solchen Feuersturm hätten miterleben, was, wenn man uns irgendwo zwischen den Ruinen hätte verbrennen müssen?

Büffelköpfe. Und Schlafanzüge!

Die Blaumeise heute Morgen! Nach aufgetauten Körnern pickte sie, ihre Augen glänzten wie zwei schwarze Perlen. Kommt jetzt der Frühling? In der Schule, wie oft haben wir gesungen *Im Märzen der Bauer die Rösslein einspannt.* Jetzt ist März, aber noch kein einziges »Rösslein« und auch keinen Trecker haben wir gesehen.

Im Radio wird immer noch vom Endsieg und von Frontbegradigungen anstatt von Rückzügen gesprochen. Ich weiß das nur von Momm, *kann* die Nachrichten nicht mehr hören. Momm aber sitzt alle paar Stunden mal kurz vor dem Radio. Sie will wissen, wie es an den Fronten aussieht. Wegen Pappka. Doch sind das, was sie mir dann berichtet, gute oder schlechte Nachrichten? Ist der Krieg bald vorbei oder nicht?

Im Westen rücken die Amerikaner und Engländer immer weiter vor, im Osten die Russen. Dazu die ewigen Luftangriffe. Auch Momm hofft, dass der Krieg möglichst bald vorbei ist, ein Grund zur »Freude« aber ist das nicht. Was wird aus uns, was aus ganz Deutschland, wenn der Krieg vorüber ist und wir nicht die Sieger sind?

»Ein Glück, dass wir in diesem Kewenow gelandet sind«, tröstet Momm sich oft. »Die Leute in den Städten, sie erleben schon jetzt so viel Schlimmes, wie wird's dann erst später sein?«

Ja, dieses Dorf ist unser Glück. Egal was die Kewenower über uns reden, wenigstens sind wir hier einigermaßen sicher.

So hab ich bis gestern gedacht. Jetzt weiß ich, dass das nicht stimmt.

Was passiert ist? Jockel und Kutti waren von der Griess in den Wald geschickt worden, um Reisig zu sammeln. Für den Küchenherd. Wie immer genossen sie ihre Freiheit und trödelten absichtlich lange herum, und ich musste sie holen, damit sie nicht zu spät zum Mittagessen kamen. Eine fette Hühnersuppe mit Nudeln drin und klein geschnippelten Möhren köchelte auf dem Herd. Würde die Griess die etwa noch mal aufwärmen?

War ein richtig schöner Vorfrühlingstag. Auf der Kuhwiese leuchteten zwischen all dem Grün schon die ersten sattgelben Löwenzahnblüten, nur wenige weiße Wolken segelten durch all das Blau über mir. Im dichten Wald war es dann eher finster. Ich rief nach Jockel und Kutti, und bald standen sie vor mir und führten mich zu dem Reisigberg, den sie zusammengetragen hatten. Zu zweit hätten sie den nicht forttragen können, entschuldigten sie sich für ihr langes Fortbleiben, deshalb hätten sie gewartet, bis Momm mich schickt.

Sollte ich schimpfen, weil sie sich ja nur so viel Reisig hätten aufladen müssen, wie sie tragen konnten? Wozu? Das hätte ja nichts geändert.

Ich ließ mir die Arme vollladen und sie nahmen ihren Teil auf und im Gänsemarsch ging's zurück über die Kuhwiese. Und da passierte es dann: Auf einmal hörten wir das singende Geräusch von Motoren. Wir blickten zum Himmel auf – und sahen sie herangeflogen kommen: zwei so niedrig über den Wald fliegende Jagdflieger, dass sie fast die Baumwipfel streiften.

»Sind das unsere?« Vor Schreck sprach Kutti ganz heiser. Aber wie konnten das unsere sein – auf dem Bug der ersten Maschine prangte ein aufgemalter oder draufgeklebter, ganz zottiger Büffelkopf. Und dieses Vieh kam direkt auf uns zugeflogen. Schräg dahinter noch so ein Büffelkopf.

»Das sind Amis«, flüsterte Jockel, obwohl uns doch niemand hören könnte. »Ganz bestimmt sind das Amis.«

»Aber die schießen doch nicht auf uns, oder?« Kutti stand da, sein Reisigbündel in den Armen, so blass, ängstlich und hilflos, dass ich ihn am liebsten in den Arm genommen und gestreichelt hätte.

»Nein«, versuchte ich ihn zu beruhigen, »die Piloten sehen doch, dass wir keine Soldaten sind.« In diesem Moment aber stürzten die beiden Flugzeuge schon wie Habichte auf uns herab – und die Maschinengewehre ratterten los. Ich ließ mein Reisigbündel fallen, stieß mit der einen Hand Kutti und mit der anderen Jockel in den Rücken, damit sie sich hinwarfen, und schmiss mich über sie.

Prasselnd schlug es in die Wiese ein. Wir spürten, wie es unter uns bebte, dann zogen die Maschinen wieder hoch – und drehten ab.

Ich wollte noch liegen bleiben. Vielleicht war's gut, wenn wir uns tot stellten, falls die Flieger wiederkamen. Kutti aber war schon aufgesprungen und laut schreiend in den Wald gerannt. Also hetzten Jockel und ich ihm nach. War ja auch gar nicht so dumm, im Wald waren wir vom Himmel aus nicht zu sehen.

»Die ... die wollten uns totschießen!« Als Kutti endlich stehen blieb, bekam er kaum noch Luft, alles an ihm flatterte.

»Nein«, widersprach ich, »die wollten uns bestimmt nur erschrecken. Die schießen doch nicht auf Kinder.«

Sagte es, zweifele aber noch immer daran. Konnten die Piloten in diesen so schnell über uns hinwegrasenden Jagdflugzeugen denn überhaupt so genau zielen? Und im Zug nach Berlin, sind wir da nicht von Tieffliegern angegriffen worden? Und waren im Zug etwa keine Kinder gewesen? Die den Zug beschossen, das waren russische Piloten gewesen, jetzt waren es Amerikaner, die ihre Maschinengewehre rattern ließen. Und es war doch ganz deutlich zu sehen, dass zumindest Jockel und Kutti noch Kinder sind. Nur: wenn das so ist, heißt das, dass alle Soldaten – auch Pappka – im Krieg nicht mal Kinder verschonen?

Weiß noch immer nicht so recht, was ich über diesen Beschuss denken soll. Vielleicht habe ich erst seit unserer Flucht so richtig begriffen, was »Krieg« wirklich bedeutet. Muss öfter über alles nachdenken und manchmal möchte ich dann stundenlang nichts anderes tun als heulen. Verkneife mir das aber, weil es ja doch nichts nützt.

Wie lange wir im Wald gewartet haben, immer in der Furcht, die Flugzeuge könnten wiederkommen? Auf jeden Fall sehr lange, nur war mir irgendwie jedes Zeitgefühl verloren gegangen. Erst als von den Fliegern schon ewig nichts mehr zu sehen oder zu hören war, wagten wir es, unsere Reisigbündel wieder aufzuladen. Und dann rannten wir wie besessen vor Angst zum Griess-Hof zurück.

Momm hatte die Schüsse gehört und die Flugzeuge wegfliegen sehen und sofort zu uns laufen wollen. Die Griess musste sie festhalten. »Nicht!«, hatte sie gesagt. »Was, wenn die noch mal zurückkommen? Die Kinder sind ja vielleicht noch im Wald, da können sie sich gut verstecken.«

Jetzt kam Momm auf uns zugestürzt und Kutti fiel ihr in die Arme, presste seinen Kopf an sie und bekam kein Wort heraus. Er schluchzte nur laut. Es klang, als bekäme er kaum noch Luft. Und Momm weinte auch.

Keine Stunde später wusste das ganze Dorf, was wir erlebt hatten. Überall hatte die Griess es herumerzählt und vor allzu »rosigen Friedenshoffnungen« gewarnt. »Das ist der Beweis«, hat sie geschimpft. »Die Amis, die Tommys und der Iwan, marschieren sie bei uns ein, werden sie auf uns herumtrampeln, als wären wir nur irgendwelche Feldschädlinge. Und was sie mit uns Frauen machen? Das will ich mir lieber erst gar nicht vorstellen.«

Kann solche Geschichten nicht mehr hören. Sie machen mir nur noch mehr Angst. Will mich lieber auf den Frühling freuen. Wird ja jetzt von Tag zu Tag wärmer. Immer mehr Grün ist zu sehen, immer mehr Vögel zwitschern, soll ich da von morgens bis abends nur an all das Schlimme denken, das uns vielleicht noch bevorsteht?

Jockel und Kutti werden immer unternehmungslustiger. Fast jeden Tag, wenn sie sich verdrücken können, schleichen sie um die Kewenower Jungen herum, um sie zu beobachten. Der Sohn vom Bäckermeister Hielscher, der rothaarige Udo, imponiert Jockel sehr. Dieser Udo, sagt er, sei eine »Führerpersönlichkeit«. Und so einer will er ja auch sein.

Bleiben Jockel und Kutti zu lange weg, schickt Momm mich los, sie zu suchen. Dann muss ich durch alle Dorfstraßen laufen und in alle Winkel spähen. Auch gestern war das so. Doch nein, nirgendwo ein Jockel, Kutti oder Udo. Das ganze Dorf – wie ausgestorben!

Zuletzt ging ich an den noch unbestellten Feldern und blühenden Wiesen entlang. Vielleicht fand ich sie ja dort. Und wieder erlebte ich etwas, das mir noch immer im Kopf herumspukt. Da tauchte mit einem Mal in der Ferne eine seltsame Kolonne Männer auf – und kam direkt auf mich zumarschiert! Hosen und Jacken, die an Schlafanzüge erinnerten, trugen diese Männer. Und auf dem Kopf ein ebenso gestreiftes Käppi. Bewacht wurden sie von bewaffneten SS-Männern.

Kamen die aus einem der Lager, von denen in Eichenbrück öfter geredet worden war? Waren das – Juden? Oder »Volksschädlinge«? Also solche Männer wie Onkel Rudi ... Weit trat ich zurück, um die Kolonne vorbeizulassen – und erschrak noch mehr: Das waren ja alles Skelette, die da mit stumpfen Blicken an mir vorübertrotteten! Männer, die sich kaum noch auf den Beinen halten konnten. Einige stützten ihre Kameraden, einer – das Gesicht spinnwebgrau – fiel trotzdem hin. Er rappelte sich auf, torkelte weiter vorwärts – und fiel wieder hin. Ein langer, schmaler SS-Mann stieß ihm sein Gewehr in den Rücken. »Auf, du faule Sau!«, schrie er.

Der Gestürzte aber schaffte es nicht, ein zweites Mal aufzustehen. Seine Kameraden mussten ihn unter den Armen packen und mit sich fortschleifen.

Ich rührte mich nicht vom Fleck. Stand da, als würde ich nie wieder einen Fuß vor den anderen setzen können. Und dann hörte ich – es ging mir durch und durch – aus der Richtung, in der die Kolonne verschwunden war, plötzlich einen Schuss. Vor Entsetzen begann ich zu zittern. Was hatte das zu bedeuten? Hatte einer dieser Männer weglaufen wollen?

Gleich darauf noch ein Schuss und mir wurde übel. Wenn einer von diesen Männern nun Onkel Rudi gewesen wäre? Was hätte ich dann getan? – Gar nichts, gar nichts hätte ich tun können! Nur wieder heulen, heulen, heulen …

Es hätte aber auch der jüdische Schneidermeister Grünthal unter diesen Männern sein können. In Eichenbrück war eines Tages ein Lkw vor seinem Laden vorgefahren und der kleine Herr Grünthal, seine so viel größere und immer freundliche Frau und die schon fast erwachsene Tochter hatten aufsteigen müssen und waren weggefahren worden. Sie hatten Koffer bei sich und kamen nicht zurück. Es hieß, sie wären in ein Lager gebracht worden, um dort »arbeiten zu lernen«. Was ich schon immer ein bisschen seltsam fand: Die Grünthals haben doch gearbeitet. Und das sogar sehr fleißig. Jedenfalls solange Kunden kamen. Später traute sich ja keiner mehr hin. Die »raffgierigen Juden«, hatte Herr Huberty gesagt, sollten in ihrem »unmäßigen Erwerbstrieb« nicht auch noch unterstützt werden.

Aber egal, ob diese Männer nun Juden waren oder »Volksschädlinge« wie Onkel Rudi, warum sahen sie so elend aus, warum waren sie so abgemagert? Gibt es in diesen Lagern, in denen doch *gearbeitet* werden soll, nicht genügend zu essen?

Jockel und Kutti waren vergessen. Ich rannte – floh! – zum Griess-Hof zurück. Suchte Momm, um mit ihr über diese Begegnung zu reden.

Still hörte sie mir zu.

»Was sind denn das für Männer?«, wollte ich wissen. »Sind das solche wie Onkel Rudi? Oder was sonst haben sie getan? Und warum gibt man ihnen so wenig zu essen? Die ... die waren ja halb verhungert.«

Lange sagte Momm nichts. Bis sie endlich die Achseln zuckte. »Aber Rena, woher soll ich denn das wissen? Für nichts und wieder nichts wird man diese Männer nicht eingesperrt haben. Und das Essen, egal ob im Gefängnis oder im Lager, das ist natürlich nie sehr üppig.«

Das klang nach Ausflucht. Also wagte ich noch eine Frage: »Und wenn das nun Juden waren? Solche wie der Herr Grünthal, seine Frau und seine Tochter?«

Fragte das – und schämte mich plötzlich, wusste aber gar nicht, wofür.

»Wie kommst du denn auf so was?« Empört schüttelte Momm den Kopf. Doch viel zu lange, wie ich fand. »In solch ein Lager sind Grünthals ganz bestimmt nicht gekommen. Sie ... sie waren doch eigentlich ganz ordentliche Leute. Da werden bestimmt Unterschiede gemacht.«

Sicher aber war sie sich nicht, das sah ich ihr an. Und da fragte ich lieber nichts mehr.

Tot ist tot!

Hab einen Jungen kennengelernt. Klaas heißt er, Klaas Beckers. Er ist bestimmt schon siebzehn und ziemlich groß. Ein richtiger Berg dichter, dunkler Haare fällt ihm in die Stirn. In Eichenbrück wäre er mit diesem Urwald auf dem Kopf sofort zum Friseur geschickt oder sogar dafür bestraft worden. Er muss ja schon seit vielen Wochen keinen Friseur mehr gesehen haben.

Aber was für kluge Augen er hat! Und wie er mich manchmal angeblickt hat! So als wollte er sofort alles von mir wissen. War das nur Neugier? Oder auch Misstrauen? Werde nicht so richtig schlau aus ihm.

Doch ich will von vorn beginnen: Jockel und Kutti! Sie hatten sich mal wieder verdrückt, und die Griess hatte geschimpft, es gäbe so viel zu tun und Faulenzer wolle sie nicht ernähren. Ich musste auf die Suche gehen.

Im Dorf – nichts! Auf den Wiesen und zwischen den Feldern – lange auch nichts! Dann, ganz plötzlich: Kindergeschrei. Ich lief in die Richtung, aus der das Geschrei kam, und bis hin zur alten Windmühle, die ich sonst immer nur von Weitem gesehen hatte. Hinter einem kleinen Teich, auf einem künstlich angelegten und von allen möglichen Pflanzen überwucherten Hügel ragt sie auf und ist schon halb verfallen. Das Drehkreuz ist verrostet und Flügel hat sie auch keine mehr. Doch wie der hölzerne, schieferbedeckte Turm sich an diesem Tag im Mühlenteich widerspiegelte! Einen Moment lang konnte ich nicht weiterlaufen. Ein märchenhaft schönes Bild, diese beiden Mühlen, eine an Land, eine im Wasser schwimmend.

Das Geschrei kam von hinter der Mühle. Ich lief um den Teich und die beiden riesigen, vor der Mühle liegenden, dick bemoosten Mühlsteine herum – und schon stand ich mitten in einer ganzen Horde von Kindern, die zwei sich prügelnde Jungen bejubelten. Der eine war Jockel, der andere der rothaarige Bäckersohn, die von Jockel so bewunderte »Führerpersönlichkeit«.

Gleich trat ich zwischen sie, Jockel aber schob mich weg. »Lass mich!«, schrie er, Tränen der Wut in den Augen. »Der hat uns ›Polackensäue‹ genannt. Dem zeig ich, was so eine Sau alles kann.«

Und auch Kutti ging auf mich los. »Hau ab!«, schrie er. »Jockel macht Rührei aus dem.«

Hilflos stand ich da, bis mit einem Mal dieser groß gewachsene Junge mit dem Struwwelhaar neben mir auftauchte. Von allen unbemerkt war er herangekommen und mit festem Griff packte er erst Jockel und danach diesen Udo am Kragen. »Hört auf oder ich mache mit!«, war das Einzige, was er sagte.

»Aber der da, der hat doch angefangen«, keuchte Udo.

»Na und?« Jockel keuchte auch. »Denkst du, wir lassen uns von euch zu Untermenschen abstempeln?« Blut lief ihm aus der Nase, Udo schwoll langsam ein Auge zu.

»Was hat er denn zu euch gesagt?« Der große Kerl, von dem ich ja noch nicht wusste, dass er Klaas heißt, blickte mal Jockel, mal Kutti an.

»Na, ›Polackensäue‹ hat er uns geschimpft«, verteidigte

Kutti Jockel. »Wir sind doch aber gar keine ›Polacken‹, wir sind Deutsche wie ihr.«

Nur kurz sah Klaas mich an, dann wandte er sich wieder Udo zu. »Das klingt ja nicht besonders freundlich, oder?«

»Wieso denn?« Udo wurde rot, vor diesem Klaas hatte er Respekt. »Die kommen doch aus der ›Polackei‹.«

Gleich wollte Jockel wieder auf ihn los, mit all meiner Kraft riss ich ihn zurück.

»Ach so!«, spottete Klaas. »Also bist du, falls du später mal China besuchen solltest, nach deiner Heimkehr 'n Chinese?«

Einige Kinder lachten, Udo begriff nichts. »Wieso denn 'n Chinese?«, fragte er verblüfft.

Klaas: »Na, die Familie, die auf dem Griess-Hof einquartiert ist, kommt ja eigentlich aus Berlin, wie ich gehört habe. Sie hat nur mal 'n paar Jahre woanders gewohnt. Dort müssen sie dann allesamt wie durch ein Wunder zu Polen geworden sein.«

Wieder lachten die Kinder, und ich dachte schon, damit hätte sich das Ganze erledigt. Jockel machte alles wieder kaputt. »Außerdem ist mein Vater Soldat!«, prahlte er. »Und was macht deiner? Er backt Brötchen! Als ob das nicht auch deine Mutter könnte.«

Rasch schob ich mich vor ihn, um zu verhindern, dass Udo wieder auf ihn losging. Dem schossen aber nur die Tränen in die Augen. »Mein Vater ist kein Drückeberger«, rief er laut. »Als er noch jung war, war er auch im Krieg. Und davon ... vom Gas ... ist er halb blind geworden. Und deshalb ... deshalb kann er nicht noch mal Soldat werden.«

Damit hatte Jockel nicht gerechnet. »Das ... aber das hab ich ja nicht gewusst«, entschuldigte er sich bestürzt. Bis er dann doch wieder die Achseln zuckte. Die anderen waren daran schuld, dass er nicht besser Bescheid gewusst hatte, sollte das heißen. Sie hätten ja schon vorher mit ihm reden können.

»Siehst du, das ist genau das, was ich denke: Ihr wisst beide nicht genug voneinander.« Sanft schob Klaas ihn auf Udo zu. »Na, los, reicht euch die Hand! Ihr könnt immer noch Freunde werden.«

Was blieb Jockel und Udo da anderes übrig? Jockel streckte die Hand aus und Udo schlug ein.

Dankbar nickte ich Klaas zu. »Hast du prima hingekriegt!«

Er winkte ab. »Keine besondere Leistung!« Und wieder sah er mich an, und diesmal viel länger, aber noch immer mit diesem vorsichtig neugierigen, abschätzenden Blick.

Ich hätte mir Jockel und Kutti schnappen und mit ihnen zum Griess-Hof zurückwandern können, doch war ja auch ich neugierig auf ihn. »Woher weißt du denn, dass wir aus Berlin sind?«, wollte ich wissen. »Und hast du eventuell auch einen Namen?«

Staune über mich selbst: Dass ich so mutig war, ihn so schnell nach seinem Namen zu fragen? Das ist sonst gar nicht meine Art.

»Klaas heiße ich«, sagte er, »Klaas Beckers. Und das mit Berlin, das hat mir meine Mutter erzählt. Und die hat's von Udos Vater. Im Dorf spricht sich alles schnell rum, da ist jeder sein eigener Rundfunksender.«

Er lachte und gleich gefiel er mir noch besser. Und so stellte ich mich ihm fast ein wenig feierlich vor. »Renate. Renate Haak. Aber eigentlich sagen alle nur Rena zu mir.«

»Rena klingt ja auch viel besser.« Er grinste mir zu, und da wurde ich doch ein bisschen verlegen und schnappte mir Jockel und Kutti, um sie zum Hof zurückzubringen.

Ob er mir danach noch lange nachsah?

Ich glaube fast, ja. Oder wünsche ich mir das nur?

So! Und jetzt weiß ich mehr über diesen Klaas Beckers. Er ist der Sohn vom Kewenower Dorfpastor, der aber schon seit vielen Monaten nicht mehr lebt. Pastor Beckers soll daran gezweifelt haben, dass es die Polen waren, die uns überfallen haben. Sogar auf der Kanzel soll er das gesagt haben. Er wurde angezeigt, verhört und verwarnt und wieder freigelassen. Doch hat er trotzdem nicht den Mund gehalten, wie die Griess Momm erzählt hat. Im *Kirchspielkrug* soll er noch sehr viel Schlimmeres gesagt haben. Auch dass es eine Schande sei, dass ein doch eigentlich so kluges Volk wie das unsere sich schweigend all dem Unrecht beuge, das nun jeden Tag tausendfach in Deutschland geschehe. Im Neuen Testament heiße es doch: *Liebe deinen Nächsten* und nicht: *Verachte, verfolge und hasse deinen Nächsten.*

Die Griess sagt, dass Pastor Beckers danach erneut verhaftet und ins Gefängnis gesteckt worden sei. Und das zu Recht, denn ein Pastor solle sie gefälligst trösten und nicht gegen das eigene Volk aufhetzen. Dass er dann in dem Lager, in das er nach dem Gefängnis gekommen sei, krank wurde und starb, das sei Schicksal, dafür könne niemand was. Sie bedauere nur, dass es seither in Kewenow keinen Pastor mehr gebe. Zum Gottesdienst würde jetzt immer nur der schon sehr alte, klapprige Pastor Heine aus dem Nachbarort kommen, der eher lustlos predige, weil er schon so taub sei, dass er seine eigenen Worte nicht mehr versteht.

Als ich das von dem Lager hörte, sah ich gleich wieder die Häftlingskolonne vor mir – die Männer in den »Schlafanzügen«. Ob auch Pfarrer drunter waren? Wir Haaks sind alle getauft und ich bin eingesegnet worden und habe vorher am Konfirmationsunterricht teilgenommen. Pappka wollte das so, obwohl er an den »Gottes-Zinnober« nicht glaubt. Pastor Brausewetter aber sprach ganz anders als dieser Pastor Beckers. Pastor Brausewetter nannte den Führer »ein großes Gottesgeschenk« und erklärte den Krieg für heilig, weil wir uns doch – egal wie schwer friedliebenden Christenmenschen das nun mal falle – gegen »die Unmenschlichkeit der Barbaren« verteidigen müssten.

Zwei Pastoren! Der eine redete so, der andere ganz anders. Was soll ich davon halten? Beteten sie nicht beide zu demselben Gott?

Die Geschichte von Klaas' Vater ließ mich nicht los. Deshalb – aber ehrlich gesagt nicht *nur* deshalb – schlenderte ich, wenn ich Zeit hatte, in den letzten Tagen öfter mal durchs Dorf. Hoffte, Klaas »zufällig« über den Weg zu laufen. Was sich ja eigentlich nicht gehört, ich weiß. Jungen haben Mädchen nachzulaufen, nicht umgekehrt. Jedenfalls hat Urschel das immer gesagt.

Hab Kewenow dadurch besser kennengelernt. All die Backstein- und Fachwerkhäuser, Ställe, Scheunen, Schuppen. Nur rund um die Kirche wohnen keine Bauern. Getroffen aber habe ich Klaas lange nicht. Bis ich heute Nachmittag endlich mal Glück hatte. Auf der kleinen Bank vor der Kirche saß er, ein Buch in den Händen. War ja ein schon fast warmer Tag, er saß da und las und bemerkte mich nicht. Erst als ich direkt vor ihm stand und übertrieben fröhlich »Guten Tag!« gesagt hatte, blickte er auf.

»Ach, du bist's.« Er nickte mir zu, hätte aber wohl lieber weitergelesen.

Mutig setzte ich mich neben ihn. »Gut, dass ich dich treffe! Hab da nämlich mal 'ne Frage.«

Er, nun doch wieder so neugierig blickend wie an dem Tag hinter der alten Mühle: »Ja?«

»Wenn der Krieg vorbei ist«, so hatte ich mir's zurechtgelegt, »dann muss, nee, dann will ich ja wieder zur Schule gehen. Aufs Gymnasium. Kannst du mir sagen, welches hier das nächste ist? Kennst dich doch bestimmt aus, bist vielleicht selber auf eines gegangen.«

Wozu ihm verraten, dass ich längst wusste, dass ich in diesem Fall jeden Tag bis nach Burgheide pilgern müsste?

Er: »Ja, aber das ist lange her.«

»Wieso denn?«, versuchte ich zu scherzen. »Warst du zu faul für die Schule?«

Er, plötzlich sehr ernst: »Hat dir denn noch keiner von meinem Vater erzählt?«

Zuerst wollte ich nur den Kopf schütteln, dann kam mir das dumm vor. »Doch«, gab ich zu. »Aber was hat das denn mit dem Gymnasium zu tun?«

»Eine ganze Menge.« Er blickte zum Himmel auf, als überlegte er, ob es sich lohnte, mehr zu sagen. Dann tat er's doch. »Also hast du gehört, was im Dorf so alles getratscht wird? Ganz falsch ist's sicher nicht. Mein Vater hat eben gesagt, was er dachte. Sie hätten ihn steinigen können, nie hätte er irgendjemandem nach dem Munde geredet.«

Sagte es und verstummte, klappte sein Buch aber endgültig zu. Da traute ich mich, ihn zu fragen, woran sein Vater denn eigentlich gestorben ist. »War das 'ne schlimme Krankheit?«

Seine knappe Antwort: »In dem Brief stand was von Lungenentzündung.« Doch *wie* er das aus sich herauspresste! Ich begriff sofort, dass er diesem Brief nicht glaubte.

»Hast du deinen Vater sehr gern gehabt?«, fragte ich leise.

Erst nickte er still, dann begann er plötzlich zu erzählen. Anfangs nur sehr leise, vorsichtig, dann immer klarer, selbstsicherer, und mir kam es vor, als ob er das immer schon mal tun wollte, nur niemanden zum Zuhören gefunden hatte.

Nicht lange und ich sah einen Mann vor mir, der in Wahrheit sicher ganz anders ausgesehen hatte: rundes Gesicht, hohe Stirn, freundliche Augen. Immer hoffte er, mit denen, die anders dachten als er, reden zu können.

»Die wollten mit *so einem* aber nicht reden«, stieß Klaas zuletzt nur noch aus. »Sie haben ihn ins Gefängnis und ins Lager gesteckt und am Ende umgebracht.«

»Umgebracht?«, entfuhr es mir. »Du hast doch gesagt, in dem Brief stand ›Lungenentzündung‹.«

Höhnisch lachte er auf. »Ja, das stand in dem Brief! Aber so was schreiben die doch immer. Soll ja keiner die Wahrheit wissen. Also heißt's ›Lungenentzündung‹, ›Schlaganfall‹ oder was weiß ich für eine Wald-und-Wiesen-Krankheit, die schließlich jeden überall treffen kann.«

Ich wollte es, nein, ich *konnte* das nicht glauben. »Aber wie ... ich meine, wie sollen sie ihn denn ...«

Ich sprach nicht weiter, und jetzt schien Klaas schon zu bedauern, dass er mir überhaupt davon erzählt hatte. »Weiß nicht, wie er umgekommen ist.« Er zuckte die Achseln. »Gibt ja so viele Möglichkeiten. Ist ja auch ganz egal, ob sie ihn erschlagen, erhängt, erschossen, sich totschuften oder verhungern ließen. Tot ist tot!«

Wie ich ihn da angestarrt haben muss! Mit zusammengekniffenen Augen blickte er zurück. »Du glaubst mir nicht? Na ja, kein Wunder, glauben ja alle nur, was sie glauben wollen.«

Ja, es stimmt, ich weiß von Onkel Rudis und Tante Lenes Verhaftung, und ich habe die Häftlinge gesehen, die wie lebende Leichen an mir vorüberzogen. Auch habe ich die Schüsse gehört. Alles wie in einem bösen Traum. Aber kann der denn wirklich wahr sein?

»Versteh ich nicht«, sagte ich zu Klaas. »Warum soll dein Vater denn *umgebracht* worden sein? Etwa nur, weil er etwas gesagt hat, was man nicht sagen darf?«

Jetzt hätte er beinahe über mich gelacht. »Du hast ja wohl von nichts 'ne Ahnung, was?«, fuhr er mich an. »Leute, die sagen, was man nicht sagen darf, stören eben die, die immer nur sagen, was man sagen darf. Die einen, weil sie immer so weitermachen wollen, die anderen, weil sie nicht daran erinnert werden wollen, dass sie nicht mutiger sind.«

Sagte es – und verbesserte sich: »Aber nein, mein Vater war ja gar nicht so viel mutiger als andere. Er hat nur nicht akzeptieren wollen, dass irgendwas stärker sein könnte als sein Christentum.«

»Und du?«, fragte ich vorsichtig. »Glaubst *du* an Gott?« Ein Pastorensohn, dachte ich, der *musste* doch an Gott glauben.

Er winkte ab. »Schon lange nicht mehr. Den *lieben* Gott, den haben wir uns doch bloß erfunden. Vielleicht, weil wir ihn mal gebraucht haben. Jetzt wissen wir, dass er, wenn's darauf ankommt, ja doch niemandem hilft.«

Das hatte die Frau im Luftschutzkeller in Berlin auch gesagt. Doch natürlich, wenn ein Pastorensohn das sagt, dann steckt viel mehr dahinter.

»Und woher weißt du, wie es in dem Lager, in dem dein Vater war, zugeht?« Obwohl mich vieles von dem, was Klaas sagte, sehr erschreckte, hätte ich ewig mit ihm reden können.

Lange wollte er nicht antworten, dann machte er doch wieder den Mund auf. »Na, aus den Kassibern, die er Mutter und mir geschickt hat.«

»Kassiber?« Hatte das Wort noch nie zuvor gehört.

»Vier kleine Zettelchen, die irgendwer aus dem Lager geschmuggelt hat. Unter der Tür wurden sie uns durchgeschoben. Über den Hunger, die Kälte, die Kranken und die Toten, über so vieles hat er berichtet.«

Kaum war es heraus, sah er mich an, als wollte er herausfinden, was ich über all das dachte, was er gesagt hatte. »Weiß gar nicht, warum ich dir das erzähle.« Er staunte richtig ein bisschen über sich. »Wir kennen uns doch gar nicht.« Und nach einer kleinen Pause fügte er hinzu: »Wenn du willst – jetzt kannst du mich anzeigen. Wegen Defätismus, Vaterlandsverrat oder sonst irgendwas Schönem. Und meine Mutter gleich mit. Die hat die Kassiber ja auch gelesen.«

Eigentlich ein Lob. Obwohl er mich gar nicht kannte, hatte er mir vertraut. Vielleicht weil ich ihm gefiel? Leider begriff ich das in diesem Moment nicht. »Ich zeige niemanden an«, empörte ich mich. »Was denkst du denn von mir?«

Er winkte ab. »Schon gut! Hab's ja nicht so gemeint.« Und dann nickte er mir noch einmal zu, aber das nun eher traurig, nahm sein Buch und stand auf.

Er wollte gehen? Einfach so? Nachdem wir über solch furchtbare Sachen geredet hatten? »Zeigst du mir diese ... Kassiber mal?«, bat ich – und ärgerte mich gleich darauf über mich selbst: Dachte er jetzt, dass ich ihn ausspionieren wollte oder ihm vielleicht doch nicht glaubte?

Nur kurz sah er mich an, dann sagte er »Mal sehen« und ging.

Ich blickte ihm nicht nach. *Mal sehen* klang nicht schlecht. Was konnte das denn anderes bedeuten, als dass wir uns tatsächlich bald wiedersehen würden?

Den ganzen Weg zurück zum Griess-Hof dachte ich über Klaas nach, und in der Tür zur Küche fiel mir ein, dass er mir die Frage nach dem Gymnasium noch nicht beantwortet hatte. Was mich richtig freute. Falls er sich also wieder so lange nicht blicken lässt, werde ich zum Pastorenhaus gehen und ihn das einfach noch mal fragen. Und vielleicht, ja, vielleicht zeigt er mir dann diese *Kassiber*.

Mann mit Motorrad

Klaas, Klaas, Klaas! Er geht mir nicht mehr aus dem Kopf. Wenn Pappka in ein Lager gesperrt und dort ums Leben gekommen wäre wie Klaas' Vater, was würde *ich* dann sagen?

Muss Klaas unbedingt bald wiedersehen. Begreife so vieles nicht. Frage mich auch, weshalb er nicht längst zu den Soldaten eingezogen wurde. In Berlin hab ich Jungen gesehen, die viel jünger waren als er und als Flakhelfer Dienst tun mussten.

Zweimal bin ich am Pastorenhaus vorübergegangen, zu klingeln oder zu klopfen aber wagte ich nicht.

Erst die Begegnung mit der Häftlingskolonne, jetzt, was Klaas über seinen Vater gesagt hat! Alles nur schwer zu verdauen. Kann kaum noch an was anderes denken. Dieser große Junge mit dem Berg Haare auf dem Kopf ist doch ganz gewiss kein Lügner oder Spinner. Ich glaube ihm. Und das, ja, *trotz* aller Zweifel! Nur wäre, wenn wahr ist, was er gesagt hat, das nicht etwas ganz, ganz Furchtbares, eigentlich gar nicht Auszudenkendes?

Hab ihn seither nicht wiedergesehen, egal wie sehr ich nach ihm Ausschau gehalten habe. Dafür sehe ich jetzt öfter ein Gesicht, das mir überhaupt nicht gefällt. Zwar kommt dieser Otto Kroog nicht meinet-, sondern Momms wegen so oft auf den Griess-Hof, doch kann ich den Mann nicht ansehen, ohne ein ungutes Gefühl zu verspüren.

Mit dir fing es an, Jutsch. Du hattest im Garten gespielt und unter den noch fast ganz kahlen Johannisbeersträuchern ein Nest mit drei Hühnereiern gefunden. Gleich bist du zu mir in die Küche gekommen und hast mir eines davon in die Hände gelegt.

»Da!«, hast du voller Stolz gesagt. »Ei!«

Gerade wollte ich dich loben, da stand schon die Griess neben mir. Mit einer schnellen Bewegung griff sie sich das Ei und ließ es in ihrer Kittelschürze verschwinden. Und dann musstest du ihr zeigen, wo die anderen zwei Eier lagen, und sie steckte auch die ein. »Die Eier gehören dem Hof«, war das Einzige, was sie dazu sagte.

Erst hast du die Griess nur ganz bestürzt angestarrt, dann hast du losgeweint, »Ei!« gerufen und die Hand ausgestreckt, um wenigstens eines der drei Eier zurückzubekommen.

»So geht das aber nicht«, schimpfte die Griess, »gehört alles in die Wirtschaft.« Und dann ließ sie dich stehen und schob mich in die dampfende Küche zurück, in der noch immer das Viehfutter kochte. »Wo kommen wir denn hin, wenn jeder einfach einsteckt, was er auf meinem Hof findet?«, schimpfte sie weiter. »Klein fängt's an, groß hört's auf.«

Du, Jutsch, bist uns nachgelaufen gekommen, hast immer weiter »Ei!« gerufen und versucht, der Griess in die Schürzentasche zu greifen. Und was hat sie da getan? Sie hat dich weggeschubst, und du bist hingefallen und hast so herzzerreißend geweint, dass ich plötzlich nicht mehr anders konnte: Ich spuckte vor der Griess aus, nahm dich auf den Arm und trug dich in unsere Kammer, um dich aufs Bett zu legen und – um dich zu trösten – lange auf die doofe olle Griess zu schimpfen.

Damit war diese Eiergeschichte aber noch nicht beendet. Die Griess beschwerte sich über mich und Momm stellte mich zur Rede. Und als sie alles wusste, lief sie zurück zur Griess und erklärte ihr kühl, dass meine Reaktion sicher nicht in Ordnung gewesen sei. Wenn sie, die Griess, aber so kleinlich sei, Wert darauf zu legen, dass jedes einzelne Ei und jeder krumme Grashalm auf diesem Hof zu ihrer Wirtschaft gehörten, und glaubte, diese »Kostbarkeiten« sogar vor einem zweijährigen Kind verteidigen zu müssen, dann tue sie ihr leid.

Die Griess wollte nichts einsehen. Ungerührt beharrte sie darauf, dass auch die Eier, die ihre Hühner außerhalb des Stalls legten, zu ihrer Wirtschaft gehörten. Momm durfte sich mal wieder ihr berühmtes Sie-habe-nun-mal-nichts-zu-verschenken anhören.

Da war jedes weitere Wort überflüssig. Doch ärgerte Momm sich noch lange über die Griess und erzählte noch am selben Tag Bäcker Hielscher von diesem »Eierdiebstahl«. Und über Udos Vater erfuhr dieser Otto Kroog davon. Er besitzt den größten Hof von ganz Kewenow und als Ortsbauernführer hat er mehr zu sagen als der Bürgermeister.

Schon am nächsten Tag stand er das erste Mal bei uns im Hof, der nicht besonders große, aber sehr kräftige Mann. Immer trägt er eine grob gemusterte Knickerbockerhose, schwarze Stiefel und zur olivgrünen Windjacke einen genauso grünen Filzhut auf dem Kopf. Wer es nicht besser weiß, könnte ihn für den Förster halten. Am Schuppen lehnte sein Motorrad mit Beiwagen.

Ich kam gerade aus dem Stall, er baute sich so dicht vor mir auf, dass ich stehen bleiben musste. Und dann musterte er mich mit seinen großen, braunen Augen, als wäre ich ein Apfel am Baum, der aber noch nicht reif zum Pflücken war. »Na, Mädel!«, sagte er dann. »Wo ist denn deine Frau Mutter?«

Er war mir sofort unsympathisch. Ohne ein Wort zu sagen, ging ich vor ihm her in den Gemüsegarten. Momm war gerade dabei, ein Radieschen-Beet anzulegen. Radieschen-Brote mit Schnittlauch, darauf freuten Jockel und Kutti sich schon.

»Frau Haak, nicht wahr?« Kaum stand er vor Momm, schon gab er sich übertrieben höflich. Mit der linken Hand zog er den Hut, die rechte hielt er ihr hin. – Seine vor Schweiß ölig schimmernde Halbglatze! Urschel hatte solche Glatzen immer »Läuseschlitterbahnen« genannt.

»Otto Kroog«, stellte er sich dann vor. »Kroog wie der Krug. Sie wissen ja, der Kroog geht so lange zum Brunnen, bis er bricht.«

Er lachte und hoffte, Momm würde mitlachen. Als sie ernst blieb, wurde er förmlich: »Bin hier der Ortsbauernführer und finde, dass es Zeit wird, uns miteinander bekannt zu machen.«

Momm murmelte ein verlegenes »Das ist aber nett« und das schien er als Einladung zu irgendwas aufzufassen. Wieder veränderte sich sein Gesicht. Jetzt sah er Momm an, als wäre er der Weihnachtsmann persönlich und gekommen, um ihr einen Wunsch zu erfüllen. »Hab gehört, dass Sie bei der Volksgenossin Griess nicht sehr glücklich sind«, flüsterte er ihr zu, als könnte die Griess, die weit und breit nicht zu sehen war, ihn hören. »Kann ich gut verstehen. Kenn ja die Erni. Deshalb, nicht wahr, wollte ich mal mit Ihnen reden.«

»Wieso denn nicht glücklich?« Momms *Abstandsgesicht*! So schaut sie immer, wenn ihr etwas nicht geheuer erscheint.

Gleich rückte er Momm noch näher auf den Pelz. »Ja, ja, das spricht für Sie, liebe Frau Haak, dass Sie über die Erni nichts Schlechtes sagen wollen. Hab aber von der Geschichte mit den Eiern erfahren. Und wie Sie hier untergebracht sind, das ist ja auch nicht gerade das Gelbe vom *Ei*, nicht wahr?«

Sein doppelter Eier-Scherz gefiel ihm. Wieder lachte er, wurde aber, als Momm noch immer keine Miene verzog, sofort wieder ernst. »Also kurz und schmerzlos, liebe Frau Haak, ich denke mir, auf meinem Hof hätten Sie's besser. Gibt jetzt, im Frühjahr, viel zu tun und auch mir fehlen Arbeitskräfte. Mein alter Matthes kann ja kaum noch die Arme heben, bekommt von mir sein Gnadenbrot. Und meine beiden Mägde hat die Truppenbetreuung geschluckt. Muss ja auch sein, nicht wahr? Nur was soll unsereins jetzt machen? Auf die beiden Kriegsgefangenen, die mir zugeteilt wurden – leider Russen –, ist kein Verlass. Die Versorgung unserer Männer an der Front und natürlich auch der Bevölkerung aber ist nun mal höchstes Gebot, nicht wahr?«

Er erwartete irgendeine Antwort, und als nichts kam, weil Momm viel zu überrascht von diesem Angebot war, nickte er traurig. »Vielleicht würden Sie ja, bevor Sie sich entscheiden, lieber mit meiner Frau sprechen? Bin aber leider, leider schon seit Langem Witwer. Und auch noch kinderlos. Alles sehr, sehr schade, andererseits aber besagt das, dass in meinem Haus viel Platz ist. Bei mir würden Sie und Ihre Kinder auf jeden Fall jeder sein eigenes Bett bekommen. Und die Eier« – jetzt lächelte er wieder so zutraulich, dass ich es kaum aushalten konnte – »die werden bei mir nicht gezählt.«

Ich starrte Momm an. Das mit dem Witwer, wie hatte das

denn geklungen? Klar, mit uns hätte er sofort vier Arbeitskräfte gewonnen. Aber ging's diesem Knickerbocker-Großbauer denn wirklich nur *darum*? Oder dachte er insgeheim noch an etwas ganz anderes?

Der Kroog hatte meinen entsetzten Blick nicht bemerkt, ich stand ja hinter ihm, Momm war er nicht entgangen. »Ihr Angebot ehrt mich«, sagte sie unschlüssig, »nur kommt es ein bisschen plötzlich. So was muss doch gut überlegt sein.«

Dafür hatte der Kroog vollstes Verständnis. »Aber ja doch«, sagte er sofort. »Überdenken Sie das Ganze in Ruhe. Oder kommen Sie mit Ihren Kindern doch einfach mal bei mir vorbei und sehen sich meinen Hof an. Muss ja nichts Hals über Kopf entschieden werden, nicht wahr?«

»Sehr freundlich von Ihnen.« Jetzt lächelte Momm doch mal. »Sie müssen verstehen, ich darf so etwas ja schon lange nicht mehr allein entscheiden. Hab ja große Kinder.«

Der Kroog: »Aber ja doch, ja doch! Unsere Jugend ist unsere Zukunft. Bei allem, was wir tun, soll sie ein Mitspracherecht haben.« Er nickte zwei-, dreimal, machte dann aber ein bekümmertes Gesicht. »Nur leider, allzu viel Zeit lassen dürfen Sie sich nicht. Das Frühjahr schreitet voran.« Und damit reichte er erst Momm und danach mir die Hand. »Dann also Auf Wiedersehen, die Damen! Und bis zu Ihrem Besuch auf meinem Hof alles Gute!« Und kräftig voranschreitend ging er zu seinem Motorrad, bestieg es und fuhr knatternd davon.

Kaum war er weg, zischte ich Momm zu: »Zu dem gehen wir nicht! Seinen Hof brauchen wir uns gar nicht erst anzusehen.«

Verwundert musterte sie mich. »Warum denn nicht? Geht's uns hier etwa gut?«

»Aber der Krieg ist doch jetzt bald vorbei.« Etwas Besseres fiel mir als Antwort nicht ein. »Und dann kehren wir nach Hause zurück. Und so lange halten wir's bei der Griess schon noch aus.«

Sie dachte nach und dann hatte sie endgültig begriffen! »Der Mann gefällt dir nicht? Gut, so was kommt vor! Aber müssen wir denn nicht auch an Jockel, Kutti und Jutsch denken? Dürfen wir, falls wir's bei diesem Otto Kroog besser haben sollten, sein Angebot so einfach ablehnen?«

Hab nicht gewagt, noch mal zu widersprechen. Doch glaube ich noch immer nicht, dass der Ortsbauernführer nur an *Arbeitskräfte* gedacht hat. Witwer ist er und seine beiden Mägde sind auch fort? Warum soll in seinem Kopf nicht noch etwas ganz anderes herumspuken?

Ach, wenn doch nur endlich Pappka wieder bei uns wäre! Dann würden wir ganz bestimmt nicht mehr lange bei der Griess bleiben – und Momm müsste nicht über diesen Otto Kroog nachdenken.

Ein Geburtsfehler

Hab's endlich gewagt, bin zum Pastorenhaus gegangen, hab nach dem metallenen Türklopfer mit dem Pferdekopf gegriffen und zweimal vorsichtig gegen die Tür geschlagen. Es dauerte ein bisschen, dann stand Klaas' Mutter vor mir.

Ich wusste sofort, dass sie es war. Dabei sieht diese kleine Frau mit der kreisrunden Brille Klaas überhaupt nicht ähnlich. Ernst, aber nicht unfreundlich blickte sie mich an. Und als ich nicht gleich etwas sagte, fragte sie: »Ja?«

Mit allem hatte ich gerechnet, nur nicht damit, dass seine Mutter öffnen könnte. Dumm von mir, aber ich hatte immer nur an Klaas gedacht, und so wusste ich lange nicht, was ich sagen sollte. »Ist Klaas da?«, fragte ich schließlich leise.

»Er ist in seinem Zimmer. Liest! Wie ja fast immer.« Jetzt musterte sie mich neugierig. »Aber du, wer bist *du* denn? Kenne dich noch gar nicht.«

Ich sagte, dass ich mit meiner Mutter und meinen Geschwistern bei Frau Griess einquartiert worden sei und Klaas vor ein paar Tagen meinen Bruder vor einer schlimmen Prügelei bewahrt hatte. »Und da ... na ja, da wollte ich noch mal Danke sagen und ihn etwas fragen.«

»Hab schon von euch gehört.« Sie nickte. »Aus dem Wartheland seid ihr, aber doch eigentlich aus Berlin, oder? Und mein Klaas hat sich mal wieder in einen Streit eingemischt? Das sieht ihm ähnlich.« Sie trat beiseite und zeigte auf die Tür hinter sich. »Na, dann geh mal zu ihm. Immer nur lesen, das kann auf die Dauer ja auch nicht gut sein.«

Ein schmaler, dunkler Flur, ein mit vielen Engelsköpfen verzierter Schrank. An der Tür, auf die Frau Beckers gezeigt hatte, klopfte ich und wartete. Als keine Antwort kam, blickte ich mich nach ihr um.

»Du hast zu leise geklopft«, sagte sie. »Wenn er liest, ist er immer ganz weit weg. Und es kommt ja auch sonst niemand mehr zu uns.« Und laut rief sie: »Klaas! Besuch für dich«, und sah mich an. »Wie heißt du denn überhaupt?«

»Renate. Renate Haak.«

»Ein Fräulein Haak!«, rief sie noch lauter.

Hinter der Tür knarrte ein Bettrahmen, Schritte näherten sich und dann stand er vor mir, in Hose und Hemd und nur auf Socken. Das dichte Haar noch zerstruwwelter als sonst. »Du?«, fragte er verdutzt.

»Wenn's recht ist!« Ich spielte die Heitere, eine, die nichts dabei fand, ihn einfach mal zu besuchen. »Hab da nämlich noch 'ne Frage. Vielleicht sogar zwei.«

Er starrte mich an, als hätte ich gesagt, der Mond sei auf die Erde gefallen. Aber dann winkte er mich in sein Zimmer, einen kleinen und nicht gerade sehr hellen Raum. Rechts das Bett, auf dem ein aufgeschlagenes Buch lag, links ein ebenso wuchtiger, dunkler Schrank wie der im Flur. Obendrauf ganze Stapel von Büchern.

Und über dem Bett? Ein Foto, gerahmt, aber nicht sehr groß. Ein schmales Männergesicht blickt dem, der es ansieht, geradewegs in die Augen. Ganz in Schwarz gekleidet ist dieser

Mann, das dünne Haar trägt er streng gescheitelt. Aber wie er schaut! So sanft und klug, als wolle er dem Betrachter etwas sehr Wichtiges mitteilen.

Das musste Klaas' Vater sein, wer denn sonst? Verlegen schielte ich zum Fenster hin. Von draußen sah eine kleine Birke zu uns herein.

»Setz dich doch.« Klaas stellte einen Stuhl vor mich hin – den einzigen, den es in diesem Raum gab – und lehnte sich ans Fensterbrett. Um dort hinzugelangen, musste er ein paar Schritte gehen – und da machte ich eine Entdeckung: Er *ging* ja nicht, er *hinkte* zum Fenster.

Ich: »Hast du dir den Fuß verstaucht? Oder bist du gestürzt?«

Er sah mich an, als fragte er sich, ob ich vielleicht nicht ganz bei Trost war. »Soll das 'n Scherz sein? Hab mir das doch nicht erst gestern zugelegt.«

Er hinkte schon länger? Und ich blinde Kuh hatte das nicht bemerkt? – Ja, aber wie denn auch? Als er Jockel und Udo auseinanderbrachte, hatte ich ihn nicht herankommen sehen, und danach waren Jockel, Kutti und ich als Erste gegangen. Und bei unserer zweiten Begegnung hatte er auf der Bank gesessen und ich nicht gewagt, ihm nachzublicken, als er so plötzlich aufstand und ging.

Lange, sehr lange wusste ich nicht, was ich sagen sollte. »Aber wann und wo und wobei ist dir das denn passiert?«, war das Einzige, was mir dann einfiel.

Er, noch immer mürrisch: »Ist das die Frage, wegen der du gekommen bist?«

»Nee. Hab's ja erst jetzt gesehen.« – Oh, wie blöd kam ich

mir in diesem Moment vor! Da hatte ich mich gefragt, weshalb er denn noch nicht Soldat oder wenigstens Flakhelfer geworden war, dabei hätte ich nur richtig hinsehen müssen. Rasch wies ich auf das Foto. »Ist das dein Vater?«

Er nickte – und ließ seine Augen nicht von mir. »Du wolltest mich was fragen.«

»Ach ja! Weißt du, es geht mir immer noch um das Gymnasium.« Wie hab ich mich in diesem Augenblick weggewünscht! Raus aus diesem Zimmer, zurück zu Panne und Dorchen oder in Frau Griess' Küche. »Darüber haben wir letztens ja gar nicht mehr geredet. Und du warst doch auf einem, oder nicht?«

Er, müde: »Ja, in Hamburg. Aber das war nicht für Mädchen.«

Ich hätte längst gehen müssen. Irgendwie jedoch schaffte ich das nicht. Es hatte mich so viel Überwindung gekostet, einfach herzukommen, und jetzt sollte ich nach so kurzer Zeit schon wieder gehen? Doch immer weiter nach dem Gymnasium fragen? Klar, in Hamburg gab's auch Gymnasien für Mädchen! Ich fragte ihn lieber was anderes. »Kennst du eigentlich diesen Otto Kroog?«

Auch nicht sehr klug: Wie sollte denn irgendein Kewenower den Ortsbauernführer nicht kennen? Doch wie wach Klaas plötzlich war! »Wieso?«, schoss es aus ihm heraus. »Was ist mit ihm?«

Froh, endlich etwas gefunden zu haben, das ihn zu interessieren schien, erzählte ich von dem Angebot, das der Mann mit dem Motorrad Momm gemacht hat.

Er nickte – und lachte höhnisch. »Ja, bei dem würde es euch sicher viel besser gehen als bei der Griess. Hat ja den größten Hof weit und breit. Wenn's deiner Mutter also nur darum geht ...« Er verstummte, als wollte er den Rest lieber für sich behalten.

»*Nur*?« Um Momm zu verteidigen, schilderte ich ihm, wie beengt wir schlafen müssen und wie kalt es in unserer Kammer im Winter war und oft immer noch ist. »Und arbeiten lässt sie uns, dass wir am Abend nicht mehr geradeaus kucken können. Leben heißt, sich zu quälen, das sagt sie dreimal am Tag. Und dabei ist Kutti erst zehn.«

Er: »Na und? Auf vielen Höfen wird von morgens bis abends geschuftet. Die Männer sind ja fast alle an der Front.« In Gedanken war er aber noch beim Kroog. »Willst du wirklich wissen, was das für einer ist?«, fragte er mich.

Natürlich wollte ich das. Und da hat er mir etwas erzählt, das mich seither nicht mehr loslässt, egal ob in den Ställen oder bei der Arbeit im Haus. Wenn das stimmt – und weshalb sollte er lügen? –, wie furchtbar muss es für ihn sein, diesem Otto Kroog immer wieder begegnen zu müssen! Der Kroog, hat er gesagt, war es, der seinen Vater angezeigt hat – *diesem* Mann haben seine Mutter und er es zu verdanken, dass sein Vater nicht mehr lebt.

»Ja, und jetzt«, höhnte er, »jetzt hat er Kreide gefressen, unser früher so strammer Otto! Er ist nicht dumm, weiß, dass der Krieg nicht mehr zu gewinnen ist und er und all die anderen von seiner Sorte vielleicht schon bald vor Gericht gestellt werden. Also ist er vorsichtig geworden, sogar doppelt vorsichtig, weil ja die Seinen vielleicht doch an der Macht bleiben könnten, und dann will er nicht zu früh die Anker gelichtet haben.«

Endlich lachte er mal wieder, aber das so bitter und traurig, dass es richtig wehtat. »Solche wie der Kroog«, sagte er dann noch und machte eine wegwerfende Handbewegung, »die sind wie der Wetterhahn auf unserem Kirchturm, drehen sich nach jedem Wind.«

Was sollte ich dazu sagen? Der Kroog ist mir nicht sympathisch, im Gegenteil, ich mag ihn nicht. Doch was Klaas mir erzählt hat, das war viel schlimmer als alles, was ich mir hätte vorstellen können. Nur sehr leise fragte ich ihn, woher er denn wusste, dass der Kroog es war, der seinen Vater ...

Er ließ mich erst gar nicht ausreden. »Er hat's ja selbst zugegeben. Hat im Dorf damit herumgeprahlt und immer wieder irgendwas von ›Defätismus‹ und ›Vaterlandsverrat‹ gequasselt. Denkst du etwa, ich hab mir das ausgedacht?«

Ich: »Nein, aber ich meine, davon hatte er doch gar nichts, oder?«

Er sah mich an, als fragte er sich, wie alt ich eigentlich war. »Hatte nichts davon? Na, du bist gut! Die meisten, die andere denunzieren, haben irgendwas davon. Und der Kroog, der hatte damals ja noch so was wie höhere Ziele, der wollte nicht ewig nur der kleine Ortsbauernführer bleiben.«

Und ich: »Wenn er nun aber gar nicht gewusst hat, dass dein Vater, nur weil er was Falsches gesagt hat, in so ein Lager kommt? Das kann doch sein, oder?«

Begreife mich selber nicht: Weshalb verteidigte ich diesen Otto Kroog?

War es, weil ich damit ja nicht nur ihn, sondern auch Momm, Pappka und mich verteidigte?

Erst schüttelte Klaas nur den Kopf, dann sagte er streng: »Nein, das kann nicht sein! Solche Leute wissen ganz genau, was denen blüht, die es wagen, den Mund aufzumachen. Und als dann die Todesnachricht kam, war er da etwa überrascht? Oder hat sich geschämt? Nicht mal weggeschaut hat er, wenn er an Mutter oder mir vorüberging. Hat gekuckt, als wollte er sagen: Selber schuld! Wer redet wie der Eugen Beckers, der muss mit allem rechnen.«

Wieder wünschte ich mich weg – und wollte doch *mehr* hören! Egal wie weh manches tat. Und Klaas muss mir das angemerkt haben. Er setzte sich aufs Bett, um mir näher zu sein, und begann zu reden wie an jenem Tag auf der Bank. Als müsste wieder mal alles aus ihm raus. Dass der Kroog sich schon immer so aufgeführt habe, als würde ihm ganz Kewenow gehören, sagte er, und wie er es schaffte, sich in der Zeit, als das Viehfutter immer teurer wurde, sich viele Felder und Wiesen seiner Nachbarn unter den Nagel zu reißen.

»War ja ganz einfach, der großzügige Otto vergab Kredite, und konnte dann einer seine Schulden nicht mehr bezahlen, musste er ihm Land verkaufen. So wurde er immer größer und mächtiger und alle mussten nach seiner Pfeife tanzen. Und wer hätte da Ortsbauernführer werden sollen, wenn nicht er?«

Dazu konnte ich nichts sagen. Klaas erwartete das auch gar nicht. Nur kurz sah er mich noch an, dann ging er an seinen Schrank und entnahm ihm eine kleine Stummelpfeife und eine Blechbüchse mit Tabak. Sorgfältig stopfte er sich die Pfeife, klemmte sie sich zwischen die Lippen und zündete sie mit einem schon sehr verbeulten Feuerzeug an. Und dann paffte er los, bis ich husten musste.

»Eigenanbau!« Endlich grinste er mal wieder. »Wächst gleich hinterm Haus ... Na ja, mit irgendwas muss ich mich ja beschäftigen. Will nicht auf meinem Bett verfaulen. Der Garten und die beiden kleinen Felder, die zur Pfarrei gehören, lasten mich nicht aus.«

Günstige Gelegenheit, ihn noch mal zu fragen, was denn nun eigentlich mit seinem Bein passiert ist. »War das 'n Unfall? Oder ist das so was wie 'n Geburtsfehler?«

»Ja!« Er nickte, als hätte ich genau ins Schwarze getroffen. »Ein *Geburts*fehler! Hab mir den falschen Vater ausgesucht.«

Doch auf diese Weise wollte ich nicht darüber reden. »Bitte!«, sagte ich nur noch und kein weiteres Wort mehr. Und da fing er, nachdem er mich lange nur forschend betrachtet hatte, tatsächlich wieder zu erzählen an ...

Konnte gestern nicht weiterschreiben, war alles viel zu viel geworden. Heute *muss* ich es tun.

Dieser »Geburtsfehler«, sein Hinken, hatte tatsächlich mit Klaas' Vater zu tun. Seinetwegen war er vom Gymnasium geflogen. Als »Sohn eines ehrlosen Vaterlandsbeschimpfers« sei er nicht würdig, eine höhere Bildung zu erlangen, war ihm gesagt worden.

Er war kein schlechter Schüler gewesen und hatte sich auch in der HJ vor nichts gedrückt. »Ich will, dass du eine vernünftige Schulausbildung bekommst«, hatte sein Vater zu ihm gesagt. »Was die falschen Propheten dir an Lügen in den Kopf pflanzen, das muss ja nicht lange drinbleiben.«

Egal ob Fahnenappelle, Feuersprüche, Schwertworte und Verpflichtungsschwüre, Schießübungen und Probealarme, Klaas hatte keinen Spaß daran. Seinem Vater zuliebe aber ließ er sich nichts anmerken. Später, als dann der Pastor schon verhaftet und Klaas vom Gymnasium verwiesen worden war, da *durfte* er an den Veranstaltungen der HJ nicht mehr teilnehmen. In eine Fabrik wurde er gesteckt, in der Granaten gedreht wurden. Frauen haben da gearbeitet, Kriegsgefangene und noch ein paar Jungen, die auch irgendwelchen »Dreck am Stecken« hatten.

Die Fabrik lag nicht weit von Hamburg entfernt, und da gab's einmal einen Bombenangriff, der kam so überraschend, dass viele es nicht mehr bis in den Keller schafften. Auch Klaas nicht. Splitter drangen ihm in die Hüfte und irgendwas ist danach nicht mehr richtig zusammengewachsen. Vielleicht sein Glück. Seine ehemaligen Klassenkameraden waren inzwischen zu Flakhelfern ausgebildet worden. Hinter ihren Geschützen stehend sollten sie die Bomber vom Himmel holen, die die Stadt angriffen. Bis auch ihr Flakturm zerbombt wurde.

»Weißt du, wie viele Jungen aus meiner Klasse noch leben?« Er hielt eine Hand hoch und von der anderen nur drei Finger. »Und weißt du, wie viele wir mal waren? Siebenundzwanzig!«

Von siebenundzwanzig neunzehn gefallen? Mich schauerte. Hab in Berlin ja solche Jungen gesehen. Wie viele leben denn von *denen* nicht mehr? Doch was sollte ich dazu schon sagen? Ist ja alles viel zu schlimm, um irgendein passendes Wort dafür zu finden.

»Aber nach dem Krieg«, versuchte ich Klaas aufzumuntern, »da kannst du doch wieder zur Schule gehen.«

»Damit sie mir irgendeinen neuen Mist erzählen, an den ich gefälligst zu glauben habe?« Er schüttelte den Kopf, als hätte ich ihn etwas sehr Unvorstellbares gefragt. »Besten Dank! Auf 'ner Schule sieht mich keiner mehr.«

Ich: »Aber was willst du denn machen, wenn der Krieg vorbei ist? Du musst doch irgendeinen Beruf erlernen.«

Ein Einwand, den er mit einer Handbewegung fortwischte. »Da mach ich mir doch jetzt noch keine Sorgen. Wird sich schon irgendwas finden, wenn der ganze Scheiß erst mal vorbei ist. Noch dürfen diese Kriminellen da oben sich ja austoben.«

Kriminelle! Wie er das gesagt hatte! So, als gäbe es gar keinen Zweifel daran, dass uns Kriminelle regieren. War er sich denn so sicher, dass ich seine Worte nicht weitermelden würde? Vertraute er mir, die er doch noch gar nicht wirklich kannte, inzwischen schon so sehr?

»Und der Führer?«, fragte ich da so leise, dass es wie Gewisper klang – und mir wird noch immer ganz komisch, wenn ich daran denke, was er mir auf diese Frage antwortete. »Ist der etwa auch ein – Krimineller?«

Nur kurz sah er mich an, dann sagte er fest: »Der größte von allen.«

Wie es mich da durchfuhr! Siedend heiß ist gar kein Ausdruck. Der Führer, dessen Foto, solange ich denken kann, bei uns zu Hause an der Wand hing – ein Krimineller? Also ein Verbrecher? »Aber wie kannst du denn so etwas sagen?« Beinahe hätte ich geheult.

Er ging ans Fenster, klopfte seine Pfeife an der Außenwand aus und verriegelte das Fenster sorgfältig. Als er danach wieder auf seinem Bett saß, wich er meinem Blick aus, als wüsste er ganz genau, wie sehr er mich verletzt hatte. Doch dann fragte er nur: »Na, wer denn sonst, wenn nicht er? Oder ist er etwa nicht unser *Führer*, also der Oberste von all denen, die uns den Krieg und die Lager beschert haben?«

Nein, nein, nein, so durfte ich ihn nicht reden lassen. Jedenfalls nicht, ohne zu widersprechen. »Und woher weißt ausgerechnet du das alles so genau?«, giftete ich ihn an. »Wir anderen, wir sind alle dumm und böse, nur Klaas Beckers, der ist klug und gut und weiß Bescheid, was?«

»Hab so meine Quellen.« Er starrte zur Zimmerdecke hoch, als fiele es ihm schwer, mich weiter anzusehen. »Aber es zwingt dich ja keiner, mir zu glauben. Nur lügen werde ich nicht, jetzt, wo der ganze Spuk sowieso bald vorüber ist.«

Diese Selbstgewissheit! Sie machte mich noch ärgerlicher. »Was du so alles redest!«, fuhr ich ihn an. »*Unsere Oberen, die uns den Krieg beschert haben!* Weiß doch jeder, dass es die Polen waren, die uns angegriffen haben. Hätten wir uns etwa nicht verteidigen sollen? Und danach all die anderen Länder, haben wir *denen* oder die *uns* den Krieg erklärt?«

»Die Polen – uns angegriffen?« Jetzt musste er mich doch wieder ansehen. Und dann schüttelte er den Kopf, als könne er nicht fassen, was ich da gesagt hatte. »Ja, glaubst du denn wirklich, dass das kleine und militärisch so viel schwächere Polen es gewagt hätte, uns zum Krieg zu zwingen? Dieses ›Wir-haben-nur-zurückgeschossen‹, das ist doch nichts als ein ganz lausiges Märchen. Wir, Rena, waren es, die zuerst geschossen und das dann den Polen in die Schuhe geschoben haben. So wie wir es auch waren, die als Erste ganze Städte bombardiert haben.«

»Hast du das auch aus deinen ›Quellen‹?« Mir schwirrte der Kopf. Was redeten wir denn da? Wenn Pappka das gehört hätte!

Er: »Woher denn sonst? Denkst du etwa, unsere Propaganda-Leute tischen uns die Wahrheit auf? Wäre es so, würdest du wissen, dass viele unserer heutigen Feinde lange stillgehalten haben. Zwar haben uns England und Frankreich gleich nach unserem Angriff auf Polen den Krieg erklärt, aber dann haben sie erst mal abgewartet, ob sie wirklich in einen Krieg gegen uns ziehen wollen. Die Friedliebenden, das waren nicht wir, das waren die anderen.«

Hatte er das auch aus seinen »Quellen«? Ich sprang auf, wollte, *konnte* ihm nicht länger zuhören. »Ich glaube, ich geh jetzt besser«, sagte ich nur noch leise, ging aber nicht. Stand da, als erwartete ich noch irgendwas von ihm. Vielleicht eine Entschuldigung?

Er stand auch auf und sah mich traurig an. Bis er nickte. »Na, denn mal tschüs! Aber denk nicht, dass ich dir irgendwas übel nehme. Kannst ja nichts dafür, dass du so redest wie alle anderen.«

Er hielt mir die Hand hin, doch schlug ich nicht ein, sondern stürzte aus dem Zimmer.

Eine Flucht war das, eine richtige Flucht. Die mir irgendwie wehtat. Hab noch keinen Jungen kennengelernt, der mir so gefällt wie Klaas. Und ausgerechnet er sagt solche Sachen! Nur kann es denn sein, dass allein solche wie Klaas und sein Vater oder Onkel Rudi und Tante Lene recht haben und alle anderen nicht? Und unter diesen »anderen« dann ja auch Pappka und Momm und Herr Huberty – und irgendwie auch ich ...

Bei Onkel Hans auf dem Land

Klaas! Denke fast nur noch an Klaas. Egal was ich tue. Sehe ihn vor mir und höre ihn reden. Doch wieder hingehen? Einfach so, nach diesem »Sturzflug« aus seinem Zimmer?

Wird jetzt immer wärmer. Überall grünt und blüht es. Die ersten Amseln singen und im Stall, direkt über Pannes und Dorchens Koben, hat ein Schwalbenpaar sein Nest bezogen, jagt ums Haus und über die Felder. Die Griess sagt, Schwalben bringen Glück, schützen den Stall vor Feuer und das Vieh vor Krankheiten. Und auf Großmutting Petersens Dach ist ein Storchenpaar in sein Nest zurückgekehrt. Zuerst kam nur der Storch. Tagelang hat er auf seine Störchin gewartet. Jetzt ist auch sie angeflogen gekommen und nun klappern sie um die Wette.

Sieht alles so friedlich aus und dabei ist noch immer Krieg.

Nicht so schön ist, dass wir jetzt noch mehr arbeiten müssen. Seit Neuestem bin ich auch für die Gemüsebeete und den Misthaufen zuständig. Und Momm, Jockel und Kutti sind fast nur noch auf den Feldern draußen. Kartoffeln, Zuckerrüben, Roggen und Weizen, nichts wächst von allein. Leben bedeutet, sich zu quälen? Da hat die Griess wirklich mal recht.

Abends sind wir alle todmüde, und dann habe ich erst recht keine Lust mehr, mir auch noch die neuesten Wehrmachtsberichte anzuhören. Momm tischt sie mir ja sowieso jedes Mal auf. Mit irgendwem muss sie darüber reden. Mit der Griess geht das nicht.

Die Amerikaner halten nun schon den ganzen Westen besetzt, wie Momm sich das aus den Nachrichten zusammengereimt hat, und vom Osten kommen die Russen immer näher. Und gestern, an Kuttis zehntem Geburtstag, haben englische Bomber den Hamburger Hafen angegriffen. Mehrere U-Boote sollen sie versenkt haben. Staune darüber, dass mir das nicht nur Angst, sondern auch ein bisschen Hoffnung macht. Vielleicht ist der Krieg ja nun doch bald zu Ende. Und Pappka kehrt heim.

Kuttis Geburtstag verlief nicht anders als deiner, Jutsch. Ein Lied und jede Menge Umarmungen und Glückwünsche, das war's. Er hatte auch gar nichts anderes erwartet. Seit die Tiefflieger auf uns geschossen haben, ist er oft sehr still. Hat nicht mal darüber gesprochen, dass er, wären wir noch in Eichenbrück, jetzt ins Jungvolk aufgenommen werden würde.

Jockel redet auch immer weniger. Und sagt er doch mal was, ist es fast immer irgendwas Böses, Spöttisches. Nicht mal er glaubt noch an den Endsieg.

Nur die Griess, die hofft immer noch auf den großen Gegenschlag. Dreimal am Tag redet sie von den Wunderwaffen, die der Führer jetzt ganz bestimmt bald einsetzen wird. Ihr Arthur soll nicht umsonst gefallen sein.

Ich bin auch nicht die Bestgelaunte. Schleppe Klaas' Geschichte mit mir herum. Zweifle immer mehr an mir und immer weniger an dem, was er gesagt hat. Hatte mich denn früher nicht schon vieles verwundert? Das mit den Juden, die immer weniger wurden, weil sie in den Lagern »arbeiten lernen« sollten, und auch das mit den Polen und wie Herr Huberty über sie geredet hat und wie wenig das zu Frau Piwonka passte. Auch dass an manchen Geschäften *Kein Zutritt für Polen!* stand und dass Polen die Mütze abnehmen mussten, wenn ihnen ein Deutscher in Uniform entgegenkam, hatte in mir, wenn ich ehrlich bin, schon immer ein eher ungutes Gefühl erzeugt. Ich fand so was nicht nötig.

Hab allerdings nie richtig darüber nachgedacht. Erst jetzt frage ich mich: Wenn Klaas nicht lügt oder sich nur irgendwas einredet, müssen dann nicht wir uns belügen oder uns etwas ganz, ganz Falsches einreden?

Ach, Schluss damit! Sonst platzt mir vor ewiger Grübelei noch der Kopf. Gibt ja auch Erfreuliches zu berichten: Jockel und Kutti, endlich haben sie's geschafft, sich mit den Dorfjungen anzufreunden.

Wie das kam? Jockel hat sich eine Schleuder gebaut und danach mit kleinen Steinchen auf Mäuse geschossen. Davon gibt's auf dem Griess-Hof ja jede Menge. Und als er genügend Übung darin hatte, sind Kutti und er mit diesem von Jockel nur »Katschi« genanntem Katapult aus Astgabel, Einweckgummi und einem Stückchen Leder, das er im Schuppen fand, zum Platz vor der Kirche gelaufen. Um Jockels Treffsicherheit von den Dorfkindern bestaunen zu lassen.

Alle liefen sie zu einer alten Scheune und die schon bald erfolgreiche Mäusejagd begann. Und jetzt sagte Udo – seit der Prügelei vor der alten Mühle ja sowieso neugierig auf Jockel: »Wenn ihr wollt, dürft ihr bleiben. Ihr müsst nur vorher eine Mutprobe ablegen.«

Jockel und Kutti waren dazu bereit – bis sie hörten, was sie tun sollten: Jeder von ihnen sollte einer toten Maus den Kopf abbeißen.

Die anderen Jungen und Mädchen waren von dieser Idee begeistert, Jockel aber lachte nur und schüttelte den Kopf. »Hab darauf keinen Appetit.« Kutti überlegte nicht lange. »Wenn ich den Kopf gleich wieder ausspucken darf, mach ich's.« Er hatte ein mulmiges Gefühl bei dieser Sache, wie er später zugab, doch endlich wieder Freunde zu haben, war ihm wichtiger.

Und damit ging's los: Udo spießte eine Maus auf einen Zweig und hielt sie Kutti vor den Mund. Kutti wurde kreidebleich, zuckte aber nicht zurück. Jockel sah das und mit Wucht schlug er Udo den Zweig mit der Maus aus der Hand.

Udo lachte. »Denkst du etwa, ich hätte ihn da reinbeißen lassen? Hätt den kalten Braten schon noch rechtzeitig weggezogen. Wollte nur mal sehen, ob er's wirklich tut. Aber alle Achtung – dein kleiner Bruder hat Mut!«

Damit jedoch wollte Jockel sich nicht zufriedengeben. Ob alle anderen Jungen auch eine so eklige Mutprobe hätten ablegen müssen, wollte er wissen.

Wozu denn, riefen die Dorfjungen, sie wären ja keine Polacken, sie hätten so etwas nicht nötig. Und so hätte es beinahe wieder eine Prügelei gegeben – Jockel und Kutti gegen fast alle anderen. Das aber ließ Udo nicht zu. »Lasst die beiden in Ruhe!«, befahl er. »Die sind keine Polacken. Das sieht man doch.« Und er hielt Jockel die Hand hin: »Freunde?«

Jockel zögerte nur kurz, dann schlug er ein. Und auch Kutti, bestimmt gleich wieder strahlend wie die liebe Sonne, gab Udo die Hand. Noch am Abend, im Bett, lächelte er froh in sich hinein. Udo hatte seinen Mut gelobt und gesagt, dass Jockel und er keine Polacken seien. Was wollte er mehr?

Mir ging Udos »Das sieht man doch« lange nicht aus dem Kopf. Woran sieht man denn, ob einer Pole, Deutscher, Russe, Amerikaner, Engländer oder Franzose ist? Die Polen in Eichenbrück sahen nicht anders aus als die Deutschen. Und viele Juden – egal ob Polen oder Deutsche – auch nicht. Wurde uns auch das vielleicht alles nur eingeredet?

Kutti und Jockels Triumph, das war gestern. Und heute? Heute Nachmittag waren wir bei Otto Kroog.

Zu fünft sind wir dort hinmarschiert. Er war inzwischen ja schon ein paar Mal bei Momm, um nachzufragen, wann wir denn endlich kommen würden. Also hat Momm gesagt, wir müssten uns seinen Hof jetzt tatsächlich mal ansehen. Wenn auch vielleicht nur, um danach unsere Ruhe zu haben.

Jockel und Kutti, immer waren sie uns drei Schritte voraus, so neugierig waren sie auf den Kroog-Hof. Ich mit dir, Jutsch, auf meinen Schultern, ging besonders langsam. Eigentlich wollte ich gar nicht mit.

Lustig war: Die Griess hatte uns abziehen sehen und zuerst nur ganz verdutzt gekuckt. Bis sie uns plötzlich nachgerannt kam und sich mit in die Seiten gestemmten Armen vor uns aufbaute. »Wo soll's denn hingehen?«, herrschte sie Momm an. »Es gibt viel zu tun, da können Sie doch jetzt nicht spazieren gehen.«

Momm ganz kühl: »Wir haben die Möglichkeit, uns eventuell woanders einquartieren zu lassen. Auf die Dauer ist's für uns fünf in ihrer Kammer ja doch ein bisschen eng.«

Wie die Griess da nach Luft schnappte! »Nein, nein, nein!« So heftig schüttelte sie den Kopf, dass sich sogar ihr Haarknoten ein wenig löste. »Daraus wird nichts. Sie sind *mir* zugewiesen worden, mir und niemand anderem, daran haben Sie sich zu halten.«

Momm, achselzuckend: »Wenn Sie das so sehen! Mal hören, was der Herr Ortsbauernführer dazu sagt. Ausnahmen bestätigen die Regel.«

Und damit gingen wir weiter, und was verspürte ich jetzt für ein Triumphgefühl! Endlich hatten wir's der Griess mal gezeigt! Vielleicht ging sie nun ein bisschen vorsichtiger mit uns um. Zu Otto Kroog aber wollte ich nach wie vor nicht. Und wie um jeder anderen Entscheidung vorzubeugen, erzählte ich Momm auf dem Weg dorthin, was ich dank Klaas über den Ortsbauernführer weiß.

Erst war sie lange sehr still, dann sagte sie: »Na ja, besonders sympathisch ist mir der Mann ja auch nicht. Spricht nicht gerade für seinen Charakter, wenn er das wirklich getan hat. Aber wollten wir alle Denunzianten meiden, müsstest du bei jedem Dritten oder Vierten überlegen, ob du ihm noch die Hand geben willst.«

Ich starrte sie an: *Bei jedem Dritten oder Vierten*?

Ihr wurde bewusst, *was* sie da gesagt hatte. »Na ja«, versuchte sie, ihre Worte zu erklären, »so was kommt eben immer wieder mal vor. Da glaubt einer, auf diese Weise der Gemeinschaft zu nützen, und stürzt einen anderen damit ins Unglück. Das ist nun aber wirklich nichts Neues, das kam zu allen Zeiten vor.« Doch dann wurde sie ärgerlich: »Warum musste dieser Pastor aber denn auch solche Reden halten? Unsere Männer sind an der Front, riskieren ihr Leben für uns, und da müssen wir, das ganze Volk, doch zusammenhalten, auch wenn uns inzwischen vielleicht manches nicht gefällt. Man hätte den Pastor ja nicht gleich einsperren müssen, in Ordnung aber sind solche Reden nicht.«

Das Foto über Klaas' Bett, dieser so mild blickende Mann! Und die Häftlingskolonne, wie sie an mir vorüberzog! »Sie haben Klaas' Vater aber nicht einfach nur *eingesperrt*, sie haben ihn *umgebracht*«, rutschte es mir heraus.

Momm, wie sie mich daraufhin anfuhr! »Was redest du denn da für ein Zeug? Wieso soll er denn umgebracht worden sein? Hast du nicht gesagt, er sei an Lungenentzündung gestorben?«

Ich: »So stand's in dem Brief, den man Klaas' Mutter geschickt hat. Aber das muss ja nicht stimmen, so was schreiben sie immer.«

Momm, erschrocken: »Wer – sie?«

Ich, trotzig: »Na die, die die Häftlinge bewachen. Sie können doch nicht schreiben, wir haben ihn verhungern lassen oder wir haben ihm, als er krank wurde, keinen Arzt geschickt. Auch dass sie ihn vielleicht totgeschlagen oder erschossen oder sonst was Furchtbares mit ihm gemacht haben, darf niemand wissen.«

Sagte das – und erschrak über mich selbst: Redete ich schon wie Klaas?

Es kam die Frage, die kommen musste: »Hast du das von deinem Klaas?«

Ich: »Er ist nicht *mein* Klaas.«

Momm: »Ich will wissen, ob du all diese Weisheiten von diesem Jungen hast?«

Meine kurze Antwort: »Ja.« Warum das nicht zugeben? Ich redete ja mit Momm und nicht mit irgendwelchen fremden Leuten. Und Momm, das wusste ich, würde niemals irgendwen denunzieren.

Lange starrte sie still in sich hinein, als fragte sie sich, wie sie auf dieses einfache »Ja« reagieren sollte, dann schüttelte sie entsetzt den Kopf. »*So was* erzählt der dir? Aber Rena, weiß er denn überhaupt, was er damit anrichten kann? Wenn das herauskommt, bringt er sich und seine Mutter und auch uns in Teufels Küche.«

»Er vertraut mir eben«, sagte ich fest. »Und ich, ich vertraue dir.«

»Ach? Na, das ist ja nett! Vielen Dank auch dafür!« Sie atmete schwer, und eine ganze Weile gingen wir schweigend nebeneinanderher, bis sie plötzlich wissen wollte, wie alt Klaas denn eigentlich ist.

»Siebzehn. Oder achtzehn.« War das denn so wichtig?

»Und warum ist er nicht Soldat wie ja fast alle in seinem Alter?«

Ihr misstrauischer Blick! Mit wem hast du dich da nur eingelassen, sollte er besagen.

Mir blieb nichts anderes übrig, als ihr zu erzählen, dass Klaas wegen seinem Vater von der Schule geflogen war und danach in dieser Fabrik arbeiten musste, bis Bomben sie zerstörten. »Seitdem hinkt er, und deshalb kann er nicht mehr Soldat werden.«

Eine Antwort, die Momm nicht zufriedenstellte. »Und warum arbeitet er nicht irgendwas? Es wird doch jede Hand gebraucht.«

»Er hilft seiner Mutter. Zum Pastorenhaus gehören ja auch zwei Felder. Er macht dort das Gleiche wie wir bei der Griess.«

Blödes Gefühl, Klaas verteidigen zu müssen!

Doch auch das wollte Momm nicht so einfach schlucken. »Trotzdem«, beharrte sie, »er redet nicht anders als sein Vater. Und das ist nicht nur sehr, sehr unklug von ihm, das ist *gefährlich*, Rena. Deshalb, bitte, meide diesen Jungen zukünftig lieber.«

Ich wusste, dass sie recht hatte, widersprach aber: »Und was ist, wenn alles, was er gesagt hat, wahr ist? Soll ich dann weiter all den Lügen glauben, die man uns aufgetischt hat, nur damit wir schön dumm bleiben?«

Als wäre sie gegen einen Baum geprallt, so ruckartig blieb sie stehen. Und dann sah sie mich an, wie sie mich noch nie zuvor angesehen hat. »Rena, bitte, tu mir den Gefallen und höre auf mich! Und wenn's nur dieses eine Mal ist. Es gibt im Leben nun mal einiges, das ich besser beurteilen kann als du. Also: Lass die Finger von dem Jungen!«

Doch so einfach nachgeben? Das brachte ich nicht fertig. »Tut mir leid«, sagte ich. »Ich muss noch mal zu ihm. Muss ihm das Buch zurückbringen, das er mir geliehen hat.«

Eine Ausrede, die mir gerade noch rechtzeitig eingefallen war. Froh aber machte sie mich nicht. Momm! Wie leid sie mir auf einmal tat! Sie gab sich streng, dabei hatte ich sie nie zuvor so unsicher, so hilflos erlebt.

Otto Kroog, in Knickerbockerhose und Windjacke kam er uns entgegen. Er musste uns bereits von Weitem gesehen haben, hatte seinen Hut schon abgenommen.

»Das ist aber schön, dass Sie gekommen sind.« Gleich nahm er Momms Hand und hielt sie viel zu lange fest. Er reichte auch Jockel, Kutti und mir die Hand und ich nahm sie. Was hätte ich denn sonst tun sollen? Zuletzt versuchte er es bei dir, Jutsch. Du aber, noch immer auf meinen Schultern reitend, hast sofort beide Hände hinter dem Rücken versteckt. Du spürst es, wenn deine Eena jemanden nicht mag. Und dann magst du ihn auch nicht.

»Gut!«, lobte er dich. »Besser zu vorsichtig als zu vertrauensselig, nicht wahr? Nun«, er winkte einladend, »dann spaziere ich mal vorneweg und die Damen und Herren folgen mir unauffällig.«

Er lachte und setzte den Hut auf und dann führte er uns in das fast schon burgähnliche alte Großbauernhaus zwischen den beiden großen Ställen und der Scheune. Ein langer Flur empfing uns, rechts und links davon mehrere kleine und größere Räume, alle voller wuchtiger Truhen und Schränke, wie durch die offenen Türen zu sehen war. Im größten dieser Räume: ein riesiger Tisch, um ihn herum viele Stühle. Dicke Gardinen schützten die Fenster gegen jedes Hereinschauen, über dem breiten, mit grünem Samt bezogenen Sofa war ein mit kämpfenden Rittern bemaltes, hölzernes Wandbord befestigt. Bunte Porzellanteller und alte Zinnkrüge standen drauf.

»Mein Repräsentierzimmer«, verkündete er wie nebenbei. »Aber selbstverständlich dürfen Sie und Ihre Kinder sich auch hier aufhalten, falls Sie sich entscheiden sollten, für mich zu arbeiten. Ist ja alles ein bisschen zu groß für einen allein, nicht wahr? Und wäre das denn nicht sehr schön, jede Menge junges Leben in dem alten Kasten? Und« – wieder lachte er – »keine

Sorge, putzen müssen Sie hier nicht! Hab dafür die alte Krollmann. Allein für die Bewirtschaftung meines Hofes benötige ich Hilfe.«

Momm sagte dazu nichts. Bis sie dem Kroog ganz plötzlich direkt ins Gesicht sah. »Wie lange sind Sie denn eigentlich schon verwitwet?«, fragte sie so leichthin, als interessierte sie das nur am Rande. »Ich meine, falls Sie mir das verraten wollen.«

Er seufzte tief. »Im August sind's zwei Jahre ... Und dabei war meine Frau doch noch so jung, erst zweiundvierzig.«

Momm nickte. »Ja, ich weiß, es ist schwer, allein zu sein. Seit mein Mann zur Wehrmacht eingezogen wurde, kenne ich das. Und nun haben wir schon so lange nichts mehr von ihm gehört, kein Brief, kein Gruß von einem Kameraden auf Heimaturlaub, nichts. Und doch« – jetzt tat sie, als wäre, was sie nun sagte, genau das, was er sich wünschte – »sind wir guten Mutes, dass er noch lebt und wir uns nach dem Krieg schnell wiederfinden.«

Machen Sie sich bitte keine falschen Hoffnungen, sollte das heißen. Ich atmete auf, der Kroog aber war nicht enttäuscht. »So ist's recht«, lobte er Momm. »Der Mann im Feld, die Frau hält treu die heimatliche Stellung. Ja, ja, deutsch sein heißt treu sein, nicht wahr? So was macht unseren Frauen keine andere nach.«

Doch wie er sie dabei ansah! So als wollte er sagen: Verstehe, dass Sie so reden müssen! Die Kinder sind ja dabei.

Momm musste diesen Blick auch so empfunden haben. Sie begriff, dass er sie mit Absicht nicht *verstehen* wollte, und ihr Gesicht versteinerte. Doch sie blieb höflich, und so durften wir auch noch das Bad bestaunen. Hier musste im Winter kein Wasser von der Pumpe geholt werden, in diesem Haus froren die Wasserleitungen garantiert nicht ein.

Danach die Küche. Wie aus dem Bilderbuch *Bei Onkel Hans auf dem Land*. An den Wänden Pfannen und Töpfe, in den Türen der Küchenschränke bunte Glasscheiben. Neben dem großen Kohleherd ein moderner Elektroherd.

Ich sah Momm an. Schwankte sie? Dachte sie daran, wie schlecht wir bei der Griess untergebracht waren und wie oft Jockel, Kutti und ich darüber geschimpft haben? Wäre der Kroog nicht dabei gewesen, hätte ich ihr gesagt, dass sie sich deswegen bloß keine Gedanken machen soll. Besser noch ewig lange bei der Griess bleiben, als zu diesem Mann zu ziehen.

Zuletzt: *unsere* Zimmer! Ein Raum für die »drei Frauen«, wie der Kroog sich auch bei mir einzuschmeicheln versuchte, einer für Jockel und Kutti. In beiden Zimmern große alte Bauernbetten.

Momm musste dazu etwas sagen, wenn sie weiter höflich bleiben wollte. »So viele Betten?«, fragte sie erstaunt. »Waren Sie denn früher eine Großfamilie?«

Der Kroog stolz: »Drei Generationen unter einem Dach! So war's bei uns Landleuten früher üblich. Mein Großvater hat meinen erwachsenen Vater noch mit Katzenköpfen traktiert, wenn er mit ihm nicht zufrieden war. Mein Herr Vater hat's mit mir dann genauso gemacht. Und so ganz falsch kann das nicht gewesen sein. Man ist ja nie zu alt, um nicht noch hinzuzulernen, nicht wahr?«

Wieder lachte er und ich wünschte mich raus aus diesem Haus. Momm muss es nicht anders ergangen sein. Wie aus heiterem Himmel streckte sie mit einem Mal die Hand aus und sagte betont förmlich: »Vielen Dank für Ihre Mühe, Herr Kroog! Ihr Angebot ehrt uns, aber es gibt da noch so einiges zu bedenken. Wir geben Ihnen dann Bescheid.«

»Schade!« Er nahm ihre Hand – und hielt sie wieder viel zu lange fest. »Hab sehr gehofft, Sie würden sich sofort entscheiden. Sind ja jetzt so viele Flüchtlinge im Dorf, nicht wahr? Die allermeisten würden sich über das, was ich zu bieten habe, sicher sehr freuen. Sind ja schließlich auch Volksgenossen, denen man helfen muss.«

»Aber natürlich!« Momm entzog ihm ihre Hand und wandte sich ab, um zu gehen. »Alles wird bedacht, Herr Kroog, und schon morgen gebe ich Ihnen Bescheid, damit Sie anderweitig planen können, falls das nötig wird.«

Der Kroog hielt uns noch zurück. »Warten Sie!«, bat er Momm. »Will Ihnen noch ein bisschen was mitgeben. Sozusagen als kleines Dankeschön für den Weg, den Sie meinetwegen auf sich genommen haben.« Und damit winkte er Jockel und Kutti, ihm in den Keller zu folgen, und als sie zurückkehrten, trugen sie einen nicht gerade leichten Korb zwischen sich. Ein ganzes Brot, zwei lange Mettwürste, ein großes Glas mit eingelegtem Fleisch, fünf Eier und zwei kleine Berge Zwiebeln und Möhren lagen drin.

»Tun Sie mir den Gefallen und verweigern Sie mir die kleine Gabe nicht.« Dieser Kroog, jetzt verneigte er sich sogar vor Momm. »Mir tut's nicht weh und Ihnen hilft's.«

Ein letzter Versuch, Momm weich zu stimmen. Aber durfte sie den Fresskorb ablehnen? Vor Jockel und Kuttis Augen? Den beiden – und ja: auch mir! – lief ja schon das Wasser im Mund zusammen. Und weshalb hätte sie das denn auch tun sollen? Wenn dieser *Onkel Hans* sich Momm kaufen wollte und am Ende für seine Fressalien nichts bekam, seine Sache!

»Vielen, vielen Dank!« Momm lächelte weiter so höflich. »Da können die Kinder sich ja mal wieder so richtig satt essen. Sie wissen ja schon gar nicht mehr, wie das ist, mal zwei, drei Tage lang keinen Hunger haben zu müssen.«

Noch mal reichte sie dem Kroog die Hand, dann gingen wir. Und ich sah Jockel und Kutti an, was sie dachten: Auf dem Kroog-Hof würde es uns wirklich sehr viel besser gehen als bei der Griess. Doch sind sie ja nicht dumm, sie ahnten beide, dass die Entscheidung längst gefallen war. Und das genau andersherum, als sie es sich gewünscht hätten.

Die unsichtbare Wand

Momm hat *mich* geschickt, den Korb zurückzubringen. Leer gefressen bis auf den letzten Krümel. Wie halb verhungerte Wölfe sind wir über *Onkel Hans*' Schätze hergefallen. Ein Kammer-Picknick »heimlich, still und leise«. Die Griess sollte davon nichts mitbekommen.

Und jetzt? Jetzt sollte *ich* den Korb zurückbringen und dem Kroog sagen, dass wir uns gegen ihn entschieden haben. Ausgerechnet ich!

Lange weigerte ich mich, diesen Gang in »Feindesland« anzutreten. Ich fand, dass das Momms Angelegenheit war. Zuletzt aber überredete sie mich, es doch zu tun. Auf sie würde der Kroog sicher noch lange einreden, sagte sie, und dann müsste sie ständig neue Ausflüchte erfinden. Das wäre ihr unangenehm.

Zum Glück traf ich den Kroog nicht allein an. Der Bürgermeister war bei ihm. Beide in SA-Uniform, standen sie vor dem leeren Kuhstall, weil die Kühe bei dem schönen Wetter ja längst auf der Weide draußen sind, und beredeten irgendwas, das sie sehr erregt haben musste. Ich hörte den Kroog noch sagen: »Man muss sich den Gegebenheiten anpassen«, dann wandte er sich mir zu.

Und auch der Bürgermeister sah mich an. Zum ersten Mal konnte ich ihm richtig ins Gesicht sehen. Sehr, sehr kleine Augen hat er. Doch wie er mich musterte! So als wüsste er etwas von mir, das ich selbst gar nicht weiß. Hager ist er, knochig und schmal, und Garstein heißt er, Hinnerk Garstein.

Ich grüßte mit einem besonders strammen »Heil Hitler!«, dann reichte ich dem Kroog den leeren Korb und sagte, was Momm mir aufgetragen hatte.

Ein äußerst unpassender Moment für den Kroog, ihm diese Absage unter die Nase zu reiben. Den Bürgermeister neben sich, konnte er mich ja nicht erst noch lange ausquetschen, wieso und warum diese Entscheidung. Kurz überlegte er, dann zuckte er die Achseln. »Na gut! Dann grüß deine Mutter mal schön von mir und sag ihr, dass ich nicht länger warten kann. Kommt Hinz nicht zu mir, kommt eben Kunz, nicht wahr?«

Er lachte, als hätte er einen besonders komischen Witz gerissen. Und was sagte ich da? »Gut! Dann richte ich das der Frau Hinz mal so aus.«

Ist mir einfach rausgerutscht und sollte wohl auch witzig klingen. Ich knickste noch wie ein kleines Mädchen, dann hüpfte ich davon. Hüpfte wirklich. War ja so froh, dass ich diesen »Besuch« hinter mir hatte. Was die beiden Männer, die mir ganz bestimmt noch lange nachstarrten, von mir dachten, war mir egal.

Und auf dem Rückweg? Da zog's mich zum Pastorenhaus. Und das ganz und gar gegen Momms Willen. Konnte einfach nicht anders, *musste* noch mal mit Klaas reden.

Auch diesmal öffnete seine Mutter. »Ach, du bist es!«, sagte sie lächelnd, und mir war, als freute sie sich darüber, dass ich erneut vor der Tür stand. »Komm nur rein! Kennst ja den Weg.«

Als Klaas mich sah, gab er sich mürrisch. Doch das war nicht echt, das sah ich gleich. In Wahrheit freute auch er sich, dass ich wiedergekommen war. Vielleicht hatte er schon gar nicht mehr damit gerechnet.

»Bin nur gekommen, um dir zu sagen, dass du dir keine Sorgen machen musst«, so fing ich an. »Ich meine, weil du so vieles gesagt hast, was man eigentlich nicht sagen darf.«

»Ach Quatsch!« Er schob mir den Stuhl zu und lehnte sich ans Fensterbrett. »Deswegen hättest du nicht extra herkommen müssen. Weiß ja, dass du nicht so eine bist.«

Da wollte ich mich nicht länger verstellen. »Bin ja auch gar nicht nur deshalb gekommen.«

Er, neugierig: »Weshalb denn sonst?«

Ich, achselzuckend: »Aus Langeweile vielleicht?«

»Ach so!« Er musste grinsen. Langeweile auf dem Griess-Hof? Das war mal ein guter Witz!

Ich grinste auch, und um mich weiter so locker und gelöst geben zu können, stand ich auf und ging an den Schrank, um mir seine Bücher anzuschauen. Die Titel klangen interessant, die Autoren kannte ich nicht. Viele russisch, französisch oder englisch klingende Namen waren darunter.

»Jede Menge Feinde!«, staunte ich – und befürchtete schon, mal wieder ins Fettnäpfchen getreten zu sein.

»Ja, seltsam, fast die ganze Welt ist unser Feind!« Er grinste weiter, doch jetzt schon wieder ernsthafter. »Wer da wohl was falsch gemacht hat?«

Aber nein, darauf wollte ich jetzt lieber nicht eingehen. Und so sagte ich nur, dass ich mir gern mal eines seiner Bücher ausleihen würde, ich nur leider zum Lesen gar keine Zeit hätte, weil ich abends ja immer schreiben würde. Kaum war's heraus, hätte ich mir am liebsten nachträglich noch auf die Zunge gebissen. Was ging ihn denn meine Schreiberei an?

Aber wie er sofort aufhorchte! »Was schreibst du denn? Führst du Tagebuch?«

Zuerst wich ich aus. »So was Ähnliches«, sagte ich nur. Doch dann war mir auf einmal alles egal, und ich erzählte ihm von dir, Jutsch, und dass ich festhalten will, was wir in den letzten Monaten alles erlebt haben und auch zukünftig noch erleben werden. Und damit hatte ich, ohne es recht zu wollen, Klaas mein allergrößtes Geheimnis anvertraut. Nicht mal Jockel und Kutti wissen von meiner Schreiberei. Nur Momm hat mich, als sie mal nachts zur Toilette musste, in meiner Kammer sitzen sehen und mich gefragt, was ich denn um Himmels willen um diese Zeit noch zu schreiben hätte. Ich wolle mir Notizen machen, log ich ihr vor. Für die Briefe, die ich Urschel schreiben würde, wenn erst die Post wieder funktioniert. Aber ob sie mir das geglaubt hat? Wir haben danach nie wieder darüber gesprochen.

Eine Weile schwieg Klaas, dann wollte er wissen, ob ich etwa auch über ihn geschrieben hätte.

Etwa? Eine Frage wie ein Boxhieb mitten in den Bauch. Klar habe ich über ihn geschrieben! Und das sogar öfter. Hatte ihm versprochen, niemandem zu verraten, was er so alles gesagt hat, doch falls irgendwer meine Schreiberei fand, konnte er alles, was Klaas gesagt hatte, ganz gemütlich nachlesen ...

»Hab die Seiten aber gut versteckt«, versuchte ich ihn zu beruhigen.

»Gut versteckt?« Erregt begann er auf und ab zu wandern

in diesem kleinen Raum. Dabei kam er mir manchmal sehr nahe, sah mich aber nicht an. »Nichts, verstehst du, nichts kann man gut genug verstecken!« Endlich blieb er vor mir stehen. »Menschenskind, wie kann man nur so ahnungslos sein! Wird dein Tagebuch gefunden, komme ich nach Dachau oder in irgendein anderes Lager. Und du vielleicht auch.«

»Dachau? Wo ist denn das?« Mir wurde ganz kalt in der Brust.

»Eine Stadt in Bayern, und dort liegt es, das Lager, in dem mein Vater war.« Er fuhr sich durchs Haar, wie um besser nachdenken zu können. »Also wirklich, Rena«, sagte er dann, »ist dir denn nicht klar, dass du damit nicht nur mich und meine Mutter, sondern auch dich und deine ganze Familie gefährdest?«

Ja, er hatte recht! Wenn jemand wie der Kroog oder der Garstein oder auch nur die Griess lesen würde, was ich über Klaas geschrieben habe, was konnte dann alles passieren? Onkel Rudi und Tante Lene, die Geschichte von Klaas' Vater und die Häftlingskolonne in ihren gestreiften Hosen und Hemden, all diese müden, grauen Gestalten, wie sie an mir vorbeigewankt waren ... Fast hätte ich geweint. »Aber noch hat ja niemand was gefunden«, konnte ich nur stottern, »und wenn du willst, verbrenn ich das über dich. Das ... das steht ja auf ganz wenigen Seiten. Wirklich! Und alles andere ist ganz harmlos.«

Sagte es – und wusste schon, dass das nicht stimmte. Hab ja auch über Onkel Rudi und Tante Lene geschrieben. Und über Tante Mala, und auch sie hat manchmal etwas gesagt, was andere lieber nicht lesen sollten. »Nein«, verbesserte ich mich,

»ich verbrenne alles. Alles, alles, alles! Alle Hefte, alle Papierseiten. Du hast recht, ist bestimmt besser so.«

Dass ich mich ihm so bereitwillig fügte, verwunderte ihn. Nachdenklich sah er mich an. »Ist dir das Schreiben denn so wichtig?«

Ja, inzwischen ist es mir sehr, sehr wichtig. Zuerst, da *wollte* ich nur alles Mögliche loswerden, inzwischen *muss* ich loswerden, was mir so alles im Kopf herumgeht. Wenn ich etwas aufschreibe, dann versteh ich's ja viel besser. Denke ich nur daran, verwirrt sich mir bald alles. Doch natürlich, ich darf niemanden gefährden. Warum hatte ich das nicht bedacht? Weil ich mir die Gefahr, von der Klaas spricht, noch immer nicht so recht vorstellen kann?

Nur kurz zögerte ich, dann gab ich's zu. »Ist ja viel besser, alles aufzuschreiben, als immer nur Selbstgespräche führen«, sagte ich. »Aber trotzdem: Ich verbrenn das alles. Du kannst dich drauf verlassen. Ich stecke alles in den Herd, wenn ich mal wieder allein in der Küche bin.«

Erneut begann er auf und ab zu wandern. Dachte nach. Dann sagte er leise: »Ich finde ja gut, was du da machst. Ist nur eben wirklich sehr gefährlich. Doch vielleicht ... musst du's ja nicht unbedingt verbrennen. Der Krieg dauert bestimmt nicht mehr sehr lange. Du musst es nur besonders gut verstecken. Also nicht im Haus, sondern besser im Wald oder weit draußen im Feld. Stecke alles in eine Cellophantüte und binde sie fest zu, damit das Papier nicht feucht wird. Und dann vergrab das Päckchen an einem Platz, den du dir gut merken kannst.«

Wie war ich froh über sein Einlenken! Es hätte mir wehgetan, all das bisher Geschriebene so einfach verbrennen zu müssen. »Mach ich«, versprach ich sofort. »Gleich wenn ich zurück bin.«

»Besser, du wartest, bis es dunkel ist.«

Wieder blieb er vor mir stehen und sah mich so nachdenklich an. Bis er sich plötzlich einen Ruck gab. »Du hast gefragt, ob du mal lesen darfst, was mein Vater uns geschrieben hat ... Willst du das immer noch?«

Meinte er das ernst? Und das, obwohl ich ihm doch eben erst vorgeführt hatte, was für ein dummes Huhn ich bin? Ich war so überrascht von dieser Frage, dass ich nicht mal nicken konnte. Er musste mir meine Antwort von den Augen abgelesen haben.

»Gut!« Kurz entschlossen legte er sich der Länge nach vor seinen Schrank und nahm die untere Leiste ab. Links fand er einen am Holz befestigten Bindfaden, zog dran – und hielt schon bald darauf einen Briefumschlag in der Hand.

Ungläubig starrte ich ihn an. Was war denn das? Eben erst hatte er von mir verlangt, mein Tagebuch nicht auf dem Griess-Hof, sondern im Wald zu verstecken, und was tut er? Er bewahrt die Kassiber seines Vaters sogar im eigenen Zimmer auf.

Er ahnte, was ich dachte. »Aber das hier«, verteidigte er sich, »das ist doch was ganz anderes. Ist ja nur ein einziger dünner Briefumschlag, und ich lese so oft, was er geschrieben hat ... Würde ich, dem im Dorf doch sowieso schon keiner mehr traut, jedes Mal erst lange durch den Wald schleichen, würde das doch erst recht auffallen.«

Nicht ganz falsch, was er da gesagt hatte. Aber irgendwie auch nicht ganz richtig. Hing er denn so an den letzten Lebenszeichen seines Vaters, dass er sie immer bei sich haben musste?

Ich wagte nicht, ihn das zu fragen, er entnahm dem Umschlag ein paar ziemlich schmutzige Zettelchen und legte sie vor mir auf den Tisch.

Vorsichtig nahm ich das zuoberst liegende in die Hand und begann zu lesen. Was nicht einfach war, es war, wie alle anderen auch, sehr, sehr eng beschrieben.

Diese kleinen Papierschnipsel! Welchen Weg hatten sie genommen? Wer hatte sie alles in der Hand gehabt – und sie weitergeleitet, obwohl er sich damit doch sehr gefährdet hatte? Zweifelnd an dem, was ich tat, und dennoch voller Ehrfurcht entzifferte ich, was da geschrieben stand.

Nirgendwo eine Anrede, nur rechts oben jedes Mal ein Datum. Der erste Kassiber stammte vom *7.5.1941*.

Mir geht es gut, so beginnt er. Danach folgt eine Art Bericht: *Wir müssen marschieren. Immerzu. Alte und Junge, Gesunde und Kranke. Gottes Kinder aus allen Teilen Europas. Beamte, Kaufleute, Arbeiter, Professoren. Auch Pfarrer und Rabbis. Alle Menschen werden Brüder? Hier geschieht es. So bin ich nicht verlassen. Nicht von meinem Gott, nicht von seinen Kindern. Nur ihr fehlt mir sehr. Bete jeden Tag für euch. Doch bewahrt euch euren Mut. Am Ende siegt der Herr. Ich umarme euch.*

Hab nicht mehr jedes Wort im Kopf, so ähnlich aber stand es da. Ich sah Klaas an, er saß auf seinem Bett, lehnte sich ins Kissen und hielt die Augen geschlossen. Über ihm das Foto von seinem Vater. Ein Schauer lief mir über den Rücken.

Der nächste Kassiber: *Ein Jahr ist vergangen. Wie es euch wohl geht? Der Gedanke belastet mich sehr.* Danach erneut eine Schilderung: *Wir sind Tausende. Alle tragen wir Zebra-Kleidung. Darauf Winkel. Rot, rosa, grün, blau, schwarz. Je nach »Verbrechen«. Einige mit Judenstern. Jeder Winkel, jeder Stern ein schlimmes Unrecht. Doch wir verzagen nicht. Gott ist mit uns allen. Auch mit euch. Ich umarme, ich küsse euch vielmals.*

Zebra-Kleidung! Mich hatten diese Häftlingsjacken und -hosen an Schlafanzüge denken lassen.

Der dritte Kassiber: *Mein zweiter Winter. Über dem Appellplatz eisiger Wind. Immer mehr Tote. Wir bergen sie bei Eis und Schnee. Doch sorgt euch nicht um mich. Ich habe meinen Gott. Denkt an euch! Hätte euch so gern durch diese böse Zeit begleitet. Gott und meine Liebe müssen euch beschützen.*

Der letzte Kassiber, am 23.12.1943, einen Tag vor Heiligabend, geschrieben: *Hab endlich auch mal Glück gehabt. Womit habe ich das verdient? So viele andere, vielleicht Bessere, hat Gott zu sich gerufen. Das Krematorium qualmt unentwegt. Ich aber darf hoffen.*

Er war zur Büroarbeit eingeteilt worden, das bedeutete mehr Wärme und ein wenig bessere Verpflegung. Ich schloss die Augen. Am Ende: Hoffnung! Doch eine, die sich nicht erfüllte … »Nein«, sagte ich und las nicht weiter. Konnte es einfach nicht.

»Was – nein?!« Klaas schreckte auf. Beim Lesen hatte er mich nicht beobachten wollen, jetzt krauste er die Stirn. »Glaubst du etwa, mein Vater hat uns Lügengeschichten aufgetischt? Um mit uns in Kontakt zu bleiben, hat er sein Leben riskiert. Wenn auch nur ein einziger dieser Kassiber bei ihm, einem seiner Kameraden oder uns gefunden worden wäre …«

Er biss sich auf die Lippen, sprach nicht weiter.

»Aber wie kannst du denn so etwas denken?« Beinahe hätte ich laut losgeheult. »Ich ... ich schaff das nur nicht mehr. Ist ja alles viel zu furchtbar.«

»Entschuldige!« Er nahm die vier Kassiber, legte sie in den Umschlag zurück, band den Bindfaden drum und schob ihn unter den Schrank zurück. Die Leiste davor und nichts war mehr zu sehen. Doch wie er danach vor mir stand! Auf einmal gar nicht mehr so klug und stark wie sonst. Also wird er mit alldem genauso wenig fertig wie ich?

Am liebsten hätte ich ihn gestreichelt. Doch natürlich traute ich mich das nicht, fragte ihn nur, wie diese Kassiber denn aus dem Lager geschmuggelt worden waren. Da musste sein Vater ja viele sehr mutige Kameraden gehabt haben.

»Das haben wir nie erfahren. Sie lagen immer unter der Tür. Meistens frühmorgens.« Er setzte sich wieder aufs Bett. »Meine Mutter glaubt, dass es Leute aus einer Nachbarspfarrei waren. Sind ja so viele Pfarrer nach Dachau gekommen.«

Das Foto über dem Bett! Dieser so sanft blickende Mann, und was er erleben musste ... Und es sind SS-Leute, die diese Lager bewachen. Uns aber hatte ein SS-Mann gerettet, als wir so hilflos in Posen auf dem Bahnsteig standen.

»Was ist?« Klaas sah, dass mir etwas auf den Lippen brannte.

Unsicher, was er dazu sagen würde, erzählte ich von Posen und dem SS-Mann, der unser Retter wurde.

Klaas, böse: »Klar hat er euch geholfen! Einer braven arischen deutschen Mutter mit vier braven arischen deutschen Kindern muss doch geholfen werden.«

Wie höhnisch das klang! Tat mir richtig weh. Bin diesem

SS-Mann ja noch immer dankbar und kann mir gar nicht vorstellen, dass er in so einem Lager Dienst tun könnte. Oder etwa doch? Ist es ein so großer Unterschied, ob einer oder eine arisch, polnisch oder jüdisch ist?

Klaas sah mir diese Gedanken an, und auf einmal war eine so seltsame Stimmung zwischen uns, als würde eine unsichtbare Wand uns trennen.

Das wollte ich nicht, das war irgendwie falsch. »Du weißt über all diese Dinge so viel mehr als ich«, gab ich zu. »Woher denn eigentlich?«

Er: »Wer will, kann sich klug machen.«

Ich: »Na, dann mach mich doch klug. Oder denkst du, ich bin zu dumm zum Klugwerden?«

Nachdenklich sah er mich an und fest blickte ich zurück.

»Gut!«, sagte er dann wieder, stand auf, ging ans Fenster und zog die Vorhänge zu. Im Nu war das kleine Zimmer in ein geheimnisvolles Halbdunkel getaucht.

»Kommt jetzt ein Zaubertrick?« Um meine Beklemmung loszuwerden, spielte ich mal wieder die Heitere.

Er antwortete nichts, rückte nur sein Bett ein Stück zur Seite und hob ein loses Dielenbrett an. Darunter war ein schmaler hohler Raum, ein kleines Päckchen lag drin. Er nahm es heraus, legte das Brett zurück und schob das Bett drüber. Erst danach wickelte er das Päckchen aus.

Ein kleines Kästchen mit Kopfhörer wurde sichtbar. Ich wusste sofort, was das war: Ein Detektor, mit dem man Rundfunksendungen hören kann. Detlev aus meiner Klasse hatte Urschel und mir mal so einen Apparat vorgeführt. Aber die Kopfhörer! Sie sind strengstens verboten. Wer Kopfhörer besitzt, so heißt es, will nicht, dass andere mitbekommen, dass er Feindsender hört. Und wer solche Sender hört, kann der nicht sogar mit dem Tod bestraft werden?

Wie mein Herz zu klopfen begann! Worauf ließ ich mich denn jetzt schon wieder ein? Erst die Kassiber, jetzt ein Detektor mitsamt Kopfhörer?

»Du wolltest es wissen, jetzt weißt du's!« Klaas setzte sich den Kopfhörer auf, stellte das Gerät an und drehte daran herum, bis ein Brummton zu hören war. »Komm her!«, flüsterte er mir zu, als wäre es besser, jetzt nicht zu laut zu sprechen.

All meinen Mut zusammennehmend, setzte ich mich neben ihn und er hielt mir eine der beiden Hörmuscheln ans Ohr. Erst war mehrfach nur ein *»Bumm-bumm-bumm-bumm!«* zu hören, dann eine blechern klingende Männerstimme. Der Mann sprach Deutsch und zählte irgendwelche Niederlagen auf, die die deutsche Wehrmacht in den letzten beiden Tagen erlitten hatte.

»Radio London«, flüsterte Klaas mir zu. *»BBC.«*

Ich wurde ganz steif. Unsere Köpfe steckten so dicht zusammen, dass unsere Wangen sich berührten. Aber daran dachte ich in diesem Moment nicht.

Irgendwann begann die gleiche Sendung von vorn. Wieder dieses *»Bumm-bumm-bumm-bumm!«*, danach dieselbe Stimme: *»Hier ist England! Hier ist England!«*

»Bitte!« Jetzt hätte ich wirklich fast geweint. »Ich ... nein, ich will das nicht hören.«

Klaas gehorchte. Sorgfältig verstaute er alles wieder unter der Diele, schob das Bett drüber und zog die Vorhänge zurück. Helle Sonne durchflutete den Raum. Mir aber war, als hätte sich in diesen paar Minuten mein ganzes Leben verändert. Renate Haak, die Verräterin an allem, was ihr bisher heilig war! Diese unsichtbare Wand zwischen uns, es gab sie wirklich.

Klaas sah mich an – und zuckte die Achseln. »Ist vielleicht besser, du besuchst mich nicht mehr.«

Ich sollte gehen? Ja! Doch war er mir nicht böse oder misstraute mir, eher traurig blickte er mich an. Und ein wenig so, als hätte er Mitleid mit mir.

»Wenn du meinst ...«, flüsterte ich zuerst nur, aber dann gab ich zu, dass Momm mir die Besuche bei ihm ja auch längst verboten hatte. »Sie ... sie hat Angst.«

»Und trotzdem bist du gekommen?« Verwundert hob er die Augenbrauen – und dann schlug er vor, dass ich, falls wir uns doch noch mal treffen wollten, ja nicht zu ihm ins Pastorenhaus kommen müsse. In der alten Mühle gebe es keine Kassiber unterm Schrank und unterm Bett keinen Detektor. Auch wären wir dort ganz und gar unbeobachtet. Zwar spielten die Dorfkinder manchmal vor der alten Mühle, hinein aber kämen sie nie, seit ein Mädchen darin mal auf einen seltsamen Mann gestoßen war, der ihr Angst machte. Wenn ich wollte, würde er jeden Nachmittag ab fünf Uhr dort auf mich warten. »Hab ja sonst nicht viel zu tun. Kommst du – gut! Wenn du nicht kannst oder nicht willst, auch gut.«

Und was sagte ich da viel zu schnell? »Ich komme! Und wenn die Griess mich morgen nicht fortlässt, dann eben übermorgen.«

Hab nicht nachgedacht, bevor ich damit herausplatzte. Werde aber ganz bestimmt schon morgen hingehen. Egal was der Griess so alles einfällt.

Auf den Mehlkästen

Wieder so ein Klaas-Tag! Aber diesmal ein sehr schöner. Schon vom frühen Morgen an dachte ich an ihn. Er hat so viel Vertrauen zu mir. Was er gestern alles gesagt, mir gezeigt und vorgeführt hat! Und das, obwohl er doch viel misstrauischer sein müsste. Ist das nur, weil ich ihm gefalle? Dabei weiß ich, wenn ich ehrlich bin, immer noch nicht, was ich von alldem halten soll. Ständig sage ich mir auf, was in diesen Kassibern stand, und sehe ihn den Detektor aus dem Versteck holen. Und dann schnürt mir die Angst die Kehle zu.

Gestern, am Abend, bin ich mit einem großen Löffel in der Hand durch den Wald geschlichen, um das bisher Geschriebene zu vergraben. Unter einem Baum, den ich ganz bestimmt wiederfinden werde. Hatte ein komisches Gefühl bei diesem »Nachtmarsch«. Ich, Rena Haak, husche durch den Wald wie eine Diebin, die ihre Beute versteckt?

Klaas wollte mich wiedersehen. Und ich ihn ja auch. Unbedingt! Kann einfach nicht anders. Also bin ich wirklich gleich heute zur alten Mühle gelaufen.

War ein so schöner Tag. Die Wiesen grün, die Sträucher und Bäume voller Knospen. Dazu die Wildgänse. Ein riesengroßer, bereits von Weitem zu hörender Schwarm flog über mich hinweg. Wie die Vögel wohl den Krieg erleben, fragte ich mich. Fliegen sie im großen Bogen um die Schlachtfelder herum oder vertreibt sie der Geschützlärm? Oder bekommen sie vielleicht gar nicht mit, dass Krieg ist?

Viel zu früh kam ich vor der alten Mühle an. Klaas war trotzdem schon da. Und allerbester Laune. Die *BBC*-Nachrichten! Er hatte sie erst kurz zuvor eingeschaltet und erzählte mir gleich, dass die deutschen Verkehrswege inzwischen schon fast völlig unterbrochen sind. Zahllose Brücken seien gesprengt und viele Bahnhöfe zerstört worden und der Eisenbahnverkehr deshalb fast gänzlich zum Erliegen gekommen. Allein die Autobahnen seien verschont worden. Aber das nur, damit die Amerikaner und Engländer schneller vorankämen.

Ich musste ganz blass geworden sein. Will ja auch, dass der Krieg bald vorbei ist, ganz egal, wer ihn gewinnt. Vor allem anderen aber will ich, dass unser Pappka heil und gesund nach Hause kommt. Was, wenn es ihn jetzt, im Endkampf, noch trifft? Wenn der Feind so stark ist, dann werden doch ganz bestimmt noch viele deutsche Soldaten fallen. Ja, und was geschieht mit denen, die überleben? Werden sie nur gefangen genommen und kommen in ein Kriegsgefangenenlager oder ... Ach, lieber gar nicht daran denken!

Die Griess sagt immer wieder, wir sollen beten, dass die Amerikaner oder Engländer nach Kewenow kommen und nicht die Russen. Wo sie einmarschiert sind, hätten sie furchtbare Gräueltaten begangen. Dazu die Geschichten, die ich auf unserer Flucht zu hören bekommen hatte ... Und Pappka war doch die ganze Zeit über an der Ostfront, und vom Osten her kommen nun mal keine Amerikaner oder Engländer.

Nein, ich konnte kein so begeistertes Gesicht wie Klaas machen. »Sind das denn wirklich gute Nachrichten?«, fragte ich ihn leise.

Und da ahnte er mal wieder, was ich dachte. »Denkst du etwa, mir gefällt, dass bei uns alles zu Bruch geht? Aber wer ist denn schuld daran, dass es so gekommen ist? Wir könnten doch kapitulieren. Aber nein, wie es mit uns weitergeht und wie viele immer noch sterben müssen, interessiert den Führer und seine Generäle nicht. Und Gewalt ist nun mal leider nur mit Gewalt zu bekämpfen. Wie mein Vater es versucht hat, so geht es nicht.«

Onkel Rudi soll etwas ganz Ähnliches gesagt haben. Ja, und ist Klaas' Vater denn nicht das beste Beispiel dafür, dass es wirklich so ist? Und dass wir kapitulieren könnten, das hab ich ja selbst schon gedacht. – Ach, es ist alles so schwer zu verstehen! Wir Menschen, egal ob Russen, Amerikaner, Engländer, Deutsche, sind doch wirklich alle einander ziemlich gleich. Wenn's kalt ist, frieren wir, wenn wir nichts zu essen bekommen, hungern wir. Gäbe es die verschiedenen Uniformen nicht, würden die Soldaten dann überhaupt erkennen können, wer Feind ist und wer Freund?

In der alten Mühle ist es wirklich ziemlich gespenstisch. Kein Wunder, dass sich die kleineren Kinder nicht hineintrauen. Überall dicke, staubbedeckte Spinnengewebe. Die morschen Balken krümmen sich, als ob sie Buckel hätten. Im Lehm befinden sich so tiefe Risse, dass alle möglichen Käfer darin hausen.

Vorsichtig stiegen wir die steile Treppe hoch und setzten uns auf die über und über vollgestaubten und nur an wenigen

Stellen nicht mit Vogelkot bedeckten Mehlkästen. Ja, und da saßen wir dann und das Mahlwerk starrte uns an, als hätte es schon seit hundert Jahren keinen Menschen mehr gesehen. Mäuse huschten vorbei, durch die Ritzen drang kaum Licht.

Ein seltsames Gefühl überkam mich. Wir saßen da, als wüssten wir nicht, was wir hier wollten. Und wussten wir es denn? Wir hatten uns nur wiedersehen wollen. Und so sagten wir kein Wort, bis plötzlich ein Schwarzspecht durch das löchrige, schon lange vor sich hin faulende Holzschindeldach geflogen kam. Zweimal flog er ums Mahlwerk, dann krallte er sich an der Lehmwand fest, um mit seinem harten, langen Schnabel auf den bröckligen Lehm loszuhacken. Gelber Staub wirbelte auf, Sand rieselte herunter.

»Toll!«, flüsterte ich da, um endlich mal was zu sagen, und griff nach Klaas' Hand.

War einfach so über mich gekommen. Weshalb trafen wir uns denn hier, wenn wir nicht irgendwie zusammengehörten?

Er zog seine Hand nicht zurück. Hand in Hand saßen wir da und bestaunten diesen schönen Vogel mit dem roten Zeichen auf dem Kopf. Der Specht aber beachtete uns nicht. Erst als der Lehm ihm nicht mehr zu schmecken schien, flog er auf und ließ sich auf einem Querbalken nieder. Um Holzwürmer zu ernten?

Zeit verging – und Klaas zog seine Hand immer noch nicht zurück. Solange der Specht bei der Arbeit war, durften wir ja auch weiter so dasitzen, ihn beobachten und schweigen. Erst als ihm auch der Balken langweilig geworden war und er wieder ins Freie flog, musste einer von uns beiden endlich wieder den Mund aufmachen. Doch Klaas saß nur da, hielt meine Hand fest in der seinen und schwieg.

So war ich wieder dran, und weil mir nichts anderes einfiel, fragte ich ihn, warum denn eigentlich noch kein anderer Pastor nach Kewenow gekommen war und ob, wenn einer käme, seine Mutter und er dann aus dem Pastorenhaus ausziehen müssten.

Still schüttelte er den Kopf und dann sagte er, dass schon lange nicht mehr jedes Dorf seinen eigenen Pastor habe. »Die jüngeren sind an der Front und von den alten gibt's nicht mehr genug. Und die, die es noch gibt, betreuen gleich mehrere Dörfer. Deshalb dürfen wir vorläufig wohnen bleiben.«

Wie gleichgültig er das gesagt hatte! Als ob ihn das alles in Wirklichkeit schon lange nicht mehr interessiert. Dann aber, ganz plötzlich, sah er mich an und fragte: »Und ihr, hattet ihr, wo ihr herkommt, ein eigenes Haus?«

Ich, überrascht: »Wir *wohnten* in einem Haus. Gehört hat es uns nicht.«

»Und wem hat es gehört?«

Eine Frage, die mich noch mehr überraschte. Und verwirrte. Woher sollte ich denn das wissen? Hatte mich ja noch nie interessiert. Als wir in Eichenbrück ankamen – daran erinnere ich mich noch sehr genau –, stand das Haus leer. Natürlich, es ist kein Neubau, also mussten vor uns andere darin gewohnt haben. Doch hätte ich mir Gedanken darüber machen sollen, wer das war?

»Keine Ahnung!«, sagte ich schließlich nur.

»Vielleicht waren's Polen«, überlegte er. »Und die mussten raus, weil ihr gekommen seid.«

Wollte er mich verhören? Und das in dieser halbdunklen, so gespenstisch anmutenden Mühle? Ich zog meine Hand weg. Da war sie wieder, diese seltsame Spannung zwischen uns.

»Könnte ja sein«, sagte er und griff sich wieder meine Hand. Und als ich sie erneut fortziehen wollte, hielt er sie fest.

Ja, dachte ich da mit einem Mal, warum sollen denn keine Polen vor uns dort gewohnt haben? In vielen alten Häusern, in denen neu zugezogene Deutsche lebten oder gelebt hatten, mussten ja vorher Polen gewohnt haben. Und vielleicht hatten uns gerade deshalb manche polnischen Eichenbrücker oft so hasserfüllt angesehen. Nur Frau Piwonka und ihr Mani, die waren zuletzt freundlich zu uns gewesen. Und als wir fliehen mussten, hatten sie uns geholfen. Hätten sie das auch getan, wenn wir irgendwelchen Landsleuten das Haus weggenommen hätten?

Ich erzählte Klaas davon, doch wollte er nicht darauf eingehen. »Musst dich nicht verteidigen«, beruhigte er mich. »Was kannst du denn dafür, wie alles gewesen ist?« Und als ich diese Gedanken trotzdem nicht so einfach wegschieben konnte und nur noch stumm zu Boden sah, legte er mir plötzlich die Hand unters Kinn, um mir lange in die Augen zu schauen. Und dann küsste er mich plötzlich.

Nur ein Kinderkuss, ein ganz, ganz harmloser Kinderkuss! Trotzdem hab ich den Kopf vor Schreck so hastig zurückgezogen, als hätte er mich beißen wollen.

»Sag mir, wenn du das nicht willst«, bat er mich leise.

Aber ich *wollte* es ja! Wollte es wirklich. Und so küsste danach *ich* ihn. Und diesmal wurde es ein richtiger Kuss.

Und dann: Peng!

Eigentlich will ich mich nicht schon wieder über die Griess beschweren. Leider gab es neuen Ärger. Und wer, Jutsch, hat uns den eingebrockt? Du! Obwohl du natürlich gar nichts dafür kannst.

Hattest ein aus dem Nest gefallenes Vogelküken gefunden und bist damit zu mir in die Küche gekommen. In beiden Händen, ganz vorsichtig, hast du's gehalten und es war noch ganz nackt. Und wie es seinen langen dünnen Hals hin und her reckte! Ich war noch mit dem Frühstücksabwasch beschäftigt, du wolltest, dass ich den kleinen Vogel in sein Nest im Birnbaum zurücklege.

Ich versuchte dir zu erklären, dass wir das nicht dürfen. Du hast das Küken ja angefasst, die Vogelmutter würde ihr Junges nicht mehr annehmen. Doch wie hättest du das verstehen sollen? Eine Mutter, die ihr Junges nicht zurückwill? Hast geweint und mit dem Fuß aufgestampft, und da hab ich gesagt, dass der Mutter ganz bestimmt etwas passiert ist und sie ihr Kind nicht mehr füttern kann. Vor Hunger hätte das Küken nach ihr gerufen und sich dabei zu weit vorgewagt und sei aus dem Nest gefallen. »Legen wir es zurück, muss es verhungern. Ist besser, du fütterst es.«

Das hat dir gefallen. Hast gestrahlt und genickt und ich habe einen trockenen Waschlappen zu einem kleinen Nest zusammengefaltet und das Küken hineingelegt. Und kaum hast du mit spitzen Fingern einen Brotkrümel an den weit aufgerissenen Schnabel gehalten, war der schon weg.

Vor lauter Begeisterung hast du in die Hände geklatscht – und in diesem Augenblick kam die Griess in die Küche.

»Was habt ihr denn da?« Misstrauisch zog sie ihre dicken, dunklen Augenbrauen hoch.

Erst wollte ich schnippisch reagieren – war ja deutlich zu sehen, was wir »da hatten« –, aber dann sagte ich nur: »Jutsch hat ein aus dem Nest gefallenes Vogelküken gefunden. Wir wollen sehen, ob wir es retten können.« Und weil ich ein bisschen »nett« sein wollte, fragte ich, ob sie wisse, was für eine Vogelart im Birnbaum nistet. »Hab von so was leider gar keine Ahnung.«

Die Griess: »Ihr Stadtkinder habt von nichts eine Ahnung. Wirf den Flatterich auf den Kompost. Der kommt sowieso nicht durch, und wir haben anderes zu tun, als uns um solchen Firlefanz zu kümmern.«

Hab sie reden lassen und mir gedacht, dass wir das Küken ja irgendwo verstecken könnten. Du aber, Jutsch, hast verstanden, was die Griess gesagt hat. Und bist böse geworden. Wolltest ihr sogar in den Bauch boxen. Hab noch versucht, dich festzuhalten, da hatte die Griess dich schon weggeschubst. Nach der Sache mit den Eiern nun schon das zweite Mal. Du bist hingefallen und hast geweint.

Ich stand wie erstarrt. Und dann brach es aus mir heraus: »Warum tun Sie so was? Warum sind Sie immer so kalt und hart? Andere haben auch Söhne oder Väter im Krieg verloren oder wissen nicht, ob sie noch leben, aber an so kleinen Kindern vergreifen sie sich nicht.«

Einen Moment lang sah es aus, als wollte die Griess mich schlagen, so finster sah sie mich an. Doch dann schüttelte sie nur stumm den Kopf und ging.

Gleich haben wir das Küken in die Scheune gebracht, im Garten nach Würmern gegraben und in den Ställen ein paar erste Fliegen gefangen und unsere gesamte Jagdbeute in ein Schraubglas getan, um sie an das Küken zu verfüttern. Die Griess beobachtete uns dabei. Hinter dem Wohnzimmerfenster stand sie, mit einem Gesicht wie sieben Tage Regenwetter. Gesagt aber hat sie nichts mehr.

Mit der Pinzette aus Momms Waschbeutel hast du das Vogelküken gefüttert. Brav hat es den Schnabel aufgerissen. Vor Freude haben wir gelacht und uns als heimliche Sieger über die Griess gefühlt. Und so hat dieser Tag eigentlich ganz gut angefangen, leider ging er nicht so weiter.

Wir waren noch mit unserem Küken beschäftigt, da hörten wir Jockel und Kutti nach Momm rufen. Und das dermaßen aufgeregt, dass nichts Gutes passiert sein konnte. Und so war es dann auch: Kaum waren wir aus der Scheune, sahen wir sie schon, die zwei feindlichen Bomber im Anflug auf Kewenow.

Mein erster Gedanke: Hatten die beiden Piloten sich verflogen? Die wollten doch wohl nicht ein so klitzekleines Dorf wie Kewenow angreifen. Sonst waren die feindlichen Verbände – egal ob Amerikaner oder Briten – immer nur in Richtung Hannover über uns hinweggeflogen.

Momm arbeitete auf einem Feld weit draußen. Sie hatte, wie ich später erfuhr, die Bomber auch gesehen, konnte aber nicht so schnell bei uns sein. Doch wir, wo sollten wir denn nun hin? In Frau Griess' Haus gibt es keinen Keller.

Da, die erste Bombe! Kurz darauf aus dem anderen Flugzeug die zweite. Zwei mächtige Detonationen – und Rauchsäulen stiegen auf.

Wir pressten uns an die Hauswand, du, Jutsch, auf meinem Arm. Beide Bomber flogen einen Kreis, um sich wieder von Kewenow zu entfernen, als plötzlich – es war wie in einem der Kriegsfilme, die in Eichenbrück im Kino gezeigt worden waren – eine der Maschinen zu trudeln begann. Es war nicht auf sie geschossen worden – wer hätte das denn tun sollen, und vor allem: womit? –, sie musste ganz einfach irgendeinen Defekt haben.

Wir sahen, wie der Jagdbomber hinterm Dorf auf ein Feld stürzte, und gleich darauf entdeckten wir den Piloten, wie er an seinem Fallschirm hängend auf den Wald herabschwebte.

»Die kommen aus Hamburg«, stellte Jockel ganz sachlich fest. »Die wollten nur ihre Bomben nicht wieder mit zurücknehmen. Sonst hätten sie ein solches Kaff garantiert nicht bombardiert.«

So muss es gewesen sein. In diesem Augenblick aber war mir das egal, ich hatte nur Augen für den Piloten, sah, wie er im Wald niedersank. Kutti, lange sprachlos, ballte beide Fäuste, drohte in diese Richtung. »Wart's nur ab, du Hund! Dich kriegen wir!« Dabei hätte er vor Angst am liebsten geweint.

Ja, dachte auch ich, dieser Pilot hatte keine Chance. Wo sollte er sich denn verstecken? Der Kewenower Wald ist nicht gerade groß und vielleicht hatte sich dieser Engländer oder Amerikaner beim Aufprall ja verletzt. Doch dann wurde ich abgelenkt. Durch dich, Jutsch. Hast auf einmal ganz aufgeregt zu zittern begonnen, obwohl du das Ganze doch sicher noch gar nicht so recht verstanden hast. Nur: Wie sollte ich dir denn erklären, was wir gerade beobachtet hatten? Hab dich gestreichelt und immer wieder geküsst und gesagt, dass ja gar nichts Schlimmes passiert ist und wir unser Vogelküken nicht vergessen dürfen.

Dumm von mir, sehr dumm, aber was hätte ich denn sonst sagen sollen? Und so redete ich weiter auf dich ein, um dich zu beruhigen, und bekam zu spät mit, wie Jockel und Kutti plötzlich fortliefen – dorthin, wo sie die abgestürzte Maschine vermuteten.

»Kommt zurück«, schrie ich ihnen nach, »kommt sofort zurück!«, aber da waren sie schon hundert Meter weit weg und ich durfte dich doch nicht allein lassen.

Die Griess kam angelaufen. Sie hatte auch auf dem Feld gearbeitet, nur nicht ganz so weit draußen wie Momm. »Diese Verbrecher«, kreischte sie, vor Schreck ganz bleich im Gesicht. »Diese Mörder! An den Galgen gehören sie, allesamt an den Galgen.«

Gleich darauf war auch Momm da. »Jockel und Kutti«, rief sie. »Wo sind sie?« Sie hatte alles beobachtet – und jetzt stand ich mit dir und der Griess allein vorm Haus.

»Abgehauen!«, sagte ich nur. »Und ich weiß auch, wohin.« Und damit drückte ich dich Momm in die Arme und rannte los, um die beiden zurückzuholen.

Die erste Bombe hatte Lessels Haus und Kuhstall getroffen, die zweite die Kirche. Das Pastorenhaus, das sah ich bald, war heil geblieben.

Auf dem Lessel-Hof stand Frau Lessel, auch vom Feld zurück, und wollte, was sie sah, nicht glauben. Das ganze Haus eingestürzt, als wäre es nur aus Holz oder Pappe zusammengenagelt gewesen. Frau Lessels Mann ist als vermisst gemeldet worden, mit ihrer alten Mutter bewirtschaftet sie Hof und Felder. »Aber wieso denn gerade unser Haus?«, rief sie immer wieder. »Warum unser Stall?«

Ihre Mutter, eine schon sehr alte, kleine Frau, die ich noch nie ohne Kopftuch gesehen habe und von der Kutti sagt, dass sie wie eine Kräuterhexe aussieht, war zum Glück ebenfalls nicht im Haus. Lessels beide Kühe lagen unter den Stalltrümmern begraben.

Auch die Kirche ist nur noch eine Ruine. Klaas' Mutter und eine Nachbarsfrau standen davor und flüsterten aufgeregt miteinander. Weil Klaas nirgends zu sehen war, lief ich gleich weiter, hin zu dem abgestürzten Bomber. Und dort fand ich Jockel und Kutti. Doch waren sie nicht allein, das halbe Dorf umkreiste das qualmende, mit abgebrochenen Flügeln auf dem noch unbestellten Feld liegende Flugzeugwrack

Auch Otto Kroog und der Bürgermeister waren da. In seiner wie immer steif gebügelten SA-Uniform, die Daumen im Koppel verhakt, lauschte der Garstein dem Kroog, der mit in der Luft herumfuchtelnden Armen auf ihn einredete.

Nur kurz starrte ich das stählerne Flugungetüm an – die englischen Hoheitszeichen waren deutlich zu erkennen –, dann wollte ich Jockel und Kutti mit mir fortziehen. Sie rissen sich aber gleich wieder los.

»Der Pilot?« Kutti war so aufgeregt, dass er stotterte. »Wo ... wo ist der denn nun? Den ... den müssen wir doch fangen.«

»Keine Bange!«, tröstete ihn Udo, der auch dabei war. »Unser Wald ist ja nicht groß, da kann sich keiner lange verstecken. Den haben wir bald.«

»Ja!« Jockels Zeigefinger wurde zum Pistolenlauf. »Und dann: Peng!«

»Nein!«, widersprach ich erschrocken. »Gefangene werden doch nicht erschossen! Sie kommen in ein Lager.« – Pappka! Was, wenn auch er gefangen genommen wurde? Oder schon war?

»Und wenn dieser Tommy sich wehrt?« Udo war ganz auf Jockels Seite. »Ist doch besser, wir erschießen ihn, bevor er einen von den Unseren erschießt.«

Darauf wusste ich so schnell nichts zu erwidern. Auch waren der Kroog und der Garstein jetzt sehr laut geworden. Sie stritten miteinander und auch ihnen ging's um den englischen Piloten. Der Garstein deutete immerzu in Richtung Wald – solche Terrorpiloten dürften doch dem gerechten Volkszorn nicht entkommen, sagte er.

Der Kroog sah das anders. »Und wer soll suchen?«, fragte er den Garstein. »Etwa du und ich? Oder willst du Frauen und Kinder losschicken? Menschenskind, Hinnerk, so ein Bomberpilot ist doch bestens bewaffnet und hat den Überlebenskampf trainiert ... Hast ja recht, ist schlimm, dass wir den Kerl vielleicht entkommen lassen müssen, aber mehr als die Meldung weitergeben, dass der sich hier irgendwo herumdrückt, können wir nicht. Und das, genau das werde ich jetzt tun. Sonst bekommen wir noch Ärger.«

Eilig stiefelte der Kroog davon und der Garstein konnte ihm nur noch stirnrunzelnd nachschauen. Bis er wütend alle die anblaffte, die noch immer den Bomber umstanden: »Was soll das denn hier werden? Etwa ’ne Gedenkveranstaltung? Habt ihr nichts Besseres zu tun? Ab! Marsch! Dieses Feld ist ab sofort militärisches Gelände.«

Einige gingen sofort, andere nur zögernd. Die meisten Kinder traten nur einen Schritt zurück.

Der Garstein schob sie weg. »Husch, husch! Verschwindet! Und lasst euch nicht einfallen, später wiederzukommen. Hab ein Auge drauf. Gehört jetzt alles der Wehrmacht. Jeder Diebstahl, und wenn’s nur eine einzige Schraube ist, wird strengstens bestraft.«

Da waren auch Jockel und Kutti endlich bereit, den Heimweg anzutreten, und Udo schloss sich uns an. Lange sagte keiner ein Wort. Bis Kutti mir plötzlich zuflüsterte, dass er, wenn er mal zu den Soldaten müsste, auf gar keinen Fall Pilot werden wollte. »In etwas, das abstürzen kann, steig ich nicht ein.«

Jockel und Udo hatten es gehört, widersprachen aber nicht. Und ich? Ich wollte nur mit Klaas über all das reden.

Und so lief ich, kaum hatte ich Jockel und Kutti bei Momm abgeliefert, noch mal zum Pastorenhaus. Und diesmal war Klaas da. In der von der Mittagssonne in helles Licht getauchten Kirchenruine durchwühlten seine Mutter und er den Schutt, versuchten zu retten, was noch zu retten war. Nicht anders, als die Ausgebombten in Berlin es getan hatten. Als Klaas mich sah, kam er auf mich zugehinkt.

Wäre ihm so gern um den Hals gefallen. Doch war ja seine Mutter dabei. Also fragte ich ihn nur, wo er denn so lange gesteckt hatte. »Hab dich überall gesucht.«

Was gar nicht stimmte. Doch war ich so froh, endlich mit ihm reden zu können, dass ich einfach losplapperte. Wartete auch gar nicht erst die Antwort ab, fragte gleich weiter, warum die Engländer, deren Radiosender er doch so gern hörte, denn jetzt sogar solch harmlos kleine Dörfer wie Kewenow bombardierten.

Er sagte, was auch Jockel gesagt hatte, dass die beiden englischen Piloten wohl nur irgendwelche Restbomben loswerden wollten.

Ich: »Aber wozu denn Kirchen zerstören? Sind die Engländer denn keine Christen mehr?«

»Kuhstall! Kirche!« Er war mit seinen Gedanken ganz woanders. »Ja, beides nicht schön, aber immer noch besser als vierstöckige Wohnhäuser, oder?« Und rasch zog er mich von der Ruine fort, damit seine Mutter nicht mitbekam, was wir redeten. Kaum waren wir weit genug weg, wollte er wissen, ob ich irgendwas über den Piloten gehört hätte, der aus der abgestürzten Maschine gesprungen war.

Ich erzählte ihm, dass alle glaubten, er hielte sich im Wald versteckt, und dass der Kroog und der Garstein sich gestritten hätten, als es um die Suche nach diesem Tommy ging. »Der Garstein wollte gleich los, der Kroog überhaupt nicht.«

Klaas musste sich so etwas Ähnliches schon gedacht haben. »Klar«, sagte er, »der hört ja inzwischen sicher auch längst *BBC*, unser braver Ortsbauernführer.«

Schweigend sah ich ihn an. Da würde, da *musste* noch etwas kommen, ich spürte das. Und da sagte er auch schon: »In den nächsten zwei, drei Tagen sind sie hier.«

Ich wusste, wen er meinte. Trotzdem fragte ich: »Wer?«

»Na, die Engländer.«

»Hast du das aus dem Radio?« Dumme Frage! Woher sonst sollte er das haben?

Geheimnisvoll grinsend schüttelte er den Kopf.

Ich: »Und woher weißt du's dann?«

»Dreimal darfst du raten.«

Verdutzt sah ich ihn an – und schon überflutete es mich heiß: Dieser Pilot musste es ihm gesagt haben! Klaas musste ihn gefunden und mit ihm geredet haben. *Deshalb* war er nach dem Bombenangriff nirgendwo zu sehen gewesen.

»Du hast beobachtet, wo der Fallschirm niederging?«, konnte ich nur flüstern.

Er blickte in die Runde, um zu überprüfen, ob wir auch wirklich von niemandem gehört werden konnten, dann flüsterte er zurück, dass er sofort danach einen Anzug seines Vaters aus dem Schrank geholt und sein Fahrrad bestiegen habe. »Nicht lange, und ich hab ihn durch den Wald laufen sehen. Und er hat mich auch gesehen und seine Pistole gezogen. ›*I'm your friend*‹ hab ich da nur gerufen, ihm den Anzug gezeigt und mein bisschen Englisch zusammengekratzt und ihm erklärt, dass er unmöglich im Wald bleiben kann. Weil er dort ja zuallererst gesucht werden würde. Er hat's eingesehen und den Anzug angezogen, und ich hab ihm das Rad gegeben und gezeigt, in welche Richtung er radeln musste, um bei viel Glück auf seine Leute zu stoßen. Ruck, zuck war er weg.«

Er lachte, und schockstarr stand ich da. Wenn das herauskam, dann war er so gut wie tot.

Er: »Was kuckst du denn so? Die Engländer kommen, um

uns von den großen und kleinen Hitlers zu befreien. Hätte ich ihn etwa den Garsteins und Kroogs überlassen sollen? Im Ruhrgebiet, das kam sogar in unseren Nachrichten, wurde ein englischer Pilot totgeprügelt. Ihn nur gefangen zu nehmen war den guten Leuten dort zu wenig. Ein ›heiliger Volkszorn‹ habe sich Bahn gebrochen, wurde gesagt … Überall im Land ist das so: Piloten werden nicht nur gefangen genommen, sie werden an Ort und Stelle exekutiert.«

Jockels *Und dann: Peng!* Trotzdem: Klaas hatte einen Feind gerettet, einen, der vielleicht schon morgen neue Bomben abwarf oder mit seiner Bordkanone auf uns schoss …

Er blickte mir ins Gesicht – und wurde ärgerlich. »Muss ich mich dafür entschuldigen? Hab ich ein Verbrechen begangen? Ja, ich weiß, auch die Engländer sind keine Engel, für die ist der Krieg auch nur Krieg. Aber denk doch mal an die, die immer noch in den Lagern sind. Da sterben jeden Tag so viele, und je eher der ganze Scheiß vorüber ist, desto größer die Chance für alle anderen, vielleicht doch noch zu überleben.«

Was ist richtig, was falsch? Dieser Engländer hatte eine Bombe auf uns abgeworfen, und vielleicht hatte er auch mitgeholfen, Dresden, Hamburg oder Berlin zu bombardieren. Wie viele Menschen waren ihm zum Opfer gefallen? Keine Frage, er *ist* ein Feind – und doch wollte Klaas nicht, dass er gefunden, erschossen oder totgeprügelt wurde. Und ich will das ja eigentlich auch nicht. Aber hinradeln, um ihn zu retten? Das war etwas ganz anderes. Auf eine solche Idee wäre ich nie gekommen. Schon wegen Pappka. Seine Tochter rettet einen Feind, der vielleicht schon morgen auf ihn schießt?

Doch wäre Klaas nicht hingefahren, um diesem Piloten

zur Flucht zu verhelfen, dann wäre der Tommy jetzt vielleicht schon nicht mehr am Leben. *Und dann: Peng!* Wer das eine nicht will und das andere auch nicht, der steckt in einer Zwickmühle.

»Ich muss zurück«, sagte ich nur noch zu Klaas, »die Griess wartet.« Konnte ihn einfach nicht länger ansehen. Jetzt aber sehe ich alles vor mir, sehe ihn zum Wald radeln und mit dem englischen Piloten reden. Sehe, wie der Engländer, der noch ganz jung gewesen sein soll, den Anzug von Klaas' Vater anzieht, sich bei Klaas bedankt und davonradelt …

Ob dieser Tommy aber auch daran dachte, dass Klaas, indem er ihm half, sein eigenes Leben riskierte? Und immer noch riskiert? Was, wenn der Garstein oder der Kroog herausfinden, wie dieser Pilot davonkam und wer es war, der ihm zu Hilfe eilte? Oder wenn Klaas beobachtet worden ist? Da radelt einer in den Wald und kommt zu Fuß zurück?

Die Uniform dieses Engländers hat Klaas in ein Gebüsch geworfen, nicht weit von dem in einem Baum hängenden Fallschirm. Dort haben der Garstein und seine Helfer inzwischen beides gefunden, Klaas hatte ja nichts zum Vergraben dabei. Aber das hätte ja auch viel zu lange gedauert, und er hätte dabei gesehen werden können. Doch weiß inzwischen ganz Kewenow, dass diesem Piloten irgendwer geholfen haben muss. Und wer hätte das schon gewesen sein sollen, wenn nicht ein Kewenower? Ja, und wen würde es wundern, wenn der Verdacht auf Klaas fällt?

Ach, Klaas weiß so viel und er ist so klug, aber manchmal setzt bei ihm irgendwas aus. Hat er denn gar nicht an seine Mutter gedacht? Oder an mich?

Wissen, wann's vorbei ist

Zwei Abende – und keine einzige Zeile geschrieben! Kam einfach nicht dazu. Hab auch kaum geschlafen. Soll denn jetzt wirklich alles vorbei sein? Der ganze Krieg, all das Bomben und Aufeinanderschießen?

Hier im Norden ist es so. In Berlin wird noch gekämpft. Führerbefehl: Bis zum letzten Blutstropfen, bis zum letzten Atemzug sollen unsere Soldaten uns verteidigen, so hieß es in den Nachrichten.

Doch ich will von vorn beginnen: Vor zwei Tagen war es, früh am Morgen, da ließ der Garstein das ganze Dorf zusammentrommeln. Die Engländer seien im Anmarsch, verkündete er, die Straße, die durchs Dorf führt, müsse gesperrt und verteidigt werden. Und das im Norden *und* im Süden, damit der Feind von keiner Seite her einmarschieren kann. Alle hätten daran mitzuwirken, auch die größeren Kinder.

Ich wollt's nicht glauben: Wir sieben Kewenower Zwerge sollten die englische Armee aufhalten? Die würde uns doch einfach überrennen. Ja, und wenn wir uns ihnen entgegenstellten, wie viele Tote und Verletzte würde es dann geben?

Doch niemand protestierte, und so mussten Momm, Jockel, die Griess und ich mithelfen, den nördlichen Schützengraben auszuschaufeln. Hier, so vermutete der Garstein, würden die

Engländer zuerst den Angriff wagen. Allein Kutti durfte auf dem Hof bleiben. Um auf dich aufzupassen, Jutsch.

Er war nicht traurig darüber, will ja schon längst kein Kriegsheld mehr sein. Hatte nur große Angst um uns. Und auch du hast irgendwas geahnt, obwohl du ja gar nicht wusstest, wo wir hinwollten und was wir vorhatten. Hast Momm, Jockel und mich lange nicht gehen lassen wollen, hast geweint und gestrampelt und deine geliebte Elke auf den Fußboden geschmissen. Kutti musste dich fest an sich drücken, damit du uns nicht nachgelaufen kamst.

Auch Klaas war zu unserem Schützengraben befohlen worden. Breit grinste er mir entgegen, als wir dort ankamen. Der Garstein und all die anderen, die dazu vergattert worden waren, den Wald abzusuchen, hätten keine Spur von dem Piloten finden können, sagte er. Allein seine Uniform und den Fallschirm hätten sie »verhaftet«.

Er weiß, dass von allen Leuten im Dorf nur er verdächtigt wird, diesem Piloten geholfen zu haben. Der Garstein hatte ja überall herumtrompetet, nur ihm, dem »versponnenen Pastorensohn«, sei eine solch »feige Tat« zuzutrauen. Als ob, was Klaas getan hat, etwas mit Feigheit zu tun hat. Dazu gehört doch Mut. Sogar sehr viel Mut. Ganz egal, ob mir diese »Rettungsaktion« gefällt oder nicht, »feige« war sie nicht.

Zum Glück kann der Garstein Klaas nichts beweisen, also durfte auch Klaas die Schaufel schwingen. Das aber nicht, ohne immer wieder über den »Feldherrn Garstein« und seinen Kewenower Volkssturm* zu spotten. »Ersatz-Napoleon«, nannte er ihn, und »Wenn die Maus General wird, lacht die Katze sich tot«, stichelte er.

War ja auch nicht ganz falsch, unser Herr Bürgermeister gebärdete sich tatsächlich wie ein oberster Heerführer. Die SA-Kappe auf dem Kopf – vom Sturmriemen unterm Kinn so stramm festgehalten, dass sie keinen einzigen Millimeter verrutschen konnte –, fuhr er mit seinem alten klapprigen Fahrrad von einer »Verteidigungslinie« zur anderen. Aufmunternd klopfte er den alten Männern, die ja fast alle schon »Kriegserfahrung« hatten, auf die Schultern. »Ja, ja, so was verlernt unsereiner nicht«, lobte er sie. »Alles Hand und Fuß, was ihr macht, Jungs. Nur weiter so.«

Hab eine ähnliche Szene mal im Kino gesehen. In der *Wochenschau*. Nur war es da der Führer persönlich, der verwundeten Fronturlaubern auf die Schultern klopfte und Orden verlieh.

Der Kroog war seltsam ruhig. Dabei hätte doch gerade er, der Ortsbauernführer, uns zum Kampf gegen den Feind aufrufen müssen.

Wieder was für Klaas. »Siehste!«, feixte er. »Bei Durchfall zieht der kluge Mann besser *zwei* Unterhosen an. Zum Wechseln.«

Die Arbeit war schwer. Bald schwitzten alle, weil die Erde unter den Pflastersteinen so feucht und fest gestampft war, dass sie vor dem Herausschaufeln erst mit der Spitzhacke oder dem Spaten gelockert werden musste. Auch schien uns unentwegt die Sonne ins Gesicht. Klaas half mir öfter, und da fiel mir auf, dass seine Mutter ja gar nicht bei uns war.

Er: »Sie ist zu Hause. Hab sie eingesperrt.« Und wieder dieses Grinsen.

War aber kein Scherz. Er hatte seine Mutter wirklich eingesperrt, wollte sie nicht in Gefahr bringen und ihr ein »Alibi« verschaffen, falls dem Garstein auffiel, dass sie fehlte.

Alle Schlüssel, so verriet er mir, hätte er mitgenommen. Und aus dem Fenster klettern? »Von einer Frau ›mit steifer Hüfte‹ kann so was doch niemand verlangen.«

Aus dem Grinsen wurde ein Lachen und ich konnte nur den Kopf schütteln. Er war mir viel zu gut gelaunt für einen solchen Tag. Doch was er vorhatte, wie hätte ich das ahnen können?

Jockel, Momm und die Griess gehörten zu denen, die die Steine aus dem Pflaster reißen und vor den Graben werfen mussten. Ein Schutzwall sollte entstehen, der aber nicht zu hoch werden durfte. Die Verteidiger im Graben mussten ja noch was sehen können.

Und der Garstein drängte zur Eile. Beim endlosen Hin-und-her-Radeln zwischen den beiden Arbeitskommandos geriet er bald so sehr ins Keuchen, dass er öfter aus dem Tritt kam. Otto Kroogs Motorrad aber kam für diese »Verbindungsfahrten« nicht infrage, wie er gleich zu Anfang verkündet hatte. Das Geknatter könnte die Engländer auf unsere »Aktivitäten« aufmerksam machen. Also strampelte er immer weiter hin und her.

Quer über die Straße sollte unser Schützengraben verlaufen, anderthalb Meter tief sollte er werden. Von der Oberkante des Steinwalls aus gemessen. So zog die Arbeit sich hin und viele fluchten. Irgendwann jedoch waren wir fertig. Die kleineren Jungen und Mädchen wurden nach Hause geschickt, und Otto Kroog zeigte uns, wie wir mit den verschiedenen Waffen umzugehen hatten.

Ich bekam eine Panzerfaust in die Arme gedrückt, sollte das Klappvisier aufstellen und zielen. »Achtung!«, mahnte er mich. »Wir haben von den Dingern nicht so viele. Nur einsetzen, wenn der Erfolg sicher ist, nicht wahr?«

Ich nickte, wusste aber schon, dass ich die Panzerfaust garantiert nicht abfeuern würde. Hätte das gefährliche Ding am liebsten fortgeworfen.

Jockel, Udo und noch ein paar andere größere Jungen, die auch Panzerfäuste oder Handgranaten überreicht bekommen hatten, kannten sich mit ihren Waffen besser aus. Im Jungvolk war ihnen der Umgang damit beigebracht worden. Ihre Gesichter glühten vor Eifer, sie wollten unbedingt alles richtig machen. Momm sah das nicht gern. Am liebsten hätte sie Jockel und mir unsere Waffen gleich wieder fortgenommen. Nur wagte sie das natürlich nicht.

Kaum waren alle Waffen verteilt – nicht jeder hatte eine bekommen, so viele hatten der Kroog und der Garstein nicht auftreiben können –, schwor der Garstein uns ein. Von dieser Minute an seien wir – also alle Kewenower Volksgenossen und Volksgenossinnen – auf den Führer vereidigt, sagte er, und damit »stolzer Teil der heldenmütig Führer, Volk und Vaterland verteidigenden Wehrgemeinschaft«. Wir sollten uns immer bewusst sein, es gehe um nicht weniger als Deutschlands Überleben. Er jedenfalls gelobe – und das sollten wir alle tun –, lieber sterben zu wollen, als künftig unter der Knute fremder Völker leben zu müssen.

Es ging noch lange so weiter, zum Schluss sagte er, wir stünden nun unter seinem Befehl, und jede Befehlsverweigerung – das dürfte allgemein bekannt sein – würde mit dem Tod bestraft. Er sei sich aber sicher, dass wir, das große deutsche Volk, am Ende siegen würden.

Keiner widersprach. Ich sah zum Kroog hin. Mit unbewegtem Gesicht hatte er der Rede zugehört, die doch eigentlich er, der Ortsbauernführer, hätte halten müssen. Neben ihm – Udos Vater. Auch der Bäckermeister hatte ein Gewehr in die Hand gedrückt bekommen – eine alte Jagdflinte –, und das, obwohl doch alle wissen, dass er kaum noch was sehen kann.

Und Klaas? Er grinste immer noch. Das war mir jetzt endgültig zu viel, ich zeigte ihm einen Vogel. Was hier passierte, war doch wirklich nichts, worüber wir uns lustig machen durften.

»Nur die Ruhe!«, flüsterte er mir zu. »Nichts wird so heiß gegessen, wie's gekocht wird. Selbst wenn die Tommys mit Panzern kommen, dann ballern sie doch nicht gleich los. Bestimmt wollen sie erst mal nur die Lage klären.« Und mit Blick auf meine Panzerfaust: »Darf nur keiner die Nerven verlieren und zuerst feuern.«

Er hatte keine Waffe bekommen. Weil der Garstein und der Kroog ihm nicht trauten? Egal, ich jedenfalls würde ganz bestimmt auf niemanden feuern, weder zuerst noch zuletzt. Bloß war ich ja nicht allein, und ob alle anderen genauso dachten?

Konnte gestern Abend nicht weiterschreiben. Musste zu viel nachdenken. Über Klaas und was er getan hat. Über den Kroog. Und auch über Momm und mich.

Während wir auf die Engländer warteten, stand Momm neben Frau Hielscher. Auch die zierliche Bäckersfrau hatte ein altes Gewehr in die Arme gedrückt bekommen. Sie starrte es an, als hielte sie eine giftige Schlange in den Händen.

Ich mag Udos Mutter. Immer ist sie freundlich, der Kittel, in dem sie die Leute bedient, strahlt auch am späten Nachmittag noch blütenweiß. Doch wie sie jetzt dastand, so klein, ängstlich und verhuscht in ihrem dunklen Mantel und mit dem altmodischen, unter dem Kinn festgebundenen Hut auf dem Kopf? Wie eine komische alte Tante sah sie aus. Am liebsten hätte sie geweint. Der Pferdebauer Jespersen sah das. Kurz entschlossen nahm er ihr die Flinte ab. »Dat is nix für so 'n lütte Deern wie dich«, sagte er.

Der Kroog hatte es bemerkt – und sah weg. Blickte in irgendeine weite Ferne hinein, als ginge ihn, was hier geschah, in Wahrheit schon längst nichts mehr an.

Der alte Jespersen ist eigentlich gar kein richtiger Pferdebauer mehr. Ihm gehören ja nur noch zwei steinalte Mähren, die bei ihm ihr Gnadenbrot verzehren. Doch wird dieser riesige Mann noch immer so genannt. Hab noch nie einen Mann gesehen, der so groß ist und so breite Schultern hat. Auch der dichte Seehundschnäuzer und die klumpige, großporige Nase – gäbe es in dem Bilderbuch *Bei Onkel Hans auf dem Land* einen gemütlichen, pfeiferauchenden Pferdebauern, er müsste aussehen wie der Jespersen.

Sein bester Freund – Fiete Olden – ist im Gegensatz dazu ein eher kleiner Mann. Nur sein struppiges weißes Haar und die dunklen Knopfaugen fallen auf. Die beiden alten Männer stecken oft zusammen, trinken im *Kirchspielkrug* ihre »Bierchen« und »Körnchen« und »kloppen« Offiziersskat. Jetzt, nachdem der Jespersen die Bäckersfrau von ihrer Flinte befreit hatte, nickte er seinem Freund Fiete still zu – und wies auf mich. Und der Fiete Olden hatte verstanden und nickte zurück und nahm mir mit ganz ruhiger Hand meine Panzerfaust ab. »So was sollte wirklich nur bekommen, wer sich damit nicht 's Bein wegschießt«, knurrte er und kniff ein Auge zu.

Kann gar nicht beschreiben, wie froh ich war, dieses Monstrum los zu sein! Es gibt Gefühle und Geschehnisse, dafür fehlen einfach die richtigen Worte.

Es wurde Nachmittag und früher Abend und kein Engländer ließ sich blicken. Vor dem ausgehobenen Schützengraben standen wir oder saßen auf den Steinbergen, redeten leise miteinander und starrten die Landstraße entlang. Von dort, aus dem Norden, mussten sie kommen – *wenn* sie kamen! Momm hoffte, sie würden Kewenow links liegen lassen. Unser Nest sei doch viel zu unbedeutend, sagte sie, was gebe es hier denn schon groß *einzunehmen*?

Wie langsam die Zeit verging! Beim Steinerausreißen und Schaufeln war ich abgelenkt gewesen, jetzt verspürte ich Hunger. Zwar hatte die Bäckersfrau zwischendurch alles an Brot und Brötchen aus dem Laden herangekarrt, was sie nur finden konnte, richtig satt aber machte das keinen. Wurde nur gewitzelt: Trocken Brot macht Wangen rot!

Immer wieder musste ich daran denken, was der Garstein zuletzt verkündet hatte: Bei Feindannäherung sollte, wer keine Waffe besaß, in eines der umliegenden Häuser verschwinden. Dort sollte er warten, bis eine *frei* wurde. Was aber konnte das anderes bedeuten, als dass derjenige, dessen Waffe *frei* geworden war, nicht mehr lebte oder schwer verwundet war und deshalb nicht weiterkämpfen konnte?

Bremsen umflogen uns und Kuhfliegen und dann begann

auch noch das Vieh zu brüllen. Die Kühe wollten gemolken werden.

Die Griess gehörte zu denen, die warten und kämpfen sollten. Jetzt hielt sie nichts mehr. So tapfer sie ihren »Mann« stehen wollte, ihre Liese war ihr wichtiger als der Garstein und seine Befehle. Mehrere Frauen und Mädchen folgten ihrem Beispiel. Darunter sogar welche mit Waffen. Sie legten sie einfach beiseite.

Zum zigsten Mal sah ich zum Kroog hin. Doch nein, auch das sorgte ihn nicht. Mit ausdruckslosem Gesicht paffte er seinen Zigarrenstumpen.

Klaas hatte sich inzwischen an den Straßenrand gesetzt, riss Gräser aus und warf sie von sich, als wollte er ihnen damit seine Verachtung bekunden. Nur kurz zögerte ich, dann setzte ich mich neben ihn. Wozu denn jetzt noch verheimlichen, dass wir befreundet sind?

Von der Seite her sah er mich an. »Dieser Kuss in der Mühle ... das war schön, oder?« Er wollte grinsen, schaffte das aber nicht. »Kann's sein, dass dir irgendwas an mir gefällt?«

Seine Augen ließen mich nicht los.

»Klar!«, gab ich sofort zu. »Was denn sonst? Denkst du, ich knutsche einfach so in der Gegend herum?«

Hab absichtlich so doof gesprochen, war ja auch verlegen.

Wieder riss er ein paar Gräser aus, behielt sie aber in der Hand, als könne er so besser nachdenken. »Ich mag dich auch«, sagte er dann so leise, als wäre das etwas, das ihn selbst verwunderte. »Sogar sehr.«

Rot wie ein kleiner Junge war er dabei geworden und da

hätte ich am liebsten sein Gesicht in meine Hände genommen und ihn rundherum abgeküsst. Im selben Augenblick aber hörten wir ein Auto, das sich uns näherte. Waren das die Engländer? Wir sprangen auf und lauschten, und der Garstein, gerade erst vom anderen Schützengraben zurück, befahl, dass sofort alle die ihnen zugewiesenen Posten einzunehmen und die Waffen in Anschlag zu nehmen hatten. Alle Übrigen – also auch Klaas und ich – sollten sich zur Verfügung halten.

Ohne lange zu überlegen, lief ich auf einen der Höfe rechts von der Straße zu. Warf mich hinter die niedrige Umrandungsmauer. Dass Klaas mir nicht gefolgt war, merkte ich erst jetzt. Und auch Jockel – wo war er denn? Und Momm?

Im Schützengraben nichts als Köpfe und Schultern, dazwischen – endlich! – Momm. Zwischen dem Jespersen und dem Olden stand sie, Gewehr im Anschlag. Was für ein Anblick! Unsere Momm, die doch nicht anders als Frau Hielscher niemals zuvor eine Waffe in der Hand gehalten hatte, in vorderster Verteidigungslinie, wie es in der *Wochenschau* und den Zeitungen hieß.

Zwei Meter neben ihr: Jockel und Udo. Sehe noch Jockels zum Kampf entschlossenes Gesicht vor mir. Wie streng er jetzt blickte ... Aber Klaas? Wo war denn Klaas? Warum war er mir nicht gefolgt? Da, mitten auf der Straße stand er, hoch aufgerichtet, die Hände in den Hosentaschen.

Mir wurde fast ein wenig schwindlig. Was sollte *das* denn werden? Glaubte er, die Engländer wussten von dem Piloten im Wald und würden ihm schon deshalb nichts tun? Aber so dumm konnte er doch nicht sein, er musste irgendetwas vorhaben. Nur was?

Ja, und dann sahen wir sie kommen, die Engländer, und ich wollte es zuerst gar nicht glauben: Ein einziger, über und über staubbedeckter, olivfarbener Panzerspähwagen kam da die Straße entlanggefahren. Eine Antenne ragte heraus, die Bordkanone war auf den Schützengraben gerichtet.

Ich hielt den Atem an. Dieses Gefährt mit dem schräg abfallenden Bug, erinnerte es nicht an ein großes, entsetzlich kaltherziges Reptil, das langsam auf uns zugekrochen kam? Jeden Moment konnte die Kanone losgehen. Und Momm und Jockel, würden sie sich rechtzeitig ducken? Und Klaas! Warum lief er denn nicht fort?

Ganz plötzlich blieb der Panzerspähwagen stehen, eine Luke wurde geöffnet und Stahlhelm und Kopf eines Soldaten wurden sichtbar. Nur kurz blickte er sich um, dann sprach er irgendwas in den Wagen hinein. Eine Maschinenpistole wurde herausgereicht und der Soldat in der Luke hielt sie schräg, aber sehr hoch in die Luft. Sollte das heißen, dass er nicht schießen wollte?

Ein, zwei Minuten wartete er, dann kletterte er ganz heraus. In Uniform und Schnürstiefeln, die Ärmel unternehmungslustig hochgekrempelt, stand er da und spähte aufmerksam zu unserem Schützengraben hin.

Der Garstein! Was würde er jetzt tun?

Er hob die Hand mit der Pistole, und auch der Kroog, der sich neben ihn gestellt hatte, hielt die Pistole im Anschlag. Mir wurde eng im Hals. Warteten sie nur darauf, dass auch der andere Engländer ausstieg, um auf diese Männer zu schießen? Und das, obwohl die Engländer ja vielleicht gar nicht schießen wollten?

Der Soldat, der ausgestiegen war, sprach wieder etwas in den Wagen hinein. Ein zweiter Engländer schob seinen Kopf durch die Luke. Und ja, es war so, wie ich's vermutet hatte: Im gleichen Moment hob der Garstein die linke Hand, um Feuerbefehl zu geben.

Ich wollte aufschreien, doch da ließ der Garstein die Hand schon wieder sinken – und ich glaubte, meinen Augen nicht trauen zu dürfen: Klaas! Was tat er denn da? So schnell er konnte, hinkte er, ein großes Stück weißen Tuchs schwenkend, auf den Panzerspähwagen zu. Er musste es aus seinem Hemd gezogen haben, zuvor hatte ich's bei ihm nicht gesehen.

Keine Frage, was das zu bedeuten hatte: Klaas kapitulierte! Und das für uns alle. Er, Klaas Beckers, wollte den Engländern zu verstehen geben, dass wir Kewenow nicht verteidigen würden. Doch hatte der Garstein nicht damit gedroht, jeden, der kapitulierte, erschießen zu wollen? Und das hatte er doch garantiert ernst gemeint.

Ich biss mir die Lippen blutig! Klaas! Warum hatte er mir nicht gesagt, was er vorhatte? Vielleicht hätt ich's ihm ja noch ausreden können. So dachte ich in diesem Augenblick. Inzwischen weiß ich, dass ihn nichts, aber auch gar nichts von seinem Vorhaben hätte abbringen können. Weil er ja eben doch ein bisschen wie sein Vater ist und nicht wollte, dass wir die Engländer zwangen zurückzuschießen.

Jetzt – der Garstein! Immer wieder seh ich's vor mir, obwohl das Ganze ja nur ein paar Sekunden gedauert haben konnte: Er zielte nicht mehr auf die Engländer – jetzt zielte er auf Klaas!

Und da schrie ich doch auf. Ein Schrei, von dem Momm

später sagte, dass er ihr durch Mark und Bein gegangen wäre. Im selben Moment aber schlug der Kroog dem Bürgermeister schon auf die Hand, so, dass der Garstein noch abfeuern konnte, der Schuss aber in den Boden ging …

Wie die beiden Männer danach einander anstarrten, bis der Kroog unserem Bürgermeister etwas zuzischte, das ich nicht verstehen konnte. Der Jespersen aber bekam's mit und hat es später überall herumerzählt. »Man muss wissen, wann's vorbei ist«, soll der Kroog gesagt haben. »Oder willst du Idiot etwa für nichts und wieder nichts ins Gras beißen?«

Als der Schuss fiel, war der englische Soldat neben dem Panzerspähwagen in Deckung gegangen. Klaas jedoch hatte sich nur kurz zu uns umgedreht, dann war er, das weiße Tuch noch heftiger schwenkend, weiter auf die Engländer zugehinkt.

Und der Kroog, was tat der jetzt? Er richtete seine Waffe auf den Garstein – und sagte wieder was zu ihm.

Eine Weile starrte der Garstein nur Kroogs Pistole an, dann antwortete er irgendwas, kletterte aus dem Schützengraben, bestieg sein Rad und raste davon. – Und ist seither im Dorf nicht wieder aufgetaucht.

Kaum war er weg, sprach der Kroog mit all den anderen im Schützengraben. Und als alle nickten, hob er die Hand mit der Pistole weit über den Kopf, um den Engländern anzuzeigen, dass er seine Waffe wegwerfen wollte. Gleich darauf flog sie in hohem Bogen durch die Luft und er ging mit erhobenen Armen auf die Engländer zu. Und stellte sich neben Klaas …

Das alles ist jetzt zwei Tage her. Als es geschah, konnte ich nur beobachten, nicht nachdenken. Langsam aber beginne ich zu begreifen, was in diesen wenigen Minuten geschehen ist.

Man muss wissen, wann's vorbei ist! Der Kroog hatte es gewusst – und steht nun gut da. Alle loben ihn. Denn hätte der Garstein Klaas niedergeschossen, dann hätten die Engländer unseren Schützengraben unter Beschuss genommen. Und wer von uns hätte das wohl überlebt?

Über Klaas wird nicht so viel gesprochen. Eine Ungerechtigkeit, die zum Himmel stinkt. Ohne seinen ersten Schritt auf die Engländer zu wäre es doch garantiert zum Kampf gekommen.

Ja, und wie danach er und der Kroog vor dem Panzerspähwagen standen! Der Sohn des Mannes, den der Kroog ins Lager und damit ums Leben gebracht hat, neben dem, der das zu verantworten hat. Die Engländer aber wussten und wissen noch immer nichts davon. Bald sprachen sie nur noch mit dem Kroog, den sie wohl für den Bürgermeister hielten.

Nur wenige Minuten hörte Klaas zu, dann drehte er sich um und hinkte, das weiße Tuch wieder im Hemd, einfach davon.

Wäre ihm so gern nachgelaufen, um ihn fest an mich zu drücken. Tat's aber nicht – und weiß nicht mal, warum.

DRITTER TEIL

Alles neu macht der Mai

Hab Klaas von meiner »Papiernot« erzählt. Und was hat er getan? Er hat mir ein paar gänzlich leere Schulhefte geschenkt. Weil er die ja nicht mehr braucht, wie er gesagt hat. Für mich ein Glücksfall. Kann jetzt weiterschreiben, ohne jeden einzelnen Buchstaben zählen oder die Griess »bestehlen« zu müssen. Und ich *muss* doch weiterschreiben. Gibt ja noch so viel zu erzählen.

Sommer ist's inzwischen. Ein Juni, wie er schöner gar nicht sein kann, eine so warme, satte Luft liegt über den Feldern und Wiesen. Muss deshalb immer wieder an Eichenbrück denken, an Urschel, Christel, Mechthild, Ruthchen und Burkhard. Voriges Jahr um diese Zeit badeten wir öfter im Durower See und lagen danach noch lange in der Sonne, um über alles Mögliche zu reden, nur nicht über den Krieg. Weil die Gedanken daran all das Schöne um uns herum zerstört hätten? So und nicht anders muss es gewesen sein.

Kann es kaum noch glauben, wir lagen am See, als ob es nichts Wichtigeres gäbe, als den Sommer zu genießen. In den größeren Städten hatte es schon so viele Bombentote gegeben und wir hatten das gewusst und waren trotzdem an den See gefahren …

Jetzt ist der Krieg schon seit über einem Monat zu Ende. Nirgendwo wird mehr geschossen, es fallen keine Bomben mehr. Doch hat sich sonst viel verändert, außer dass ich meine Notizen nicht mehr im Wald vergraben muss? Ist irgendwo eine wirklich große Freude zu entdecken? Die meisten Kewenower wirken auf mich, als wären sie gerade erst aus einem langen, tiefen Schlaf erwacht und fragten sich, wie spät es ist. Und unter den Flüchtlingen, da gibt es nur ein einziges großes Thema: Wann dürfen wir nach Hause zurück?

So geht's mir auch. Denke an fast nichts anderes mehr. Urschel, Christel, Mechthild, Ruthchen, Burkhard, wo sie jetzt wohl alle sind? Noch in Eichenbrück oder schon wieder zurück? Was haben *sie* erlebt? *Leben* sie überhaupt noch? – Wiedersehen ist wunderschön, unser Spruch! Ob er noch mal wahr wird?

Hier ist's nicht wie in Eichenbrück, hier müssten wir weit radeln, um irgendwo ein paar Schwimmzüge machen zu können. Doch wozu darüber nachdenken? Hab ja nicht mal meinen Badeanzug mitgenommen. Wer denkt denn schon mitten im eiskalten Winter an seinen Badeanzug, wenn er so viel Wichtigeres zurücklassen muss?

In Eichenbrück blühen jetzt die beiden mächtigen Kastanien auf der Straße vor unserem Haus. Darüber habe ich mich jedes Mal gefreut. Und an der Welna, dem kleinen Flüsschen, das durch den Lengower See fließt und irgendwann in die Warthe mündet und in dem du, Jutsch, das erste Mal deine Füße ins strudelnd fließende Wasser getaucht hast, leuchten die Wiesen grün-gelb-weiß. Hab oft dort gesessen und – Knie angezogen, Arme um die Beine geschlungen – minutenlang vor mich hin geträumt. Lauter schöne, kleine Filme liefen dann in meinem Kopf ab.

Was aber, wenn schon damals irgendein Klaas mir erzählt hätte, dass das Bomben und Schießen nicht das einzig Grausame war, das oft gar nicht weit von uns geschah? Hätte ich dann auch so schön träumen können? Was ich nicht weiß, macht mich nicht heiß? Eigentlich ja ein hundsgemeiner Spruch.

Momm glaubt nicht, dass wir jemals wieder heimkehren werden. Die Sieger werden uns bestrafen und uns Gebiete wegnehmen, hat sie gesagt. Weil das nach jedem Krieg so sei. Und diese Gebiete würden nicht irgendwo aus der Mitte unseres Landes gerissen, sondern es würden einfach die Grenzen verschoben werden. Und das ganz bestimmt auch wieder im Osten.

Es tat ihr weh, das zu sagen. Sie hängt ja auch an unserem Haus. Jockel, Kutti und mich aber schmerzte es noch mehr. Wir gehören doch nach Eichenbrück. All unsere Freunde leben dort, wir kennen jede Straßenecke, jede Litfaßsäule. Momms Heimat ist Berlin, und wenn wir nicht nach Eichenbrück zurückkönnen, dann würde sie am liebsten wieder dort hinziehen. In Tante Malas Nähe.

Aber darf man denn so einfach die Grenzen verschieben und uns unser Zuhause nehmen? Momm, Pappka, Jockel, Kutti, ich und du, Jutsch, wir haben doch niemandem etwas Böses getan. Pappka war Soldat, aber das waren Millionen andere ja auch. Müssen die nun alle bestraft werden?

Klaas will ich das nicht fragen. Das ist ja das Einzige, was mir an einer Heimkehr nach Eichenbrück nicht gefallen würde – dass wir uns dann ganz sicher nie wiedersehen würden. Und wenn jedes Wiedersehen wunderschön ist, was bedeutet es, jemanden, den man sehr mag, nie wiedersehen zu dürfen?

Für Klaas ist, was uns Flüchtlingen passiert ist und vielleicht noch passieren wird, nichts anderes als die verdiente

Strafe für all das, was wir Deutschen anderen angetan oder zugelassen haben. Und wenn stimmt, was jetzt in der *BBC* so alles über uns berichtet wird, dann hat er sogar recht. Denn dafür gibt es keine Entschuldigung. Dann ist jede Strafe erlaubt.

Wenn Klaas darüber redet, steigen ihm jedes Mal Tränen in die Augen. Tränen der Wut. Und dann stellt er sich und mir immer dieselben Fragen: Warum haben so viele bei all diesen Grausamkeiten mitgemacht? Allein weil es ihnen befohlen wurde? Und die nicht mitgemacht, sondern nur zugesehen haben, warum haben sie etwas so Furchtbares geschehen lassen? Ein ganzes Volk kann doch nicht nur aus Angsthasen bestehen. Oder war's nichts anderes als Gleichgültigkeit: Was gehen mich die anderen an, Hauptsache, mir passiert nichts?

Mitgemacht! Zugelassen! Gleichgültigkeit! Momm und Pappka, *mitgemacht* haben sie bei all diesen Verbrechen ganz bestimmt nicht. Aber *zugelassen* haben sie vieles, auch wenn sie sicher nicht wussten, was in den Lagern alles an Grausamem geschah. Dass Leute »evakuiert« wurden, wie es in Eichenbrück hieß, das jedoch wussten sie. Das wussten ja alle. Was danach mit diesen Leuten geschah, das allerdings werden sie nicht gewusst haben. Doch entschuldigt uns das? Hätten wir davon gewusst, was hätten wir getan? Hätten wir dann einfach so weiterleben können?

Fragen, die mich nicht loslassen. Und über allem der Verdacht, der sich mir immer wieder aufdrängt: Vielleicht hat Pappka auf eine ganz bestimmte Weise ja doch *mitgemacht*. Zumindest ein bisschen. Wie stolz war er immer auf seine so niedrige Mitgliedsnummer bei der SA gewesen, wie oft habe ich's gehört, dieses »Ich war einer der ersten SA-Männer Berlins!«? – Nein, ganz bestimmt hat er niemanden geschlagen, gequält oder umgebracht, er hat ja in keinem dieser »Arbeitslager« Dienst getan, sondern immer nur Straßen gebaut. Aber die dort für ihn gearbeitet haben, waren das tatsächlich alles nur Kriegsgefangene gewesen, wie er mal gesagt hat? Oder waren da auch Männer wie Onkel Rudi oder Klaas' Vater darunter? Und wenn ja, hat er dann wirklich nichts mitbekommen?

Wir Teufel

Der Tag, an dem der Krieg zu Ende ging. Wenigstens hier bei uns. In Kewenow. April war's und danach schien die Sonne, als wäre überhaupt nichts passiert. Woanders ging das Bomben und Schießen noch bis in den Mai hinein weiter.

Sehe alles wieder vor mir: Klaas, wie er, das weiße Tuch schwenkend, den Engländern entgegenhinkt, den Garstein, wie er auf ihn anlegt, und den Kroog, wie er dem Bürgermeister auf die Hand schlägt und nur zwei Minuten später neben Klaas vor dem Panzerspähwagen steht.

Die Engländer redeten mit dem Kroog, ein Jeep kam angefahren, er musste einsteigen und wurde fortgebracht. Und der Panzerspähwagen drehte um und folgte dem Jeep.

Mehr passierte nicht. Was kaum einer glauben wollte. Der Kroog war weg und der Garstein schon lange nicht mehr zu sehen? Wer sollte denn jetzt noch irgendwelche Befehle geben?

Momm und mir war das egal. Wir fielen uns um den Hals und lachten froh, und dann schnappten wir uns Jockel, um auch ihn zu herzen und zu drücken, obwohl ihm das Ganze irgendwie nicht gefiel. Hatte alles so wenig mit »Heldentum« zu tun. Wem aber hatten wir's zu verdanken, dass diese ganze »Aktion Schützengraben« so glimpflich abgelaufen war? Klaas! Niemandem sonst. Von Anfang an musste er geplant haben, für uns alle zu kapitulieren.

Um den Kroog sorgte sich keiner. War ja klar, er hatte sich Klaas nur angeschlossen, um im letzten Augenblick seine Fahne in den richtigen Wind zu hängen. Er war viel zu schlau, um wie der Garstein »bis zum bitteren Ende« immer weiter irgendwelche Führerbefehle befolgen zu wollen.

Wie sich danach dann alle in ihren Häusern verschanzten! Für den mit so viel Mühe ausgeschaufelten Schützengraben hatte keiner mehr einen Blick übrig. Allein der Jespersen und der Olden blieben zurück, um einzusammeln, was da an Waffen und Munition herumlag. Rauchend setzten sie sich neben ihre Ausbeute, um darauf zu warten, dass die Engländer wiederkamen, um alles abzuholen. Waffen und Munition, das wussten sie aus ihrer Soldatenzeit, durfte man nicht unbeaufsichtigt herumliegen lassen.

Es kam dann auch bald ein Jeep. Sie mussten alles einladen und zur Belohnung wurde ihnen je ein Päckchen englische Zigaretten in die Hand gedrückt. Was sich in Windeseile im ganzen Dorf herumsprach. Ja, sagte auch die Griess, Dresden hin oder her, die Engländer seien eben keine Russen, sondern im Ganzen gesehen doch zivilisierte Menschen.

Du, Jutsch, und Kutti, wie froh seid ihr gewesen, als Momm, Jockel und ich endlich wieder bei euch waren! Kutti hatte schon überlegt, was er tun sollte, falls wir nicht wiederkamen. In seiner Fantasie hatte er uns bereits tot oder gefangen genommen gesehen. Nach all dem, was wir in Berlin beobachtet hatten, mussten ihm solche Bilder ja durch den Kopf gegangen sein.

Hab das aber erst später erfahren. Geredet wurde nach unserer Heimkehr kaum. Wir saßen alle um den großen Küchentisch – auch die Griess war dabei – und verdrückten Unmengen Schmalzstullen. Nie zuvor war ich so hungrig gewesen. Nachts lag ich dann lange wach und dachte an Klaas: Was für eine Angst ich um ihn gehabt hatte! War das Liebe? *Echte* Liebe?

Trotzdem war ich morgens nicht müde. Was hinter uns lag, wie sollte mich das nicht gleich wieder aus dem Bett treiben? Um all diese Bilder abzuschütteln, fuhrwerkte ich wie wild in den Ställen herum. Was aber nicht funktionierte. Ich konnte, was wir tags zuvor erlebt hatten, mit nichts verdrängen. Und später, in der Küche? Da stand plötzlich Klaas vor der Tür. Wäre die Griess nicht gewesen, ich wäre ihm um den Hals gefallen.

Seine Mutter hatte ihn geschickt, Brennnesseln und Sauerampfer zu pflücken – Brennnesseln für die Suppe, Sauerampfer für einen Salat. »Ich kenne eine Stelle, da können wir schon jetzt jede Menge ernten«, sagte er, als gäbe es nichts Wichtigeres zu bereden. »Kannst auch was für euch mitnehmen.«

»Bin gleich wieder zurück!«, rief ich der Griess zu, dann war ich weg.

Im Dorf hing überall weiße Bettwäsche aus den Fenstern. An diesem Tag sah ich sie zum ersten Mal. »Kapitulationslaken«, spottete Klaas. Tags zuvor wäre er wegen seiner weißen »Rotzfahne« beinahe als »Verräter« erschossen worden – jetzt waren wir alle »Verräter« oder es gab gar keine mehr.

Weit hinter der alten Mühle liegt es, das Stück Wiese, von dem Klaas gesprochen hatte. Und tatsächlich, die warmen Tage der letzten Wochen hatten alles Grün in die Höhe schießen lassen. Klaas, mit Handschuhen und Messer bewaffnet, »erntete« die Brennnesseln, ich pflückte den Sauerampfer.

Stumm arbeiteten wir, bis die beiden kleinen Säcke, die er mitgebracht hatte, proppenvoll waren. Erst danach setzten wir uns in die Sonne und küssten uns. Alles, ohne viel zu reden.

Frieden, dachte ich, ist das jetzt wirklich Frieden? Krieg aus und vorbei? – Ach! Am liebsten hätte ich nie wieder etwas anderes getan, als mit Klaas Brennnesseln und Sauerampfer zu pflücken und danach mit ihm im Gras zu sitzen und in die Sonne zu blinzeln.

Es hätten schöne Tage werden können, diese ersten Wochen des Friedens, wenn nicht schon bald sehr, sehr schwarze Schatten die Sonne über uns verdunkelt und dem ganzen Dorf, dem Wald und allen Wiesen und Feldern das Licht genommen hätte. So empfinde ich das jedenfalls.

Zum ersten Mal spürte ich diese »Schatten« genau am 1. Mai, als Klaas mir erzählte, dass der Führer tot sei. Eine Meldung nicht von der *BBC*, sondern aus dem Führerhauptquartier. »Bis zum letzten Atemzug« für Deutschland kämpfend sei er gefallen, habe der Rundfunksprecher gesagt.

Klaas konnte darüber nur lachen. »Der Führer mit der Waffe in der Hand den Heldentod gestorben? Das glaubt wirklich nur, wer nicht bis drei zählen kann.«

Ich empfand Trauer. Egal was Klaas sagte oder nicht. Der Führer, der all die Jahre lang von seinem Foto in unserem Wohnzimmer so streng auf mich herabgeblickt hatte, tot? Durfte ein solcher Mann, der von so vielen Leuten verehrt worden war, denn so einfach verschwinden?

Klaas war froh über diesen Tod. Sogar sehr froh. Hitler war

für ihn ja immer so eine Art Oberteufel gewesen, der viele andere große und kleine Teufel um sich geschart hatte, um alle, die ihm nicht folgen wollten oder die er für minderwertig hielt, mit Mord und Totschlag zu bedrohen. »Ist nur leider viel zu spät gekommen, diese schöne Meldung«, sagte er auch jetzt wieder. »Monatelang hat er sich in Berlin unter der Erde verkrochen, unser ›Führer‹. Zigtausende Männer, Frauen und Kinder hat er für sich sterben lassen, obwohl der Krieg doch längst verloren ist. Und leider halten noch immer so viele ihren Kopf für ihn hin. Die einen aus Angst, sonst wegen ›Feigheit vor dem Feind‹ an der nächsten Laterne aufgehängt zu werden, andere, weil sie die Rache der Sieger fürchten. Sie wissen ja, wobei sie mitgeholfen haben.«

Pappka! Momm! Ich! Waren wir auch »Teufel« gewesen? Wenn auch vielleicht nur ganz, ganz kleine? Hätten wir auch wissen müssen, wobei wir mitgeholfen haben?

Diese Frage, das ist der eine *Schatten*, der mir meinen *Himmel* verdunkelt. Der andere, noch viel, viel schwärzere, der sich bei jeder Gelegenheit immer wieder auf mich herabsenkt und in mir jede Freude über das Kriegsende erstickt, das sind die Berichte aus den Lagern, die die *BBC* gesendet hat.

Da sollen Frauen, Männer und Kinder, alles Juden, in Duschräume geführt worden sein, die gar keine waren. Kaum waren sie drin, strömte aus den Rohren kein Wasser, sondern Gas, immer mehr Gas. Das so lange, bis alle tot waren … Auch »medizinische« Experimente soll es gegeben haben, vorgenommen vor allem an Kindern und so widerwärtig und unausdenkbar grausam, dass so etwas unmöglich erfunden sein kann. All das setzt mir zu, verfolgt mich richtig, egal wo ich bin, egal was ich tue. Überlebende Häftlinge hätten davon berichtet, so heißt's in der *BBC*.

Bin mir sicher, dass das keine Lügen sind – und kann es dennoch nur schwer glauben: Wer bringt denn so etwas fertig? Etwa wir Deutschen? Vielleicht sogar Leute, denen ich irgendwann mal begegnet bin und die ich gegrüßt habe und die mich zurückgegrüßt und mir dabei vielleicht sogar noch zugelächelt haben?

Unsere Eichenbrücker Juden, all die Männer, Frauen und Kinder mit dem gelben Stern auf der Brust, von denen ich doch manche gut gekannt habe, wenn auch die allermeisten nur vom Sehen. Von Tag zu Tag waren sie weniger geworden, und fragte ich, wieso und warum, hatte ich immer die gleiche Geschichte zu hören bekommen: Sie seien nur »evakuiert« worden, um in den Lagern arbeiten zu lernen. Hatte mich darüber gewundert, weil die Juden, die ich kannte, doch meistens ganz ehrsame, fleißige Leute gewesen waren. Doch hatte ich an dem, was mir erzählt wurde, gezweifelt? – Nein!

Ich weiß nicht, ob Klaas mir ansah, wie sehr mich diese Berichte erschütterten. Er redete ja immer weiter davon, konnte all das, was da im Radio gesagt worden ist, auch nicht so einfach »schlucken«. Er sprach darüber, um irgendwie damit fertig werden zu können. Und wer außer mir und seiner Mutter hätte ihm denn sonst zugehört?

Eines dieser »Konzentrationslager« soll gar nicht weit von uns entfernt gewesen sein. Bergen-Belsen heißt der Ort. Massengräber und Leichenberge hätten die Engländer dort vorgefunden, erzählte mir Klaas, und auch die Überlebenden seien nur noch Skelette gewesen. Doch nicht nur dort, vielerorts in

Deutschland und den von uns eroberten Gebieten habe es solche KZ gegeben.

Wollte ihm schon bald nicht mehr zuhören. Vielleicht waren ja die Häftlinge, die ich gesehen hatte, aus diesem Bergen-Belsener Lager gekommen. »Hör auf! Bitte, hör auf!«, bat, ja, flehte ich ihn an.

Aber Klaas schaffte es nicht, an etwas anderes zu denken. Zwar schwieg er eine ganze Weile, dann sagte er plötzlich: »Stell dir vor, wir hätten den Krieg gewonnen. Dann hätte bald die halbe Welt unter uns Teufeln leiden müssen!«

Uns Teufeln! Wie drang mir das ins Herz! Wieder bat ich ihn, doch endlich mit all diesem Furchtbaren aufzuhören.

Er redete trotzdem weiter. »Was ich nicht begreifen kann«, fragte er sich und mich zum wiederholten Mal, »wie konnten denn so viele dabei mitmachen? Gefiel ihnen dieses Morden etwa? Oder gehorchten sie nur so brav, weil es ihnen befohlen worden war und sie deshalb glaubten, dass es *erlaubt* war? Oder war's nur Feigheit? Aber wie darf man in solchen Momenten denn feige sein?«

Da konnte ich nicht mehr anders, ich stand auf und lief heulend auf den Griess-Hof zurück.

»Rena!«, schrie Klaas mir noch nach. Doch hielt ich nicht an, stürzte an Momm vorbei und verkroch mich ins Bett. Nichts mehr reden, nichts hören und niemanden sehen wollte ich.

Schokoladenpapier

Klaas' Frage, wer vor uns in unserem Haus gewohnt hat! Seit ich weiß, was wirklich in diesen *Arbeits*lagern geschehen ist, verfolgt sie mich wie ein böses Tier, das sich in mich verbissen hat.

Müssen ja gar nicht unbedingt Polen vor uns darin gewohnt haben, können ja auch Juden gewesen sein. Klaas hat erzählt, dass viele Juden, schon bevor sie in ein Lager kamen, ihre Wohnungen oder Häuser verlassen und in ein »Judenhaus« umziehen mussten. Dort lebten sie sehr beengt, bis sie auch da nicht mehr bleiben durften. – Was, wenn auch in unserem Haus zuvor Juden gewohnt hatten? Vielleicht sogar mit Kindern so alt wie Jockel, Kutti, du, Jutsch, oder ich?

Momm und Pappka! Weshalb haben sie nie über unsere Vormieter gesprochen? Weil sie ein schlechtes Gewissen hatten?

Gestern hab ich gewagt, Momm mal nach diesen Leuten zu fragen. Wir erledigten gerade den Abwasch und waren ganz allein in der Küche. Nur du, Jutsch, warst bei uns. Hattest deine Elke unter einem Handtuch schlafen gelegt, einen Waschlappen zum Kissen zusammengefaltet und ihr ein Einschlaflied vorgesungen.

»Muss immerzu an Eichenbrück denken«, hab ich da auf einmal gesagt. »Wer hat denn eigentlich vor uns in unserem Haus gewohnt?«

Momm, einen abgetrockneten Teller in den Händen, schien nicht mehr zu wissen, in welchen Schrank er gehörte. Verdutzt starrte sie mich an.

»Ich meine, vor uns müssen doch andere in unserem Haus gewohnt haben«, hakte ich nach. Konnte nun ja nicht mehr zurück. »Ich wüsste gern, was das für welche waren.«

Endlich legte Momm den Teller weg und griff sich einen neuen. »Wir sind in dieses Haus eingewiesen worden«, sagte sie, ohne mich anzusehen. »Nachdem Pappka in den Warthegau versetzt worden war, mussten wir doch irgendwo wohnen. Wer vor uns dort gewohnt hat? Aber Rena, woher soll ich das denn wissen? Das Haus stand leer, wozu hätten wir uns Gedanken über unsere Vormieter machen sollen?«

Durfte ich ihr erzählen, was Klaas in der *BBC* über die Lager gehört hatte? Nein, besser, ich spielte weiter die Ahnungslose. »Aber wenn jetzt wieder die Leute in unser Haus eingezogen sind, die vielleicht früher mal dort gewohnt haben, was wird dann aus uns? Es könnten ja« – ich holte tief Luft – »Juden oder Polen gewesen sein, die unsretwegen ausziehen mussten und jetzt zurückwollen, wenn sie noch leben.«

»Rena!« Mit einem harten Griff packte sie mich an der Schulter und drehte mich zu sich herum. »Wer hat dir denn solche Fragen in den Kopf gesetzt? Das ist doch ganz bestimmt nicht auf deinem Mist gewachsen. Oder hältst du Pappka und mich, seit du diesen Pastorensohn kennst, für Verbrecher?«

Mir kamen die Tränen, ich geriet ins Stottern. »Aber ich hab doch nur ... Ist ja so viel Schreckliches passiert ... und ... und ...«

Nur kurz blickte sie mich noch an, dann ließ sie mich los und nickte mir zu, als wollte sie ihren harten Griff wiedergutmachen. »Ja, Rena, das ist leider so. In den letzten Jahren ist wirklich viel Schreckliches passiert. Auch ich muss oft drüber nachdenken. Und das mit Klaas' Vater, das tut mir leid. Sehr leid sogar. Das darfst du mir ruhig glauben. Nur haben damit doch weder Pappka noch ich irgendwas zu tun. Und was unser Haus betrifft, was soll ich denn anderes sagen? Es stand leer, als wir dort einzogen. Keine Möbel drin und auch sonst nichts. Hat ja alles Pappkas Firma organisiert, wir selber hatten damit gar nichts zu tun.«

»Aber«, wollte ich noch wissen, »warum habt ihr denn nie gefragt, wer vorher ...«

Sie zuckte die Achseln. »Haben wir uns denn in Berlin gefragt, wer vor uns in der Wohnung gewohnt hat, in die wir eingezogen sind? Oder in Frankfurt? Eine Familie zieht aus, eine andere ein. Das ist doch das Normalste von der Welt.«

Ich schämte mich. Wie habe ich Momm nur solche Fragen stellen dürfen? Klang ja alles nach einem ganz, ganz bösen Verdacht. Außerdem: Hatte es *mich* denn interessiert, wer vor uns in unserem Haus gewohnt hat? Als ich längst wusste, dass Juden abgeholt und fortgebracht wurden und dass auch viele Polen ihre Häuser und Wohnungen für Deutsche räumen mussten, nie hatte es mich gekümmert, wo unsere Vormieter abgeblieben waren.

Momm nahm mich bei den Schultern und zog mich an sich. »Rena, Kind! Nimm dir doch nicht so zu Herzen, was jetzt alles geredet und vermutet wird. Wir müssen nach vorn schauen und an Pappka denken und hoffen, dass er noch lebt und bald zu uns zurückkommt. Uns immer wieder zu fragen, was wir vielleicht falsch gemacht haben, all diese quälenden Gedanken, wozu soll das gut sein? Und wer soll das denn aushalten?«

Mit dem letzten Satz hatte sie sich verraten. Sie sprach längst mehr von sich als von mir. Ach, und wie gern hätte ich da weiter mit ihr über all das geredet, was mir so zusetzt! Aber das hast du, Jutsch, nicht zugelassen. Deine Elke war aufgewacht und hatte Durst. Ich musste eine Tasse mit Wasser füllen, und bevor ich sie dir geben konnte, hatte Momm dich auf den Arm genommen und fest an sich gedrückt. Und da hab ich dann lieber nichts mehr gesagt.

Nicht nur Momm, auch die Griess hofft, dass ihr Mann bald heimkehrt. Und natürlich auch ihr Sohn. Sie sagt das so oft, als wollte sie damit erreichen, dass die beiden schon morgen vor ihrer Tür stehen – und dabei sieht sie uns an, als würde sie am liebsten noch hinzufügen: »Und dann ist für euch Städter kein Platz mehr auf dem Griess-Hof.«

Momm kann das verstehen. Alle warten voller Ungeduld auf die Kriegsheimkehrer. Und kommt Pappka, dann wollen auch wir nicht länger bleiben. Kutti spricht jeden Tag davon und schwört darauf, dass Pappka uns schnell findet. »Er fährt zu Tante Mala«, sagt er immer wieder, »und Tante Mala gibt ihm unsere Adresse. Und dann kommt er, so schnell er kann, hierher.«

Jockel ist sich nicht so sicher. »Wenn Tante Mala überhaupt noch lebt«, sagt er jedes Mal, wenn Kutti von Pappkas Heimkehr träumt. Und hat er damit etwa nicht recht? Berlin soll inzwischen total zerstört sein, und wir haben, weil die Post nicht mehr funktioniert, von Tante Mala schon ewig lange nichts mehr gehört.

Trotzdem sollte er so etwas nicht sagen, Kutti leidet unter dieser Miesmacherei. Jockel aber scheint es Spaß zu machen, so zu reden. Pappka könne ja auch in Gefangenschaft geraten sein und dann kommt er sicher ganz lange nicht nach Hause, stichelt er. Oder vielleicht sogar nie mehr, weil die Gefangenen der Russen viel arbeiten müssen und viel zu wenig zu essen bekommen, um gesund zu bleiben.

Er weiß das von Udos Vater und vielleicht hat er auch damit recht. Warum aber hat er so viel Spaß daran, alles schlechtzureden?

Um Kutti zu trösten, hab ich einen Fehler gemacht und gesagt: »Nicht alle Soldaten geraten in Gefangenschaft. Vielleicht ist Pappka ja längst auf dem Weg zu uns, und es dauert nur deshalb so lange, bis er hier ist, weil er von weit her kommt.«

Das hat Kutti aufgesaugt und seither hält er Ausschau nach Pappka. Es sind aber stets nur irgendwelche Hamsterer oder Schieber, die sich dem Hof nähern. Der »Kartoffel-Express«, ein Bummelzug, der zwischen Hamburg und Hannover pendelt, hat sie hergebracht. Sie hoffen auf ein paar Kartoffeln, Rüben oder Kohlköpfe vom letzten Herbst, ein Stück Butter oder Wurst und bieten dafür alles Mögliche an: Fotoapparate, teures Porzellan, Nähgarn, Silberbestecke, Schmuck, Teppiche oder irgendein Küchengerät.

Und wer nichts hat, was er zum Tausch anbieten kann? Der kommt trotzdem. Und klaut. Und weil's auf den Feldern noch nichts zu stehlen gibt, wird in die Vorratskeller eingebrochen. Der Griess sind sogar mal Saatkartoffeln gestohlen worden.

Da hab ich sie zum ersten Mal weinen gesehen. »Saatkartoffeln«, hat sie gesagt, »sind die beste Lebensversicherung.« Und seit diesem Tag mag sie uns Städter noch weniger. Sogar Mütter mit kleinen Kindern weist sie ab. Ihr ständiger Spruch: »Habe nichts, will nichts, tausche nichts.«

Momm tun die Hamsterer leid. Wenn wir in Berlin oder irgendeiner anderen Stadt einquartiert worden wären, sagt sie, dann würde es uns jetzt doch genauso gehen. Die Griess sollte nicht so knauserig sein.

Ich finde das Wort »Hamstern« blöd. Weil es einfach nicht stimmt. Hamster »hamstern« *Vorräte*. Die Städter, die von Hof zu Hof pilgern, legen keine großen Vorräte an, die haben einfach nur Hunger. Manches von dem, was sie ergattert haben, schieben sie sich schon auf dem Heimweg in den Mund. Und wenn sie Pech haben, dürfen sie, was sie eingetauscht haben, nicht mal behalten. An den Stadtgrenzen wird kontrolliert, weil Hamstern verboten ist. Was gefunden wird, wird »konfisziert«, wie dieser Diebstahl genannt wird.

Momm aber hat auch dafür Verständnis. »Wenn nur noch der etwas zu essen bekommt, der was zum Tauschen anbieten kann«, sagt sie, »was wird dann aus dem, der nichts hat? Der muss dann ja stehlen, wenn er nicht verhungern will.«

Es kommen aber auch Leute auf den Hof, die auf mehr aus sind als nur ein paar Kartoffeln, Rüben oder Kohlköpfe. Das sind die Schieber, die sich an der Not der anderen, wie Klaas sagt, eine goldene Nase verdienen. Die fragen gar nicht erst nach Kartoffeln oder Rüben, die sind auf Dauerwürste, Eier und Schinken aus und bieten zum Tausch englische oder amerikanische Zigaretten. Für Zigaretten soll man in den Städten ja inzwischen fast alles bekommen. Zigaretten, weiß Jockel von Udo, sind längst die viel bessere Währung als Geld.

Einmal kam einer in einem langen, schwarzen Mantel, der hatte vorher im Stall herumgeschnüffelt. Als die Griess ihn deswegen zur Rede stellte, öffnete er nur seinen Mantel und da war das Innenfutter voller kleiner Taschen mit Uhren, Schmuck und Zigaretten. »Sagen Sie mir Ihren Preis und eines Ihrer beiden Schweine gehört mir«, war das Einzige, was er zu Frau Griess' Vorwürfen sagte.

Wie giftete ihn die Griess da an! »Verschwinden Sie oder ich mach Ihnen Beine.« Sie griff sogar nach der Mistgabel.

»Aber wie reden Sie denn mit mir?«, beschwerte sich der Schieber beleidigt. »Bin ein ehrlicher Händler, kein Betrüger. Vor ein paar Wochen war ich noch Offizier. Hauptmann, wenn's recht ist.«

»Hauptmann oder General, mir sind Leute wie Sie gar nicht recht.« Die Griess schwenkte weiter die Mistgabel, als gelte es, einen bösartigen Hund zu vertreiben.

Der »Herr Hauptmann« aber wich und wankte nicht. »Und was ist, wenn ich Ihnen für eines Ihrer Schweine einen ganz famosen Pelzmantel anbiete?«, versuchte er die Griess zu locken. »Echter Silberfuchs, kein Kaninchenfriedhof?«

Darüber hat die Griess nur gelacht. »Was soll 'ne Bauersfrau wie ich denn mit 'nem Pelzmantel? Vor den Hühnern Parade laufen?«

»Aber gnädige Frau!« Jetzt spielte der Schieber den vor so viel Ahnungslosigkeit Erschütterten. »So ein Silberfuchs ist doch eine prächtige Kapitalanlage. Sind die Zeiten wieder besser, verkaufen Sie das gute Stück gewinnbringend. Und dann werden Sie mir ewig dankbar dafür sein, dass ich an diesem schönen Tag auf Ihren Hof gekommen bin.«

Gleich wurde die Griess wieder böse. »Für so was hab ich kein Talent. Verschwinden Sie endlich!«

Der Mann im schwarzen Mantel aber wollte und wollte nicht weichen. »Gut!«, schlug er vor. »Wenn Sie unklugerweise den Fuchs nicht wollen, wie wär's mit zwei Stangen *Chesterfield*? Sie wissen doch: *Chesterfield* macht meine Schwester wild!« Er kniff ein Auge zu und lachte, als wären die Griess und er nun schon sehr vertraut miteinander. »Und obendrauf, na, da lege ich noch zwei Pfund Kaffee. Echten Kaffee, Madame, kein Mokka Dilletanti! Und dafür, na, dafür will ich dann auch nur 'n halbes Schwein. Die andere Hälfte dürfen Sie anderweitig verwenden.«

Das jedoch hätte er erst recht nicht sagen dürfen. Erst zwei Tage zuvor waren im Nachbardorf zwei Frauen verhaftet worden. Wegen Schwarzschlachtens! »Ab mit Ihnen oder ich vergesse mich!« Jetzt stach die Griess mit der Mistgabel tatsächlich so heftig in die Luft, als wollte sie ihn aufspießen. Er bekam's mit der Angst zu tun und trollte sich, dabei immer weiter verständnislos den Kopf schüttelnd. Die Griess aber konnte sich lange nicht beruhigen. »Zeiten sind das!«, schimpfte sie. »Ein Offizier – und solche Geschäfte? Schuld daran sind nur die neuen Herren. Sogar im Krieg hatten wir alle genug zu essen. Auch die Städter. Unsere Besatzer gönnen uns nicht mal das Schwarze unterm Nagel.«

Ob dieser Schieber wirklich mal ein »Herr Hauptmann«

war? Keine Ahnung! Eines jedoch weiß ich – wenn auch nur dank Klaas –, nämlich dass im Krieg viele Lebensmittel aus den besetzten Ländern gekommen, also den Leuten dort gestohlen worden sind. Nur deshalb sei der Hunger bei uns im Krieg nicht so groß gewesen wie jetzt, sagt er. Die freche Rena rieb das der Griess unter die Nase und erntete dafür einen Blick, den so nur die Griess fertigbringt. Als wäre sie barfuß in etwas Ekliges getreten, so sah sie mich an. Und dann zischte sie auch schon: »Dummes Ding! Was verstehst du denn davon? Willst du Küken etwa eine alte Frau belehren?« Und ging.

Die Griess ist, wie sie ist, die ändert keiner mehr.

Keine Geschäfte mit Hamsterern oder Schiebern machen? Darüber können Jockel und Udo, schon seit Wochen beste Freunde, nur lachen. Sie haben ein solches »Geschäft« gemacht – und wir lange nichts davon bemerkt. Bis ich Jockel auf die Schliche kam.

Die Griess hatte mir den Auftrag gegeben, die Öfen zu reinigen. Wird ja längst nicht mehr geheizt. Asche rausnehmen, Ofenrost ausklopfen und abbürsten. Eine staubige Angelegenheit, lustlos machte ich mich an die Arbeit. Doch dann, in ihrer guten Stube, was war das? Kaum hatte ich die Klappe geöffnet, was fand ich in dem alten Ofen? Jede Menge zusammengeknülltes Schokoladenpapier. *Englisches* Schokoladenpapier! *Cadbury* heißt die Sorte.

Wie kam das denn in den Ofen? Solch bunt glitzerndes Papier brannte ja nicht. Ich rätselte und rätselte – bis es mich plötzlich durchfuhr: Nein, die Griess hatte das nicht dort hineingetan! Aber was, wenn's Jockel war? Zuerst nur eine ganz,

ganz leise Vermutung, dann eine zaghafte Ahnung, zuletzt ein ernsthafter Verdacht: Anders *konnte* es nicht gewesen sein! Ihm allein traute ich so etwas zu. Er musste die Schoki – vielleicht zusammen mit Udo – gegen irgendwas eingetauscht haben, und weil er nicht wusste, wohin mit dem Papier – durfte ja keiner mitbekommen, was er sich da heimlich eingeschoben hatte –, hatte er's in den Ofen getan.

Immer noch nur ein Verdacht, mehr nicht. Dem ich aber nachspüren wollte. Hing ja viel davon ab. Was, wenn Jockel die Griess beklaut hatte, um irgendwas zum Tauschen zu haben, sie das irgendwann merkte und uns rauswarf? Mussten wir dann eventuell doch noch zum Kroog ziehen?

Bis zum Nachmittag wartete ich, wollte unbedingt erst mal allein mit ihm reden. Als er dann endlich von einem seiner Ausflüge mit Udo zurückkehrte, schnappte ich ihn mir. Noch vor dem Hoftor fing ich ihn ab. Sollte keiner mitbekommen, was ich mit ihm zu bereden hatte.

»Kennst du das?« So dicht hielt ich ihm das Schokoladenpapier unter die Nase, dass er unwillkürlich zurückzuckte. Aber wie rot er gleich wurde! Doch spielte er den Dummen. »Nee«, sagte er kess. »Wo hast du die Schoki denn aufgetrieben?«

Oh, am liebsten hätte ich ihm eine gescheuert! »Lüg nicht!«, fuhr ich ihn an. »Sag lieber, was du dafür hergegeben hast.«

Erst spielte er den trotzigen Bruder, der sich von seiner großen Schwester nicht einschüchtern lassen will, dann fauchte er mich an wie ein böser Kater. »Dir sag ich gar nichts. Weil dich das nämlich überhaupt nichts angeht.«

Ich packte ihn am Arm. »Du frisst jede Menge Schokolade und gibst nicht mal Jutsch ein winziges Stück davon ab? Und das soll mich nichts angehen? Das soll *uns alle* nichts angehen?« Es kostete mich Mühe, ihm nicht ins Gesicht zu schlagen.

Er schämte sich, da konnte er noch so frech kucken, ich sah es ihm an – er schämte sich *sehr*. »Hätt ich Jutsch was davon abgegeben«, gab er endlich zu, »dann hätte sie mich doch garantiert verraten. Und dann hättet ihr wissen wollen, woher ich die Schoko habe. Und das darf ich euch nicht sagen. Udo will nicht, dass ihr uns das Geschäft kaputt macht.«

Ein Geschäft! Also doch. Und er wollte nicht, dass wir mehr darüber erfuhren? Da half nur eine Drohung. »Gut!«, sagte ich betont kühl. »Wenn dir dein Udo so wichtig ist, dass du uns nicht sagen willst, was ihr für die Schoki gegeben habt und wo ihr das herhattet, dann zeig ich Momm, was ich gefunden habe. Und Kutti und Jutsch sollen auch wissen, was du für einer bist.«

Das mit dir, Jutsch, wirkte sofort. Der Gedanke, dass du erfahren könntest, dass er gleich mehrere Tafeln Schokolade aufgefuttert hatte und dir keinen einzigen Riegel davon abgegeben hatte, gefiel ihm nicht. Er will ja immer dein toller, von dir bewunderter großer Bruder sein. Leise gab er zu, was Udo und er sich geleistet hatten.

Sie hatten dem Kroog drei Hühner gestohlen, und Udo, der so was kann, hatte ihnen noch im Stall die Hälse umgedreht. Mit den Hühnern im Mehlsack waren sie danach in Richtung Bahnhof gelaufen, um sich an einem Feldrand in den Straßengraben zu setzen und auf den nächsten »Kartoffel-Express« zu warten. Gleich der erste alte Mann, den sie ansprachen, wurde ihr Kunde. Zwar konnte er ihnen keine Zigaretten zum Tausch anbieten, wie sie gehofft hatten, doch dafür Schokolade. Gute englische *Cadbury*-Schokolade. Erst waren sie enttäuscht, weil sie die Zigaretten gegen etwas anderes, noch viel Besseres hatten eintauschen wollen, doch dann hatten sie dem verlockenden Angebot nicht länger widerstehen können.

Dass Udo manchmal klaut, weiß ich. Jockel und er haben ja immer Hunger, und wozu besitzt Udos Vater denn eine Bäckerei? Oft greift Udo zu, wenn die frischen Brötchen so verführerisch zu ihm hochduften. Und dann läuft er, in jeder Hosentasche ein Brötchen, zu Jockel und es wird geteilt. Aber Hühner aus einem fremden Stall stehlen, das ist etwas ganz anderes.

Jockel verteidigte sich: »Spiel jetzt bloß nicht die Moraltante! Es klauen doch alle. Und Udos Vater, betrügt der etwa nicht? Kartoffeln mischt er ins Mehl, und Wasser kippt er in die Butter, bevor er sie in den Teig gibt. Und Udo und ich, was können wir denn dafür, dass es nichts Vernünftiges zu fressen gibt.«

Es fiel mir schwer, irgendwas darauf zu antworten, das nicht nach »Moraltante« klang. »Aber wieso denn ausgerechnet beim Kroog?«, war das Einzige, was mir noch dazu einfiel. »Etwa weil die Engländer ihn mitgenommen haben und er deshalb auf seine Hühner nicht aufpassen kann?«

Wie Jockel da triumphierte! »Aber der Kroog ist doch gar nicht mehr bei den Engländern«, trompetete er. »Hab ihn gesehen. Ein bisschen dünner ist er geworden, aber er hat viel gelacht und seinen Leuten jede Menge Schnaps ausgeschenkt.«

Was für eine Neuigkeit! Der Kroog war zurück, spendierte Schnaps und lachte? Ich musste an den Garstein denken. Seit seiner Flucht hatte er sich im Dorf nicht mehr blicken lassen. Seine Frau, die jetzt mit ihrer Tochter den kleinen Hof ganz allein bewirtschaften muss, weiß auch nicht, wo er steckt. Jedenfalls sagt sie das. Getuschelt wird, dass er in eine andere Besatzungszone abgetaucht ist, weil man ihn dort nicht kennt. Gibt ja jetzt vier davon, eine englische, zu der auch Kewenow gehört, eine amerikanische, eine französische und eine russische. Die Sieger, so heißt es, haben Deutschland unter sich aufgeteilt. Allein sie bestimmen noch, was wir Deutschen dürfen und was nicht.

Das Schokoladenpapier, es war vergessen. Ich befahl Jockel, die Beweise für seine Verfressenheit irgendwo weit draußen ins Gebüsch zu werfen, dann lief ich schon los. Zu Klaas. Das mit dem Kroog, das musste er unbedingt wissen.

Die Kirche neben dem Pastorenhaus ist nur noch eine Ruine, umgeben von viel Schutt. Die Akazien davor aber blühen, als wäre überhaupt nichts geschehen. Die eine ganz weiß, die andere rosa. Freue mich jedes Mal, wenn ich sie sehe. Bin ja nun wieder öfter im Pastorenhaus zu Besuch. Klaas und ich hören viel Musik. Vor allem amerikanischen Jazz und Swing. Klaas hat diese Musik schon immer geliebt, durfte sie aber nie laut hören. Sie war ja verboten. Dafür lässt er sie jetzt jedes Mal ganz besonders laut dröhnen. Er muss nicht mehr seinen Detektor aus dem Versteck holen, darf das Radio seiner Mutter auf jeden Sender einstellen, den er hören will.

Mir gefällt diese Musik auch. Sie geht irgendwie in die Beine. Zu Hause, in Eichenbrück, haben wir auch oft Musik gehört. Meistens das Wunschkonzert. Lieder wie *Heimat, deine Sterne* oder *Das kann doch einen Seemann nicht erschüttern*. Doch da kribbelte es mir nur selten in den Beinen, da summte ich nur öfter leise mit.

Klaas' Mutter begrüßt mich jetzt immer, als gehöre ich schon irgendwie zur Familie. Vielleicht hat sie gedacht, dass sich für Klaas kein Mädchen interessiert. Wegen seines Hinkens. »Na, Renatchen«, sagte sie auch jetzt wieder. »Hat dir die Frau Griesgram mal wieder ein Minütlein freigegeben?«

Ich nickte nur, obwohl die Griess überhaupt nichts davon wusste, dass sie mir »freigegeben« hatte.

Bin für Klaas' Mutter nur noch das »Renatchen«. Komme ich, reden wir jedes Mal ein bisschen miteinander. Kann ja nicht so einfach an ihr vorbei in Klaas' Zimmer stürmen. Diesmal aber sah sie mir meine Ungeduld an. »Na, dann geh mal rasch zu ihm«, sagte sie und streichelte meinen Arm. »Hab noch viel zu tun.«

Kaum war ich in Klaas' Zimmer, platzte ich schon mit meiner Neuigkeit heraus.

Er hatte gelesen und legte das Buch gleich beiseite, sagte dann aber nur: »Klar! Sie haben ihn ein paar Tage lang verhört – und wieder laufen lassen. Warum denn auch nicht?«

»Wie bitte?« Ich starrte ihn an, als könnte ich unmöglich richtig gehört haben. Hatte er denn vergessen, was der Kroog seinem Vater angetan hat?

Er hielt mir einen kleinen Vortrag. Ortsbauernführer habe es doch jede Menge gegeben, sagte er, ob die jetzt etwa alle eingesperrt werden sollten? »Wer bewirtschaftet dann die Höfe? Muss doch alles irgendwie weitergehen. Wir leben hier auf dem Land, das Vieh und die Felder kümmern sich einen Scheißdreck um ‚Verrat und Missetat'. Außerdem ist der liebe Otto ja nun mein Lebensretter. Ein echter Held! So einen sperrt man doch nicht ein.«

Machte er Witze? Ja, der Mann, der seinen Vater ins Lager gebracht hat, ist zum Schluss tatsächlich so etwas wie sein Lebensretter geworden. Und hat damit sicher noch viele andere Leben gerettet, denn hätte der Garstein Klaas erschossen, hätten die Engländer das Feuer eröffnet. Daran gibt's keinen Zweifel. Dass der Kroog sich mit dieser Tat nur bei ihnen anbiedern wollte, spielt das noch eine Rolle? Lebensretter bleibt Lebensretter!

Aber ist das denn gerecht? Wiegt das eine das andere auf? Das Foto über Klaas' Bett! Dieser so mild blickende Mann, der aussieht, als hätte er für alle, aber auch wirklich alle menschlichen Fehler Verständnis, nur eben nicht für allerschlimmste Verbrechen. Hätte der Kroog ihn nicht angezeigt, würde er jetzt noch leben. Gehört der, der ihn denunziert hat, denn nicht vor Gericht?

Klaas erriet, was in mir vorging. »Was für den Kroog gilt«, sagte er leise, »das gilt doch für jeden zweiten braven Deutschen. Willst du die alle einsperren?«

Jeder Zweite? Das hatte so ähnlich auch Mama schon gesagt. Aber war das nicht wirklich sehr übertrieben? Momm und Pappka waren ja auch dem Hitler »nachgelaufen«, wie Klaas das nannte, doch nie, niemals hätten sie jemanden angezeigt, nur weil er wie Klaas' Vater redete. Sie hätten über ihn geschimpft oder ihn – wie Onkel Rudi – nicht mehr sehen wollen, denunziert aber hätten sie ihn nicht. Dafür lege ich meine Hand ins Feuer.

»Gut!« Klaas gab sich großzügig. »Dann eben nicht jeder Zweite, sondern nur jeder Vierte oder Fünfte. Aber sind das nicht auch noch viel zu viele, um sie alle zu verhaften? In der

BBC haben sie gesagt, unser Leben müsse irgendwie wieder in Gang kommen. Wie soll das gehen ohne ›Arbeitskräfte‹?«

Wieder dieser bittere Spott! Er aber, das sah ich ihm an, gab der *BBC* recht, egal wie zornig ihn diese »Einsicht in das Notwendige« machte.

Ich überlegte kurz, dann widersprach ich ihm so heftig, als wollte ich damit irgendwen prügeln. »Ich würde ihn trotzdem anzeigen«, sagte ich laut. »So einer darf nicht so einfach davonkommen. Sonst … sonst stimmt ja überhaupt nichts mehr.«

Er nickte traurig. Jetzt war selbst ihm das Spotten vergangen. »Aber wenn ich ihn anzeige, werde ich dann nicht auch zum Denunzianten? Außerdem: Was würde das schon groß bringen? Der Kroog hat sich ja immer nur an die Gesetze gehalten. Und hat etwa *er* die gemacht? So verteidigen sich ja jetzt alle. Wenn sie ihn also überhaupt verurteilen, dann sitzt er vielleicht 'n paar Monate im Gefängnis. Und danach? Danach kommt er zurück, bewirtschaftet brav seinen großen Hof und keiner nimmt ihm noch irgendwas krumm.« Er zuckte die Achseln. »Ist eben alles, wie es ist. Kommt nur darauf an, es zu schlucken, ohne daran zu ersticken.«

Denkt er wirklich so? Kann's noch immer nicht recht glauben. *Will* das einfach nicht glauben.

Über die grüne Grenze

Klaas will nichts gegen ihn tun und seine Mutter auch nicht, aber wie der Kroog seit seiner Heimkehr durchs Dorf stolziert! Jedes zweite Wort, schimpft die Griess, lautet »Der Tommy hat's angeordnet« oder »Der Tommy hat's verboten«.

Er kam auch zu uns. Momm war gerade beim Radieschenzupfen. Er hat ein bisschen mitgeholfen und Momm ein Kompliment nach dem anderen gemacht: Wie gut sie aussehe, und das trotz der harten Arbeit und der mageren Zeiten. Ja, und wie viel Stärke sie doch beweise, allein mit vier Kindern! Sie sei eine ungemein tapfere deutsche Soldatenfrau. Er ziehe vor ihr den Hut.

Er hat seinen Deckel aber aufbehalten. Und weil Momm über seine Sprüche nur gelacht hat, redete er immer weiter: Was für ein Glück wir doch haben, in der englischen Besatzungszone leben zu dürfen! »Im Osten, wo der Russe einmarschiert ist, da wären Sie und Ihre Tochter ja allerschlimmsten Gefahren ausgesetzt, nicht wahr? Was man da so alles zu hören bekommt – entsetzlich!«

Die Engländer seien anders, die hätten ihn nicht schlecht behandelt, erzählte er gut gelaunt. Und das, obwohl er sich ihnen gleich als Ortsbauernführer vorgestellt und nichts, aber auch wirklich gar nichts verheimlicht habe. »*Fair play* heißt's bei denen, und fair, das muss man zugeben, sind sie. Sonst hätte ich sicher noch lange nicht auf meinen Hof zurückkehren dürfen. Sind eben doch eine Kulturnation, die Briten. Man weiß dort, wozu unsereins gezwungen war, wenn man einigermaßen heil durch die Zeit kommen wollte.«

Als er das sagte – ich arbeitete im Nachbarbeet –, richtete er sich auf und sah Momm lange kopfnickend an. »Ja, Frau Haak, in den letzten zwölf Jahren ist so manches Furchtbare geschehen. Hab das meiste nur leider gar nicht gewusst und viel zu lange an die gute Sache geglaubt. Wie so viele andere ja auch, nicht wahr? Verführt, hintergangen und belogen worden sind wir. Doch was kann unsereins jetzt Besseres tun, als wieder aufzubauen, was im Krieg zerstört wurde?«

Ich musste mich abwenden. Konnte ihn einfach nicht länger ansehen. Momm arbeitete stumm weiter, bis er sie plötzlich fragte, ob sie denn inzwischen schon etwas von ihrem Mann gehört habe. Wenn nicht, solle sie sich keine unnötigen Sorgen machen, die Kriegsgefangenen dürften nun mal nicht sofort schreiben. »Na ja, und von denen, die bei den Russen gelandet sind, werden wir sicher sehr, sehr lange nichts hören. Wie die mit unseren Leuten umgehen! Eine Schande ist das!«

Darauf musste Momm irgendwas antworten. Sie tat es, ohne ihre Arbeit zu unterbrechen. »Ja, ja, schlimm ist das alles«, sagte sie. »Aber vielleicht hat mein Hermann ja längst geschrieben und der Brief steckt in den vielen Stapeln Post, die jetzt irgendwo rumliegen. Die trägt ja niemand mehr aus. Bevor man nichts Genaues weiß, soll man die Hoffnung nicht aufgeben.«

Der Kroog tat, als hätte er sich so was Ähnliches auch schon gedacht, nickte wieder ein paarmal und fragte Momm endlich das, weshalb er wohl überhaupt nur gekommen war: Ob sie sich sein Angebot, für ihn zu arbeiten, nicht doch noch einmal überlegen wolle? »Ich meine, das kann ja sehr, sehr lange dauern, bis Ihr Mann heimkommt. Und dann braucht auch er eine Arbeit und die könnte ich ihm bieten. Jedenfalls solange er nichts Besseres gefunden hat. Sie beide auf meinem Hof, und wenn's nur für ein paar Monate ist, warum denn nicht? Das Leben muss doch weitergehen, nicht wahr?«

Ich biss mir auf die Lippen. Nur jetzt nicht irgendwas Freches rauslassen! Das Leben muss doch weitergehen! Alle sagen das jetzt so einfach, sogar Klaas.

Und der Kroog setzte noch eins drauf. »Denken Sie doch auch mal an Ihre Kinder«, sagte er. »Die kommen ja noch ganz und gar runter, wenn sie nicht bald mal wieder richtig futtern dürfen.«

Momm sah *gut* aus, wir aber, ihre Kinder, würden noch *ganz und gar* runterkommen? Merkte dieser Mann denn nicht, was er da gesagt hatte? Eine gut aussehende Mutter, die ihre Kinder herunterkommen ließ?

Momm, tief über die Radieschen gebeugt, konnte sich ein heimliches Lächeln nicht verkneifen. »Nett, dass Sie sich um meine Kinder sorgen, Herr Kroog!«, sagte sie, ohne aufzublicken. »Aber so schlecht, wie Sie denken, geht's uns doch gar nicht. Die Leute in Hamburg oder Berlin würden gern mit uns tauschen.«

Endlich hatte der Kroog kapiert. »Reden Sie sich da nicht etwas ein, Frau Haak?«, fragte er kalt. »Glauben Sie wirklich, mit Ihren Kindern wäre alles in Ordnung? Na gut, dann sagen

Sie mir doch mal, was Ihren Sohn dazu zwang, in meinen Stall einzubrechen und mir drei Hühner zu stehlen, wenn's nicht die nackte Not war.«

Eine Ohrfeige! Nichts als eine kräftige Ohrfeige! Mit weit aufgerissenen Augen richtete Momm sich auf. »Wie bitte? Was haben Sie da eben gesagt?«

Der Kroog: »Leider die Wahrheit. Die Diebe sind gesehen worden. Der Sohn vom Hielscher war der eine, der andere Ihr Junge. Hätte Ihnen gern Angenehmeres gesagt, aber Wahrheit muss doch Wahrheit bleiben, nicht wahr?«

Wahrheit muss Wahrheit bleiben! Am liebsten hätte ich diesem verheuchelten Kerl ins Gesicht gespuckt. Wie bedauerte ich nun, Momm allein Jockel zuliebe nichts von dem Diebstahl erzählt zu haben. Hätt ich's getan, hätte der Kroog nicht einen solchen Trumpf ausspielen können.

Momm wusste sofort, dass dieser Diebstahl nicht erfunden war. Was aber antwortete sie? »Nein, Herr Kroog, da muss ein ganz dummer Irrtum vorliegen. Mein Joachim macht so etwas nicht. Tut mir ja leid, dass Ihnen Hühner gestohlen wurden, *mein* Sohn aber hat mit dieser Sache nichts zu tun.«

Sie schaffte es sogar, erneut zu lächeln, doch kann sie nun mal nicht gut lügen. Der Kroog sah ihr an, wie verstört sie war – und da lächelte auch er, nur eben eher böse. »Aber liebe Frau Haak! Ich kann ja verstehen, dass eine Mutter ihren Sohn verteidigt. Doch darf ich mich deshalb mit diesem Diebstahl so einfach abfinden? Noch dazu heutzutage, wo jedes Huhn ein kleines Vermögen wert ist?«

Momm wollte etwas entgegnen, er ließ sie nicht zu Wort kommen. »Nein, nein, nein, alles was recht ist, was da geschehen ist, war nicht in Ordnung. Doch bin ich kein Unmensch, nicht wahr? Wie heißt es so schön: Eine Hand wäscht die andere. Auf meinem Hof gibt's so viel zu tun, kommen Sie mir entgegen und sorgen Sie für Wiedergutmachung, dann drücke ich ein Auge zu. Obwohl ich – das werden Sie zugeben müssen – eine solche Straftat ja eigentlich nicht decken dürfte.«

Ich sah, wie Momm sich straffte. Eine eiskalte Erpressung war das, nichts anderes! »Danke, vielen, vielen Dank für Ihr freundliches Angebot, Herr Kroog!«, spottete sie. »Aber da mein Joachim mit diesem Diebstahl so rein gar nichts zu tun hat, möchte ich Sie doch lieber bitten, die Sache zur Anzeige zu bringen. Wäre nicht schön, wenn die beiden Jungen weiter ungerechtfertigt verdächtigt würden.«

Und damit griff sie sich den Korb mit den Radieschen und zusammen gingen wir aufs Haus zu. Dem Kroog blieb nichts anderes übrig, als ihr nachzurufen, dass er diesen klugen Ratschlag gern befolgen werde. Ein Diebstahl bliebe ja auch in der neuen Zeit noch immer ein Diebstahl.

Erst wollte Momm einfach nur weitergehen, aber dann drehte sie sich doch noch mal um. »Ja, natürlich!«, rief sie laut. »Diebstahl bleibt Diebstahl – und Denunziation Denunziation! Und das ganz besonders in der neuen Zeit, nicht wahr?« Sie lachte so laut und erbittert, wie ich's zuvor noch nie von ihr gehört hatte. »Das nur für den Fall, dass Sie vergessen haben sollten, den Engländern zu erzählen, wer Pastor Beckers in das Lager gebracht hat, aus dem er dann nicht mehr zurückkehrte. Sie haben ihnen doch nichts verheimlicht, oder etwa doch?«

Keine Ohrfeige, nein, das war ein *Faustschlag*! Einen Augenblick lang starrte der Kroog Momm nur ganz entgeistert an – dass sie von dieser Sache wusste, damit hatte er nicht gerechnet. Dann brüllte er zurück: »Stoßen Sie besser nicht so laut ins Horn, Frau Haak! So sauber sind Sie und Ihr Mann ja auch nicht geblieben. Oder war Ihr Hermann etwa nicht in der Partei? Und auch in der SA? Ganz niedrige Mitgliedsnummer, nicht wahr?«

Ein zweiter Faustschlag! Aber diesmal traf er uns. Woher wusste der Kroog denn so gut über uns Bescheid? Kurz rang Momm um Fassung, dann spuckte sie voller Verachtung aus. Wieder etwas, das sonst gar nicht ihre Art ist. Der Kroog bekam es mit und sagte nichts mehr, zog nur seinen Hut tiefer in die Stirn, bestieg sein Motorrad und brauste davon.

Bleibt die Frage, woher er so viel über uns weiß. Hatte das Berliner Amt, das uns nach Kewenow geschickt hat, ihn über uns informiert? Wenn ja, dann musste Momm dort alles über uns und Pappka angegeben haben. Vielleicht, um unsere Chance auf eine rasche Einquartierung zu erhöhen?

Hab lange überlegt, aber nein, ich werde Momm nicht danach fragen. Jetzt noch nicht. Sie ist traurig genug. Doch was für eine Abfuhr sie dem Kroog erteilt hat! Wenn es sein muss, kann sie hart sein. Bin richtig stolz auf sie.

Kaum waren wir im Haus, fragte sie, was ich von diesem Hühnerdiebstahl wusste. Und da überlegte ich nicht lange, sondern erzählte ihr die ganze Geschichte.

Kopfschüttelnd hörte sie zu, und dann schimpfte sie: »Zeiten sind das! Kinder, die stehlen, Kinder, die Geschäfte machen! Wo soll das nur alles noch hinführen?« Doch nach einigem Nachdenken zuckte sie die Achseln. »Na ja, warum denn auch nicht, wird ja jetzt überall gestohlen und betrogen, geschachert und geschoben. Wie sollen Jungen wie Jockel und Udo nicht auch mal von diesem Kuchen kosten wollen? Werde Jockel die Ohren lang ziehen, wirklich übel aber nehme ich ihm nur, dass er die Schokolade nicht mit euch geteilt hat.«

Sie dachte nicht anders als ich: Was Jockel und Udo getan hatten, war eine üble Sache, doch kein »Verbrechen«. Der Kroog aber war und blieb ein Denunziant. Deshalb, sagte sie, wird er Jockel und Udo auch nicht anzeigen. Bei wem denn? Bei den Engländern? Die hätten anderes zu tun, als sich um irgendwelche jugendlichen Hühnerdiebe zu kümmern. Und müsste er dann nicht befürchten, dass sie über uns von Pastor Beckers erfuhren? Ja, und zur Polizei gehen? Wo sollte der Kroog sich da hinwenden? In Kewenow gibt's doch gar keine Polizisten. Und die paar alten Männer in den Polizeiwachen der größeren Nachbarorte würden wegen drei geklauter Hühner doch keine große Untersuchung starten.

Nein, sie hat recht, vor dem Kroog müssen wir uns nicht fürchten. Dass Pappka schon früh in der SA und der Partei war, was besagt das schon? Da war ja halb Deutschland drin. Und dass auch Momm und Pappka *nicht ganz sauber* geblieben sind, was ist das anderes als eine Vermutung, weil er sich nichts anderes vorstellen kann?

Noch am Nachmittag dachte ich über all das nach, bis – ich kann's immer noch nicht fassen! – ein Wunder geschah:

Ich war beim Abwasch. Auf einmal klopfte es an der Tür. Ich dachte, na, sicher wieder irgendein Schieber oder Hamsterer, den ich abweisen muss, weil die Griess das so will. Trocknete mir umständlich die Hände ab und öffnete – und wer stand vor unserer Tür?

Kein Schieber und kein Hamsterer, sondern – Tante Mala!

Ich war so überrascht, dass ich lange nicht wusste, was ich sagen sollte. Starrte sie nur ungläubig an. Wo kam sie denn so plötzlich her? Und wie sah sie aus?

Tante Mala lachte nur und berlinerte gleich los: »Na, Renalein! Wat sagste nu? Da schneit's plötzlich vor der Tür und dit ooch noch mitten im Sommer!« Und dann fielen wir uns auch schon um den Hals und ich hab vor Schreck und Freude endlos lange geheult.

Dünn ist sie geworden, klapperdürr. Früher trug sie die buntesten Kleider, jetzt musste sie erst mal den für diese Jahreszeit viel zu warmen, langen, dunklen Mantel ausziehen. Drunter Skihose und Pullover – alles in Schwarz. Rucksack und Tasche stellte sie in eine Ecke, froh, die schwere Last endlich los zu sein.

Genau in diesem Moment kam Momm in die Küche. Sie hatte nur irgendwas holen wollen – und erstarrte mitten in der Bewegung. »Malchen?«, rief sie ganz verdutzt. »Ja, aber wo kommst du denn auf einmal her?«

»Na, woher schon?« Tante Mala lachte einfach immer weiter. »Vom Bahnhof natürlich.« Und dann umarmte sie auch Momm und drückte sie fest an sich, und vor Glück, uns wiedergefunden zu haben, heulten wir jetzt alle drei.

Später, zu sechst um den Küchentisch, löffelte Tante Mala erst mal voller Heißhunger den Rest Nudelsuppe, den Momm ihr aufgewärmt hatte. Kaum aber war sie damit fertig, brannte schon ihre Zigarette und sie begann zu erzählen.

In den letzten Kriegstagen ist auch Tante Malas Haus von einer Bombe getroffen worden. Doch hatten sie und alle ihre Nachbarn »Glück im Unglück« – sie hatten im Luftschutzkeller überlebt.

»Nur: Wo sollte ich danach hin? Wer von all meinen Freunden und Bekannten besaß noch eine heile Wohnung? Wie ein altes Waisenkind stand euer Malchen auf der Straße. Bis es endlich losmarschiert ist, quer durch die ganze Stadt.« Sie seufzte schwer, als sie daran zurückdachte. »Stand ein Haus, zu dem ich wollte, nicht mehr, zog ich weiter. Stand es noch, war jedes Sofa, jede Couch und jeder Sessel längst belegt. Am Ende erbarmte sich eine flüchtige Bekannte. Doch natürlich freute sie sich nicht über meine Dauervisite. Eines ihrer zwei Zimmer hatte sie bereits einer Einquartierung opfern müssen, wir teilten uns das andere.«

Eine schlimme Zeit für Tante Mala. In diesem Haus gab's schon lange kein Gas und keinen Strom mehr. Ihre Bekannte und die bei ihr Einquartierten mussten einen kleinen, auf dem Balkon stehenden und mit Holz befeuerten Kanonenofen nutzen, um sich Suppen aus Konservendosen heiß zu machen. Dazu diese quälend langen Abende bei Kerzenschein. Schon bald wussten die beiden Frauen nicht mehr, was sie einander noch erzählen sollten. Auch durfte Tante Mala im Zimmer nicht rauchen und auf dem Balkon konnte sie sich nicht bewegen und fror hundserbärmlich. Und ging sie mit ihrer Zigarette auf die Straße, musste sie um ihr Leben fürchten. Inzwischen wurde die ganze Stadt mit russischen Granaten beschossen. Und einmal, da hing ein toter deutscher Soldat an der Laterne vor der Haustür. SS-Streifen hatten ihn erhängt, weil er nicht mehr kämpfen wollte. Ein Pappschild hing ihm um den Hals. *Ich war zu feige, für meine Familie zu kämpfen* stand drauf.

Und als der Krieg vorüber war, wurde es für Tante Mala auch nicht viel besser. Jetzt mussten sich alle Frauen vor den russischen Soldaten vorsehen, die in der Stadt unterwegs waren. Sah so ein »Russki« eine Frau ganz allein auf der Straße, konnte es passieren, dass er einfach nur »Komm« sagte, um sich in irgendeiner Ruine auf sie zu werfen. Weglaufen war kaum möglich. Also stimmten die Geschichten, die schon lange vorher über diese vielen Vergewaltigungen erzählt worden waren. Mir wurde kalt, als ich das hörte.

Das alles ging so lange, bis Tante Mala beschloss, sich aus dieser »babylonischen Gefangenschaft« zu befreien. Sie dachte an uns und daran, dass sie ja unsere Adresse hatte, und schnappte sich ihre beiden »Möbelwagen« – den Rucksack und die Tasche, die sie vor jedem Bombenangriff in den Luftschutzkeller mitgeschleppt hatte. Ihre wichtigsten Papiere, Wäsche und Kleidung, vor allem aber ihre »Lebensversicherung« – ihr gesamter Schmuck steckten darin. Ein herzliches Dankeschön an die Bekannte, dann machte sie sich auf den Weg.

Wie aber herkommen? Fahren ja kaum noch Fernzüge. Und wenn doch, nehmen sie nur Deutsche mit gültigen Reisepapieren mit. Berlin aber liegt in der russischen und Kewenow in der englischen Besatzungszone und ohne die von den Siegern ausgestellten notwendigen Papiere kommt keiner über die Grenze.

Doch kennt Tante Mala ja so viele Leute. Ein schon lange pensionierter Studienrat, dem die Russen sein altes, klappriges Auto gelassen hatten, weil er unter den Nazis zwei Jahre im

Gefängnis gesessen hatte, konnte helfen. Mit diesem Gefährt brachte er sie nach Boizenburg, eine noch in der russischen Besatzungszone gelegene, aber nicht weit von der englischen Zone entfernten Stadt. Dort kannte der Studienrat jemanden, der wiederum jemanden kannte, der auch wen kannte. Und so war Tante Mala bald »Zwölftel« einer Gruppe von Leuten, die dieser Bekanntenbekannte ohne jede Reisegenehmigung über die grüne Grenze bringen wollte. Natürlich gegen Bezahlung.

Versteckt in einem schon seit längerer Zeit geschlossenen Gasthaus mussten die zwölf meistens noch sehr viel jüngeren Männer und Frauen bei spärlicher Verpflegung warten, bis es eines Nachts endlich losging. Auf der Ladefläche eines über Stock und Stein rumpelnden Lasters, der vorher was »landwirtschaftlich Stinkendes« geladen haben musste, fuhr dieser Bekanntenbekannte sie immer tiefer in den Wald hinein. Von dort ging's zu Fuß weiter. Und das allein, ohne jede Führung. Im Gänsemarsch immer den Weg entlang, der ihnen gewiesen worden war. Ein endloses Vorwärtshasten durch ein sehr dunkles, kaum vom Mond beschienenes Waldgebiet war das.

»Bin ja eigentlich keine Zitterpappel«, sagte Tante Mala. »Aber wäre ich in all der Finsternis über eine Wurzel gestolpert und hätte mir den Fuß gebrochen oder auch nur verstaucht, wie wäre es mit mir weitergegangen? Die anderen hätten mich doch nicht mitschleppen können.«

Irgendwann aber war es geschafft. Sie waren in der englischen Besatzungszone angelangt. Ein Hinweisschild, das ihnen verriet, dass Hamburg nicht mehr fern war, ließ sie aufatmen.

In Hamburg musste Tante Mala sich dann erst mal ausruhen. Zwei Tage hauste sie mit vielen anderen in einer Ruine, bis der »Kartoffel-Express« sie nach Kewenow brachte. Hier angekommen, folgte sie all den Hamsterern und Schiebern zu den Höfen, um sich gleich im ersten den Weg zu Frau Griess beschreiben zu lassen. Und jetzt saß sie zwischen uns und freute sich, dass sie uns gefunden hatte.

Und wir freuen uns noch immer, dass sie bei uns ist. Mit Tante Mala, so glaube ich, ist alles leichter zu ertragen.

Wie es mit ihr weitergehen soll, nein, das sorgt sie wenig. Und das, obwohl sie ja weder eine Zuzugs- noch eine Aufenthaltsgenehmigung für Kewenow besitzt und deshalb keine Lebensmittelkarte bekommen wird.

Als Momm sie darauf ansprach, winkte sie ab. »Ach was, Lottchen! Fragt mich wer, woher, wieso und warum, wird mir schon was Schlaues einfallen. Irgendwas mit ›nur weg von den bösen Russen‹, das hören die Tommys gern. Und was Unterkunft und Verpflegung betrifft, na, eure Frau Griess wird doch sicher noch irgendwo 'ne Matratze oder 'n Strohsack rumliegen haben. Ich zahle gut!«

»Malchen, Malchen!« Momm musste lachen. »So was bringst auch nur du fertig – einfach losgehen und herkommen und nirgendwo ein Problem sehen.«

»Danke für die Lorbeeren!« Tante Mala lachte auch. »Aber dass nur ich so was fertigbringe, das scheint mir doch stark übertrieben. Ist doch längst die halbe Welt auf den Beinen. Die einen müssen weg, weil sie dort, wo sie mal gelebt haben, keiner mehr will, die anderen, weil ihnen das Dach überm Kopf weggebombt wurde. Und wer den Mut verliert, ob der ihn dann irgendwann-irgendwo wiederfindet? Ist dein Hermann erst zurück, Lottchen, wird er genauso reden.«

Wie sie das gesagt hat! Als ob sie sich total sicher ist, dass Pappka wiederkommt.

Sie sah mir an, was ich dachte, nahm meine Hand und streichelte sie. »Aber ja, Rena! Der Hermann kommt zurück. Kenne ihn doch! So einer geht nicht unter, der strampelt sich überall frei. Dass ihr lange nichts von ihm gehört habt, das ist jetzt eben so. Die Russen, Engländer oder Amerikaner verteilen doch nicht sofort Papier und Bleistift, damit unsere Soldaten, die fast die ganze Welt mit Krieg überzogen haben, umgehend ihren Familien schreiben können.«

»Aber Mala! Wie redest du denn?« Erschreckt schüttelte Momm den Kopf. »Hermann hat doch den Krieg nicht gewollt.«

»*Gewollt* sicher nicht.« Tante Mala seufzte. »Aber dagegen getan hat er – wie wir alle – auch nichts. Ich, Lottchen – du weißt es –, war ja politisch nie sehr interessiert. Hab mich immer nur mit Kultur beschäftigt – Literatur, Theater, Musik, Malerei ... Bis schließlich die Unkultur die Macht übernahm. Da erst bin ich aufgewacht – und hab die Augen ganz schnell wieder zugemacht: Wenn ich das Böse nicht sehe, dann sieht's mich vielleicht auch nicht ... Ein dummer Versuch, mich über die Zeit zu retten. Musste ja irgendwann doch hinsehen – und die Klappe halten. Hab schon immer viel zu gern gelebt, um irgendwas zu riskieren. Jetzt aber, Lottchen, hilft keine Ausrede mehr! Jetzt müssen wir sagen, was wir mit uns haben machen lassen. Wer immer noch schweigt, macht sich zum Mittäter.«

Da sagte Momm nichts mehr, und auch Tante Mala hing still ihren Gedanken nach. Bis sie auf einmal flüsterte: »Muss jetzt so oft an Rudi denken, Lottchen! Er gehörte zu denen, die von Anfang an wussten, dass wir schnurstracks in die Katastrophe marschierten. Hat nicht immer klug gehandelt, dein sturer Schwager, doch hat er gewusst, wohin die Reise ging.«

Sagte es, blickte eine Weile nachdenklich in sich hinein – und dann bat sie Momm, doch mal kurz mit ihr vor die Tür zu gehen.

Keine Frage, sie wollte nicht, dass wir Kinder hörten, was sie noch zu berichten hatte. Bittend blickte ich sie an und nach kurzem Zögern nickte sie mir zu und ich ging mit.

Onkel Rudi und Tante Lene – von einem ihrer vielen Bekannten hat Tante Mala es erfahren – leben nicht mehr. Nach dem, was Onkel Rudi im Luftschutzkeller gesagt hatte, waren sie vor Gericht gestellt, verurteilt und hingerichtet worden. Tante Malas Bekannter, ein Gefängnispfarrer, der vielen zum Tode Verurteilten in ihren letzten Stunden beigestanden hatte, hatte ihr das erzählt.

Momm und ich, wir wollten es lange nicht glauben. *Hingerichtet?* Und das nur, weil Onkel Rudi und Tante Lene etwas gesagt hatten, das sie nicht hätten sagen dürfen?

Klaas' Vater fiel mir ein – und ich sah wieder die Häftlingskolonne vor mir, all diese Skelette, wie sie so erbarmungslos an mir vorübergetrieben worden waren. Hörte auch wieder die Schüsse – und mir wurde übel, nicht anders als damals am Feldrand. Dazu die Berichte in der *BBC* ... War mir alles viel zu viel geworden, und vielleicht habe ich, als Tante Mala von Onkel Rudi und Tante Lene erzählte, ja nur deshalb nicht weinen können. Einfach weil ich das alles schon längst nicht mehr begreifen kann.

Am Eppendorfer Baum

Jetzt ist Tante Mala schon seit einer ganzen Woche bei uns. Freue mich immer noch über ihr Kommen. Sie sieht vieles so ganz anders als wir. Doch werde ich dieses schlimme, taube Gefühl in mir nicht los, das mich auf all meinen Wegen begleitet. Kann einfach nicht vergessen, was Onkel Rudi und Tante Lene passiert ist.

Hingerichtet! Was für ein Wort! Stellte mir lange die grausamsten Szenen vor, sah, wie sie erschossen oder aufgehängt wurden. Doch was wirklich mit ihnen geschah, das ist noch viel, viel furchtbarer als alles, was ich mir hätte ausdenken können.

Heute Morgen hab ich gewagt, Tante Mala zu fragen, *wie* Onkel Rudi und Tante Lene denn ums Leben gekommen sind. Und ich erwartete Schlimmes. Was dann kam, nahm mir die Luft.

Zuerst wollte sie gar nicht darüber reden. Doch dann zuckte sie die Achseln. »Was soll's? Wirst ja ohnehin bald erfahren, wozu wir Menschen alles fähig sind. Und wirst damit leben müssen. Diese Schande, Rena, nimmt uns keiner ab.«

Onkel Rudi und Tante Lene sind unters Fallbeil gekommen! Der Kopf wurde ihnen abgeschlagen. Sie mussten sich in ein hölzernes Gestell legen – und dann sauste ein scharfes Beil auf sie herab.

Mir wurde schwindlig, ich musste mich hinsetzen. Tante Mala setzte sich neben mich, nahm mich in die Arme und streichelte mich. »Ist schlimm, Rena, ja, ich weiß«, flüsterte sie mir zu. »Doch dürfen wir davor nicht die Augen verschließen. Sie waren ja nicht die Einzigen, die auf diese oder andere Weise ihr Leben verloren. Wir sind es allen so grausam Dahingeopferten schuldig, nichts zu verschweigen.«

Hab nur stumm genickt, brachte kein einziges Wort heraus. Weiß jetzt aber endgültig, dass ich nie wieder die Rena werden kann, die ich mal war. All die letzten Jahre, wie verlogen waren sie! Und wie dumm war ich, weil ich immer nur gesehen habe, was ich sehen wollte.

Für Tante Mala hat die Griess sogar das Zimmer frei geräumt, in dem früher ihr Arthur geschlafen hat. Für einen Ring mit zwei kleinen Brillanten hat sie das getan. Sie wird diesen Ring nie tragen, irgendwann aber zu Geld machen können.

Tante Mala muss auch nicht für die Griess arbeiten, hat mit dem Ring für »Kost *und* Logis« bezahlt. Doch hilft sie mir manchmal in der Küche oder in den Ställen, weil wir nur dort ungestört miteinander reden können. In der Zwischenzeit ist sie viel unterwegs. Schon zwei Tage nach ihrer Ankunft bestieg sie wieder den »Kartoffel-Express«, um »mal kurz« nach Hamburg zu fahren. Dort, sagt sie, sieht es nicht anders aus als in Berlin. Alles in Schutt und Trümmern, die Brücken zerstört, das Hafenbecken ein einziger Friedhof für Schiffswracks.

Seitdem fährt sie immer wieder hin. Was sie dort hinlockt? Der Schwarzmarkt. In einer Gegend, die Eppendorfer Baum genannt wird, liegt er. Halb Hamburg soll sich dort treffen, um Geschäfte zu machen, fast alles soll man dort bekommen. Das allerdings nur, wenn man etwas sehr Hübsches oder bitter Notwendiges zum Tausch anbieten kann. Zigaretten, aber auch Schnaps und so gesuchte Dinge wie Steine fürs Feuerzeug oder Süßstoffpäckchen, sagt Tante Mala, seien sehr gefragt. Echten Zucker gibt's ja nicht.

Als sie das zweite Mal hinfuhr, hat Tante Mala für ihre geliebte Korallenkette zwei Pfund Speck bekommen. Und was hat sie mit dem Speck getan? Sich dafür ein dunkelblaues Kostüm eingetauscht, weil sie ja möglichst bald in Hamburg Arbeit finden und sich als »Bürodame« und nicht als Vogelscheuche in den Firmen vorstellen will.

Wenn Tante Mala erzählt, wie die Geschäfte am Eppendorfer Baum ablaufen, muss sie oft lachen. Manches klingt ja auch wirklich verrückt. Etwa, dass die Leute zwar alles Mögliche miteinander tauschen, aber kein Geld für ihre »Ware« nehmen dürfen. Hätte Tante Mala Geld für die Korallenkette oder die zwei Pfund Speck genommen und wäre dabei erwischt worden, hätte man ihr die Kette oder den Speck zur Strafe weggenommen. Aber Geld interessiert dort sowieso niemanden mehr. Weil man dafür ja kaum noch etwas bekommt. Die neue Währung sind Zigaretten, englische oder amerikanische.

Momm könnte Tante Mala Teile von unserem silbernen Besteck oder etwas von ihrem Schmuck mitgeben, damit sie Kleidung oder Schuhe für uns eintauscht, doch will sie damit warten, bis wieder Winter ist. Jockel und Kutti und auch du, Jutsch, ihr wachst so schnell aus allem heraus, das Eingetauschte muss etwas Warmes sein und euch auch im Februar und März noch passen.

Die Griess, sonst streng gegen alle Schieber- und Hamstergeschäfte, findet Tante Malas Hamburgfahrten nicht schlecht. Immer wieder gibt sie ihr Gläser von ihrer selbst gemachten Marmelade mit. Lebensmittel sind am Eppendorfer Baum besonders gefragt und die Griess braucht öfter solche einfachen Dinge wie Stopfgarn oder Nähnadeln, die es sonst nirgendwo mehr gibt. Wir haben von ihrer Marmelade noch nie etwas zu kosten bekommen, doch haben wir ihr ja auch nichts zum Tausch angeboten.

Ich denke oft, dass es gar nicht schlecht wäre, wenn Momm ein bisschen mehr wie Tante Mala wäre. Und Tante Mala wie Momm. Oft hab ich Angst um sie. Als sie das dritte Mal in Hamburg war, ist sie am Abend nicht heimgekommen. Was haben wir uns für Sorgen gemacht!

Am Abend darauf aber kam sie zurück, »beladen« mit jeder Menge neuem Mut. Sie hatte – typisch Tante Mala! – am Eppendorfer Baum jemanden getroffen. Und wen? Eine gute, alte Bekannte aus Berlin. Bei dieser Frau, auch ausgebombt, die sich bei einem Hamburger Cousin einquartiert hat, ist sie über Nacht geblieben. Der Cousin dieser Bekannten soll jede Menge Beziehungen zur ehemaligen Hamburger Geschäftswelt haben, ist von Tante Mala sehr beeindruckt und will ihr Arbeit besorgen. Eine Frau mit ihren Kenntnissen, soll er gesagt haben, wird schon bald wieder dringendst gesucht werden.

»Malchen, Malchen, Malchen!« Momm konnte sich mal wieder nur wundern. »Es gibt Leute, die treffen auch auf dem

Mond noch Bekannte.« Und sie vermutete gleich, dass Tante Mala von jetzt an mehr in Hamburg als bei uns sein würde.

Und so ist's dann ja auch gekommen. Auch heute Morgen fuhr sie nach Hamburg. Und als sie am Abend heimkehrte, führte sie uns weitere neue Kleidungsstücke vor, alle gegen irgendwelche Ringe, Armreifen oder Halsketten eingetauscht.

»Investitionen in die Zukunft«, klärte sie Momm über den Grund für diese vielen Neuanschaffungen auf. »Das Leben, Lottchen, geht ja weiter. Klein-Mala muss gerüstet sein.«

Jetzt ist auch der Juli schon so gut wie vorüber – und von Pappka noch immer kein einziges Lebenszeichen. Momm wird von Tag zu Tag unruhiger. Oft schaut sie die Straße entlang, als müsste er jeden Augenblick irgendwo ganz weit hinten auftauchen.

»Er wird uns doch finden?«, fragt sie Tante Mala immer wieder. »Dass wir nicht mehr in Eichenbrück sein können, das wird er ja wissen. Wo aber soll er uns suchen, wenn nicht in Berlin? Und du hast unsere Kewenower Adresse doch an den Hauseingang geschrieben, oder? Nur kann's natürlich geregnet haben und dann ist die Kreide vielleicht verwischt. Dann muss er zum Flüchtlingsamt, dort ist unsere neue Adresse ja sicher auch verzeichnet. Nur was, wenn das Amt zerbombt oder ausgebrannt ist? Dann sind alle Unterlagen vernichtet.«

Sie kann einfach nicht anders, muss immer wieder darüber reden. Egal wie oft Tante Mala ihr nun schon versichert hat, dass sie unsere neue Adresse so geschützt und dick neben der Haustür aufgemalt hat, dass kein noch so heftiger Regen sie verwischen kann. Ein paar Minuten lang ist Momm dann still.

Bis sie wieder anfängt: »Und was, wenn Hermann in Gefangenschaft geraten ist und es ihm nicht gut geht? Oder er schon lange nicht mehr lebt? Die Post funktioniert doch jetzt anscheinend wieder einigermaßen, und irgendwann muss man den Gefangenen doch Gelegenheit geben, sich bei ihren Familien zu melden.«

»Aber Lottchen!« Wie auf eine Kranke, so redet Tante Mala dann auf Momm ein. »Was machst du dir für unnötige Sorgen! Du hast keine Todesnachricht und keine Vermisstenmeldung bekommen, das ist doch schon mal gut, oder etwa nicht? Irgendwann wirst du sicher Post von Hermann bekommen, und wenn's erst in ein paar Monaten ist. Hab noch ein bisschen Geduld, du bist doch sonst so stark.«

Ja, und zu all diesen Sorgen um Pappka jetzt auch noch Jockels neueste »Heldentat«.

Nach der Schokoladengeschichte hatte Momm mit ihm geredet, und das so klar und deutlich wie selten zuvor. »*Mein Sohn* stiehlt nicht«, hatte sie zu ihm gesagt. »Und wenn er's – aus welchen Gründen auch immer – doch tut, dann frisst er, was er sich ergaunert hat, nicht heimlich in sich hinein, sondern denkt auch an seine Geschwister. Hättest du das getan, wäre das Ganze dir ja vielleicht noch zu verzeihen gewesen, so aber nicht.«

Sie hatte ihm den Hühnerdiebstahl dann aber doch verziehen. Ein etwas »zu derb« geratener Dummejungenstreich sei das gewesen, hatte sie zu Tante Mala gesagt. Aus der Not der Zeit geboren.

Was Udo und Jockel diesmal angestellt haben, ist auch aus der »Not der Zeit geboren«, doch nicht so leicht zu entschuldigen. Diesmal ging's um Marken von Lebensmittelkarten. Kann sich ja niemand bei einem Bäcker, Fleischer oder Lebensmittelhändler irgendwas kaufen, wenn er zum Geld nicht die entsprechenden Lebensmittelmarken abgeben kann, auf denen die erlaubten Grammzahlen angegeben sind, die jeder verbrauchen darf. Je schwerer einer arbeiten muss, desto mehr wird ihm zugeteilt. Es gibt die Schwerstarbeiterkarte – die beste von allen –, eine Kinderkarte und ganz zuletzt die »Friedhofskarte«. Die bekommen alle die, die keine körperlich schweren Arbeiten verrichten müssen. Für die Kewenower Bauern ist das nicht ganz so schlimm – die meisten haben irgendwelche »stillen Reserven« –, in den Städten wird trotz dieser Zuteilungen gehungert, weil es viel zu wenig ist, was die Leute kaufen dürfen, wenn sie denn überhaupt das nötige Geld dafür haben.

Als Bäcker muss auch Udos Vater solche Marken verlangen, die dann als Nachweis dafür, dass nichts »schwarz« verkauft wurde, abends auf Sammelbögen geklebt werden. Fehlen Marken, bekommt er vom Großhändler das nächste Mal weniger Mehl zugeteilt. In Hamburg sollen schon Ladenbesitzer verhaftet worden sein, nur weil sie Ware verkauft haben, ohne Marken dafür abzurechnen.

Oft muss Udo seinem Vater bei der Markenaufkleberei helfen. Und da hat er eines Abends die Gelegenheit genutzt und ein paar Marken in seiner Hosentasche verschwinden lassen. Um damit zusammen mit Jockel wohin zu fahren? Natürlich zum Eppendorfer Baum. Der »Kartoffel-Express« ist immer überfüllt. Auf den Dächern sitzen, auf den Trittbrettern und Puffern stehen die Leute, die damit hin- und herfahren. Ist ja jetzt Sommer, keiner kann mehr erfrieren. Jede Fahrkartenkontrolle – unmöglich! Und falls doch einmal ein Kontrolleur kommt, springt, wer keine Fahrkarte hat, einfach ab. Bei diesem Schnecken-Express kein Problem.

Udos Plan war mal wieder, die Marken gegen Zigaretten einzutauschen. Was diesmal auch bestens geklappt hat. Erst rauchten sie jeder selber eine, die übrigen zwei wurden weitergetauscht – gegen zwei kalte Bockwürste.

Wäre es bei diesem einen Mal geblieben, vielleicht wären die fehlenden Marken als »kleiner Schwund« gar nicht groß aufgefallen. Doch hatten die Bockwürste viel zu gut geschmeckt, also ließ Udo am nächsten Abend wieder ein paar Lebensmittelkartenabschnitte in seiner Hosentasche verschwinden. Diesmal schon viel mehr. Und wieder fuhren Jockel und er nach Hamburg. Nur kam ihnen diesmal jemand in die Quere.

Wer?

Tante Mala. Mitten im Gedränge des Schwarzmarkts sah sie auf einmal ihren Neffen Jockel mit seinem Freund Udo an sich vorüberlaufen. Zuerst wollte sie die beiden zu sich rufen, dann überlegte sie es sich anders. Sie ging ihnen nach und sah, wie Udo seine Lebensmittelkartenabschnitte anbot. Es gab ein Verhör und alles kam heraus.

Momm weinte, als sie davon erfuhr. Sie gab sich die Schuld daran, dass Jockel wieder in einen Diebstahl verwickelt war. Sie hätte besser auf ihn aufpassen müssen, sagte sie. Sie hatte doch bemerkt, dass er öfter für mehrere Stunden verschwunden war, und ihn vor der Griess auch noch damit verteidigt, dass Jungen in diesem Alter nicht immer nur arbeiten dürften, sondern auch einen gewissen Freiraum haben müssten.

Tante Mala musste sie mal wieder »zur Ordnung« rufen. »Aber Lottchen!«, schimpfte sie. »So viel, wie du hier zu tun hast, wie willst du da auch noch von morgens bis abends hinter deinen Kindern her sein? Gib denen die Schuld, die dieses Chaos zu verantworten haben, aber doch nicht dir. Und erst recht nicht den beiden Jungen. Sie sind doch noch Kinder. Beginnt erst die Schule wieder, wird sich manches legen.«

Viel geholfen hat das nicht. Oft blickt Momm Jockel traurig an, und dann wendet er den Blick ab, weil er ihr nicht gern Sorgen bereitet. Doch als Udos Vater zu ihr kam, um sich bei ihr über Jockel zu beschweren, da erwachte die andere Momm in ihr. Der Bäckermeister behauptete, Jockel habe Udo zu diesen Diebstählen verleitet.

»Glauben Sie das wirklich?«, fragte Momm kühl.

»Na, was denn sonst?« Udos Vater empörte diese Frage. »Kenne doch meinen Sohn. Von selbst wäre er nie darauf gekommen, den eigenen Vater zu bestehlen.«

Jetzt schaffte Momm es sogar zu lachen. »Seien Sie mir bitte nicht böse, Herr Hielscher«, sagte sie, »aber ich bin mir sicher, dass keiner der beiden Jungen den anderen zu dieser Sache verleitet hat. Wie heißt's doch so schön: Gelegenheit macht Diebe. Geben Sie in Zukunft also einfach besser auf die Marken acht, dann kann so etwas nicht mehr passieren.«

Eine ganze Weile starrte Udos Vater sie nur verblüfft an – so kannte er Momm noch nicht –, dann drehte er sich wortlos um und ging.

Ja, Jutsch, so ist sie, unsere Momm! Mal will sie verzagen, mal kann sie sehr stark sein. Und das fast immer, wenn es um uns geht.

So viel Glück haben nicht alle

Pappka ist zurück! Ist nun schon drei Tage her, dass er ganz plötzlich über den Hof kam und ich ihn beinahe nicht erkannt hätte, so richtig glauben aber kann ich's immer noch nicht.

Erst am Morgen hatte Momm wieder lange die Straße entlanggeblickt, in der Hoffnung, ihn irgendwo in der Ferne auftauchen zu sehen. Am Nachmittag war er dann ganz plötzlich da, und ich – ich war es, die ihm als Erste entgegenlaufen durfte!

Hatte gerade Panne und Dorchens Stall gereinigt – im Sommer sind sie tagsüber in dem offenen Verschlag hinter der Scheune –, als ganz langsam »ein Mann« über den Hof kam. Er trug keinen Soldatenmantel und auch sonst nichts, was an eine Uniform hätte erinnern können. Das Haar unter der ihm viel zu großen, tief in die Stirn gezogenen Schiebermütze war so lang, dass es ihm bis über die Ohren hing, ein dichter Bart bedeckte sein Gesicht. Die Hose war ihm zu kurz, die Jacke zu klein, an den hohen Schnürstiefeln klebten Dreckklumpen. Quer über die Felder musste er gelaufen sein, gestützt auf zwei grob gezimmerte Holzkrücken.

Ich machte lieber ein paar Schritte zurück. Nicht sehr vertrauenswürdig, dieser Landstreicher, dachte ich. Doch dann rief der fremde Mann auf einmal laut »Rena!« – und lachte froh. Und da wusste ich, wer gekommen war.

»Pappka!«, schrie ich und stürzte auf ihn zu. Und gleich ließ er seine Krücken fallen und umarmte mich so fest, als wollte er mich nie wieder loslassen.

»Rena!«, flüsterte er dann immer wieder, während er mir lange ins Gesicht sah, wie um zu überprüfen, ob ich's auch wirklich war. »Rena! Mädchen! Geht's dir gut? Und Momm, Jockel, Kutti und Jutsch, seid ihr gesund?«

Vor lauter Heulen und Schluchzen konnte ich gar nichts sagen. Pappka musste ja was passiert sein. Wozu sonst die Krücken? Und wie grau seine früher dunkelblonden Haare geworden waren, wie groß seine Augen in diesem so fahlen Gesicht! Dennoch war ich froh: Er lebte ja – und war zurück!

Und dann kamen auch schon Jockel und Kutti angerannt. Sie hatten die letzten Süßkirschen gepflückt und hoch oben im Baum lange nicht bemerkt, dass jemand gekommen war. Und erst recht nicht, wer!

Pappka umarmte zuerst Kutti, dann Jockel und zum Schluss alle beide. Lange staunte er, wie groß sie geworden waren, zum Schluss wollte er wieder wissen, ob wir denn auch alle gesund seien.

Ich konnte nur nicken, dann lief ich schon in die Küche, um Momm zu holen. Brachte aber, als ich vor ihr stand, noch immer kein Wort heraus, zeigte nur zur Tür, weinte und lachte.

Da ahnte sie etwas. »Pappka?«, hauchte sie, als wagte sie nicht, ihre Hoffnung zu laut werden zu lassen.

»Ja!«, flüsterte ich zurück und dachte, sie würde gleich losstürzen, hin zu Pappka. Sie nahm aber erst mal nur den Kessel mit der Kochwäsche vom Herd und trocknete sich danach lange und umständlich die Hände an der Kittelschürze ab. Alles wie automatisch. Dann, endlich, nahm sie dich auf den Arm – du, Jutsch, hattest mal wieder auf dem Küchenfußboden gespielt – und ging zur Tür. Und dort blieb sie stehen und sah Pappka eine Minute lang nur an. Bis sie nicht mehr anders konnte, sie drückte dich mir in die Arme und lief auf ihn zu. Und dann umarmten Momm und Pappka sich schweigend und, wie mir schien, endlos lange, küssten sich immer wieder und streichelten sich die Gesichter.

»Dass du wieder da bist!«, war das Erste, was Momm danach herausbrachte, während sie sich die Tränen aus dem Gesicht wischte. »Was haben wir gehofft und gebangt!«

»Na, und ich erst!« Pappka lachte, küsste sie noch mal und dann winkte er mich heran, damit er auch dich, Jutsch, begrüßen konnte. Du hast aber nur deine Elke an dich gepresst und den Kopf abgewendet. Der fremde Mann mit dem so dichten, dunklen Bart, wie hätte er dir keine Angst machen sollen?

Momm: »Bitte, Hermann, denk dir nichts dabei! Sie kann sich ja gar nicht mehr an dich erinnern. Ist ja schon so lange her, seit sie dich das letzte Mal sah.«

Pappka lachte nur weiter. »Na, wird schon wieder werden.« Und dann boxte er Jockel und Kutti zärtlich in die Seiten. Und wie wir danach ins Haus gingen, wie leicht war uns zumute!

Ist denn jetzt nicht wieder vieles so, wie's mal war? Auch wenn dieser Pappka noch lange nicht wieder der Pappka ist, den wir vor uns sehen, wenn wir an Eichenbrück zurückdenken?

Wie wir dann am Abend alle um den großen Küchentisch saßen! Die Griess war nicht dabei. Zwar hatte sie Pappka höflich begrüßt, ihm zur Begrüßung sogar ein Ei geopfert, sich danach aber schnell in ihre Wohnstube zurückgezogen. Muss ihr sehr wehgetan haben, dass ausgerechnet unser Pappka heimgekehrt ist und nicht ihr Mann oder ihr Sohn Ernst.

Doch was konnten wir dafür? Und war das mit dem einen Ei zum Abendbrot nicht lächerlich? Pappka ist ja nur noch Haut und Knochen, hätte sie ihm nicht wenigstens *zwei* Eier und vielleicht noch einen Zipfel Wurst opfern können?

Tante Mala war auch nicht dabei. Sie war schon früh am Morgen nach Hamburg gefahren und übernachtete bei ihrer Bekannten. Wir hatten Pappka für uns allein, und nach dem Essen kroch Kutti ihm sogar auf den Schoß, obwohl er ja eigentlich längst zu alt für solche Schmusereien ist.

Jockel bewunderte Pappka eher still. Fast so, als säße irgendein zu neuem Leben erwachter Held aus der Nibelungensage mit am Tisch. Und auch ich war lange nur voller Freude – bis ich mich plötzlich fragte, was Pappka wohl sagen würde, wüsste er, was mit Onkel Rudi und Tante Lene geschehen ist. Darüber ärgerte ich mich. Warum schoss mir das denn gerade jetzt durch den Kopf? In diesen Lumpen und so abgemagert und nach seiner anfänglich wohl nur gespielten Heiterkeit jetzt eher scheu um sich blickend, wie er da mit uns am Tisch saß, tat er mir so leid – und ich dachte an so etwas!

Kutti war es, der als Erster wissen wollte, warum Pappka denn erst so spät zu uns zurückgekehrt sei. Der Krieg, so sagte er, ist doch schon lange vorbei. Und warum er denn an Krücken ging und wie er uns gefunden hatte.

Pappka war müde, hundemüde, doch wollte er an diesem ersten Abend, an dem wir endlich alle wieder beisammen waren, unbedingt noch ein bisschen wach bleiben. Und so begann er zu erzählen, oft stockend, um nachzudenken, manchmal so schnell, als wollte er das Ganze möglichst rasch hinter sich bringen.

Noch in den letzten Kriegstagen, nicht weit von Berlin, war er zum zweiten Mal verwundet worden. Ein Hüftdurchschuss. Traurig war er darüber nicht, wusste er doch längst, dass der Krieg nicht mehr zu gewinnen war. Für ihn und die meisten seiner Kameraden, so sagte er, sei jedes Gefecht zuletzt ein völlig sinnloser Opferkampf gewesen.

Im Lazarett liegend war er gefangen genommen worden und hatte bald nur noch an eines gedacht – an Flucht! Nicht den Tod habe er in den letzten Kriegstagen gefürchtet, sagte er zwei- oder dreimal, als würden wir ihm das sonst vielleicht nicht glauben. Im Gegenteil, während der oft sehr grausamen Schlachten wäre er ihm manchmal sogar willkommen gewesen. Eine böse, nicht zu »reparierende« Verwundung fürchtete er mehr. Ewiger Kriegsinvalide? Nein, das wollte er nicht sein. Und er hatte nicht gefangen genommen werden wollen. Über die Kriegsgefangenenlager in Russland sei viel zu viel Schreckliches berichtet worden. Außerdem: Wann wäre er dann wohl wieder bei uns gewesen? Vielleicht erst in ein paar Jahren.

Nun aber war er doch gefangen genommen worden und wollte vom ersten Tag an fliehen. Doch konnte er vor Schmerzen ja keinen einzigen Schritt machen, also musste er Geduld mit sich haben. Nur durfte er nicht zu lange warten, die Lazarettbaracke war seine einzige Chance, sie wurde nicht so streng bewacht wie die anderen Baracken. Die Russen trauten so schwer Verwundeten keinen Fluchtversuch zu.

Auch als es ihm längst besser ging, täuschte er immer weiter den total Bewegungsunfähigen vor, um nur ja in keine dieser anderen Baracken verlegt zu werden. Das so lange, bis es in einer wolkenverhangenen, sehr schwülen und finsteren Juninacht endlich so weit war. Um ihn herum war alles still, nur die beiden russischen Wachposten vor der Lazarettbaracke waren zu hören. Leise unterhielten sie sich miteinander und lachten öfter laut. Ohne irgendein Geräusch zu machen, zog Pappka Jacke und Hose und Stiefel unter seinem Lazarettbett hervor, zog alles an und lauschte.

Nichts! Seine Kameraden schliefen und auch die beiden Wachposten hatten nichts mitbekommen. Noch einmal holte er tief Luft, dann schlich er sich, die Krücken unterm Arm, bis an das am weitesten von den Wachposten entfernte Fenster vor. Um erneut zu lauschen. Doch wieder nichts als dieses Lachen und hin und wieder ein paar russische Wörter. Also musste er es riskieren. Sachte öffnete er das durch keine Gitterstäbe gesicherte Fenster, schob seine Krücken hinaus und lehnte sie an die Barackenwand. Danach wieder lauschen, lauschen, lauschen, bis er sich endlich auf dem Bauch über die Brüstung schieben durfte. Die Schmerzen, die ihm diese »Turnübung« bereitete, »vergaß« er.

Unter dem Fenster blieb er erst mal liegen, um frische Kraft zu schöpfen und weiter die Ohren aufzusperren. Die Krücken in den Händen, schob er sich dann Stück für Stück immer weiter von der Baracke und den beiden Wachposten fort. Wurden die Schmerzen in seiner Hüfte zu groß, blieb er still liegen, bis sie ein wenig abgeklungen waren. So dauerte es ungeheuer lange, bis er den Stacheldrahtzaun erreicht hatte, der das Barackenlager umgab.

Dort musste er länger verschnaufen. Er war völlig erledigt. Und das schon jetzt. Keuchen aber durfte er nicht, das hätte gehört werden können. Nur durch die zusammengebissenen Zähne durfte er atmen.

Danach: der Stacheldrahtzaun! Er bekam ihn nicht genügend weit auseinandergebogen, war dazu viel zu schwach. So schob er erst nur die Krücken hindurch und dann sich selbst und zerriss sich dabei nicht nur die Uniform, sondern fügte sich viele, zum Teil tiefe Fleischwunden zu. Jetzt aber konnte er, die Krücken immer weiter vor sich herschiebend, auf den nahen Wald zurobben. Dort angelangt, durfte er endlich aufstehen und – auf seine Krücken gestützt – weiter vorwärtshasten. Er musste nur aufpassen, nicht zu stolpern und zu fallen. Wäre ihm das passiert und seine Hüftverletzung neu aufgebrochen, hätte das das Ende seiner Flucht und eine schlimme Bestrafung bedeutet.

Immer weiter kämpfte er sich voran. Konnte er nicht mehr, lehnte er sich an einen Baum und lauschte: War seine Flucht inzwischen bemerkt worden? – Doch nein, kein einziges Mal hörte er irgendwelche Geräusche, die auf eine Verfolgungsjagd hindeuteten. Am Morgen allerdings, da würde sein Fehlen ganz bestimmt bemerkt werden. Und was würden die Russen dann tun? Würden ihre Offiziere nur die Achseln zucken und sich sagen, dass er ohne jede ärztliche Versorgung sowieso nicht weit kommen würde? Oder würden sie ihn hetzen, bis sie ihn hatten?

Sein Ziel war Berlin. Dort kannte er sich aus, und da gab's vielleicht ein paar Leute, die ihm weiterhelfen würden: Biggi Hönig, Tante Mala, Onkel Egon, vielleicht sogar Onkel Rudi. Aber war das überhaupt zu schaffen, solange seine Wunde noch nicht völlig verheilt war? – Nein, ganz bestimmt nicht! Er musste erst mal einen Unterschlupf finden, um neue Kräfte tanken zu können. Ein versteckt liegendes Erdloch, irgendeine Scheune oder ein leerstehender Stall, ganz egal, was. War ja Sommer, erfrieren konnte er nicht. Nur: Wovon sollte er sich ernähren? Was er jetzt, im Juni, im Wald, auf den Feldern oder in irgendwelchen Gärten finden konnte, würde nicht reichen. Und trinken musste er auch. Vor allem trinken. Bevor ein Mensch verhungert, verdurstet er.

Doch weg mit den vielen Fragezeichen! Erst mal hieß es, immer weiter vorwärtszukommen. Ein endloses Hasten durch den finsteren Wald wurde das. Erst als es hell wurde, verkroch er sich zwischen dichten Büschen, um ein wenig zu schlafen und abzuwarten, bis es wieder dunkel wurde.

An den beiden folgenden Tagen nicht anders: Nachts lief er durch kleine und größere Wälder und über weite Felder, tagsüber verkroch er sich unter Büschen, hohen Farnen oder im dichten Unterholz. Je schattiger und je weicher das Moos, auf dem er lag, desto besser konnte er schlafen. Doch so richtig fest schlief er nie. Um ihn herum raschelten Mäuse, Eidechsen oder Eichhörnchen, in den Bäumen krächzten, sangen oder zirpten Vögel. Oft fielen ihm erst in der Mittagshitze, wenn die Pflanzen so stark dufteten, dass sie ihm fast den Atem nahmen, die Augen zu.

Dörfer mied er. Da schlugen auch nachts die Hunde an.

Und wusste er denn, was dort für Leute wohnten? Oder ob in der Nähe ein Russenlager war?

Am dritten Tag – er war schon ganz schwach vor Hunger und halb verdurstet – hatte er zum ersten Mal Glück: Er stieß auf einen See, nicht groß, aber dafür mit sehr klarem Wasser. Er trank davon, bis er nicht mehr konnte. Sein Hunger aber ließ sich dadurch nicht besänftigen. Nichts außer ein paar noch grünen Waldbeeren hatte er bisher in den Magen bekommen. Zwar gab's in dem See Fische, doch wie hätte er sich einen davon fangen sollen? Mit bloßen Händen? Auch hätte er den ja roh essen müssen. Jedes noch so kleine Feuer hätte ihn verraten. Er besaß aber nicht mal Zündhölzer, mit denen er sich eines hätte anzünden können.

Tags darauf – ein noch größeres Glück! Wieder stieß er auf einen See, länger und breiter als der erste. Am Ufer: Anglerhütten! Aber weit und breit kein Mensch zu sehen. Er rüttelte an den Türen und – er wollte es zuerst gar nicht glauben – eine war nicht verschlossen. In der Hütte – ein Bett! Ein richtiges, weiches Bett! Im Nu hatte er einen kleinen Schrank vor die Tür geschoben, damit er, falls jemand kam, aufwachte und durchs Fenster verschwinden konnte, dann warf er sich schon auf dieses ihn so verlockend anlächelnde Bett. Und in der nächsten Sekunde war er eingeschlafen.

Wie Pappka auf seinen Krücken durch den dunklen Wald hastete! Wie er Wasser aus dem See trank! Wie er in dieser Holzhütte auf dem Bett lag ... Wäre Kutti ihm nicht längst auf den Schoß gekrochen, um sich an ihn zu pressen, vielleicht hätte ich's getan.

Ein Dach überm Kopf, das hatte er nun. Früh aber war er wieder wach, weil der Hunger ihn so quälte. Er stand auf und suchte im Wald nach Beeren und fand auch ein paar frühe Pilze. Doch damit war er nicht gerettet. Sollte er sich nicht lieber doch einem Dorf nähern, um sich etwas zu essen zu erbetteln oder zu stehlen? Was aber, wenn er, der ja noch seine Uniform trug, dann auf Russen stieß?

Er überlegte hin und her, schob dann alle Bedenken beiseite und machte sich erneut auf den Weg. Doch hielt er das nicht lange durch, war schon viel zu kraftlos. Mit Mühe schaffte er den Weg zurück zum Seeufer, legte sich in die pralle, angenehm wärmende Sonne und dämmerte still vor sich hin, als er zum dritten Mal Glück hatte. Und diesmal ein besonders großes, wie er sagte, für ihn noch immer nicht so recht zu fassendes Glück.

Mitten in diesem Dämmerschlaf fiel auf einmal ein Schatten auf ihn. Er riss die Augen auf – und da stand wie aus dem Boden gewachsen ein alter Mann vor ihm. Er hielt eine Angel in der Hand, seine Füße steckten in Gummistiefeln, die Brille war geflickt, die Mütze hatte er sich weit ins Genick geschoben. Der Alte starrte auf seine Uniform – und verzog das Gesicht zu einem verständnisvollen Grinsen. »Schönen guten Tag, der Herr Soldat! Na, noch müde vom Krieg – oder schon von der Gefangenschaft?«

Das zerfurchte Gesicht, die viel zu großen Ohren, die freundlich-gütigen Augen dieses alten Mannes, ohne Umschweife gestand ihm Pappka seine Flucht. Vielleicht war dieser Angler ja seine Rettung.

Und das war er wirklich. Kaum wusste er alles, fragte der Alte, wie lange Pappka denn schon nichts mehr gegessen hatte.

Und dann öffnete er seinen Rucksack und drückte ihm eine Thermosflasche mit Tee und eine Blechbüchse mit zwei belegten Broten in die Hände. »Genieren Sie sich nicht!«, befahl er. »Hauen Sie rein und lassen Sie nichts übrig. Halt's schon mal 'n Weilchen ohne was aus.«

Jeder Schluck Tee – ein Genuss! Jeder Bissen Brot – was für ein Glücksgefühl im Bauch und im Kopf! Pappka musste sich die Tränen verkneifen. Möglichst gründlich kauend, um lange etwas davon zu haben, aß er die mit Wurst belegten Brote und spülte jeden Bissen mit Tee herunter. Der freundliche Angler, der sich zu ihm ins Gras gesetzt und gesagt hatte, dass er Erich Fiedler heiße, nutzte die Zeit, um ihm von sich zu erzählen. Dass die Hütte, in der Pappka sich aufs Bett gelegt hatte, ihm gehöre, sagte er, und dass er sie nie abschloss. »Wozu denn? Was kann man darin schon stehlen? Und ist es etwa ein Verbrechen, sich darin mal kurz aufs Ohr zu hauen?« Dass er eine kleine Futtermittelhandlung betreibe, erzählte er, die aber kaum noch was einbringe, und dass seine Frau und ihn jetzt eben ihr Garten und der See ernähre. »Zurzeit ist das mehr, als die meisten anderen haben.«

Auch wo er sich hier befand, erfuhr Pappka von diesem Erich Fiedler, und was die russischen Soldaten beim Einmarsch in sein Dorf so alles angestellt hatten. »Hab nichts gegen die Russkis«, beteuerte der alte Mann. »Bin ja froh, dass der Krieg endlich vorbei ist. War auch mal Soldat. 14/18 war das. Als Sanitäter weiß man, was so ein Krieg alles anrichtet.« Und er bot an, sich Pappkas Wunde mal anzusehen.

Kaum hatte er das getan, pfiff er leise vor sich hin, legte seine Angel und die Büchse mit den Tauwürmern ins Gras und lief, noch ehe Pappka irgendwas dazu sagen konnte, zu seinem Rad, das an der Hütte lehnte, um in sein Dorf zurückzuradeln. Als er danach zurückkehrte, brachte er nicht nur frisches Verbandszeug mit – am Lenker hing auch ein Beutel mit Zivilkleidern.

»Raus aus diesem Soldatenzeugs!«, rief er Pappka schon von Weitem zu. »Wird Ihnen zwar alles 'n bisschen zu klein sein, ist ja von meinem Sohn, und der war nun mal nicht so groß wie Sie, ist aber gar nicht schlecht, wenn Sie darin ein bisschen lächerlich aussehen. Lächerlich wirkt harmlos. Nur die Krücken sollten Sie behalten, ein schon seit seiner Jugend Behinderter kann kein Soldat gewesen sein.«

»Ihr Sohn, ist er gefallen?« Der alte Angler hatte »war« gesagt, und damit war eigentlich alles klar. Pappka fand, es gehöre sich, trotzdem nachzufragen.

»Ja«, sagte dieser Erich Fiedler nur knapp. »Frankreich! Gleich im ersten Kriegsjahr. Meine Frau und ich reden nicht gern darüber. Egal wie lang's her ist, es regt uns immer noch viel zu sehr auf.«

Stumm zog Pappka sich um und versenkte die Uniform im See. Ein paar Steine drauf, und sie war weg. Der Alte nahm währenddessen die drei Plötzen aus, die Pappka während seiner Abwesenheit gefangen hatte, salzte und pfefferte sie und briet sie auf dem kleinen, mit Holz befeuerten Herd in seiner Hütte.

Beim Essen musste Pappka viel spucken – Plötzen haben viele Gräten –, doch war ihm immer noch, als träumte er das alles nur. Und der »Traum« sollte weitergehen. »Onkel Erich«, wie Pappka den Alten für sich schon bald nur noch nannte, kam von da an jeden Tag, brachte ihm zu essen und versorgte seine Wunde. Gestört wurden sie nie. Die Dörfler – fast nur noch Frauen – mussten sich um ihre Höfe und Felder kümmern, die Berliner, denen die meisten dieser Wochenendhütten gehörten, hatten anderes zu tun, als zum Angeln oder Baden zu fahren. Pappka und dieser alte Mann hatten den See für sich allein, angelten viel und redeten über alles Mögliche.

Der Alte philosophierte gern. »Alle Menschen machen Fehler«, lautete einer seiner Lieblingssprüche. »Würden wir keine Fehler machen, wären wir ja Götter. Doch sind ja selbst die nicht fehlerfrei, sonst würden sie besser auf uns Blödiane achtgeben.«

Und einmal fügte er hinzu: »Mir ist nur eines wichtig: Wir müssen zu unterscheiden lernen, was sind Fehler und was sind Verbrechen. Und Kriege, daran gibt's keinen Zweifel, sind nun mal die allergrößten Verbrechen. Oder sehen Sie das anders?«

Pappka sah das schon lange nicht mehr anders, nicht nach all dem, was er in den letzten Jahren miterlebt hatte.

Den ganzen Juli über blieb Pappka in dieser Anglerhütte. Doch je besser es ihm ging, desto heftiger sehnte er sich fort. Er musste endlich wissen, was aus uns geworden war. Er hoffte, dass wir nicht mehr in Eichenbrück lebten, aber wenn das so war, *wie* waren wir fortgekommen? Hatten wir noch einen der letzten Züge erwischt oder uns einem der vielen Flüchtlingstrecks anschließen müssen? Und wenn wir in einem dieser Trecks unterwegs gewesen waren, hatten wir die Flucht durch Eis und Schnee dann auch alle überlebt?

Anfang August hielt er's nicht länger aus. Er bedankte sich bei »Onkel Erich« für all das, was er für ihn getan hatte, und machte sich auf den Weg nach Berlin. Tagelang war er unterwegs. Auf die Krücken, die er längst nicht mehr brauchte, stützte er sich nur, wenn er durch ein Dorf kam. Fühlte er sich unbeobachtet, trug er sie unterm Arm. Hungern musste er nicht mehr. »Onkel Erich« hatte ihm zum Abschied ein halbes Brot, ein Messer, ein Glas Schmalz und eine Wasserflasche mitgegeben, die er an jedem Dorfbrunnen neu füllen konnte. In Zivilkleidung musste er die Dörfer ja nicht mehr unbedingt meiden.

Endlich: Berlin! Doch was für eine Enttäuschung – er hatte geglaubt, sich in seiner Heimatstadt auszukennen. In der Trümmer- und Ruinenwüste, durch die er wanderte, kam er sich fremd vor.

Zuerst kam er an der Straße vorbei, in der Onkel Egon und Tante Clara gewohnt hatten. Lange stand er vor der Ruine, vor der auch wir gestanden hatten. Doch nirgendwo ein Hinweis, dass sie überlebt hatten oder wo sie jetzt zu finden waren. Und in Hönigs Wohnung lebten andere Leute, die entweder nicht zu Hause waren oder nicht öffnen wollten.

Zu Onkel Rudi wollte er erst zuletzt gehen, also stand er als Nächstes vor Tante Malas Haus. Wieder eine Ruine, die Kreidebotschaft mit unserer Adresse am Hauseingang aber ließ ihn aufatmen. Er fand heraus, dass Kewenow in der englischen Besatzungszone liegt, ließ sich zeigen, wo in Berlin die Engländer residieren, und sprach, auf seine Krücken gestützt, bei ihnen vor. Dass er aufgrund seiner noch immer nicht ausgeheilten Verwundung aus der russischen Kriegsgefangenschaft entlassen worden sei, tischte er ihnen auf, auf seinem Weg nach Berlin aber leider die Entlassungsbescheinigung verloren habe. Doch müsse er unbedingt zurück zu seiner Familie, die in Kewenow einquartiert sei. Er brauche Pflege.

Ob die Engländer ihm glaubten oder den »Krüppel« nur loswerden wollten? Nach einigen »militärischen Tuscheleien« erhielt er den Passierschein, der ihn berechtigte, vom englischen Sektor Berlins in die englische Besatzungszone zu reisen. Er brauchte nur noch eine Fahrkarte. Die aber kostete Geld. Am Brandenburger Tor jedoch, so erfuhr er auf der Straße, würden Schwarzmarkthändler alles kaufen, was nur irgendeinen Wert besaß. Und hatte er denn nicht noch immer seinen goldenen Ehering, den er vor den Russen versteckt hatte, indem er ihn öfter mal in den Mund nahm? Ohne lange zu überlegen, machte er ihn zu Geld, besorgte sich die Fahrkarte und erwischte dann auch bald einen Zug in Richtung Norden …

Und jetzt saß er mit uns am Tisch und konnte es eigentlich noch immer nicht fassen, dass er wieder bei uns war.

Vorsichtig blickte er sich in der Küche um, inzwischen so todmüde, dass ihm immer wieder die Augen zufielen. »Und wo schlaft ihr?«, wollte er wissen. »Ich falle um, wenn ich mich nicht bald irgendwo ausstrecken kann. Notfalls reicht mir die Scheune.«

Aber das war nicht nötig. Die Griess opferte uns eine Matratze, wir legten sie zwischen unsere Betten, und es wurde entschieden, dass Pappka Jockel und Kuttis Bett übernahm und die beiden sich die Matratze teilen sollten.

Pappka aber, egal wie müde er war, konnte nicht einschlafen. Mitten in der Nacht stand er auf, um mit Jockel und Kutti zu tauschen. »Brauch mehr Platz«, murmelte er.

Doch auch auf der Matratze bekam er stundenlang kein Auge zu. An der Front, im Lazarett und in »Onkel Erichs« Hütte sei es ihm oft genauso ergangen, erzählte er am Morgen. »Irgendwas stimmt nicht mehr mit mir. Aber nein, nur nicht jammern, bin ja nicht der Einzige, der 'ne Menge zu verarbeiten hat.«

Später, wieder ein bisschen munterer, nahm er dich, Jutsch, auf den Arm, warf dich in die Luft und fing dich wieder auf. Das gefiel dir. Hast gejuchzt und gekräht und ihn so angestrahlt, dass er laut lachen musste. Und da hat er dich geküsst und nur noch gesagt: »Versuchen wir, all das andere zu vergessen. Die Hauptsache ist doch, dass wir uns wiederhaben. So viel Glück haben nicht alle.«

Das stimmt – und doch: Wie soll das denn gehen, einfach alles zu vergessen?

Wieder erwischte ich mich dabei, eine Frage, die mir auf der Zunge lag, still für mich runterschlucken zu müssen. Wir wollen uns doch freuen, da stören solche Fragen nur.

Zauberei

Hab mehrere Tage lang kein einziges Wort geschrieben. Weil jetzt ja auch Pappka in unserer Kammer schläft, jede Nacht lange nicht einschlafen kann und mich fragen könnte, was ich denn so spät noch herumzugeistern habe. Ich weiß nicht, warum, will aber noch immer nichts über meine Schreiberei erzählen. Ist ja ganz allein meine Sache, blöd, das erklären zu müssen.

Heute hab ich mich aber doch mal weggeschlichen und mir vorher eine Ausrede zurechtgelegt. Hätte Pappka mich gefragt, wohin ich denn will, hätte ich gesagt, dass ich auch nicht schlafen kann und mal nach Panne und Dorchen schauen möchte. Die stickige Stallluft würde mich immer so schön müde machen. Eine Lüge, aber ich will ja weiterschreiben, und das vor allem jetzt, wo es so viel Neues zu berichten gibt.

Seit Pappka bei uns ist, sitzt er kaum eine Minute still. Immerzu ist er unterwegs, eine so tiefe Unruhe ist in ihm. Das ganze Dorf kennt ihn schon. Der »Herr Ingenieur Haak«, der es allein seiner Behinderung zu verdanken hat, dass ihn die Russen aus der Gefangenschaft entlassen haben, so wird über ihn geredet.

Keiner sagt: der Polacke.

Doch was ich einfach nicht begreifen kann: Mit wem versteht Pappka sich besonders gut?

Mit unserem neuen Bürgermeister!

Wie der heißt?

Otto Kroog. Die Engländer haben ihn eingesetzt, weil er das Dorf vor der Zerstörung bewahrt hat. Der Böse im Ort, das ist nun ganz allein der Garstein.

Klaas hat darüber nur gelacht! »Siehste!«, hat er gesagt. »Da denkst du, solche wie der Kroog verkriechen sich erst mal 'n paar Jahre lang unterm Bett, aber nee, nur keine Asche aufs Haupt!«

Pappka jedoch lässt auf den neuen Bürgermeister nichts kommen. Nicht mal, nachdem Momm ihm von Pastor Beckers erzählt hat. Eine schreckliche Sache, sagte er nur, doch als Ortsbauernführer hätte der Otto ja nichts anderes als seine Pflicht getan. Er habe sich die Gesetze, die er befolgen musste, schließlich nicht selbst ausgedacht. Ja, und hätte die nationalsozialistische Idee, für die Otto und er anfangs doch zu Recht kämpften, damals etwa nicht auf der Tagesordnung gestanden? Keiner sollte mehr hungern, keiner mehr frieren. Wer wollte was dagegen sagen? Was später daraus wurde, das sei natürlich nicht richtig gewesen. Doch welcher Hellseher hätte das voraussehen können?

Sofort musste ich an Onkel Rudi und Tante Lene denken. Und an Klaas' Vater. *Nicht richtig* – was für harmlose Worte für diesen schrecklichen Krieg und all die Lager, in denen so viel entsetzlich Schlimmes geschah. Und haben Onkel Rudi und Klaas' Vater nicht doch etwas »vorausgesehen«?

Pappka sah, das Momm mit dieser Verteidigungsrede nicht so ganz einverstanden war, und legte ihr die Hand auf den Arm. »Aber Lottchen! Was wäre denn passiert, wenn der Otto Kroog diesen Pastor nicht angezeigt hätte? Dann hätte das ein anderer getan und Otto hätte großen Ärger bekommen. Zuletzt ist sich doch jeder selbst der Nächste. Und seien wir doch mal ehrlich, war es denn nicht auch dumm von diesem Pastor, so zu reden? Und das auch noch mitten im Krieg?«

Das hatte – so ähnlich – zuerst auch Momm gesagt. Inzwischen aber dachte sie anders, wie ich ihr ansehen konnte. Ein Weilchen zögerte sie, dann erzählte sie Pappka von Kroogs Angebot, für ihn zu arbeiten, und was ihrer und meiner Meinung nach vielleicht noch dahintersteckte.

Darüber konnte Pappka nur lachen. »Nee, Lottchen, wie kommst du denn auf so was? Otto wollte euch doch nur helfen. Wirklich! Er hat's mir gesagt. Irgendwoher weiß er, dass auch ich schon früh dabei war. Wir sind beide Kämpfer der ersten Stunde. – Nein, nein, Hilfe für die Familie eines Volksgenossen, nichts anderes steckte dahinter. Doch natürlich hat er auch an sich gedacht. Er bewirtschaftet einen großen Hof, braucht Arbeitskräfte, vor allem solche, auf die er sich verlassen kann.«

Als Antwort darauf hat Momm Pappka erst nur ganz verwundert angeschaut, dann ist sie mit einem Ruck aufgestanden und wieder an ihre Arbeit gegangen.

Pappka sah ihr nach und blickte danach mich an. »Ihr habt viel mitgemacht, was? Seid ein bisschen aus dem Gleis gesprungen. Na ja, ist ja verständlich. Doch jetzt bin ich ja wieder da. Wirst schon sehen, jetzt geht's wieder aufwärts.«

Er nickte mir zu, als wären wir beide wie früher selbstverständlich einer Meinung.

Und gleich darauf? Da zog's ihn erneut zu »Freund Otto«, der ihm, bevor er dann wieder ging, einen noch fast neuen Rasierapparat mit diversen Klingen schenkte. Schon heute Morgen war der Bart ab, und es ist deutlich zu sehen, wie bleich Pappka darunter ist.

Der Kroog will »deichseln«, dass Pappka eine Lebensmittelkarte bekommt. Eine Einheit der Engländer – die *Sixty-Six Control Unit* – fährt durch alle Städte und Dörfer, um ehemalige Soldaten dazu aufzufordern, sich Entlassungsscheine aus der Gefangenschaft zu besorgen. Ohne Entlassungsschein keine Lebensmittelkarte. Der Kroog will Pappka einen solchen Schein besorgen, obwohl er ja von den Russen und nicht von den Engländern gefangen genommen worden war. Wie er das anstellen will? Keine Ahnung! Doch steht er ja so gut mit den Engländern, Pappka meint, er wird's schon richten.

Für Pappka sind all diese Hilfen nichts anderes als Zeichen echter Kameradschaft. So habe er sie ja auch an der Front kennengelernt. Deutsche Ehrlichkeit, Zuverlässigkeit und Treue müssten gerade in schlimmen Zeiten hochgehalten werden, hat er zu Jockel gesagt. Und Jockel hat strahlend genickt. So, genau so will auch er sein.

Zwischen Momm und Pappka ist vieles anders geworden. Früher war Momm fast nie anderer Meinung als er. Zwar hält sie noch immer oft den Mund, wenn er etwas sagt, das ihr nicht gefällt. Doch das nur, um ihm nicht zu widersprechen, wenn »wir Kinder« dabei sind. Kann ihr das deutlich ansehen – und irgendwie finde ich das falsch.

Tante Mala hält nicht den Mund, egal ob wir dabei sind oder nicht. Pappka und sie können reden, worüber sie wollen, sie kommen auf keinen »gemeinsamen Nenner«. Da nützt es nichts, dass er den ihm so viel besser passenden grauen Anzug, in dem er jetzt herumläuft, allein ihr zu verdanken hat. Einen breiten Ring mit blauem Stein hat sie auf dem Schwarzmarkt dafür geopfert. »Kannst ja nicht ewig wie 'n Zirkusclown rumlaufen«, hat sie zu ihm gesagt, als sie ihm das »noch gut erhaltene Stück« überreichte.

Wie hatte sie sich gefreut, als sie am Tag nach seiner Ankunft aus Hamburg heimkehrte und er sie im Hof in die Arme schloss. »Hermannchen!«, hat sie gerufen und ihn fest an sich gedrückt. »Dass du wieder da bist! Hab ja immer darauf gehofft, aber jetzt, verflucht noch mal, muss ich doch heulen.«

Und sie weinte wirklich ein bisschen und lachte dabei über sich. Später, in der Küche, erzählte Pappka auch ihr von seiner Flucht, und sie durfte sich noch mal freuen, weil ja allein ihre Kreidenachricht ihn auf unsere Spur gebracht hatte. Von Onkel Rudi und Tante Lene aber erzählten Momm und sie an diesem Tag noch nichts, nur über Onkel Egon und Tante Clara und Hönigs wurde gesprochen.

Wie Onkel Rudi und Tante Lene ums Leben gekommen sind, das hat Tante Mala ihm dann erst heute Abend erzählt. Sie musste es endlich loswerden.

Zuerst entschuldigte sie sich für ihr langes Schweigen, sagte, dass sie ihm und uns die Wiedersehensfreude nicht vergällen wollte, dann berichtete sie ihm, was passiert war. Brüder seien schließlich Brüder, sagte sie, und da müsse Pappka doch erfahren, dass sein Bruder Rudi nicht mehr lebt und auch, warum nicht.

Lange runzelte Pappka nur die Stirn. Als er dann aber doch endlich den Mund aufmachte, was sagte er da? Nichts anderes als das, was er über Pastor Beckers gesagt hatte, nur noch viel deutlicher. »Dieser Idiot!«, brach es aus ihm heraus. »Solche Reden zu halten! Noch dazu im Luftschutzkeller, vor so vielen Leuten ... Aber ja, das passt zu ihm! So war er ja immer schon! Nie hat er seine Klappe halten können, ewig musste er 's Maul aufreißen, wenn ihm irgendwas nicht gefiel ... Und die Lene hat er auch mit reingerissen? Was für ein selten dämlicher Kerl! Er hätte doch gar nicht mehr lange warten müssen, dann hätte er über uns triumphieren, ja sogar laut über uns lachen können.«

»Aber Hermann!« Tante Mala griff nach seiner Hand. »Ich glaube nicht, dass es Rudi jetzt nach Lachen zumute wäre. Doch natürlich, er war unvorsichtig! Nur wird dadurch irgendwas entschuldigt? Da sind zwei Menschen, die niemandem etwas getan haben, von entsetzlich menschenfeindlichen Richtern unters Fallbeil geschickt worden. Und warum? Nur weil sie laut ausgesprochen haben, was zu der Zeit ja schon sehr viele gedacht haben, aber nicht zu sagen wagten. Und da fällt dir nichts anderes ein, als deinen Bruder auch nach seinem Tod noch zu beschimpfen?«

Momm erschrak. »Bitte, Mala!«, versuchte sie Pappka zu verteidigen. »Hermann hat das doch nur gesagt, weil ihn Rudis Tod so schmerzt. Da findet man eben manchmal nicht gleich die richtigen Worte. Schlimm, dass wir uns zuletzt so lange nicht mehr gesehen haben!«

Begütigend winkte Tante Mala ihr zu, dann wandte sie sich wieder an Pappka. »Ich weiß ja, dass du schon früh ganz anders gedacht hast als Rudi. Doch nach dem, was wir inzwischen alles mitgemacht und erfahren haben, müssen wir unser

Denken und Hoffen da nicht infrage stellen? Ich zum Beispiel habe lange, sehr lange Winterschlaf gehalten. Nichts sehen, nichts hören, nichts wissen! Das zwar nur, um mich zu schützen – Fakt aber ist, im Gegensatz zu Rudi haben wir der Wahrheit nicht ins Gesicht schauen wollen. Jetzt jedoch, da keinem mehr etwas geschehen kann, müssen wir uns nicht endlich eingestehen, dass das alles nur passieren konnte, weil zu viele von uns mitgemacht und die anderen zu lange die Klappe gehalten haben?«

Wie Pappka Tante Mala jetzt ansah! Verletzt und traurig, weil ihn Onkel Rudis Tod ja bestimmt wirklich sehr schmerzte – und doch voller Spott. »Ja, ja, liebe Mala! Solche wie Rudi haben immer schon alles besser gewusst. Und Lottchen und ich? Sind wir jetzt schuld daran, dass Leute eingesperrt oder umgebracht wurden? Soll jetzt unsereins aufs Schafott geführt werden? Mitgegangen, mitgefangen, mitgehangen?«

»Aber Hermann!« Entrüstet schüttelte Momm den Kopf. »So hat Mala das doch gar nicht gemeint! Ich bitte euch, redet doch endlich mal wie vernünftige Leute miteinander!«

Das war zu viel für Pappka. Er sprang auf und begann in der Küche auf und ab zu wandern. »Na fein, dann soll deine liebe Schwester doch mal sagen, *wie* sie es gemeint hat«, verlangte er laut, ohne jemanden anzusehen. »Lerne immer gern dazu.«

Tante Mala aber sagte erst mal gar nichts mehr. Sie steckte sich eine ihrer englischen Zigaretten an und hielt auch Pappka die Packung hin. Stur schüttelte er den Kopf, und so rauchte sie eine ganze Weile nur still vor sich hin, bis sie laut aufseufzend wieder den Mund aufmachte. »Weißt du, Hermann, ich denke einfach, dass wir uns nach all dem, was passiert ist, unsere Irrtümer und Ängste ehrlichen Herzens eingestehen müssen. Ich empfinde das als unsere Pflicht. Ich erwarte von niemandem, dass er immer alles vorher weiß oder ein Held ist, den sein eigenes Leben oder das seiner Familie nicht kümmert. Nur wenn wir *jetzt* nicht ehrlich zu uns sind, wann dann?«

Sie erwartete irgendeine Antwort. Als von Pappka nichts kam, fuhr sie fort: »Will mich nicht reinwaschen, Hermann. Will auch nicht mit dem Finger auf andere zeigen. Hab mich ja selbst viel zu lange nur über alles lustig gemacht. Wollte die, die uns schlussendlich ins Chaos stürzten, auf keinen Fall ernst nehmen. Und als sie dann an der Macht waren? Da hab ich mich in mein Schneckenhaus verkrochen. Das ist das, wofür ich mich jetzt schämen muss.«

»Ich aber«, erwiderte Pappka und blieb endlich mal stehen, »habe mich nirgendwohin verkriechen können, liebe Mala. Meine Kameraden und ich, wir haben für unser Land und auch für unsere Ideale den Kopf hingehalten, sind zu Krüppeln oder gleich ins Grab geschossen worden. Diese Ideale aber, darüber ist heute leicht spotten, hatten ihren Grund, die waren nicht aus der Luft gegriffen. Wofür also sollte ich mich schämen müssen?«

Und wieder begann er auf und ab zu wandern und von seiner »Kampfzeit« zu erzählen, als er und so viele andere voller Hoffnung waren, für alle Arbeit und Wohlstand schaffen zu können. Eine richtig lange Rede wurde das. »Diese marode Gesellschaft damals, musste die denn nicht weg?«, fragte er Tante Mala mit bitterer Miene. »All das Morsche und Faule, all diese vielen Parteien, die sich von morgens bis abends bekriegten, während unser Land immer weiter im Elend versank? Das durfte doch nicht ewig so weitergehen. Die einen schwelgen im Überfluss, die anderen fressen vor Hunger den Kitt aus den Fenstern? Gemeinwohl geht vor Eigennutz, das war unsere Parole. Wir wollten keinen Krieg und keine Konzentrationslager, wir wollten Gutes bewirken und deshalb musste dieses kaputte System weg. Notfalls sogar mit Gewalt. Aber Gewalt hat's ja gar nicht gebraucht, weil so viele, sogar sehr, sehr viele nicht anders dachten als wir. Darunter jede Menge kluge Köpfe, Wissenschaftler, Dichter, Philosophen. Alle glaubten sie, dass unser Weg der richtige ist. Ob Hand- oder Kopfarbeiter, eine Volksgemeinschaft wollten wir sein. Die Rudis, ja, die wetterten dagegen an. Aber welch andere Wege zeigten sie auf? Was hielten sie dagegen? Den russischen Kommunismus? Oder sollte die schon seit Langem impotente Sozialdemokratie uns immer weiter ins Elend stürzen dürfen?«

Tante Mala wollte etwas erwidern, Pappka war schneller. Ob wir von dem furchtbaren Bombenangriff auf Dresden gehört hätten, wollte er wissen.

»Ja, natürlich«, sagten Tante Mala und Momm beinahe gleichzeitig und auch Jockel und ich nickten. Wer hatte denn nicht davon gehört?

»Na bitte!«, triumphierte Pappka. »Dann sagt mir doch mal, was an den Engländern und Amerikanern und vielleicht sogar Russen so viel besser ist als an uns. Wir, die Bösen, die von Anfang an alles falsch gemacht haben, dort die Friedensengel, die uns von uns selbst *befreit* haben? Nein, nein, nein! Wenn wir Deutschen grausam waren, wie es nun alle Welt behauptet, dann nur deshalb, weil eben alle Menschen – versteht ihr: *wir alle miteinander*! –, wenn's drauf ankommt, nicht zur

Sanftmütigkeit neigen. Immer gab's Kriege, immer gab's Grausamkeiten. Erst bekriegten sich die Stämme, später die Völker, dann die Nationen. Und so, liebe Mala, wird's weitergehen, bis in alle Ewigkeit. Und deshalb glaube ich nicht, dass wir uns als Volk für irgendwelche Verbrechen entschuldigen müssen, solange wir nicht selber zu Tätern geworden sind.«

Da sagte Tante Mala nichts mehr und auch Momm starrte nur still auf ihre Hände. Ihnen gefiel nicht, was Pappka da alles vor sich hin geschimpft hatte, widersprechen aber wollten sie nicht mehr. Vielleicht, weil sie Pappka nicht noch mehr aufregen wollten. Er merkte das, blickte unsicher und nahm sich nun alle die vor, die schon »fünf Minuten nach Kriegsschluss« ihr Fähnlein in den *neuen* Wind gehängt hätten und »eigentlich« schon immer gegen die »Nazis« und damit gegen sich selber gewesen sein wollten.

»Alles neu macht der Mai, was?«, höhnte er. »Der macht nicht nur die Seele, sondern auch die Köpfe frisch und frei, oder? – Ach, wenn ich mir meine Landsleute so ansehe, dann möchte ich kotzen, bis ich nicht mehr kann.«

Und dein Freund Kroog?, schoss es mir durch den Kopf. Erst am 8. Mai war der Krieg überall in Deutschland zu Ende gegangen, der Kroog aber hatte sein Fähnlein schon viel früher in den neuen Wind gehängt. Wusste Pappka das nicht? Beinahe hätte ich ihn danach gefragt, war viel zu erregt von alldem, um immer weiter den Mund halten zu können. Da aber gab Tante Mala zu, dass sie die furchtbare Bombardierung Dresdens auch nicht verstehen könne. »Der Krieg war doch schon so gut wie verloren.« Traurig schüttelte sie den Kopf. »Ach, es ist schlimm, wozu wir Menschen fähig sind, wenn es uns befohlen wird oder wir uns einreden dürfen, nur unsere Pflicht zu tun. Doch nützt's was, jetzt mit dem Finger auf andere zu zeigen? Müssen zuallererst nicht wir *unsere* Schuld anerkennen, bevor wir irgendwelche Rechnungen aufmachen?«

Jetzt aber schien Pappka die Lust an dem Streit verloren zu haben. »Ach, Malchen!«, sagte er nur noch und setzte sich wieder hin, die Arme wie zur Abwehr von irgendwas über der Brust gekreuzt. »Schuld oder Nichtschuld – wir haben überlebt und müssen weiterleben. Nur das ist jetzt noch wichtig. An dem, was war, wer kann daran noch etwas ändern?«

Hab gestern nicht weiterschreiben können. Das Ganze hat mich so erregt, dass ich noch beim Nachdenken über all das, was gesagt worden ist, Kopfschmerzen bekam.

Heute soll's weitergehen: Als Pappka das mit dem *Wer kann daran noch etwas ändern?* gesagt hatte, wie erschrocken muss ich ihn da angeblickt haben! Ganz verdutzt sah er auf. Momm legte einen Finger vor den Mund, doch zu spät. »Aber was uns damals alles erzählt wurde«, rief ich laut, »das waren doch nichts als lauter Lügen! Natürlich ist daran jetzt nichts mehr zu ändern, doch sollen wir diesen Lügnern etwa immer noch glauben? Weiß doch inzwischen jeder, dass es nicht die Polen waren, die über uns hergefallen sind. *Wir* haben *sie* angegriffen und danach noch viele andere Länder. Dürfen wir das so einfach vergessen, weil's nicht mehr zu ändern ist?«

Es fiel mir nicht leicht, Pappka so heftig zu widersprechen. Einmal Mut gefasst, musste ich aber noch mehr loswerden. »Und das mit den Lagern und den Juden, warum haben wir darüber nie gesprochen? Sollten sie dort wirklich nur ›arbeiten‹ lernen? Habt ihr die Wahrheit nicht gewusst oder nur nicht wissen *wollen*?«

Kann noch immer nicht so recht fassen, dass ich das wirklich gefragt habe. Ich, Pappkas »beste Freundin«, griff ihn so hart an?

Er sah mich an, als ginge es ihm genauso. Dann, ganz leise, wollte er wissen, woher ich meine »Weisheiten« denn hätte.

»Von Klaas.« Kutti freute sich, endlich auch mal was sagen zu dürfen. Jockel und er hatten die ganze Zeit über nur still dabeigesessen und zugehört. Jockel so aufmerksam, als wollte er jedes Wort einzeln abwägen, Kutti eher verwundert als neugierig.

Pappka: »Klaas? Wer ist denn das?«

»Das ist der Sohn von dem Pastor, von dem ich dir erzählt habe.« Momm sah mal mich, mal Pappka an. In ihrem Blick die Sorge, was jetzt noch kommen könnte. »Rena und er haben sich angefreundet. Scheint mir ein ganz patenter Bursche zu sein.«

»Patenter Bursche? Ein Junge, der meiner Tochter solches Zeugs in den Kopf setzt?« Pappka schüttelte den Kopf, als stimme jetzt auch mit Momm etwas nicht mehr.

Ich: »Das ist kein Zeugs! Darüber wird jeden Tag in der *BBC* berichtet.«

Pappkas Hände! Plötzlich begannen sie zu zucken. »*BBC!*«, rief er aus, als hätte ich ihm etwas ganz Furchtbares gestanden. »Glaubst du jetzt etwa schon, was die Feindsender berichten? Und lässt dich dummreden von einem Jungen, der dir Dinge in den Kopf setzt, von denen er nichts versteht?«

Da konnte ich nicht anders, sehr leise, aber fest sagte ich: »Vielleicht versteht er ja sogar mehr davon als viele andere. Und ich inzwischen auch. Bin schon lange nicht mehr das kleine Mädchen, das alles glaubt, was ihm erzählt wird. Will endlich von allem die Wahrheit wissen. Und auch ... ja, und auch, wer vor uns in unserem Haus gewohnt hat.«

Klaas' Frage! War dumm von mir, damit hätte ich nicht auch noch anfangen sollen. »Aber Rena!«, fuhr Momm mich an. »Was soll denn das? Darüber haben wir doch längst geredet.«

Pappka blieb gelassen. »Wer vor uns in unserem Haus gewohnt hat?« Er zuckte die Achseln. »Wen geht das denn was an? Etwa diesen Klaas? Das Haus wurde uns zugeteilt und damit basta.«

Wusste er mehr und wollte es nur nicht sagen? Ein böser Verdacht keimte in mir auf, ein Verdacht, den ich nicht aushalten konnte. Laut aufheulend stürzte ich aus der Küche, lief in unsere Kammer und warf mich aufs Bett.

Klaas' Vater! Wie er mich jedes Mal, wenn ich bei Klaas bin, von der Wand über Klaas' Bett anschaut ... Alles neu macht der Mai, hatte Pappka gespottet, und wie viel Verachtung für dieses Neue hatte in seiner Stimme mitgeschwungen ... Will er *das Neue* nicht? Wäre es ihm lieber, wenn alles so geblieben wäre, wie es mal war?

Ich sehe das längst anders. Wünsche mir dieses Neue geradezu herbei und hätte es gern, wenn alles viel, viel schneller gehen würde. Aber hätte ich das sagen dürfen?

Ja, und das mit unserem Haus? Rede ich mir da nur etwas ein? – Doch was, wenn zuvor wirklich Juden oder Polen darin gewohnt haben und ich auf diese Frage nie eine Antwort bekommen werde, weil weder Pappka noch Momm es wirklich wissen? Bleibt er dann ewig, dieser Verdacht?

Hab das gestern aufgeschrieben – und hab danach erneut lange wach gelegen. Hatte schon wieder Kopfschmerzen. Und kaum war ich am Morgen aufgestanden, wusste ich: Ich muss mit Klaas über all das reden, dem Einzigen, mit dem ich wirklich reden kann.

In der Küche, beim Frühstück, ließ Pappka mich nicht aus den Augen. Alles wie tags zuvor. Doch wich ich seinem Blick aus. Nur nicht wieder heulen, dachte ich.

Danach blieb ich lange im Stall. Vielleicht saß Pappka ja immer noch in der Küche. Ich fuhrwerkte herum – und kam mir schlecht vor. Bestimmt litt Pappka unter unserem Streit nicht weniger als ich. Beinahe wäre ich zu ihm gelaufen, um mich in seine Arme zu werfen und für alles, was ich gesagt hatte, zu entschuldigen. Doch dann sah ich wieder Klaas' Vater vor mir und dachte an Onkel Rudi und Tante Lene und die halb toten Männer in der gestreiften Kleidung, wie sie an jenem Tag an mir vorübergewankt waren. Neuer Zorn und neues Unverständnis erwachten in mir, und bei der ersten günstigen Gelegenheit lief ich los, hin zu Klaas.

Es war noch mitten am Vormittag, all die Arbeiten, die auf mich warteten, waren mir egal. Ich lief so schnell durch die pralle Sonne, dass ich bald ins Schwitzen geriet. Im Pastorenhaus aber war nur Klaas' Mutter. Sie wischte gerade die Küche und hätte gern eine Pause gemacht, um sich ein bisschen mit mir zu unterhalten. Doch dazu war ich viel zu ungeduldig, fragte nur nach Klaas. Und weil sie nicht wusste, wo er steckte, lief ich weiter, hin zur alten Mühle, unserem früheren Treffpunkt.

Aber auch dort war er nicht. Was nun? Zurück auf den Griess-Hof? Nein, nur nicht Pappka über den Weg laufen!

Voller Unruhe und mit schlechtem Gewissen schlenderte ich an den Feldern entlang und über Wiesen und Weiden. Auf den Feldern stand der Weizen goldgelb, auf den Wiesen leuchteten Wildblumen, am Himmel ein ganzer Schwarm Schwalben. Im Zickzackflug jagten sie nach Futter. War ein wirklich schöner Tag, nur in mir, da war alles düster.

Auf einer bereits abgemähten Wiese arbeiteten zwei Frauen. Die Zinken an ihren Heugabeln blinkten in der Sonne. Eine richtete sich auf und winkte mir zu. Das war, als wüsste sie, dass ich Aufmunterung brauchte. Ich winkte zurück und wanderte weiter. Und dann, ja, dann entdeckte ich Klaas. Vor einem kleinen Waldstück, im Schatten einer großen Eiche lag er, neben ihm ein aufgeschlagenes Buch. Die Augen hielt er geschlossen. Schlief er?

Was für ein seltsames, aber sehr angenehmes Brennen verspürte ich da plötzlich in der Brust. Klaas! Wie lieb ich ihn habe! Vorsichtig schlich ich weiter auf ihn zu, bis es unter meinen Füßen raschelte. Er fuhr auf und sah mich an. Und wie er da sofort lächelte! So hatte er mich zuvor noch nie angelächelt.

»Ist denn heute der Tag, an dem alle Wünsche erfüllt werden?«, fragte er verwundert. »Eben erst, vor einer Sekunde, hab ich an dich gedacht – und kaum mach ich die Augen auf, stehst du vor mir. Wie herbeigezaubert.«

Er hatte an mich gedacht? Das Brennen in meiner Brust, es wurde immer stärker. Verlegen setzte ich mich neben ihn ins Gras, riss mir einen Grashalm aus, so wie er's sonst immer tat, und kaute darauf herum. »Wieso denn Zauberei?«, fragte ich gespielt gleichgültig. »Zu Hause warst du nicht und in der

Mühle auch nicht. Da bin ich eben ein bisschen über die Felder spaziert.«

Musste mir viel Mühe geben, so zu reden, war viel zu aufgeregt. Ahnte ich schon, was an diesem Tag passieren würde?

Er wurde ernst und widersprach: »Doch Zauberei! Irgendwer hat gewusst, dass ich hier auf dich warte – und dich hergeschickt. Wüsste nur gern, bei wem ich mich bedanken muss.«

Ich: »Was hast du denn gedacht, als du an mich gedacht hast?«

Er: »Das kann ich dir nicht sagen.«

Da muss ich rot, ganz furchtbar rot geworden sein. Er sah das – und küsste mich.

Aber das war ein ganz anderer Kuss als alle Küsse zuvor, er nahm überhaupt kein Ende. Und als wir uns danach doch endlich voneinander lösten, sah Klaas an mir vorbei und fragte leise, ob wir nicht ein bisschen in den Wald gehen sollten.

Ich wusste sofort, was diese Frage bedeutete. Hab aber genickt. Was er wollte, wollte ich das denn nicht auch?

Der kleine, so dicht belaubte Wald, nur wenige Sonnensprenkel drangen zu uns durch. Immer wieder blieben wir stehen, um uns lange zu küssen. Erst als wir so weit von den Feldern entfernt waren, dass wir nicht mehr gesehen werden konnten, streichelte Klaas mich überall, und dann haben wir uns ausgezogen und ins Moos gelegt und uns immer weiter geküsst und gestreichelt, bis alles andere ganz von selbst passierte.

Ob es schön war, dieses erste Mal in unserer beider Leben? Ich weiß es nicht. Weiß nur, dass nichts, aber auch gar nichts Schlechtes oder Schlimmes dabei war. Danach jedoch, als wir beide schwer atmend auf dem weichen Waldboden lagen, da war es schön. Von der Wiese wehte frischer Heuduft heran, Grillen zirpten, über uns kreisten irgendwelche Raubvögel. Klaas und ich, eng umschlungen und noch immer halb nackt lagen wir da, und ohne ein Wort zu sagen, lächelten wir uns an.

Wie lange wir einfach nicht aufstehen wollten? Ich weiß es nicht. Hatte jedes Zeitgefühl verloren, dachte auch gar nicht daran, dass ich längst auf den Griess-Hof zurückgemusst hätte. Später wanderten wir dann Hand in Hand über die warmen Wiesen zum Dorf zurück. Doch nur ganz langsam. Und erst jetzt dachte ich wieder daran, was ich mit Klaas bereden wollte, und begann von Pappka zu erzählen. Was er über seine früheren Hoffnungen und über die Sieger gesagt und wie Tante Mala ihm widersprochen und auch, was ich zu ihm gesagt hatte, all das musste jetzt raus.

Still hörte Klaas mir zu. Und als ich nichts mehr zu sagen wusste, blieb er stehen, nahm mich fest in die Arme und küsste mich wieder so lange. Und danach sagte er, dass ich alles richtig gemacht hätte und deshalb nicht zu weinen brauchte.

Hatte gar nicht gemerkt, dass ich weinte. Aber was für ein Glück, dass ich Klaas habe! Ist nicht vielleicht doch alles Zauberei?

Ein Kinnhaken für zwei

Was, wenn ich schwanger geworden wäre? Warum hatten Klaas und ich daran nicht gedacht? Ein Mal und schon ist's passiert? So was soll's doch geben. Hatte die ganze Woche über nichts anderes im Kopf, wagte kaum, Momm und Pappka anzublicken.

Ich war so verstört, dass ich sogar Klaas nicht sehen wollte. Bis er eines Nachmittags vor dem Griess-Hof stand. Auch er hatte sich Sorgen gemacht.

Rasch lief ich zu ihm und schwindelte ihm vor, nur deshalb nicht gekommen zu sein, weil es auf dem Griess-Hof so viel zu tun gibt. Er aber machte sich Vorwürfe, glaubte, ganz allein schuld an allem zu sein. Nur: Was konnten wir denn jetzt noch tun? Nichts als uns immer wieder schwören, kein zweites Mal so leichtsinnig zu sein.

Drei Tage später – die Erlösung! Hatte schon sehnlichst darauf gewartet, bekomme meine Blutung ja eigentlich immer sehr pünktlich. Ich raste zu Klaas, lachte glücklich und beruhigte ihn und küsste ihn immer wieder. Was waren wir froh, dass nichts passiert ist.

Und wieder wanderten wir über die Wiesen und zwischen den Feldern hindurch. Allein den Wald mieden wir. Überall wurde »gestoppelt«. So nennen die Bauern das, wenn nach der Ernte die Stoppelfelder nach den noch übrig gebliebenen Ähren abgesucht werden. Jockel, Kutti und sogar du, Jutsch, ihr habt das auch schon getan. Die Griess schwang die Sense, die sie zuvor lange auf dem alten Amboss in der Scheune gedengelt hatte, Momm und ich haben die Garben gebunden und ihr habt »gestoppelt«, bis euch vom vielen Bücken der Rücken wehtat. Die Griess hat flinke Augen, im Nu erspähte sie jedes Weizenkorn, das einer von euch übersehen hatte.

An diesem »Tag der Erlösung« aber war die übrige Welt Klaas und mir egal. Wir waren leichtsinnig gewesen und noch mal »heil« davongekommen. Nur das war wichtig.

Was es sonst noch Neues gibt? Pappka hat eine Arbeit für sich gefunden, sitzt jeden Tag in der Scheune und hämmert aus allen möglichen Blechen große und kleine Schüsseln, Kochtöpfe und Kellen zurecht. Der Kroog hat ihm gezeigt, wo er die Bleche finden kann. Auf einem Flugzeugfriedhof gar nicht weit von Kewenow liegen jede Menge kaputte Kleinflugzeuge. Alle paar Tage fahren die beiden mit »Ottos Motorrad« dorthin, um die brauchbaren Bleche in dem kleinen Anhänger zu verstauen.

Auch das Werkzeug hat der Kroog Pappka besorgt: eine Blechschere, große und kleine Hämmer und noch vieles andere mehr. Warum der Kroog so viel für Pappka tut, ist für Momm und mich ein Rätsel. Hofft er immer noch, dass wir irgendwann zu ihm ziehen? Oder ist das wirklich nur reine Kameradschaft unter ehemaligen Parteigenossen?

Was Pappka aus den Blechen anfertigt, kann sich sehen lassen. Hab gar nicht gewusst, dass er so viel handwerkliches Geschick besitzt. Sogar Verzierungen ritzt er in die Schüsseln – Blumenmuster, Bäume, Schafe, Katzen, Hunde, Eidechsen.

Anfangs sollte Jockel sein Gehämmertes »an die Frau« bringen. Doch das klappte nicht. Zwar ist Pappka, seit er zurück ist, für Jockel ein Held – die Fluchtgeschichte würde er sich am liebsten immer wieder neu erzählen lassen –, zum guten Verkäufer aber macht ihn das nicht. Es widerstrebt ihm, von Hof zu Hof zu ziehen und immer dieselben Verkaufssprüche runterzuleiern. Die meisten Bäuerinnen benötigen ja gar keine zusätzlichen Schüsseln, Kochtöpfe oder Kellen.

Deshalb zieht Pappka jetzt selber los. Und verkauft gut. Momm nennt das »seine Charme-Offensive«. Vielleicht haben die Frauen, die ihm seine »Kunstwerke« im Tausch gegen irgendwelche Fressalien abnehmen, aber auch nur Mitleid mit dem Kriegsinvaliden. Nie geht er ohne seine Krücken los.

Doch nicht nur Pappka, an den Abenden finden wir auch Momm immer öfter in der Scheune. Pappka hat ihr – natürlich über den Kroog, über wen denn sonst? – eine alte Nähmaschine besorgt und dazu einen ganzen Berg Fallschirmseide. Woher der Kroog die hatte? Von Frau Garstein. Es ist der Fallschirm, mit dem der englische Pilot im Wald niedergegangen war und den der Garstein in seinen Schuppen hatte tragen lassen. Der Kroog hat ihn ihr für Momm abgeschwatzt. Blusen und Hemden schneidert Momm daraus. Das sogar nach Maß. Und hat ebenfalls Erfolg. Bald, so freut sich Pappka, läuft ganz Kewenow in Momms Blusen und Hemden herum. Hab auch so ein »gutes Stück« bekommen.

Für Pappka ist, was Momm und er tun, ehrliche Arbeit. Von Tante Malas »Schwarzmarkt-Aktivitäten« hält er nicht viel. »So geht unsere Volkswirtschaft noch völlig zugrunde«, schimpft er.

Tante Mala lacht nur über seine Moralpredigten. »Was soll's?«, verteidigt sie ihre Tauschgeschäfte. »Bin nun mal keine Kesselflickerin und auch keine Nähmamsell, muss warten, bis auch meine Talente wieder gefragt sind. Nur muss ich zwischenzeitlich ja auch leben.«

Für dich, Jutsch, hat Pappka eine Schaukel gebaut. Am Birnbaum hängt sie. Oben reifen die Birnen, unten schaukelst du. Und deine so viel geliebte Puppe Elke schaukelt mit. Und Pappka stößt euch an und strahlt mit dir um die Wette. Bist längst sein Liebling, widersprichst ihm nicht, freust dich nur, dass jetzt auch du wieder einen Papa hast.

Abends, am Küchentisch, strahlt Pappka nicht. Da wird er jedes Mal unruhig und trommelt mit den Fingern auf dem Tisch herum, als wollte er auf irgendwas nicht länger warten. Und ist Tante Mala dabei und sagt etwas, das ihm nicht gefällt, lacht er so bissig, dass es richtig wehtut.

Einmal ging's wieder um die Lager. Tante Mala hat in Hamburg viel Entsetzliches darüber gehört. Und was sagte er dazu? »Alles übertrieben! Aber so ist's ja immer, die Sieger bestimmen, was wahr ist und was nicht, und wir dummen Hanseln sollen das glauben.«

Momm hat ihn daraufhin nur wieder ganz nachdenklich angeblickt, und auch Tante Mala hat nichts dazu gesagt, wollte keinen neuen Streit. Erst viel später, als wir miteinander allein waren, hat sie mir zugeflüstert, dass es ganz normal ist, wenn Pappka so redet. »Er ist den falschen Leuten nachgelaufen und hört nun jeden Tag, dass sie die allerschlimmsten Verbrecher waren. Das bezieht er auf sich, und deshalb versucht er, sich dagegen zu wehren.«

Würde so gern mit Pappka über all das reden, doch solange er alles, was ich sage, für »nachgeplappert« hält, geht das nicht.

Ja, Pappka und ich, wir können nicht mehr ernsthaft miteinander reden, ohne uns gegenseitig zu verletzen. Erlebe das nun fast jeden Tag. Momm aber hat endlich mal richtig mit ihm geredet – und ich hab alles mitangehört.

War schon Abend, aber noch hell. Ich kam gerade von Panne und Dorchen, da hörte ich sie in der Scheune arbeiten und dazu Pappkas Stimme. Um das Rattern der Nähmaschine und sein eigenes Hämmern zu übertönen, musste er so laut sprechen. Ich blieb stehen und hörte zu.

Es ging um ehemals höhere Parteigenossen, wo und wann sie gefasst worden sind und was sie getan haben, um den Engländern oder Amerikanern zu entkommen. Von seinem Freund Otto hat Pappka davon erfahren, der weiß es von den Engländern. Einer soll sich seinen Schnurrbart abrasiert haben, um in Frauenkleidern besser untertauchen zu können. Ein anderer hatte sich in seinem »Atelier« vor eine Staffelei gesetzt und behauptet, ein Maler mit ganz anderem Namen und nicht etwa der Gesuchte zu sein. Ein besonders Dreister war sogar bei den Amerikanern untergetaucht – als Dolmetscher.

Pappka schämt sich für diese Männer. »Unsereins hat bis zuletzt seinen Kopf für sie hingehalten«, sagte er, »hat an seine Familie gedacht und sogar Befehlen gehorcht, die ihm nicht besonders sinnvoll erschienen. Und diese früher so lauten Bonzen? Verdrücken sich feige! Warum, verflucht noch mal, stehen sie nicht ein für das, was sie getan haben?«

Eine Weile schwieg er, und als Momm nichts dazu sagte,

fuhr er fort: »Das ist sicher, Lottchen, ich trau keinem Politiker mehr. Von Treu und Glauben verstehen sie nichts, und am Ende sind's immer die Kleinen, die auslöffeln müssen, was diese Herren angerichtet haben.«

Momm sagte immer noch nichts, ließ nur weiter ihre Nähmaschine rattern. Das gefiel ihm nicht. Er begann auf die Besatzer zu schimpfen und sprach wieder von Dresden. »Diese ›Sieger‹ haben selbst jede Menge Dreck am Stecken, reißen aber die Klappe auf! Man könnte meinen, irgendwelche edlen Götter seien zu uns herabgestiegen, um uns Barbaren Anstand und Sitte beizubringen.«

Jetzt musste Momm doch etwas antworten. »Ja«, sagte sie, »das mit Dresden, das hätten sie nicht tun dürfen. Aber wenn ich bedenke, was inzwischen so alles über uns und unsere Lager herausgekommen ist ... Du willst so vieles davon nicht glauben, doch gibt's ja Beweise für all diese bisher kaum für möglich gehaltenen Verbrechen. Die Amerikaner haben die Leichenberge, die sie bei der Befreiung der Häftlinge vorgefunden haben, ja sogar gefilmt. Und wie soll so was denn gelogen sein?«

Lange blieb in der Scheune alles still, nur die Arbeitsgeräusche waren zu hören. Ich wollte schon weitergehen, weil ich dachte, dass Pappka dazu vielleicht nichts mehr sagen wollte, dann gab er zu: »Ja, das mit den Lagern und den Juden, das war falsch. So was hätte nicht passieren dürfen. Nur was man jetzt so alles an Zahlen hört ... So viele Tote? Kann das denn überhaupt sein? Wo gab's denn so viele Juden? Tut mir leid, Lotte, aber ich hab da meine Zweifel. Ja, und war denn die Judenschaft zum Teil nicht selbst daran schuld, dass sie so wenig gemocht wurde? All die Animositäten gegen die Juden müssen doch Gründe gehabt haben. Natürlich durfte man sie deshalb nicht gleich umbringen, der Hass aber war da. Und nicht nur bei uns. Kann mich noch gut daran erinnern, wie das riesige Amerika sich weigerte, allzu viele von ihnen aufzunehmen, und das, obwohl man dort wusste, dass sie hier nicht länger bleiben konnten.«

Wieder Stille, nur das gleichförmige Rattern der Nähmaschine und das so hell klingende Hämmern drangen noch zu mir. Bis Momm plötzlich mit ganz fester Stimme sagte: »Aber an einem solchen Morden, Hermann, können doch niemals die Ermordeten schuld sein. Und wie kannst du in diesem Zusammenhang denn von ›falsch‹ sprechen? Es geht doch um ein ganz entsetzliches, eigentlich gar nicht vorstellbar grausames Verbrechen. Mala hat recht, wenn sie sagt, dass wir uns nicht länger belügen dürfen.«

Pause. Pappka schwieg. Dann wieder Momm: »Nein, ich habe nicht gewusst, was in diesen Lagern geschah. Hätte mir so etwas nicht mal im schlimmsten Albtraum ausmalen können. Aber *dass* es die Lager gab, das wusste ich. Das wussten wir alle. Ja, und war das denn nicht schon Unrecht genug? Warum, so frage ich mich jetzt immer öfter, haben wir bis zuletzt weggeschaut? Wir haben doch mitbekommen, wie den Juden immer mehr Rechte abgesprochen wurden, bevor man sie ganz abholte. Sie waren doch unsere Nachbarn und ja eigentlich ganz normale Leute. In Eichenbrück jedenfalls hatte sich keiner von ihnen irgendwas zu Schulden kommen lassen.«

Da machte auch Pappka wieder den Mund auf. »Aber Lotte«, fragte er heiser, »egal was wir wussten oder nicht, was haben wir, du und ich, Jockel, Kutti, Jutsch und Rena denn mit diesen Lagern zu tun? Haben wir da etwa Dienst getan? Wir dürfen uns doch nicht gefallen lassen, dass man allein deshalb alle Deutschen zu Ungeheuern abstempelt. Denk doch nur mal daran, wie Rena jetzt öfter redet. Wenn das so weitergeht, verlieren wir noch jeden Stolz, dann werden wir zu Kriechtieren.«

Momms sofortige Antwort: »Das sehe ich anders, Hermann. Ich glaube, wir müssen uns das gefallen lassen, egal wie weh das tut. Und worauf könnten wir denn jetzt überhaupt noch stolz sein? Mir fällt da nichts ein.«

Wieder schwieg Pappka lange, dann sagte er mit einer Stimme, als läge ihm Bitteres auf der Zunge: »Wenn du unbedingt an allem mitschuldig sein willst – bitte, Lotte, deine Sache! Ich jedenfalls werde nicht in Sack und Asche gehen, nur weil ich mal an etwas geglaubt habe, das von ein paar Größenwahnsinnigen benutzt wurde, um uns ins Chaos zu stürzen. Mit den Judenmorden hat unsereiner nichts zu tun. Nach Arbeit und Brot hatten wir uns gesehnt, nicht nach Mord und Totschlag. Was danach daraus wurde, das hatte niemand voraussehen können.«

Momm zögerte kurz, dann hielt sie ihre Nähmaschine an und jetzt klang ihre Stimme genauso bitter. »Doch«, sagte sie, »es gab Leute, die das voraussahen. Rudi und Lene zum Beispiel.«

Ich hielt die Luft an, ahnte schon, was kommen würde. Genau das, was Momm eben gesagt hatte, hatte ich ja auch schon gedacht.

Und richtig! »Jetzt hör aber auf!«, brüllte Pappka los, dass es weithin zu hören gewesen sein muss. »Dass Rudi alles vorausgesehen hat, das redest du dir doch nur ein. Er war gegen uns, weil diesem ewigen Sozi irgendwelche nicht zu verwirklichenden Utopien im Kopf herumschwirrten. *Er hat vor dem Krieg gewarnt?* Na bravo! Herumschwätzen kann schließlich jeder, und wenn dann eintrifft, wovor man *gewarnt* hat, ist man der große Hellsichtige, auf den niemand hören wollte.«

Momm blieb ganz ruhig. So ruhig, dass ich sie dafür noch immer bewundere. »Aber Hermann«, erwiderte sie leise, und ich sah vor mir, wie sie den Kopf schüttelte. »War Rudi etwa der Einzige, der gesagt hat, wer Hitler wählt, wählt Krieg? Kann mich noch sehr gut an all die Wahlkämpfe Anfang der Dreißigerjahre erinnern. Wir haben diesen Leuten nicht geglaubt und das war unser großer Irrtum. Allein die grausamen Verbrechen in den Lagern, die hat wirklich niemand voraussehen können. Jedem noch einigermaßen menschlich Fühlenden fehlt für so ein widerwärtiges Tun und Denken einfach die Fantasie.«

Ach, jetzt wäre ich am liebsten in die Scheune gerannt, um sie zu umarmen und fest an mich zu drücken. Pappka aber sagte kein einziges Wort mehr, hämmerte nur wie wild an seinen Blechen herum. Und bald darauf ratterte auch Momms Nähmaschine wieder los.

Es tut mir weh, wenn Pappka so redet. Mir ist dann jedes Mal, als würden wir uns von Tag zu Tag immer weiter voneinander entfernen. Ich *will* das nicht, wünsche mir so sehr, dass alles wieder wie früher wird, und hab am Abend nach jenem belauschten Gespräch noch mal versucht, mich ihm wieder anzunähern. Leider wählte ich dafür nicht die richtige Frage.

Wer denn beim Straßenbau eigentlich für ihn gearbeitet hat, hab ich wissen wollen und ganz harmlos getan, weiß aber von Klaas, dass für solche Arbeiten auch Lagerhäftlinge und Kriegsgefangene eingesetzt wurden. Und wenn sie nicht mehr arbeiten konnten, dann wurden sie zum Sterben in spezielle Autos geschickt, in die Gas eingelassen wurde. Falls Pappka so etwas miterlebt hat, falls er dazu gezwungen wurde, dabei mitzutun, vielleicht verteidigt er ja deshalb so vieles, dachte ich mir. Einfach, weil er mit den Erinnerungen daran nicht fertig wird.

Still hörte er sich meine Frage an, lange blickte er mir in die Augen. Doch dann sagte er nur, dass es keinen Sinn mache, mit mir darüber zu reden. Im Krieg gäbe es eben manchmal Notwendigkeiten, denen man nicht ausweichen könne, die ich aber noch nicht verstehen könne.

War das ein Eingeständnis? Mir wurde ganz komisch zumute und so fragte ich lieber nichts mehr. Diese kurze Antwort jedoch, dieses Ausweichen, lässt mich nicht los und drückt mich nieder, weil ich die Wahrheit sicher nie erfahren werde.

Jockel und Kutti machen sich keine solchen Gedanken. Seit seiner Fluchtgeschichte ist Pappka für sie ein Held. Und das, obwohl er von seinen sonstigen Kriegserlebnissen nichts erzählt. Fragen sie ihn nach irgendwelchen Kriegsabenteuern, schaltet er ab. »Das ist noch nichts für eure Ohren«, sagt er dann, und dass – wie er jetzt weiß – jeder Krieg ein Verbrechen ist. Doch bastelt er viel mit ihnen und spielt mit ihnen Fußball. Der »Ball«: ein Stück Stoff, vollgestopft mit Lumpen und von Momm rundherum zugenäht.

Nur einmal, da kam es zwischen Jockel und ihm zum Streit. Das war, als er bei Jockel eine HJ-Zeitschrift fand. *Wille und Macht* heißt sie und Jockel hatte sie schon in Eichenbrück öfter gelesen und dieses eine, schon sehr zerlesene Exemplar von Udo ausgeliehen. Pappka sagte, dass solche Lektüre nicht mehr zeitgemäß sei, und nahm ihm die Zeitschrift weg.

Das verstand Jockel nicht. »Wieso nicht mehr zeitgemäß?«, fragte er ganz verwundert. »Sie war doch früher *zeitgemäß*.«

Pappkas schroffe Antwort: »Ist eben so. Damit müssen wir jetzt leben. Was früher völlig in Ordnung war, wird heute leider als Vergehen gegen die neue ›Ordnung‹ angesehen.« Und etwas milder fügte er hinzu, er wolle wegen dem bisschen Papier keinen Ärger bekommen, schon gar nicht mit irgendwelchen Besatzungsbehörden.

Jockel wollte das nicht einsehen. Er fand es feige, sich den Besatzungsmächten zu fügen, nur um keinen Ärger zu bekommen. Und Pappka sei doch früher nicht feige gewesen, warum also jetzt?

Pappka: »Feige ist nur, wer vor einem Kampf davonläuft, den er gewinnen könnte. Wer noch kämpft, obwohl er längst nicht mehr siegen kann, ist ein Dummkopf.«

So, genau so musste der Kroog gedacht haben, als er dem Garstein auf die Hand schlug. Doch mit Pappka darüber reden? Lieber sagte ich, was Klaas mir geantwortet hatte, als ich mit ihm über den großen Mut sprach, den er doch aufgebracht haben musste, als er den Engländern entgegentrat. Für wenige Minuten Mut zu beweisen, das sei keine große Kunst, davon ist er überzeugt. Dafür müsse man sich ja nur ganz kurz mal zusammenreißen und gleich gelte man als großer Held. Schaffe einer das aber nur ein einziges Mal nicht, bleibt er für alle Zeit ein Feigling und muss sein ganzes restliches Leben lang wie mit einem unsichtbaren Giftpilz im Gesicht herumlaufen.

Ein Vergleich, der Kutti zum Lachen brachte. Sofort tastete er in seinem Gesicht herum, um zu überprüfen, ob *ihm* etwa schon ein Giftpilz auf der Nase wuchs.

Jockel sah mich an – und sah Pappka an. Er wartete auf Pappkas Antwort.

Pappka dachte einen Moment nach, dann gab er zu: »Dumm ist er nicht, dein Pastorensohn.« Aber dann fügte er noch hinzu: »Na ja, zu Hause, im stillen Kämmerlein, ist's leicht, über Mut und Feigheit zu philosophieren. An der Front ist's anders. Da geht's ums nackte Leben und nicht um irgendwelche Klugscheißereien.«

Ein Kinnhaken! Sogar ein doppelter – für Klaas und für mich. Alles, was ich noch dazu hätte sagen können, schluckte ich lieber runter.

Erntezeit

Ein Brief ist gekommen. Von Frau Piwonka! Zuerst: Was für eine Freude – Nachrichten von zu Hause! Dann: Was schrieb sie denn? Durften wir bald heimkehren? Alles sah ich vor mir: Unser Haus! Den Garten! Urschel, Christel, Ruthchen, Mechthild, Burkhard. Und auch Frau Piwonka und ihren Mani. Sah wieder, wie er uns durch Schnee und Eis nach Posen zum Bahnhof gebracht und mich zum Abschied so traurig angeschaut hatte ...

Kutti zappelte vor Ungeduld, am liebsten hätte er Momm diesen Brief aus den Händen gerissen. Jockel bekam vor Aufregung rote Flecken im Gesicht. Ja, und ich? Ich dachte, irgendein höheres Wesen hätte mir einen Wunsch erfüllt. Wann traf dieser Brief denn ein? An keinem anderen Tag als dem 20. August. Meinem siebzehnten Geburtstag!

Woher Frau Piwonka unsere Adresse hat? In Kewenow angekommen, hatte Momm ihr geschrieben. Weil die Post aber schon bald nicht mehr richtig funktionierte, war nie eine Antwort gekommen. Bis heute hatten wir nicht gewusst, was aus Momms Brief geworden war.

Jetzt – endlich! – der Antwortbrief. Wenn das kein Grund zum Jubeln war. Unser Zuhause, plötzlich war es wieder ganz nah. Dann: die erste kalte Dusche – der schreckliche Kampf um die Stadt! Die Leute hätten sich nicht mehr aus den Häusern gewagt, schrieb Frau Piwonka. Überall sei wie blind in der Gegend herumgeschossen worden. Und dann seien die deutschen Soldaten mit einem Mal fort gewesen und die Russen einmarschiert. Und gleich am ersten Tag hätten sie auch vor unserem Haus gestanden und am Namensschild gesehen, dass Deutsche dort gewohnt hatten. Alle Fenster und Türen hätten sie eingeschlagen und den Gesichtern auf den Fotografien an der Wand – unseren Gesichtern und dem des Führers! – in die Augen oder die Stirn geschossen. Und was wegzutragen war, das hätten sie weggeschleppt.

Ein furchtbarer Brief. Geht ja immer so weiter – und wird noch schlimmer: Alle Deutschen, die nicht geflüchtet waren, weil sie ihre Häuser oder Läden nicht aufgeben wollten, seien erst verhört und danach entweder erschossen, totgeprügelt oder in irgendein Lager abtransportiert worden.

Namen über Namen zählt Frau Piwonka auf: Der Bäckermeister Grigoleit, der Apotheker Merz, der Dachdecker Schmidt, der Lebensmittelhändler Sommer – alles viel zu alte Männer, um noch Soldaten gewesen sein zu können –, keiner von ihnen lebt mehr. Sogar ein französischer Kriegsgefangener, der auf einem deutschen Hof zur Arbeit eingesetzt worden war und die Frauen dort, weil sie ihn immer gut behandelt hatten, vor Vergewaltigungen schützen wollte, sei russischen Gewehrkugeln zum Opfer gefallen. Der schon sehr, sehr alte Malermeister Böhm, gleich links von uns hatte er gewohnt, habe sich, bevor er abtransportiert werden konnte, lieber erhängt.

»Ich weiß, wer diesen unseligen Krieg begonnen hat«, schrieb Frau Piwonka, »weiß, welch unvorstellbar grausame

Verbrechen viele Deutsche begangen haben. Doch was jetzt geschehen ist und immer noch geschieht, kann das recht sein? Oder ist es nur die verbitterte, grausame Rache an allen, die einen deutschen Namen tragen? – Ach, wie entsetzlich dumm und brutal wir Menschen doch sein können! Hat uns Gott so erschaffen? Oder warum sind wir so geworden?«

Kaum waren die Russen weitergezogen, durchkämmte polnische Miliz die Straßen. »Alle Deutschen raus!«, wurde geschrien. Viele von denen, die es geschafft hatten, sich vor den Russen zu verstecken, wurden jetzt geholt. Nur mit den notwendigsten Habseligkeiten versehen trieb man sie aus ihren Häusern. Wer sich wehrte, wurde geschlagen. Und wieder wurde geplündert. Als Wiedergutmachung, wie viele Polen sagten.

»Aber kann man denn, was in diesem Krieg geschehen ist, überhaupt mit irgendetwas wiedergutmachen?«, fragt Frau Piwonka. »Betrügen die Diebe mit dieser Ausrede nicht nur sich selbst?«

Am Ende des Briefes heißt es: »Ich denke oft an Sie und Ihre Kinder und hoffe, dass auch Ihr Mann die letzten Kriegstage unversehrt überlebt hat. Sicher mussten Sie Schweres durchmachen. Aber – kein Trost, nur die Wahrheit – hier ist's jetzt auch nicht besser. Es gibt so gut wie keine Lebensmittel mehr. Allein die Kartoffeln aus dem vorigen Jahr und das bisschen Obst und Gemüse, das der Garten hergibt, halten uns am Leben. Was die Deutschen uns nicht stahlen, nahmen sich die Russen. Mani ist ganz dünn geworden. Hoffentlich wird er nicht krank, nimmt ja kein Krankenhaus mehr Patienten auf. Ach, und viele Menschen sind so schlecht geworden! Einer denunziert den anderen. Mein Mann wurde auch verhaftet. Er habe sich bei den Deutschen angebiedert, heißt es. Also ist er ein Verräter. Doch wovon, bitte schön, hätten wir leben sollen, wenn er nicht für die Gauleitung gedolmetscht hätte? Und Mani und ich wurden auch verhört. Ich, weil ich für Sie gearbeitet habe, Mani, weil er Ihnen und Ihren Kindern zur Flucht verholfen hat. Zum Glück wurden wir wieder nach Hause geschickt. Was aber aus meinem Mann geworden ist, das weiß ich nicht.«

Was für ein »Geburtstagsgeschenk«! Hätte gern darauf verzichtet! Trotzdem las ich den Brief, nachdem Momm ihn uns vorgelesen hatte, selbst noch zweimal. Urschel, Christel, Ruthchen, Mechthild, Burkhard – leben *sie* denn überhaupt noch?

Abends, am Küchentisch, wollte Kutti von Pappka wissen, ob die deutschen Soldaten auch solche Sachen getan hätten wie die Russen. Und noch während er fragte, schüttelte er den Kopf, wie um ihn zu bitten, »Nein! Natürlich nicht!« zu sagen.

»Idiot!« Jockel zeigte ihm einen Vogel. »Deutsche Soldaten tun doch *so etwas* nicht.« Und nicht anders als Kutti hoffte er, von Pappka recht zu bekommen.

Wen aber sah Pappka an, bevor er antwortete? Mich! »Na ja«, sagte er dann achselzuckend, »es gab schon Kameraden, die öfter mal zu weit gingen. Aber so ist eben der Krieg. Die ewige Angst um das eigene Leben – da staut sich Hass an. Nicht schön, aber das ist in jeder Armee der Welt so. Ich jedenfalls« – und jetzt fasste er mich noch fester ins Auge – »hab mir die Hände nicht schmutzig gemacht.«

Sollte ich ihn fragen, ob er glaubte, dass ich anders von

ihm dachte? Ich überlegte noch, da schlug Momm schon mit der flachen Hand auf den Tisch, wie um unter all das einen Schlussstrich zu ziehen. »So!«, sagte sie laut. »Damit ist auch dieser Traum ausgeträumt. Nach Hause können wir nicht mehr. Und ewig hierbleiben auch nicht. Bleibt nur die Frage: Wohin jetzt?«

Die zweite kalte Dusche! Nicht mehr nach Hause? Nie mehr mein Zimmer wiedersehen? Wieder: Urschel, Christel, Ruthchen, Mechthild, Burkhard ... Ich spürte, wie mir die Tränen kamen. Böse Geburtstagsgeschenke waren das, die ich heute serviert bekam.

Tante Mala, die heute extra meinetwegen mal nicht nach Hamburg gefahren war, strich mir über den Arm. »Aber Rena! Du wirst doch nicht verzagen? Ihr werdet schon irgendwo ein neues Zuhause finden. Viel wichtiger ist doch, dass ihr lebt und gesund seid. Und euer Vater hat doch einen sehr gefragten Beruf. Wo alles kaputt ist, muss schließlich wieder aufgebaut werden. Und dann, das verspreche ich dir, scheint bald wieder die Sonne.«

Auch Jockel und Kutti tröstete das nicht. Es ging ihnen nicht anders als mir: Nie mehr Eichenbrück? Ein unvorstellbarer Gedanke!

»Ich geh aber doch zurück!«, sagte Kutti trotzig. »Hier, nee, hier will ich nicht bleiben! Und ich will auch nirgendwo anders hin.«

Pappka zog ihn an sich und Kutti presste den Kopf an seine Brust. »Nein, liebe Familie«, sagte Pappka dann ernst. »Eichenbrück, das war einmal! Was sollen wir dort noch? Hier Fremde, dort Fremde! Mala hat recht: Wir werden uns neu orientieren müssen. Und na klar kommen wir wieder auf die Beine. Wer denn sonst, wenn nicht wir?«

Wie still es in der Küche auf einmal war! Keiner wollte noch ein Wort sagen. Allein das Ticken von Frau Griess' großer, alter Uhr auf dem Küchenschrank war noch zu hören. Eine Stille, die anhielt, bis du, Jutsch, auf einmal »Hunger!« geflüstert hast. Wir hatten ja noch gar nichts gegessen.

»Ich mach uns was.« Momm sprang auf und Tante Mala stellte schon mal das Geschirr auf den Tisch. Pappka aber trommelte mal wieder mit den Fingern auf dem Küchentisch herum, so als helfe ihm das beim Nachdenken.

Mitten in der Kartoffelernte ist dieser Brief bei uns eingetroffen. Eigentlich ist's für die Ernte ja noch zu früh, die Kartoffeln sind noch zu klein. Doch sollen die Hamsterer sie vom Feld stehlen? »Lieber kleine als keine«, sagt die Griess. Und sie hat recht, wird ja nun immer mehr gestohlen. Die Städter fürchten sich vor dem Winter. Dort soll's schon so gut wie keine Lebensmittel mehr geben.

Hühner werden gestohlen, Kaninchen, Schafe. Im Nachbardorf ist sogar ein ganzer Schweinestall leer geräumt worden. Und das ganz frech tagsüber, weil dann die Höfe wegen der Ernte oft leer stehen.

Manche Diebe sollen sogar mit Waffen kommen. Einsam gelegene Höfe überfallen sie. Weshalb die Griess jetzt immer sehr freundlich zu Pappka ist. Wenn er auch noch immer den Kriegsversehrten spielt und an Krücken geht, so ist er doch Soldat gewesen und weiß sich zu wehren, wie sie hofft.

Ja, und jetzt müssen auch noch die Zuckerrüben aus dem

Boden. Wir wissen nicht mehr, was wir zuerst tun sollen. Aber das ist, wie Momm sagt, vielleicht ganz gut so. Auf jeden Fall besser, als immerzu an Frau Piwonkas Brief zu denken.

Pappka hämmert, während wir auf den Feldern arbeiten, weiter an seinen Kochtöpfen, Kellen und Schüsseln herum und passt auf dich auf, Jutsch. Uns würdest du ja nur stören. Aber natürlich findest du das toll, Pappka so lange für dich allein zu haben. Drei-, viermal am Tag lässt du deine Elke im Stich, läufst zu ihm und drückst ihn.

Abends sind wir dann todmüde und haben keine Lust, noch irgendwas zu reden. Nur gestern, da haben wir mal laut gelacht, weil Kutti, dem die Plackerei auf den Feldern am allerwenigsten gefällt, mit einem Mal gefragt hat, wann er denn wieder zur Schule gehen darf.

Hab's ja schon geschrieben: In Kewenow gibt's überhaupt keine Schule. Keine für die älteren und keine für die jüngeren Jahrgänge. Als noch Unterricht erteilt wurde, mussten die Kewenower Jungen und Mädchen jedes Mal bis nach Burgheide pilgern. Jetzt aber heißt es, die Ernte einzubringen. Wann die Schule wieder öffnet und ob es dann überhaupt genug Lehrer geben wird, steht in den Sternen.

Das Komische an Kuttis Frage: Ausgerechnet er, der doch früher jeden Morgen nur mit ausgesprochen lustlosem Gesicht zur Schule zockelte, brummelte diese Frage vor sich hin. Lange aber lachten wir nicht. Wie er dasaß, die schweren Arme wie zwei gebrochene Flügel herabhängend, wie sollten wir da nicht Mitleid mit ihm haben?

Wieder ein Brief

Heute war ich lange, sehr lange bei Klaas. Wir hatten so viel zu reden. Große Überraschung: Am Vormittag war der englische Pilot, dem er zur Flucht verholfen hatte, bei ihm. Ein Besuch, über den er sich sehr gefreut hat.

Wie dieser Engländer ihn gefunden hat? Ganz einfach, er hat nach dem »*boy* mit dem Gehfehler« gefragt. Wer in Kewenow hätte das sein sollen, wenn nicht Klaas?

Aber nicht nur Klaas staunte, als der englische Offizier vor der Tür stand. Noch mehr staunte seine Mutter. Klaas hatte ihr kein Wort von dieser Rettungsaktion erzählt.

Leutnant Richardson brachte Kaffee, Zigaretten und Schokolade mit und machte Klaas ein Angebot: Ob er nicht nach Hamburg ins Camp der Engländer kommen wolle? Zivilkräfte, die ein bisschen Englisch könnten, würden für ihre Arbeit nicht nur bezahlt, sondern auch mit Fresspaketen versorgt.

»Vielleicht keine schlechte Idee«, meinte Klaas. »Dann könnte ich richtig Englisch lernen. Will ja mal ins Ausland, wenn erst wieder alles besser läuft.«

Erst Hamburg, dann Ausland? Und ich, was wird dann aus mir? Doch nein, ich zögerte keine Sekunde. Er solle das unbedingt machen, riet ich ihm, in Kewenow würde er ja doch nie glücklich werden.

Wie er mich da ansah! Er hatte gedacht, ich würde ihn bitten zu bleiben, damit wir uns weiter jeden Tag treffen konnten. Mir blieb gar nichts anderes übrig, ich musste ihm sagen, dass ja auch wir sicher bald fortgehen würden. »Mein Vater ist Bauingenieur, was soll er in einem Dorf? Wir ziehen bestimmt bald in irgendeine Stadt und dann wird ja sowieso alles anders. Und für die Engländer zu arbeiten, das ist doch 'ne tolle Sache. In Hamburg könntest du nach der Arbeit auch weiter zur Schule gehen, wenn alles wieder richtig funktioniert. Da gibt's doch bestimmt 'n Abendgymnasium.«

Klingt so, als hätte ich nur an Klaas gedacht. Die großherzige Rena! Aber so war es nicht: Wenn ich *nicht* in Kewenow bleibe, ist es dann für mich nicht viel leichter, nur bis Hamburg zu fahren, als danach noch in den »Kartoffel-Express« umsteigen zu müssen, wenn ich Klaas mal sehen will? Also sagte ich noch mal: »Hamburg ist auf jeden Fall besser als Kewenow.« Und gab zu: »Auch für mich, wenn wir uns irgendwann mal treffen wollen. Und … und das wollen wir doch, oder?«

Zuerst nickte er nur, dann fragte er: »Und meine Mutter?« Er würde dann ja im Camp der Engländer unterkommen, doch seine Mutter, was wurde aus ihr? Kommt ein neuer Pfarrer – und irgendwann wird ganz bestimmt einer kommen –, muss sie aus dem Pastorenhaus ausziehen. Wo soll sie dann hin?

Ich: »Aber wenn du nicht zu den Engländern gehst und der neue Pfarrer kommt, müsst ihr doch auch hier raus. Und dann müsst ihr beide auf Wohnungs- und Arbeitssuche gehen. So verdient doch wenigstens einer etwas und du kannst deine Mutter unterstützen.«

Er ließ, was ich gesagt hatte, in sich nachklingen, und dann lächelte er auf eine seltsam frohe Weise. Und ich ahnte, was er dachte: Da saß mal kein Mädchen vor ihm, das er belehren musste, sondern eine, die viel vernünftiger dachte als er. Und was rutschte ihm da ganz plötzlich raus? »Ich liebe dich, ich liebe dich, ich liebe dich!« Er sagte es dreimal hintereinander, und das mit einer solchen Selbstverständlichkeit, dass es mich von oben bis unten durchrieselte. Konnte eine Liebeserklärung ehrlicher sein?

»Aber ich dich doch auch«, flüsterte ich zurück, und dann küssten wir uns lange und wussten danach nicht, ob wir uns freuen oder traurig sein sollten. Freuen über Klaas' neue Chance und darüber, dass wir uns haben, oder traurig sein über die lange Trennung, die uns bevorsteht.

Hab das vorige Woche geschrieben. Seither sind wir jeden Tag beisammen. Steht ja nun fest, dass Klaas nach Hamburg gehen wird. Auch seine Mutter hat gesagt, dass er dieses »englische Angebot« unbedingt annehmen soll. Sie weiß auch schon, wo sie dann hinziehen will – nach Husum, zu ihrer jüngeren Schwester. Wozu erst warten, bis der neue Pfarrer kommt?

Husum liegt auch in der englischen Zone, also macht ein solcher Umzug keine größeren Umstände. Auch hat der Pferdebauer Jespersen Klaas' Mutter versprochen, sie mit seinem Wagen und allem, was ihr gehört, dort hinzufahren. Klaas' Tante Gerda, eine Kriegerwitwe, arbeitet bei der Post und hat drei kleine Kinder. Sie kann Hilfe gebrauchen. Und vielleicht kommt ja auch Klaas' Mutter bei der Post unter. Briefe austragen, das schafft jeder, der lesen und schreiben kann. Und fehlen denn nicht überall Leute?

Klaas' Mutter ist eine tapfere Frau. Für Klaas würde sie alles tun. Ob ihr Gott ihr hilft, niemals den Mut zu verlieren? Oft beneide ich sie. Würde auch gern an einen Gott glauben, der mir immer wieder sagt, was richtig ist und was falsch. Doch geht's mir nicht anders als Klaas, kann schon lange an keinen Gott mehr glauben. Schon gar nicht an einen »lieben«. Muss ja ein seltsamer »lieber Gott« sein, wenn er all das Schreckliche zugelassen hat, von dem wir jeden Tag mehr erfahren? Und wenn es ihn, zu dem so viele Menschen beten, doch geben sollte und er den Krieg und all die unzähligen Morde in den Lagern nicht verhindern konnte, was kann er dann?

Es tut Klaas weh, dass er seine Mutter bald nur noch selten sehen wird. Doch wäre es dumm, das Angebot von diesem Leutnant auszuschlagen. Das weiß er und das weiß auch seine Mutter und so haben sie sich damit abgefunden, dass Klaas weggehen wird. Trotzdem – oder gerade deshalb? – herrscht jetzt oft eine sehr gedrückte Stimmung im Pastorenhaus.

Und auf dem Griess-Hof ist's auch nicht besser. Eher noch schlimmer. Würde am liebsten gar nicht darüber schreiben. Etwas Entsetzliches ist passiert.

Es begann alles damit, dass wieder ein Brief kam. Diesmal für Frau Griess. Der Absender: ein Kamerad ihres Sohnes Ernst. Drin stand, dass nun auch ihr Ernst gefallen ist – und das nur zwei Tage vor Kriegsende. Der Kamerad hatte sich nach diesem letzten Gefecht von seiner Einheit abgesetzt und in einem Ruinenversteck überlebt. Monate zuvor hatten beide ihre Adressen ausgetauscht. Fiel einer von ihnen, sollte der andere die Familie benachrichtigen. Jetzt, da die Post wieder einigermaßen funktioniert, hat der Kamerad sein Versprechen gehalten.

Was für ein feiner Kerl der Ernst gewesen sei, schrieb er,

und dass er oft an ihn denke. Und zum Schluss wünschte er Frau Griess alles Gute.

Den letzten Satz verstand sie nicht. »Alles Gute?«, flüsterte sie ungläubig vor sich hin, nachdem sie Momm und mir den Brief vorgelesen hatte. »Aber was soll in meinem Leben denn jetzt noch gut werden? Hat doch alles gar keinen Sinn mehr.«

Es war in der Küche, wir wussten nicht, was wir Tröstendes sagen sollten, ohne dumm lügen zu müssen.

Lange starrte Frau Griess uns an, als erwartete sie dennoch irgendeine Antwort von uns, dann drehte sie sich mit einem Mal so hastig um, dass sie beinahe hingestürzt wäre, und lief davon.

»Hoffentlich hört sie bald von ihrem Mann!« Momm seufzte tief. »Sie braucht jetzt unbedingt eine Mut machende Nachricht. Wie soll sie denn sonst mit diesem zweiten bösen Schlag fertig werden? Erst der eine Sohn, dann der andere?«

Ich musste mir ein paar Tränen verdrücken. Die Griess, jetzt tat sie mir zum ersten Mal richtig leid.

Tags darauf – es war ein windiger, grauer Morgen, im Garten flog das letzte Laub von den Bäumen – ließ sie sich am Morgen nicht blicken. Das war ungewöhnlich, weil sie Momm, Jockel und Kutti doch zur Arbeit einteilen musste und das noch nie versäumt hatte.

Gegen Mittag hielt Momm die Unruhe dann nicht mehr aus. »Ich geh mal besser hoch zu ihr«, sagte sie. »Vielleicht kann ich ihr ja irgendwas bringen, einen Tee oder ein Glas Milch.«

In ihrem Schlafzimmer aber war Frau Griess nicht. Und ihr Bett – entweder war es schon gemacht oder noch unberührt.

Momm kam zurück und voller Sorge sah sie uns an. Sie hatte sie im ganzen Haus nicht gefunden.

Da liefen wir alle los, in die Ställe und in die Scheune und rundherum um den Hof – nichts! Wir rätselten, wo wir denn noch suchen könnten, bis Pappka auf einmal die Stirn krauste und leise sagte: »Ich schau mal auf dem Dachboden nach.« Und in diesem Augenblick überkam auch mich eine Ahnung.

Momm erging es nicht anders. Gleich schnappte sie sich Jockel und Kutti, die Pappka nachlaufen wollten – und wir hatten richtig vermutet: Als er wiederkam, nickte er ernst. »Ist so, wie ich's mir gedacht habe. Sie ist mit dieser Nachricht nicht fertig geworden.«

Momm, Jockel und ich, wir wussten sofort, was das zu bedeuten hatte. Kutti fragte bestürzt: »Sitzt sie da oben und weint?«

»So ähnlich«, sagte Momm nur, zog ihn an sich und streichelte ihn. Und dann sah sie Pappka an. »Damit ist's endgültig: Wir müssen weg.«

»Ja.« Wieder nickte er. »Wird höchste Zeit.« Und nur ein paar Minuten später machte er sich auf den Weg zum Kroog. Falls Frau Griess noch irgendwo Verwandte hatte, mussten die ja nun benachrichtigt werden.

Das Wort »lebensmüde«! Jetzt erst habe ich begriffen, was wirklich dahintersteckt. Müde vom Leben sein, was heißt das anderes, als nicht mehr mitmachen, sondern nur noch schlafen wollen? Sollten wir anderen doch immer weiter auf irgendeine Zukunft hoffen, Frau Griess hoffte auf nichts mehr. Nicht mal auf ihren Mann, der ja vielleicht noch lebt und irgendwann heimkehrt, hat sie noch warten wollen, als sie den Strick nahm.

Im Dorf wird viel über diesen Selbstmord geredet. Doch war Frau Griess ja nicht sehr beliebt gewesen, ich glaube nicht, dass viele ehrlich um sie trauern. Erst recht jetzt nicht, wo so viel gefeiert wird. Im *Kirchspielkrug* gibt's neuerdings öfter Musik und Tanz. Ein Akkordeonspieler unterhält die Gäste, getrunken wird und Schlager werden gegrölt und manchmal gibt's Schlägereien. Meistens, wenn politisch gestritten wird.

»Nachholbedarf«, nennt Tante Mala diese Feierei. Pappka spricht von »echtem Dorfleben«.

Um Frau Griess' Beerdigung kümmerte sich der Kroog. Ein Pfarrer aber kam nicht und es hielt auch sonst niemand eine Rede. Und Verwandte waren auch keine dabei. Der Kroog hat so schnell keine ausfindig machen können.

Am Abend danach saßen wir zu siebt – Tante Mala war auch dabei – in Frau Griess' Küche, und es ging wieder nur um eines: Wir müssen hier weg! Und das jetzt noch schneller als zuvor gedacht. Wir sind keine Bauern und wollen keine werden. Außerdem wird der Hof, falls der Kroog nicht doch noch irgendwelche Verwandte findet oder der Wilhelm Griess in den nächsten Tagen heimkehrt, sicher bald verpachtet werden. Die Felder müssen ja bewirtschaftet und die Tiere versorgt werden. Ob dem Pächter solche »Mitesser«, wie wir es sind, in den Kram passen, wollen wir gar nicht erst abwarten. Auch wissen wir ja nun, wohin wir dürfen. Oder richtiger: wohin wir müssen.

Die Antwort auf diese Frage kam heute, nur zwei Tage nach Frau Griess' Beerdigung. Wir *müssen* nach Frankfurt am Main. Bevor Pappka von seiner Firma nach Eichenbrück geschickt worden war, haben wir dort gewohnt und er war dort beschäftigt, deshalb können wir auch nur dort eine Zuzugsgenehmigung erhalten.

Wo wir in Frankfurt unterkommen werden, in einer Ruine oder Baracke, das allerdings wissen wir nicht. Und was außer Pappka niemanden von uns froh stimmt – Tante Mala wird nicht mitkommen. Sie hat nie in Frankfurt gewohnt oder gearbeitet, hat keine Chance, die nötigen Reisepapiere zu bekommen. Sie würde aber auch gar nicht mitkommen wollen, hofft weiter auf Hamburg.

Wieder mal musste ich mir das Heulen verkneifen, hänge sehr an Tante Mala. Aber Momm hat ja recht, wenn sie sagt, dass wir unbedingt fortmüssen, damit für uns möglichst bald ein ganz »normales, geregeltes« Leben mit einer wirklichen Aufgabe für Pappka und mit Schulen für Jockel, Kutti und mich beginnen kann. Nur: Wie soll ich mir dieses neue, »normale, geregelte« Leben denn vorstellen? In einem Land, in dem fast alle Städte in Schutt und Asche liegen, wie soll da schon bald alles wieder »normal« werden?

VIERTER TEIL

Bunkerkinder

Hab mal wieder lange, sehr lange nicht über meinen Heften gesessen. Hier in Frankfurt ist ja alles ganz anders. Wir hausen in einem Bunker übervoll mit Menschen. Eng ist es und düster, einer stolpert über den anderen. Und wie es zwischen all diesen meterdicken Mauern riecht! So richtig nach Hunger. Ich bekomme den schalen, säuerlichen Mief kaum noch aus der Nase. Hatte deshalb lange keine Lust, mich zum Schreiben hinzusetzen. Wozu denn dieses ewige Herumlungern und Warten auf irgendwas noch lang und breit schildern?

Im Krieg, wenn die Leute vor den Bomben hier hineingeflüchtet sind, durften sie nach dem Fliegeralarm wieder raus. Wir müssen drinbleiben, Tag für Tag, Woche für Woche. Eigentlich nicht zum Aushalten. Doch wo sollten wir sonst hin? Es gibt keine Wohnungen. Frankfurt ist ein einziges Trümmerfeld. Da ist so ein Bunker ja schon ein Glücksfall. Andere wohnen in irgendwelchen Ruinen, durch die der Wind pfeift, oder in schnell zusammengezimmerten Papp- oder Bretterbuden. Und das auch jetzt, mitten in diesem hundekalten Winter. Es sollen sogar schon welche in ihren Behausungen erfroren sein.

Du, Jutsch, schaust dir alles nur mit großen Augen an. Begreifst nicht, weshalb wir von Kewenow fort sind. Und keiner von uns kann dir das erklären. Mit welchen Worten denn?

Wo ich jetzt sitze und schreibe?

In einem langen, dunklen Flur, von Kommen und Gehen umtost. Hab eine Nische für mich entdeckt. Eine leere Holzkiste, die ich ab sofort immer mit mir herumschleppen und verstecken werde, damit niemand sie verfeuert, ist mein Stuhl, ein rostiges Stück Blech – über meine Knie gelegt – mein Tisch.

Hab eine Kerze draufgeklebt und kann beim Schreiben den Schatten meiner Hand beobachten. Geht jemand vorbei, flackert die Kerze und der Schatten meiner Hand zittert. Das wirkt gespenstisch und passt zu meiner Stimmung.

Staub

Dieser elende Bunker! Überall dreistöckige Holzpritschen, darauf muffig riechende, oft bereits stinkende Strohsäcke. Betten gibt's auch, aber die reichen nur für die schon sehr Alten und Kranken. Läuse tummeln sich hier und Wanzen und immer wieder haben irgendwelche Leute Durchfall. Was den Gestank noch verschlimmert.

Dazu diese ewige feuchte Kälte. Der Zementfußboden – oft wird er zur Schlitterbahn! Und wer ist daran schuld? Wir selbst. Atmen so viele Menschen aus, schlägt sich die Feuchtigkeit auf dem Fußboden nieder und gefriert. Die wenigen Kanonenöfen reichen längst nicht für alle Räume. Wir bekommen ja auch gar nicht genügend Holz oder Kohlen.

Jockels neuester Spruch: »Wer friert, darf sich freuen, der ist wenigstens noch nicht tot.«

Nicht weit von uns, mitten im Flur, liegt eine alte Frau auf ihrem Strohsack. Keiner kennt ihren Namen. Sie sagt ihn einfach nicht. Sie haust im Flur, weil nirgendwo sonst Platz für sie ist. Liegt sie mal nicht wie tot da, wischt sie mit einem alten Lappen ihren Koffer ab, bürstet ihre Kleidung aus oder geht ihr Kochgeschirr auswaschen. Hager ist sie – das reine Skelett! –, und geht jemand zu dicht an ihrem Strohsack vorüber, funkelt sie ihn mit ihren dunklen Augen an, als wäre er der Teufel persönlich.

Für Kutti war sie anfangs nur »die böse Alte aus dem Flur«. Bis er sie eines Morgens weinen sah. Tränen groß wie Pflastersteine seien ihr übers Gesicht gelaufen, sagt er, und seitdem nennt er sie nicht mehr so.

Bin immer froh, wenn sie sich bewegt, egal wie laut sie keucht oder hustet. Fürchte mich davor, sie eines Morgens erfroren oder verhungert zu sehen.

Ja, wenn wir hier auch sonst nicht viel haben, eines haben wir jede Menge: Hunger! Wie oft bin ich mit Momm in der Stadt unterwegs, um irgendwas zu essen zu ergattern! Quer durch und rund ums Schwarzmarkt-Viertel marschieren wir dann. Unser silbernes Besteck und auch Momms eiserne Reserve, der Brillantring, an dem sie so hing – alles schon weg! Ansonsten werden wir vom *Roten Kreuz* versorgt – mit gelbem, kastenförmigem Maisbrot, Steckrüben- oder dünner, meist fleischloser Grützsuppe zum Mittag und mit Zuckerrübensirup als Brotaufstrich. Zum Sterben zu viel, zum Leben zu wenig, wie Oma Schnurbusch sagt, die aber – im Gegensatz zu der Alten im Flur – trotzdem nie den Mut verliert und gern redet.

Jockel und Kutti trinken Unmengen Wasser aus der Leitung. Davon kriegen sie pralle Bäuche, satt aber macht sie das nicht. Manche spotten, von allzu viel Wasser bekommt man Läuse im Bauch. Jockels Antwort: »Besser als gar kein Fleisch.«

Kutti liebt solche bösen Witze und bewundert seinen großen Bruder dafür noch mehr. Ich glaube, er erträgt dieses Bunkerleben von uns allen am besten. Ist vielleicht besser, erst zehn zu sein. Dann friert und hungert man auch, kann sich aber besser ablenken. Die kleineren Jungen und Mädchen, ständig spielen sie irgendwas, jagen einander durch die Gänge oder rund um den Bunker. Pappka nennt sie »Bunkerkinder«, und bestimmt wäre es ihm lieber, wenn auch ich noch solch ein kleines Mädchen wäre. Es hat sich nichts verbessert zwischen uns. Pappka leidet darunter und ich leide darunter. Aber soll ich mich denn verstellen und so tun, als wäre all das, was ich inzwischen weiß, gar nicht wahr?

So! Jetzt ist's passiert: Pappka hat mich beim Schreiben erwischt! Und das gerade in dem Moment, als ich über ihn und mich schrieb. Fast so, als hätte ich ihn damit herbeigerufen.

Plötzlich stand er vor mir und sah mich ganz verblüfft an. »Nanu? Was machst du denn hier? Entwirfst du Speisekarten für Weihnachten?«

Ich war so überrascht, dass ich versuchte, auf seinen Scherz einzugehen. »Ja«, sagte ich nur.

Ohne seine Krücken stand er da. Seit wir hier sind, muss er niemandem mehr etwas vorspielen. Bei den Amerikanern und Engländern, so heißt es, kommt kaum einer mehr in Kriegsgefangenschaft. Nur in der russischen Zone sollen noch Leute festgenommen und in ein Lager oder gleich nach Sibirien gebracht werden.

Pappka wollte nicht mehr scherzen. Misstrauisch zog er die Stirn in Falten. »Und darf ich fragen, was du wirklich schreibst?«, hakte er nach. »Soll das so 'ne Art Tagebuch werden?«

Wieder eine knappe Antwort: »Ja.« Wozu denn um den heißen Brei herumreden? Ist ja nicht verboten, Tagebuch zu führen. Und genauso ernst, wie er mich ansah, so ernst sah ich ihn an.

Da wollte er wissen, ob ich das schon länger machte und etwa auch über Momm und ihn schrieb.

»Ja«, gab ich zu. »Geht ja gar nicht anders.«

Er überlegte kurz, dann fragte er vorsichtig: »Aber du willst nicht, dass wir lesen, was du über uns schreibst?«

Stumm schüttelte ich den Kopf. Nein, mein Tagebuch, das sollst nur du, Jutsch, einmal zu lesen bekommen, kein anderer. Ein Tagebuch, das schreibt man ja wirklich nur für sich.

»Gut!« Endlich zuckte er die Achseln. »Dann tu, was du nicht lassen kannst. Bedenke aber, dass du vielleicht manches von dem, was du so hörst und erlebst, nur noch nicht so richtig verstehen kannst. Junge Leute fällen schnell ein voreiliges Urteil.«

»Mach ich!« Mir kamen mal wieder die Tränen. Ich hasse solche Gespräche.

Er wollte weitergehen, drehte sich aber noch mal zu mir um. Und dann sagte er etwas, was alles noch viel schlimmer machte: »Weißt du, Rena, ich hab Angst, dass wir einander irgendwann noch ganz verlieren. Dieser Klaas muss dir allerhand unausgegorenes Zeug in den Kopf gesetzt haben.«

Diese Angst hab ich auch. Dazu hätte ich nicken können. Aber was sollte das Gerede vom »unausgegorenen Zeug«? Er kennt Klaas doch gar nicht, wie kann er so etwas sagen? Und hält er mich für so dumm, dass ich mir irgendwas »in den Kopf setzen« lasse?

»Bin siebzehn Jahre alt, kann selber denken«, schoss es aus mir heraus, bevor ich mir auf die Zunge beißen konnte.

Da murmelte er nur noch »Na hoffentlich!« und ging.

Kein schönes Gespräch, aber was hätte ich denn sonst sagen, wofür mich entschuldigen sollen? Tante Mala! Sie hat auch immer ihr eigenes Leben gelebt, hat sich schon früh von niemandem, nicht mal von ihren Eltern etwas einreden lassen. Warum soll ich das nicht auch tun?

Ich *muss* schreiben, spüre das jeden Tag deutlicher. Weiß ja gar nicht, wohin sonst mit all dem, was mir durch den Kopf schwirrt. Ja, und wenn ich schon schreibe, dann muss ich doch bei der Wahrheit bleiben, oder? Wozu denn sonst so viel Papier zuklieren?

Hab, nachdem Pappka weitergegangen war, dieses kurze »Verhör« erst verdauen müssen. Jetzt zurück nach Kewenow: Unsere letzten Tage dort. Frau Griess war tot und damit war etwas zu Ende gegangen. Wären wir noch geblieben, wie Eindringlinge oder Diebe wären wir uns vorgekommen. Nein, wir *mussten* fort!

Zum Glück hatte Pappka bald all die Papiere zusammen, die wir brauchten, um in die amerikanische Besatzungszone übersiedeln zu dürfen. Und nur einen Tag später, da hatte Tante Mala Arbeit gefunden. Bei einer Hamburger Spedition. Sekretärin, Übersetzerin und Dolmetscherin soll sie dort sein. Und Kaffee kochen, wenn's welchen gibt. Sie war so glücklich darüber, dass selbst ich, die ich mich doch so ungern von ihr trennte, nicht anders konnte, als mich mit ihr zu freuen.

Jockel und Kutti freuten sich auch. Vor allem auf Frankfurt. Ist ja die Stadt, in der sie zur Welt gekommen sind. Nur der Abschied von Udo, der fiel Jockel schwer. Und ich? Ich dachte unentwegt an Klaas. Wie lange würden wir uns nicht sehen? Einziger Trost, dass er ja ebenfalls fortgehen würde.

Der letzte Besuch bei Panne und Dorchen, der Kuh Liese und den drei Schafen, die keinen Namen haben. In dem drei viertel Jahr, in dem ich sie gefüttert und gestreichelt und ihre Ställe gereinigt hatte, sind sie mir ans Herz gewachsen. Nach unserer Abreise wollte der Kroog sie auf seinen Hof nehmen. Was aus dem Griess-Hof wird, wusste er noch nicht.

Danach etwas ganz Schweres – und irgendwie auch sehr Schönes: der Abschied von Klaas. Wir lagen auf seinem Bett, er hatte den Arm um mich gelegt und wir entwarfen einen Zukunftsplan nach dem anderen. Doch der Gedanke, ob das, was wir uns da ausmalten, nicht alles nur Spinnerei war, ließ sich nicht so einfach beiseiteschieben. Was, wenn Klaas in Hamburg ein anderes Mädchen kennenlernt? Eine so nah, die andere so fern, wird er mich dann nicht schnell vergessen? Und befürchtete er, als wir uns da so eng umschlungen aneinanderpressten, nicht Ähnliches? Warum soll's in Frankfurt keinen Jungen geben, der nicht hinkt und mir gefällt? Bin mir gewiss, dass das nicht passiert, aber durfte er sich dessen sicher sein?

Diese Unsicherheit muss es gewesen sein, die uns dazu brachte, doch noch einmal miteinander zu schlafen. Wir hatten das nicht gewollt. Wirklich nicht! Die Angst vor einer Schwangerschaft steckte noch immer in uns. An diesem letzten, schon so früh dunklen Nachmittag auf Klaas' Bett aber kam es wieder über uns. Das war dumm, doch jetzt, da ich weiß, dass nichts passiert ist, ist davon nichts als eine schöne, nur eben ein bisschen wehmütige Erinnerung an unser letztes Beisammensein geblieben.

Als er mich danach zum Griess-Hof zurückbringen wollte,

trat seine Mutter uns in den Weg. »Komm mal mit in die Küche, Renatchen«, bat sie. »Muss mit dir reden.«

Hatte sie mitbekommen, was in seinem Zimmer passiert ist? Knallrot muss ich geworden sein, nur widerstrebend ging ich mit. Als wir miteinander allein waren, umarmte sie mich.

»Ich weiß, dass du Klaas sehr, sehr gern hast«, flüsterte sie mir zu. »Doch werdet ihr jetzt ganz verschiedene Wege gehen. Und ihr seid ja noch so jung. Es darf keiner dem anderen böse sein, wenn das Leben euch auseinanderbringt.«

Lieb gesagt – und trotzdem tat's weh. Gerade erst hatte ich Ähnliches befürchtet und jetzt hörte ich es aus ihrem Mund.

Sie strich mir über die Wange. »Will dich ja nur beschützen, Renatchen. Vor Enttäuschungen – und vor deinem eigenen, dann sicher ganz und gar unnötigen schlechten Gewissen.«

Da hab ich sie zum Abschied auf die Wange geküsst. Musste das einfach tun.

Bis dicht vors Haus hat Klaas mich gebracht. In der Küche brannte Licht und in Gedanken sah ich euch fünf – Momm und Pappka, Jockel, Kutti und dich, Jutsch – um den großen Tisch sitzen. Ich biss mir auf die Lippen. Bloß keine Tränen, Klaas sollte keine heulende Rotzblase in Erinnerung behalten.

Er umarmte und küsste mich noch mal und wollte mir was ins Ohr flüstern. Aber das hätte ich nicht mehr ausgehalten. Heftiger als beabsichtigt stieß ich ihn zurück, rief nur noch »Ich schreib dir« und stürzte ins Haus.

Er schrie mir nach: »Ich dir auch. Ganz bestimmt: Ich dir auch!«, dann schlug die Tür hinter mir zu.

Tags zuvor, früh am Morgen, hatten wir uns von Tante Mala verabschiedet. Rucksack auf dem Rücken, Tasche in der Hand, machte sie sich auf den Weg nach Hamburg. Um dort zu bleiben.

»Macht's gut und lasst euch von niemandem was gefallen«, bat sie uns vor der Hoftür und versuchte, aufmunternd zu lächeln. Doch natürlich gab's Tränen und viele Umarmungen, und Momm und Tante Mala versicherten sich ein ums andere Mal: »Wir sehen uns wieder. Ganz bestimmt sehen wir uns wieder. Das mit den verschiedenen Besatzungszonen, das kann ja nicht ewig so bleiben.«

Auch Pappka zog Tante Mala an sich und murmelte irgendwas von »Nichts für ungut, Malchen!«, dann marschierte sie los und wir winkten ihr noch lange nach.

Am Morgen darauf war's für uns so weit. Der Kroog brachte uns zum Bahnhof. Er wollte uns – vor allem aber wohl seinen Freund Hermann – nicht zu Fuß gehen lassen mit all dem Gepäck, das wir mitschleppen mussten. Wir luden alles auf seinen Pferdewagen und setzten uns dazu. Was mich sehr an Eichenbrück erinnerte, als Frau Piwonkas Mani uns zum Bahnhof brachte.

Momm, Jockel, Kutti, du, Jutsch, und ich, wir waren so warm eingemummelt wie ein Dreivierteljahr zuvor, als wir in Posen auf dem Bahnsteig standen. Pappka trug nur den Anzug, den Tante Mala ihm besorgt hatte, drunter einen dicken Pullover – auch von Tante Mala – und um den Hals einen dicken Schal. Zum Glück aber war es nicht so kalt wie im Januar.

Auf dem Bahnsteig gab der Kroog allen noch mal die Hand, doch schaffte ich's nicht, mich zu verstellen. Stur starrte ich in die Richtung, aus der der Zug kommen musste, übersah die ausgestreckte Hand ganz einfach.

Pappka runzelte die Stirn, sagte aber nichts. Erst im Zug – wir hatten für uns sechs sogar vier Sitzplätze ergattert – konnte er nicht mehr an sich halten. Was für ein unmögliches Benehmen ich an den Tag gelegt hätte, fuhr er mich an. Ob ich nicht einmal mehr die einfachsten Höflichkeitsregeln beherrschen würde?

Meine Antwort: »Ich weiß, was der Kroog getan hat. So einem geb ich nicht die Hand.«

Wären nicht die Mitreisenden gewesen, ganz bestimmt hätte Pappka mich zusammengestaucht. Bittend sah Momm ihn an, und dann flüsterte sie: »Nicht jetzt, Hermann! Nicht hier!«

Wie die Fahrt wohl weiter verlaufen wäre, wenn du, Jutsch, nicht plötzlich laut losgeweint hättest? Du hattest deine Elke vergessen. War ja alles ein bisschen holterdiepolter gegangen an diesem Morgen, und jetzt saßen wir im Zug nach Hamburg und der konnte ja nicht einfach umkehren, das hast selbst du gewusst. Und so hast du geweint, als wolltest du nie wieder damit aufhören, und um dich zu trösten, versprach Pappka dir eine neue Puppe. »Lass uns nur erst in Frankfurt sein«, sagte er.

Doch ob eine neue Puppe, egal wie groß oder schön, dir deine Elke ersetzen konnte? »Will nicht«, hast du nur leise zwischen den Lippen hervorgepresst. »Will Elke!«

Und da hat Kutti etwas sehr Schönes gesagt. »Brauchst nicht mehr weinen«, hat er dir zugeflüstert. »Wenn ich groß bin, fahre ich nach Kewenow und hol dir deine Elke. Ehrenwort!«

Ob er an seine verloren gegangene Botanisiertrommel dachte? Egal! Sofort hast du zu weinen aufgehört und ihn nur groß angeschaut. Und dann bist du von meinem Schoß geklettert, um dich auf seinen zu setzen, obwohl er ja schon auf Jockels saß.

Und danach wollte keiner mehr irgendwas sagen und der Zug fuhr einfach immer nur weiter.

Eine seltsame Zugfahrt! Mir war, als führe in Wahrheit gar nicht ich fort, sondern nur irgendein Mädchen, das meine Rolle spielt. Die wahre Rena war in Kewenow zurückgeblieben. Bei Klaas.

In Hamburg mussten wir warten. Der Zug, der uns nach Frankfurt bringen sollte, fuhr erst in fünf Stunden. Damit hatten wir rechnen müssen. In der gesamten britischen Zone, hatte Tante Mala uns gewarnt, seien nur noch ganz wenige Züge einsatzbereit. Es fehle an Ersatzteilen und an Schlossern, die in der Lage sind, die nicht einsatzbereiten Züge zu reparieren.

Nein, es war nicht so kalt wie im Januar, als wir auf dem Posener Bahnhof warten mussten, auch saßen uns keine russischen Truppen im Nacken und wir hatten genügend zu trinken und zu essen dabei. Trotzdem: Mir war hundeelend zumute. Wie in Posen, so trat ich auch hier öfter bis an die Bahnsteigkante vor, spähte aber nicht in die Richtung, aus der unser Zug kommen sollte, sondern immer nur zurück. Klaas! Werden wir uns jemals wiedersehen?

Als der Zug dann endlich kam, füllte sich unser Bahnsteig noch mehr. All diese Leute, sie mussten in der Bahnhofshalle gewartet haben. Es wurde so eng, dass ich mich erneut an Posen erinnert fühlte. Diesmal aber war Pappka bei uns. Mit hoch erhobenen Krücken bat er, doch auf seine Behinderung Rücksicht zu nehmen. So konnten wir wieder vier Sitzplätze ergattern. Nur fehlte in unserem Abteil leider die Fensterscheibe. Doch kein Grund, sich zu beschweren! Andere mussten auf den Trittbrettern stehen und sich am Türgriff festhalten, sich rittlings auf die Puffer setzen oder auf die Waggondächer klettern. War ja noch nicht Winter, niemand kam, um sie zu vertreiben.

Nur eben dieser ewige Fahrtwind in unseren Gesichtern! Wie sorgte Momm sich um dich, Jutsch! Was, wenn du dir eine Lungenentzündung geholt hättest? Schon nach wenigen Minuten Fahrt nahm sie dich unter ihren Mantel und knöpfte ihn bis oben zu, sodass nur noch dein Kopf mit der dicken Mütze zu sehen war. Hast dich fest an sie gedrückt.

Graue, längst abgeerntete Felder flogen vorüber, steinerne und hölzerne Brücken, Dörfer und Vogelscheuchen. Telegrafendrähte tanzten auf und ab. Und natürlich hielt auch dieser Zug wieder auf jedem dritten, vierten Bahnhof. Und wer auf die Toilette wollte, musste anstehen. Alles wie während der Fahrt nach Berlin.

Ein junger Mann mit Schiebermütze und in viel zu großer, amerikanisch karierter Jacke spottete laut: »Ist ja ’n echter *Slow-down*-Express, mit dem wir durch unser *powerless country* kriechen. Ob wir wohl noch vor *Christmas* ankommen? Hab *potatoes* dabei, nicht dass sie mir verschimmeln!«

Verärgert schüttelte Pappka den Kopf. »So schnell geht das! Kaum regieren uns andere Herren, schon radebrecht die Jugend ihre Sprache.«

»Is ja auch *totally okay, old fellow!*« Der Bursche mit dem

Kaugummi im Mund grinste. »Euer Kriegshelden-Gedöns kommt eben nicht mehr an, von jetzt an spielen wir Cowboy und Indianer.«

Pappka wollte noch irgendwas erwidern, doch dann winkte er ab. Dem Kaugummikauer machte es ja Spaß, mit ihm zu streiten.

Nur ein paar Minuten später begann es zu regnen – immer rein durchs offene Fenster! Bald war der Fußboden nass und niemand wollte mehr am Fenster sitzen. Doch war nicht Platz genug, um weit fortzurücken. Es wurde geschimpft und geflucht, aber das nutzte ja nichts. Glück für uns, dass wir diesmal nicht am Fenster, sondern einander gegenüber am Gang saßen.

Irgendwann ließ der Regen dann nach und wir hielten an einem Bahnhof. *Eichenberg* lasen wir auf dem weißen Emailleschild – und sahen uns an: Eichenberg? Das klang ja fast wie Eichenbrück.

Doch war das kein normaler Halt: Eichenberg ist ein Grenzbahnhof. Jeder Zug, der aus der englischen in die amerikanische Besatzungszone weiterfährt, wird kontrolliert. Alle mussten wir raus aus den Waggons und runter von den Dächern, Puffern und Trittbrettern und zwei Schritte vor den Waggons in langer Reihe antreten. Kriegsversehrte und Kranke wurden auf den Bahnsteig getragen, und auch alles Gepäck musste mitgenommen werden.

Kaum waren alle draußen, wurden die Waggons nach Leuten abgesucht, die sich nicht kontrollieren lassen wollten. Und nicht lange, da sprang aus dem Nachbarwaggon wirklich einer, der davonlaufen wollte. Zwei junge deutsche Polizisten liefen ihm nach, fingen ihn ein und führten ihn ins Bahnhofsgebäude.

Wie wir danach auf dem Bahnsteig standen! Was für eine fast endlos lange Reihe müde und erschöpft aussehender Menschen! Wer in keinem der Waggons Platz gefunden hatte, war völlig durchnässt. Die Polizisten in ihren blauen Uniformen aber kümmerte das nicht. Die Reisepapiere und jedes einzelne Gepäckstück wurden kontrolliert. Flüssigkeiten waren verdächtig. In Flaschen mit dem Aufkleber *Haarwasser* konnte ja Schnaps sein – Schmuggelgut! Auch größere Mengen Kaffee und Zigaretten wurden beschlagnahmt.

Wir hatten weder das eine noch das andere dabei, konnten also beruhigt warten, bis wir an der Reihe waren. Bei dem Mann neben uns, auch ein völlig Durchnässter, war das anders. Eine große Flasche Cognac wurde aus seinem Gepäck gezogen, auf dem Schwarzmarkt ein kleines Vermögen wert. Reiseproviant, sagte er und beschwerte sich: Wer unter solch katastrophalen Bedingungen reise, müsse der sich denn nicht gegen Erkältungen wappnen? Nur war die Flasche ja noch gar nicht geöffnet worden und der vor Nässe triefende Mann schon seit Hamburg im Zug. Wann wollte er denn anfangen mit dem sich »Wappnen«? Der Polizist, der vor ihm stand, ein schmales Bürschchen, das aussah, als würde es noch zur Schule gehen, ließ nicht mit sich reden. »Machen Se keinen Ärger«, sagte er. »Die Flasche ist beschlagnahmt.«

Der Mann mit dem Cognac überlegte kurz, dann fragte er, ob wir uns hier schon in der amerikanischen oder noch in der britischen Zone befänden.

Der Polizist: »Hier sind Se noch in der britischen.«

»Gut!« Der Mann neben uns nickte zufrieden. »Dann gehört die Flasche also vorläufig noch mir?«

»Vorläufig – ja! Aber wenn Se weiterreisen wollen, dann führen Se Schmuggelgut mit sich und das bleibt hier.« Der Polizist wurde langsam ungeduldig.

»Na dann: Prost!« Der Mann nahm die Flasche wieder an sich, zog aus seiner Manteltasche einen Korkenzieher, öffnete sie, nahm einen Schluck und dann noch einen und grinste frech.

Der junge Polizist wollte es nicht glauben. »Sollen wir etwa all die anderen Reisenden warten lassen, bis Sie sich an der Flasche totgesoffen haben?«, schimpfte er.

»Sie verkennen mein mildtätiges Herz.« Der Cognacschmuggler hielt Pappka die Flasche hin. »Trinken Sie doch auch mal 'n Schluck, werter Herr Mitreisender – oder besser: Mitleidender –, und reichen Sie die Medizin weiter. Wärmt gut, das Zeug.«

Pappka ließ sich das nicht zweimal sagen. Er setzte die Flasche an und drückte sie danach Momm in die Hand. Von einem zum anderen wanderte die Flasche und nach wenigen Minuten war sie leer.

Der verdutzte Polizist wusste nicht, was er dagegen tun sollte. Hatte ja keiner etwas Verbotenes getan. Eine Weile starrte er den Cognacschmuggler nur scheel an, dann ging er achselzuckend weiter. Wir waren dran.

Zuerst: die Reisepapiere. Dank Otto Kroogs Verbindungen zu den Engländern gab's daran nichts auszusetzen und Pappka durfte reimen: »Mit dem richtigen Papier – öffnet sich jede Tür!« Sagte es und grinste, als müsse er einen so jungen Polizisten nicht ernst nehmen.

Der Polizist tat, als hätte er das nicht gehört. Mit strenger Miene durchsuchte er unsere Rucksäcke, den großen Koffer und auch Jockels und Kuttis Ranzen und hob zum Schluss Pappkas Rucksack an, den größten und schwersten. »Nur fünfzehn Pfund je Person sind erlaubt«, sagte er, froh darüber, endlich auch mal grinsen zu dürfen. »Und das hier sind mehr, viel mehr.«

Missbilligend sah Pappka ihn an. »Für mich, junger Kamerad, ist auch meine kleine Tochter eine vollwertige Person. Nur kann sie ihre fünfzehn Pfund ja noch nicht selber schleppen, also trage ich die Last für zwei. Und das, Herr Kamerad, obwohl ich als Kriegsversehrter mir das eigentlich gar nicht zumuten darf.« Und dabei schwenkte er seine Krücken, und der »Kamerad« in der blauen Uniform blickte schief erst Pappkas Krücken und danach ihn an, bevor er sich achselzuckend die nächsten Reisenden vornahm.

Ja, und noch etwas, das mich diesen Bahnhof nicht vergessen lässt: Vor dem Warteraum verteilte das *Rote Kreuz* Suppe. Während wir, bevor unser Zug weiterfuhr, dort die uns zugeteilten Portionen dünne Suppe in uns hineinlöffelten, blickte ich durchs Fenster. Auf dem Fußboden, den Tischen und zusammengeschobenen Stühlen, überall lagen Leute, die mich an Lumpenbündel erinnerten. Wo kamen die her, wo wollten sie hin?

Ein Anblick, der mir Angst machte.

Und an den Warteraumwänden? Jede Menge Zettel, wie ich sie zuvor noch nie gesehen hatte. Ich konnte nicht lesen, was draufstand, stand viel zu weit weg, inzwischen aber weiß ich, dass es Suchdienstzettel waren. Bin jetzt ja schon öfter an solchen Suchanzeigen vorübergekommen. Meistens geht's um kleine Kinder, die ihre Eltern oder sonstigen Verwandten verloren haben. Mit Foto und Namen werden sie vorgestellt. Auf diesem Bahnhof hab ich sie zum ersten Mal gesehen.

Es dauerte lange, bis wir in den Zug zurückdurften. Als es endlich so weit war, saßen auf unseren Plätzen andere. Den Rest der Fahrt über mussten wir stehen. Und der Zug hielt immer noch so oft. Mal auf freier Strecke, mal an irgendeinem Bahnhof.

Erst am Abend kamen wir in Frankfurt an. Ein großer Sackbahnhof empfing uns. Doch über unseren Köpfen nichts als leere Stahlgerüste, kein Dach. Und die Wände in dieser riesigen Halle waren so feucht, dass sie glitzerten.

Zwischen Säcken, Pappkartons, Koffern und Papierfetzen lagen, saßen, standen, liefen Leute herum. Ein einziger quirlender, brodelnder Haufen Menschen war das. Darunter viele Hungergestalten und Bettler. Aber wer konnte ihnen etwas geben, wer hatte mehr, als er benötigte?

Hastig drängelten wir uns am »Puderzug« – der Entlausungsstelle – und am »Auffangbecken« für verloren gegangene Kinder vorüber. Nur raus aus diesem Menschenkäfig, nur nicht in jede Ecke blicken.

Vor dem Bahnhof: wieder Bettler – darunter ganz bestimmt auch Diebe – und Frauen, die nach Männern Ausschau hielten. Trat ein Mann allein aus dem Bahnhof und sah aus, als ob er sie bezahlen konnte, sprachen sie ihn an. Manche schoben Kinderwagen vor sich her.

Dann: dieser endlose Fußmarsch durch die dunkle Stadt,

hin zu dem Bunker, der Pappka genannt worden war. Doch wie sich in diesem finsteren, kaputten Frankfurt zurechtfinden? Die Stadt, in der wir mal gewohnt hatten und die Momm und Pappka sehr vertraut gewesen war, gab's nicht mehr. Viele Straßen waren nur noch als durch den Ruinenschutt geschaufelte Hohlwege zu erkennen.

Leute zogen an uns vorüber, die auf Handwagen oder Rollbrettern Säcke, Kisten oder kleine Möbelstücke transportierten. Wo wollten die hin, wo kamen sie her? Und wie staubig alles war! Der Wind wehte immer wieder neuen Ziegelstaub heran, der uns die Wimpern und Augenbrauen verklebte und zwischen den Zähnen knirschte. In Berlin, nach dem Bombenangriff, war's ähnlich gewesen. Hier aber waren ja schon lange keine Bomben mehr gefallen.

In einer besonders finsteren Straße bröckelten von einer Ruine lose Mauersteine herab – das einzige Geräusch weit und breit. Kutti empfand das als unheimlich. »Müssen wir lange hierbleiben?«, fragte er leise.

Jockels Antwort: »Klar! Was denn sonst? Oder willst du etwa nach Kewenow zurück?«

Eine Frage, die ihn verriet: Er wünscht sich zurück. Nicht unbedingt auf den Griess-Hof, doch ganz bestimmt zu Udo und seiner Bande. Er gibt das nicht zu, wir wissen es trotzdem. Jammern aber, sagt Pappka, hat noch nie jemanden auch nur einen Schritt vorangebracht. Das müssten wir uns immer wieder sagen.

Was hätte Klaas dazu gesagt?

Was mich an diesem düsteren, hässlichen Bunker am meisten stört? Dass es hier nie still ist. Ständig sind irgendwelche Flüche, traurigen Lieder oder Gebete zu hören. Und oft gibt's Geschrei. Immer dann, wenn einer oder eine bestohlen wurde. Nicht selten kommt es danach zur Prügelei. Sogar zwischen Frauen.

Vor allem wegen der Politik geraten viele aneinander. Die einen geben den Hitlerleuten die Schuld daran, dass alles so gekommen ist, die anderen dem furchtbaren russischen Winter. Der Deutsche sei schon immer der beste Soldat der Welt gewesen, sagen sie, mit solchen Minusgraden aber hätte niemand rechnen können.

Ich finde das dumm. Dass es in Russland im Winter sehr kalt wird, hab ja sogar ich gewusst. Wenn auch nur aus Büchern.

Im Bunker hausen aber nicht nur Ausgebombte und Flüchtlinge, sondern auch andere »Versprengte«, wie Pappka sie nennt – Männer, Frauen und Kinder, die auch nach Kriegsende noch hofften, in ihrer Heimat bleiben zu dürfen. Polen und Tschechen haben sie vertrieben. All die Gräueltaten aus Rache, von denen schon Frau Piwonka berichtet hat, jeden Tag dreimal dürfen wir sie uns anhören.

Leute aus Eichenbrück haben wir nicht wiedergetroffen.

Anfangs hatte ich ein bisschen darauf gehofft, um vielleicht etwas über Urschel, Christel, Ruthchen, Mechthild oder Burkhard in Erfahrung zu bringen. Dafür gab's eine andere Wiederbegegnung – eine, mit der ich ganz und gar nicht gerechnet hatte.

Gleich am dritten Bunkertag war es, da kam ein sehr dünner, blasser und ziemlich schmutzig aussehender, weißblonder Junge auf mich zu. »Kenn dich doch«, sagte er mit eng zusammengekniffenen Augen. »Weiß nur nicht, woher.«

Zuerst dachte ich, dieser Hungerhaken hätte sich das nur einfallen lassen, um mich ansprechen zu können. Doch die mit Bindfäden zusammengehaltene Stahlbrille, hatte ich die nicht schon mal irgendwo gesehen? Eine Weile studierte ich den Jungen, dessen nackte Füße in dicken, zerrissenen Wanderschuhen steckten, dann durchzuckte es mich plötzlich, und ich wusste, wo wir uns begegnet waren: In Berlin war das, in dem Luftschutzkeller, in den wir uns geflüchtet hatten. Dieser »Herr der Ruinen« war das, der sich mit einem verwundeten Soldaten unterhalten und mich dabei öfter angeschaut hatte. Seine Mutter sei tot, hatte er gesagt, auf der Flucht erfroren, sein Vater schon seit zwei Jahren in Gefangenschaft.

Ich, ganz verdattert: »Wie kommst *du* denn hierher?«

Er, misstrauisch: »Sag mir lieber, woher wir uns kennen, bevor du mich ausfragst.«

»Na, in Berlin haben wir uns gesehen.« Ich musste lachen. »Im Luftschutzkeller. Hast von deinen Ruinenwanderungen erzählt und mich angeglotzt, als hätte ich Butter zu verkaufen.«

Sein Gesicht hellte sich auf. »Alles klar! Du bist das Mädchen mit dem Kind auf dem Schoß.« Er streckte die Hand aus. »Kannst Michel zu mir sagen. So nennen mich hier alle.«

Ich noch mal: »Aber wieso bist du denn jetzt hier?«

Er: »Na, warum schon? Natürlich weil in Frankfurt die Amis sitzen. Die haben Geld wie Heu und Kaffee und Zigaretten. Mit denen kann man Geschäfte machen. Als ich von Berlin weg bin, gab's da noch keine Amis, nur Russen, und die haben selber nichts, klauen nur.«

Er zog ein Päckchen *Camel* aus seiner zerfransten Jackentasche, hielt es mir vor die Nase und steckte es wieder ein. »Sechs Mark jede Fluppe! Aber ich verkauf sie nicht, tausche nur. Gegen Fressalien, was denn sonst?«

»Und wie bist du über die Zonengrenze gekommen?« Das war die einzige Frage, die mir noch einfiel.

Er hatte es wie Tante Mala gemacht. In Zügen und Lastkraftwagen versteckt hatte er sich durch die russische Zone geschlagen und in Thüringen, an der Grenze zu Hessen, sich nachts durch den Wald geschlichen. Keine ungefährliche Sache. Er hatte ja niemanden bei sich, der sich in dieser Gegend auskannte, musste auf Tellerminen achtgeben. Unsere Soldaten hatten die gelegt, um den Vormarsch der Amerikaner aufzuhalten. »Trittste auf so 'n Ding«, sagte er, »musste damit rechnen, schon in der nächsten Sekunde in den Himmel abzuschwirren.«

Er gab ein bisschen an, erzählte aber sehr bereitwillig. Ich musste gar nichts fragen. In Hessen habe er sich einer Bande von Jugendlichen angeschlossen. Über die Dörfer seien sie gezogen und in schlecht gesicherte Häuser eingestiegen, um »Beute« zu machen. Was nicht niet- und nagelfest war, klauten sie, und natürlich am liebsten was zu »mampfen« – Lebensmittel. Oder sie stellten »Fallen«. Die »Falle« war die hübsche Tine. Sie sprach Männer an, um sie in irgendeine dunkle Ecke zu locken. Dort fiel dann der ganze Trupp über den »Möchtegern-Freier« her, um ihn zu verprügeln und auszurauben.

Eine Geschichte, die mir nicht gefiel. Sagte das auch. Michels Antwort: »Na, Tine ist doch erst vierzehn, und wenn so 'ne Type glaubt, er kann für zwei Mark fuffzig ein Mädchen wie Tine haben, was hat der dann anderes verdient?«

Der Trupp blieb so lange beisammen, bis bei einem der Einbrüche einer der Jungen erwischt und festgehalten wurde und alle anderen auseinanderliefen. Von dem Tag an war Michel allein weitergezogen und nach Frankfurt gekommen. Hier hatte er sich erst in verschiedenen Ruinen und danach in unseren Bunker »eingemietet«.

»Und jetzt?«, fragte ich, weil ich ihn nicht so einfach stehen lassen wollte. »Woher beziehst du denn deine ›Fluppen‹? Oder fabrizierst du die etwa selber?«

Sollte ein Scherz sein, er aber staunte: »So ähnlich! Aber woher weißt du denn das?«

Ich begriff nicht. »Was weiß ich?«

Er: »Na, das von der ›Zigarettenfabrik‹.«

In dem Moment muss ich ihn so dumm angesehen haben, dass er sofort wusste, dass ich in Wirklichkeit keine Ahnung von seinen Geschäften hatte. Stolz verriet er mir, wie sie funktionierten. Denn was enthielten seine »Zigaretten« tatsächlich? Keine Tabakfüllung, sondern Sägespäne. Allein diese Art »Zigaretten« – er bekommt sie von einem »Lieferanten« – tauscht er auf dem Schwarzen Markt gegen was zu futtern ein, um danach sofort die Beine in die Hand zu nehmen. Nur eine einzige der »Zigaretten« in der Packung ist echt – die, die er dem Kunden zum Beschnuppern hinhält.

Eigentlich gar kein besonderer Trick. Von Hamburg hatte Tante Mala Ähnliches erzählt. »Fixe Jungs« würden solche Michels dort genannt, weil sie so »fix« davonliefen, wenn ihr Betrug geklappt hatte. Einer von denen hatte ihr mal ein Brot »abkaufen« wollen, das sie für ihre Bekannte besorgt hatte. Hundert Mark hatte er ihr dafür angeboten, obwohl der Schwarzmarktpreis zu der Zeit bei sechzig lag, und ihr gleich ein ganzes Bündel Zehnmarkscheine vor die Nase gehalten. Tante Mala aber ist nicht dumm – »Blätter die Scheine mal schön auf«, verlangte sie. Das aber wollte der Junge nicht, er beschimpfte sie als alte Schachtel und lief weiter.

Der Trick, auf den er gesetzt hatte: Das Bündel bestand nur aus zwei, vorn und hinten sichtbaren echten Zehnmarkscheinen, der Rest war zurechtgeschnittenes Zeitungspapier.

Tante Mala hatte das diesem »kleinen Gauner« nicht übel genommen. »Weiß ich denn, wann er zuletzt was zu essen bekommen hat?«, sagte sie. Und so hätte sie sicher auch für Michels Zigarettengeschäfte Verständnis gehabt. »In diesen Zeiten muss jeder sehen, wo er bleibt«, hatte sie Pappka nur geantwortet, als er ihr mal wieder wegen ihrer »Schwarzmarktaktivitäten« Vorwürfe machte, und: »Übel nehmen würde ich ihm nur, wenn er mit einem Messer oder einer Pistole durch die Straßen laufen würde.«

Inzwischen sind Michel und ich nicht gerade allerbeste Freunde geworden, doch sehe ich ihn öfter, weil er so viel mit Jockel zusammensteckt. Seit sie gemeinsam eine Dose Hundefutter geleert haben, ist er Jockels Ersatz-Udo geworden.

Only for army dogs stand auf der Dose. Weshalb Jockel zuerst nicht mitessen wollte. Michel aber sagte, die Amis würden ihre Armeehunde lieben wie wir Deutschen einst unseren Führer und deshalb bekämen ihre Köter nur allerbestes Futter. Da hat Jockel dann doch mal probiert – und fand das Hundefutter gar nicht schlecht. Jedenfalls besser als so manches, was Momm auf dem provisorischen Kochherd, den wir uns mit vielen Nachbarn teilen müssen, zu zaubern versucht.

Für Michel gibt es nur zwei Sorten Menschen – die, die zu fressen haben, und die, die zu blöd zum Organisieren sind. Jockel sieht das inzwischen genauso, und es macht ihm Freude, das immer wieder zu sagen. Vielleicht weil Pappka das nicht gern hört. Für Pappka ist Michel auf dem besten Weg, ein Verbrecher zu werden. Jockel solle besser Abstand von ihm halten, sagt er immer wieder. Hab gehört, wie er Momm zuflüsterte, er habe das Gefühl, dass Jockel ihm sonst entgleitet.

Auch Kutti passt diese neue, dicke Freundschaft zwischen Jockel und Michel nicht. In Kewenow war das anders. Wenn Jockel mit Udo loszog und die beiden ihn, den Kleinen, nicht dabeihaben wollten, tröstete er sich mit seiner »Biologie«. Dann fing er Frösche, Eidechsen, Blindschleichen und einmal sogar eine ausgewachsene Ringelnatter und studierte sie ausführlich, bevor er sie schweren Herzens wieder in die Freiheit entließ. Er besaß ja kein Terrarium, in das er sie hätte einquartieren können. Hier kann er keine solche Studien betreiben, deshalb nimmt er's Jockel übel, dass er ihn so oft mit den anderen jüngeren Kindern allein lässt.

Ich finde nicht, dass Jockel sich ständig um seinen kleinen Bruder kümmern muss, ein bisschen mehr »Familiensinn«, wie Momm das nennt, könnte er aber schon zeigen. Seit wir hier sind, denkt er viel nach, und oft schaut er Pappka lange mit eng zusammengezogenen Augenbrauen an. Ich weiß nicht, was er sich für Gedanken macht, doch wird das kaum was Gutes sein.

Dir, Jutsch, fehlt noch immer deine Elke. Aber du willst tapfer sein, so tapfer wie Pappka. Deshalb sitzt du, wenn er da ist, fast nur noch auf seinem Schoß. Und spricht er darüber, wie wir unser Leben organisieren müssen, damit es uns bald besser geht, hörst du ihm zu, als ob du schon alles verstehst und ganz seiner Meinung bist.

Immer wieder sagt er, dass wir möglichst schnell hier rausmüssen. Und dass wir das nur schaffen, wenn wir zum Kämpfen bereit sind. Er selbst sei das beste Beispiel dafür. Hätte er in seiner Jugend nicht kämpfen gelernt, wäre ihm sein Ingenieurstudium nicht möglich gewesen. Seine Eltern, arme Leute, wie hätten sie zwei Söhnen ein Studium finanzieren sollen? Also hätten sein Bruder Rudi und er neben dem Studium noch die unterschiedlichsten Arbeiten annehmen müssen. Und an den Abenden, da sei er oft noch ein drittes Mal losgezogen, um in einer Berliner Tanzbar aufzuspielen – als Geiger eines Studententrios. Das Geigenspiel habe ihm ein Freund beigebracht, einen Lehrer hätte er nicht bezahlen können.

Jetzt, so sagt er, heißt es für ihn wieder zu kämpfen, um sich und uns über Wasser zu halten. Nur: Schüsseln und Töpfe zurechthämmern, das klappt in der Stadt nicht. Wer soll die denn kaufen, solange in den Ruinen so viel herrenloser Hausrat herumliegt? Deshalb, egal wie weh ihm das tut, verkauft er Schnaps. Der Schnaps ist schwarz gebrannt und er macht damit keine Tauschgeschäfte, sondern verkauft den Fusel für Geld. Ein »Bornheimer Brünó«, den er noch von früher kennt, beliefert ihn.

Brünó will nicht, dass man seinen Namen Bruno ausspricht, wie er ja eigentlich heißt. »Brünó« gefällt ihm besser. Dabei ist er ein echter Hesse und kein Franzose, aber um wie einer auszusehen, läuft er nur mit Schnurrbart und schwarzer Baskenmütze herum. Brünós Geschäfte laufen so gut, dass er nur eine einzige Sorge hat – wo er immer wieder genügend leere Flaschen zum Nachfüllen herbekommt.

Zweihundert Mark kassiert Pappka für eine Flasche voll mit falschem Cognac. Fünfzig darf er behalten, den Rest muss er Brünó abliefern. Bei manchen Kunden muss er alle paar Tage mit seinem Rucksack voller Flaschen antraben. Woher die so viel Geld haben, dass sie sich ihn als »Hoflieferanten« halten können, weiß er nicht. Interessiert ihn aber auch nicht. »Alles Schieber«, sagt er über sie. »Leute wie Brünó und ich, nur in viel größerem Maßstab.«

Was hat Pappka in Kewenow über Tante Malas Schwarzmarktaktivitäten geschimpft und gelästert. Jetzt – »der Not gehorchend, nicht dem eigenen Triebe«, wie er sich vor uns verteidigt – ist er selber ein solch »unsozialer Geschäftemacher«.

Er leidet darunter, doch wenn Momm ihn besorgt anschaut, weil er bei diesen krummen Geschäften ja mal erwischt werden könnte, zuckt er nur traurig die Achseln. »Ehrlich währt am längsten, ich weiß. Hört sich ja auch gut an, hat sich nur leider überlebt. Heute heißt's: Ehrlich *zehrt* am längsten!« Und immer wieder versucht er, Momm Mut zu machen: »Ist ja nur, bis endlich Leute vom Fach gesucht werden. Jetzt muss erst mal enttrümmert werden, bevor wieder was aufgebaut werden kann. Und wer stellt für Abrissarbeiten denn ausgebildete Bauingenieure ein?«

Ja, solche Arbeiten erledigen fast nur Frauen. Sie verdienen sich damit ein bisschen Geld und vor allem eine bessere Lebensmittelkarte. In langen Reihen stehen sie beieinander, klauben die heil gebliebenen Steine aus dem Schutt und reichen sie weiter. Andere schlagen mit spitzen Hämmern den Putz ab und stapeln die Steine zu Blöcken auf, damit irgendwann neue Häuser daraus entstehen können. Der Schutt wird in Loren verladen, damit er abgefahren werden kann.

Momm wollte sich und mich auch für diese Arbeiten anmelden. Pappka hat's verboten. Ist ja keine ganz und gar ungefährliche Sache, die Arbeit als Trümmerfrau. In den Ruinen liegen oft noch Blindgänger herum. Pickt eine der Frauen mit der Spitzhacke drauf, gehen sie und alle Umstehenden in die Luft.

Pappka will nicht, dass wir uns auf diese Weise »ein paar Happen mehr in den Mund« verdienen, eine wirkliche Chance, bald wieder in seinem Beruf arbeiten zu dürfen, sieht er jedoch auch nicht. Gleich nach unserer Ankunft hatte er sich im Städtischen Bauamt vorgestellt. Angestellter bei der Stadt, das wäre eine feine Sache. Man hat ihn auf später vertröstet, doch wenigstens seine Bewerbungsunterlagen dabehalten und gesagt, er solle immer wieder mal nachfragen.

Momm hat sich trotzdem gefreut, als Pappka von diesem Gespräch berichtete. Ein winziges Licht am Ende dieses langen düsteren Tunnels, sagte sie. Bis sie nachdenklich wurde.

»Und was ist, wenn die im Bauamt herausbekommen, dass du schon ganz früh in der SA und in der Partei warst?«, hat sie Pappka gefragt. »Werden sie dich dann überhaupt nehmen?«

Lächelnd winkte er ab. »Wer von denen, die jetzt schon wieder das Sagen haben, war denn nicht in der Partei? Sortieren sie alle Ehemaligen aus, dann bleiben doch außer ein paar Rudis und sonstigen Heiligen kaum welche übrig. Und ob die genügend Ahnung von der Materie haben, um beim Wiederaufbau nicht allzu viel Mist zu verzapfen? – Nee, nee, Lottchen, der, mit dem ich gesprochen habe, hat auch keine blütenweiße Weste, sitzt aber schon wieder auf einem weich gepolsterten Stuhl. Haben uns lange darüber unterhalten, wie das damals war, Ende der Zwanzigerjahre, als noch keiner absehen konnte, in welches Chaos unser guter Adolf uns mal stürzen würde. Kann er mir helfen, wird er's tun.«

Ein neuer Otto Kroog? Ich sagte nichts dazu. Bin schon lange lieber still. Und Momm schwieg auch. Beruhigt aber war sie nicht.

Momm und Pappka, wie nahe hatten sie einander mal gestanden! Auch das ist anders geworden. Doch hab ich nie gewagt, Momm mal darauf anzusprechen. Vor ein paar Tagen hat sie dann ganz von selbst damit angefangen. Während einer unserer vielen Freibank-Besuche war das. In der Freibank gibt's Fleisch und Würste aus Notschlachtungen, die nicht viel kosten. Jeden Morgen stehen lange Schlangen von Leuten dort an. Kommt frische Ware, gibt's Gedränge, Geschubse und Gerangel. Wir kamen schon mit schlimmen Quetschungen von dort zurück.

An diesem Tag fiel eine Frau in Ohnmacht und musste mit Ohrfeigen wieder zu sich gebracht werden. Und auch mir wurde zwischen all den Leuten ganz komisch. Nicht viel und ich hätte mich ebenfalls hingelegt. Hatte gerade meine Tage. Momm wusste das und wollte mir auf dem Heimweg – wir hatten nur ein paar Knochen ergattert, aus denen Momm dann eine Brühe kochte – irgendwas Liebes sagen. Weil ihr nichts anderes einfiel, fragte sie nach Klaas. Ob ich ihn sehr vermisse?

Ganz vorsichtig hatte sie das gefragt und da kam sie mir plötzlich klein und fast ein wenig schutzlos vor. Der graue Mantel über der zu weiten, hochgekrempelten Männerhose, die Pappka ihr auf dem Schwarzmarkt besorgt hatte, dazu über der Pelzkappe noch das blaue Kopftuch gegen Wind und Staub tief in der Stirn – ist das noch meine früher so stolze und hübsche Momm? Als ich nur nickte, fragte sie weiter. Jetzt wollte sie wissen, was mir an Klaas denn so sehr gefällt.

Ich: »Vieles und ... na ja, auch dass ich mit ihm über alles reden kann.«

Das muss ihr wehgetan haben. Hieß das denn nicht, dass ich mit Pappka und ihr nicht über alles reden kann? Erst nach einer ganzen Weile kam die nächste Frage: Ob ich mit Klaas auch viel über seinen Vater geredet hätte?

»Ja«, gab ich zu. »Aber auch über anderes. Ich ... ich wusste von all dem Schlimmen, das passiert ist, ja gar nichts. Und ... und auch nicht, warum so viele dabei mitgemacht haben.«

Ich musste das endlich mal loswerden. Und war das denn keine günstige Gelegenheit?

Wieder schwieg Momm lange. Mit einem Mal aber nickte sie, und das so entschieden, als hätte sie sich selbst einen Ruck gegeben. »Kann dich verstehen, Rena. Wirklich! Nur: Was soll ich denn dazu sagen? Ist ja auch für mich alles nur schwer zu begreifen ... Weißt du, wenn ein Mensch stirbt, dann sind wir traurig. Sogar wenn ein Hund überfahren wird, tut er uns leid. Weil wir das eben *begreifen können*. Doch diese vielen so entsetzlich gequälten und ermordeten Menschen, über die jetzt berichtet wird? Denke ich daran, geht's mir wie der Frau Griess, dann würde auch ich am liebsten vor allem die Augen verschließen. Doch hab ich ja euch, und Jutsch ist noch so klein, da darf ich doch nicht weglaufen.«

Sie wartete darauf, dass ich etwas sagte. Doch war ich dazu einfach nicht in der Lage. Noch nie hatte sie so mit mir geredet. Erst wurde mir kalt, dann warm in der Brust, und am liebsten hätte ich sie umarmt, um gemeinsam mit ihr zu heulen. Doch das brachte ich an diesem Tag, müde, wie ich war, nicht fertig. So gingen wir nur schweigend weiter nebeneinanderher, bis sie von Neuem anfing. Sie musste ihrem Herzen einfach Luft machen. »Du weißt ja, ich war nie in der Partei, hab aber nur selten an ihr gezweifelt. Pappka war so überzeugt von allem – und ist's zum Teil ja immer noch –, und er ist doch nicht dumm, ich hab ihm vertraut. Noch in Berlin, als es um unsere Einquartierung ging, hab ich stolz von seiner frühen Partei- und SA-Zugehörigkeit berichtet. Wollte einen kleinen Vorteil für uns daraus ziehen. Und so erfuhr dann wohl auch der Kroog davon.«

Also doch! Alles, wie ich's mir gedacht hatte.

Mit einem Mal hatte sie Tränen in den Augen. »Ach, Rena, das kommt mir jetzt alles so dumm und billig vor! Schäme mich entsetzlich. Bin doch ein eigener Mensch, kann selber denken. Warum hab ich das nicht öfter getan? Jetzt – ich sehe ja, dass du schon längst nicht mehr mit Pappka übereinstimmst. Und mir … mir geht's inzwischen nicht anders. Muss immer an diese vielen, vielen Menschen denken, die ja niemandem etwas getan hatten und sich nicht wehren konnten. Was, frage ich mich, müssen sie von uns gedacht haben. Und die, die überlebt haben, wie sollen wir denen denn je wieder in die Augen schauen können? Doch mit Pappka darüber reden? Er will das nicht hören und das macht alles nur noch viel schlimmer.«

Still nahm ich ihre Hand und drückte sie. Und wie dankbar sie mich da angeschaut hat! Ich hielt diesen Blick nicht aus. Darf ich mich denn als ihre Richterin aufspielen? War ich so viel klüger als sie, oder entschuldigt es mich, dass Pappka und sie doch die Erwachsenen und ich ja nur ein Kind gewesen war?

Würde so gern mit Klaas darüber reden. Was hätte er Momm geantwortet? Aber Klaas ist in Hamburg, und ich weiß nicht mal, ob ich irgendwann Post von ihm bekommen werde. Zwar hab ich ihm längst geschrieben, doch der Brief ging ja noch nach Kewenow, und vielleicht wohnt er ja längst in Hamburg und seine Mutter bei ihrer Schwester in Husum. Ist es so, dann erreicht ihn mein Brief vielleicht nie und er erfährt nicht meine Frankfurter Adresse und kann mir nicht antworten.

Was heißt schon »Frieden«?

Weihnachten ist nun auch vorbei. Und sogar die Sonntagnacht einen Tag vor Heiligabend haben wir »heil« überstanden.

Eigentlich gibt's im Bunker ja gar keine *Sonntage*. Alle Tage laufen gleich ab: Kommen und Gehen, Streiten und Schimpfen. An diesem Sonntag aber wurde es wirklich »sonntäglich« – am Güterbahnhof sollte ein Kohlenzug eintreffen. Und das mitten in der Nacht. »Die Briketts in den Waggons«, sagte Michel, »die müssen uns doch für bekloppt halten, wenn wir nicht kommen.«

Er war es, der von diesem Kohlentransport erfahren und damit alle aufgeschreckt hatte. »Heiligabend frieren?«, fragte der Isegrimm denn auch gleich und lachte. »Das wäre ja wohl kaum im Sinne des Erfinders. Sogar der Papst in Rom müsste uns für diese vom Himmel geschickte Weihnachtsbescherung seinen Segen erteilen.«

Er spricht immer so ironisch, lacht über fast alles und ist für viele so eine Art Bunkerkönig. Kutti hat ihn »Isegrimm« getauft, weil er ihn an den Wolf aus seinem Schullesebuch erinnert. Stiernackig ist er, dieser »Karl Krause aus Danzig«, sein dichter, dunkler Bart umrahmt die große Nase, als wolle er sich dahinter verstecken. Und er verdeckt ja tatsächlich was – eine tiefe Hasenscharte. Wenn der Isegrimm sich den Bart kratzt – und das tut er so oft, als hätte er sich immer noch nicht an diesen Urwald gewöhnt –, wird sie sichtbar. Gemunkelt wird, daran sei er, falls er gesucht wird, schon auf hundert Meter Entfernung zu erkennen und er sei ja vielleicht gar kein »Karl Krause aus Danzig«, sondern ein ehemaliger ranghoher Nazi oder KZ-Aufseher. Also einer der vielen, die untergetaucht sind und einen Weg suchen, sich möglichst rasch ins Ausland absetzen zu können. Aber ob das stimmt? Es werden jetzt so viele solcher Geschichten erzählt.

Momm und Pappka haben nicht mitgemacht bei dieser »Aktion Kohlenklau«. Momm schon deshalb nicht, weil sie dem Isegrimm nicht über den Weg traut. Und Pappka darf nicht riskieren, erwischt und festgenommen zu werden. Sein guter Draht zum Stadtbauamt soll nicht reißen. Jockel und mich ermutigte er mitzugehen. »Ihr seid ja noch jung«, hat er gesagt, »nehmen sie euch fest, müssen sie euch bald wieder laufen lassen.«

Auch Kutti hätte gern mitgewollt, aber das hat Momm nicht zugelassen. »Reicht schon, wenn Rena und Jockel dabei sind«, sagte sie. »Fällst du vom Waggon, mach ich mir ewig Vorwürfe.«

Jockel wäre auch ohne Erlaubnis mitgegangen, das war ihm deutlich anzusehen. Und so hastete er in dieser Nacht neben Michel her, als wäre der eine Old Shatterhand und der andere Winnetou. Ich hatte Mühe, die beiden nicht aus den Augen zu verlieren. Momm hatte mich gebeten, auf Jockel achtzugeben.

Säcke und Taschen hatten wir dabei, viel geredet wurde nicht. Die älteren Männer und die meisten Frauen blieben bald hinter uns zurück.

Endlich: der Güterbahnhof! Finster und verlassen lag er da,

ein kalter Wind pfiff über die leeren Gleise, ein Zug war nirgends zu sehen.

Eine der Frauen, kaum hatte sie uns eingeholt, ärgerte sich über Michel. »Da hetzt dieser dumme Kerl uns mitten in der Nacht durch die ganze Stadt, ohne zu wissen, ob wirklich Kohlen kommen«, schimpfte sie. »Hätt ich das gewusst, hätte ich mir diese Rennerei verkniffen.«

Sie wollte noch mehr sagen, mit einem Mal aber tauchten in der Ferne zwei kleine Lichter auf: Ein Zug kam! Doch bewegte er sich so langsam vorwärts, als wüsste der Lokführer nicht, ob er auf dem richtigen Gleis war. Waren das die Waggons mit den Kohlen?

Es war *unser* Zug, wir sahen es bald – lauter offene Waggons rollten an uns vorüber, drin: hohe Kohlenberge. Mit all unseren Säcken und Taschen enterten wir die Waggons, um mit frostklammen Fingern nach den Kohlen zu greifen. Und dann waren wir schon bald nicht mehr die Einzigen, die hier Kohlen einsackten. Von überallher kamen Leute angerannt, die sich wie wir auf die noch rollenden Waggons schwangen.

Wie mir dabei zumute war? Irgendwie zum Lachen. Ein Abenteuer, das Ganze! Ich, Rena Haak, mitten zwischen so vielen Kohlendieben? Dann aber – mein Sack war gerade erst zur Hälfte gefüllt – plötzlich ein harter Ruck. Der Zug hielt. Doch war dieser Ruck so unerwartet gekommen, dass ich hinfiel. Direkt auf die Kohlen. Das Mädchen neben mir, eine Fremde, hatte nicht so viel Glück. Ganz am Rand hatte sie gestanden und laut aufschreiend war sie auf den Bahndamm gestürzt.

»Jockel!«, schrie ich voller Panik. Michel und er aber hatten ihre Beute längst vom Waggon geworfen und waren hinterhergesprungen. Ich tat's ihnen nach und mit unseren Säcken über der Schulter hasteten wir davon.

Der Lokführer musste absichtlich so hart gebremst haben. Nur: Warum? Hatte er uns auf diese Weise von den Waggons werfen oder nur vor der Bahnpolizei warnen wollen? Doch egal, in dem Moment stellten wir uns solche Fragen nicht. Es ging allein darum, unsere Beute zu retten. Die aber wurde mit der Zeit immer schwerer. War bald froh, meinen Sack nicht voll bekommen zu haben.

Dann, im Bunker, fast nirgendwo ein Licht. Der Isegrimm musste seine Dynamo-Taschenlampe bearbeiten, die viel Lärm machte. Frauen wachten auf und schimpften. Momm jedoch, die vor Sorge um uns kein Auge zubekommen hatte, zündete sofort eine Kerze an – um sich gleich darauf laut aufseufzend an den Kopf zu fassen. »Wie seht ihr denn aus?«

Unsere Hände und Gesichter, Hosen und Jacken, alles voller Kohlenstaub!

Pappka hob nur unsere Säcke an, dann lobte er Jockel und mich. »Fein gemacht, die jungen Leute! Ja, ohne ein bisschen Organisationstalent kein warmes Weihnachten. Und ohne warmes Weihnachten, wo soll da die innere Wärme herkommen?«

Bis weit in den Heiligabendvormittag hinein haben Jockel und ich danach geschlafen. Momm und Pappka waren in der Stadt unterwegs, um dich, Jutsch, kümmerte sich Kutti. Er war der Weihnachtsmann, der lauter Fantasiegeschenke vor dir ausbreitete, und du hast dich immer wieder darüber gefreut, dass er dich so reich beschenkte.

Als ich endlich wieder zu mir kam, habt ihr dieses Spiel

noch immer gespielt, Momm und Pappka aber waren schon zurück. Ich rüttelte auch Jockel wach und dann wuschen wir uns ein zweites Mal. Diesmal sehr, sehr gründlich. Der Kohlenstaub hatte sich dermaßen in unseren Händen und Gesichtern festgefressen, dass er nur durch kräftiges Schrubben wegzubekommen war.

Unsere Hosen und Jacken hatte Momm inzwischen ausgebürstet. Hätte sie die gewaschen, hätten wir zu lange frieren müssen. Wir besitzen ja jeder nur einmal warme Kleidung – die, die wir auf der Fahrt nach Berlin schon trugen.

Pappka hatte zwei Flaschen Schnaps mitgebracht. Brünós Weihnachtsgeschenk an uns. Eigentlich hatte Pappka auch diese beiden Flaschen verkaufen wollen, es sich inzwischen aber anders überlegt. »Man soll die Feste feiern, wie sie fallen«, sagte er und beschloss, der »allgemeinen inneren Wärme« zuliebe die beiden Flaschen lieber der »ehrenwerten Bunkergesellschaft« zu spenden.

Zuvor war bei uns Bescherung. Pappka hatte als Familiengeschenk irgendwo zwei Stück Teerseife aufgetrieben – eine glatte, fette, schwarze Masse, die furchtbar stinkt, aber gut reinigt – und für jeden von uns noch einen Löffel, ein Messer und eine Gabel aus Aluminium. Unser gutes Silberbesteck hatte Momm ja gegen ein Paar Schuhe für Kutti, die er nun endlich wirklich mal bekommen musste, und einen dicken Pullover für Jockel eingetauscht. Deshalb hatten wir uns lange mit vier bereits schwarz angelaufenen Blechlöffeln behelfen müssen.

Momm hatte auch etwas für uns – zwei Rollen Stopfgarn zum Strümpfestopfen. Zwei echte Raritäten, auf die sie nicht wenig stolz war. Was sie dafür geopfert hatte, wollte sie lieber nicht verraten. Ich tippe auf ihre einzige noch gut erhaltene Bluse, die blaue mit dem Schalkragen. Jetzt, im Winter, braucht sie die ja nicht unbedingt.

Jockel, Kutti und ich hatten nichts zur Bescherung beizusteuern, dafür aber Tante Mala. Sie hatte uns ein Päckchen geschickt. Auch ein Brief lag drin. Ihr Chef, der sie für ihre Sprachkenntnisse und ihren »klaren Blick fürs Ganze« immer wieder lobt, hatte ihr ein Nikolaus-Fresspaket überreicht. Weil sie das alles aber gar nicht allein vertilgen könne, wie sie schrieb, sollten wir ihr gefälligst dabei helfen. Zwei Büchsen Ölsardinen, zwei Tafeln *Cadbury*-Schokolade, eine Tüte Mehl, eine mit Haferflocken und eine Dose Süßstoff durften wir auspacken. Hab Kutti schon lange nicht mehr so strahlen sehen.

Die erste, ganze Tafel Schokolade bekamst natürlich du, Jutsch. Die andere sollten Kutti, Jockel und ich uns teilen. Doch verzichtete Jockel schweren Herzens. Das Schokoladenpapier in Frau Griess' Ofen, er hatte es nicht vergessen. Und ich, na ja, ich verzichtete dann auch. Wozu erst auf den Geschmack kommen? Kutti wollte so viel Opferbereitschaft lange nicht glauben. Hieß das etwa, dass auch er eine ganze Tafel für sich allein hatte? Eine Weile kämpfte er mit sich, dann teilte er die Schokolade in fünf Blöcke – einen für Momm, einen für Pappka, einen für mich, einen für Jockel, den letzten für sich.

Das durften wir nicht ablehnen. Wir sahen ja, wie stolz ihn diese gute Tat machte. Brav biss jeder ein Stück von seinem Block ab – und da hast du, Jutsch, mit einem Mal losgeheult wie eine Sirene bei Voralarm. Hast geglaubt, Kutti hätte dich vergessen. Dass die andere Tafel ganz allein für dich bestimmt war, nie im Leben hättest du dir das vorstellen können.

Wir mussten lachen und Momm reichte dir ein Stück von deiner Tafel. Und da hast du es Kutti nachmachen und auch alles teilen wollen. Aber keiner von uns nahm dir ein Stückchen ab und komischerweise machte dich das traurig, obwohl du eilig weiter von deiner Schokolade gegessen hast, bis Momm den Rest für später weglegte.

Am Abend saßen wir und viele andere dann in einem der größeren Räume vor dem Kanonenofen und freuten uns, dass wir es inmitten all der Düsternis dank unserer »Aktion Kohlenklau« so schön warm hatten. Bald wurde viel von der *ersten Friedensweihnacht* geredet. Aber stimmte das denn überhaupt?

Ja, seit sechs Jahren war das der erste Heiligabend, an dem nirgendwo geschossen oder gebombt wurde. Eigentlich das größte Glück, das es geben kann, egal ob Kälte und Hunger. Aber ist das denn wirklich schon *Frieden*? Weiß gar nicht mehr, wie das ist, im *Frieden* zu leben. Als der Krieg begann, war ich ja erst elf. Trotzdem: Einen wirklichen Frieden stelle ich mir anders vor.

Die Amerikaner hatten für diesen Abend die Ausgangssperre auf zwei Uhr dreißig verschoben. Doch niemand wollte weg. Wohin denn? Wo war es besser als hier?

Pappka ließ die erste Schnapsflasche kreisen, sie wurde auch mir gereicht und er nickte mir zu. Das scharfe Zeug brannte im Hals. Ich musste mir Mühe geben, nicht zu husten, und starrte danach nur noch den kleinen Tannenbaum an. Gleich neben dem Ofen stand er. Der Isegrimm hatte ihn irgendwo im Stadtwald geschlagen, obwohl das ja verboten ist. Aber was ist denn jetzt nicht verboten? »Halten wir uns an alle Verbote, wer kommt dann noch zum Leben?«, so wird im Bunker geredet. Eine Kerze und drei noch heile Silberkugeln, die irgendwer in einer Ruine gefunden hatte, schmückten den kleinen Baum.

Eichenbrück! Ich musste an Eichenbrück denken. An unseren letzten Heiligabend dort. War die Stimmung damals nicht ähnlich bedrückend? Der Feind rückte immer näher, im Westen waren längst die Amerikaner einmarschiert, von Osten kamen die Russen. Und im Radio? Da wurde uns ein »siegreiches Weihnachtsfest« gewünscht. In unserer guten Stube saßen wir, starrten den so reich mit Kugeln und Lametta geschmückten Tannenbaum an und dachten an Pappka: Wo *er* jetzt wohl war? Und ob er auch Weihnachten feierte? Wenigstens ein bisschen? Es war das erste Mal, dass Momm kein Weihnachtslied anstimmte, kein *O du Fröhliche*, kein *Vom Himmel hoch, da komm ich her*, kein *Stille Nacht*.

Dann, am ersten Feiertag, hatte uns Mechthild über *ihren* Heiligabend erzählt. Ihre Mutter hatte einen grünen Tannenzweig hinter das Soldatenfoto von Mechthilds im Krieg gefallenem Vater gesteckt und am Tannenbaum eine besonders schöne, große, rote Kerze nur für ihn angezündet. Und vor dem feierlichen Abendessen legte sie Teller, Messer und Gabel auch für ihn auf den Tisch und füllte Rotwein in sein Lieblingsglas. »Euer guter Vater, der für uns alle den Heldentod gestorben ist, hat es sich verdient, dass er an den hohen Feiertagen nicht vergessen wird, sondern immer weiter in unserer Mitte weilen darf«, hat sie zu Mechthild und ihren Geschwistern gesagt.

Nein, dachte ich schon damals, sollte auch Pappka fallen,

würden wir so etwas nicht machen. Wir würden ja sonst ohne Ende heulen müssen. Jetzt ist er längst zurück. Ein Grund, froh, sehr froh zu sein. An diesem Heiligabend jedoch wollte mir das nicht gelingen. Nicht mal, als Oma Schnurbusch kam, Kerzenstummel verteilte und auch mir einen in die Hand drückte und allen ein gesegnetes Weihnachten wünschte, brachte ich ein Lächeln zustande. War ich undankbar oder nur müde von all dem Bunker-Drumherum?

Pappka nennt Oma Schnurbusch ein »echtes Original«, Momm hält sie für altersweise. Die alte Frau mit dem so dichten, weißen Haar und den blitzend schwarzen Augen setzt sich gern zu anderen Leuten. Und dann erzählt sie Geschichten, die in ihrer Heimatstadt Königsberg spielen und meistens sehr lustig sind. »Wozu denn alles noch tragischer nehmen, als es sowieso schon ist?«, tröstet sie sich und uns immer wieder. »Es gibt keinen Schmerz, der nicht irgendwann vergeht. Kein Frosch ist immer nur unglücklich, keine Maus bleibt ewig in ihrem Loch.«

Zwei Weltkriege hat sie erlebt. Im Ersten hat sie ihren Vater und ihren Mann, im Zweiten ihren einzigen Sohn verloren. Doch sich vom Schicksal unterkriegen lassen? Nie und nimmer, sagt sie. Und so hat sie auch die lange Flucht durch Eis und Schnee »mit Rückgrat« überstanden und will auch das »bisschen Bunkerleben« nicht »überbewerten«. »Wozu denn sonst all die Strapazen? Sterben hätt ich ja viel früher schon können. Nein, ich will auch an meinem letzten Tag noch die bleiben, die ich immer war.«

Ganz anders die Frau ohne Namen, die, vom warmen Ofen angelockt, an diesem Abend auch zwischen uns saß. Wenn auch nur still im Hintergrund. Als ihr die Schnapsflasche hingehalten wurde, schaute sie nicht mal auf.

Oma Schnurbusch erzählte auch an diesem Abend von Königsberg. Wie sie dort Weihnachten gefeiert hätten. Lauter lustige Geschichten aus ihrer Kindheit, doch je länger sie erzählte, desto feuchter wurden ihre Augen.

Ich hörte zu und sah öfter zu Michel hin. Er hatte auch von dem Schnaps getrunken und, als die zweite Flasche herumgereicht wurde, noch mal einen kräftigen Schluck genommen. Als er meinen Blick auffing, grinste er mich auf seine komische Art an. Ob er sich ein bisschen in mich verliebt hat? Er weiß ja nichts von Klaas und mir.

Irgendwann fiel mein Blick dann wieder auf den so karg geschmückten kleinen Tannenbaum – und ich erschrak: Was war denn das? Jemand hatte ein blechernes, im Kerzenschein blinkendes Hakenkreuz in die Zweige gehängt!

Keine Frage, vor ein paar Minuten hatte es noch nicht im Baum gehangen. Wer aber konnte es inzwischen so unbemerkt dort angebracht haben? Und was sollte das bedeuten? Bedauerte derjenige etwa, dass die Hakenkreuz-Zeit vorüber war?

Nur einen winzig kleinen Moment zögerte ich, dann sprang ich auf, pflückte das blecherne Kreuz ab, warf es auf den Boden und trat drauf. Mindestens drei- oder viermal. Ich konnte einfach nicht anders. Gleich darauf sah ich mich um, sah einem nach dem anderen ins Gesicht. Wenn der, der das Kreuz in den Baum gehängt hatte, mich beobachtete, vielleicht konnte ich ihn an seinem Blick erkennen.

Nein, Pappka war's ganz bestimmt nicht gewesen. Aber wie

er mich jetzt ansah! Was ist nur los mit meiner Tochter, schien er sich zu fragen. Was soll dieses so übertrieben theatralische Draufstampfen auf das blöde kleine Blechkreuz?

Die meisten begriffen nicht, weshalb dieses Hakenkreuz mich so zornig gemacht hatte. Nur ganz wenige nickten beifällig. Wer aber sah mich mit besonderem Interesse an? Der Isegrimm. »Willst wohl noch nachträglich zur Jungfrau werden, was?«, höhnte er. »Na, erwarte mal nicht zu viel, unsere Unschuld gibt uns keiner zurück.«

Pappka wollte aufspringen, Momm hielt ihn fest. »Nicht!«, bat sie. Aber dann konnte sie sich selbst nicht beherrschen. »Werfen Sie meiner Tochter da nicht etwas vor, was Sie sich selbst ins Stammbuch schreiben sollten?«, rief sie laut. »Ist doch richtig, was sie getan hat. Oder ist es etwa nicht höchste Zeit, dass wir diese Kreuze endlich mal auf den Müll werfen? Ist schließlich genug Unheil damit angerichtet worden.«

Der Isegrimm lachte nur weiter so spöttisch und winkte ab und es wollte auch kein anderer den Mund aufmachen.

Ich, zurück auf meinem Stuhl, schwieg auch still in mich hinein. Egal was der Isegrimm gesagt hatte, von Klaas und mir wusste er nichts. Und mit »uns« hatte er schließlich uns alle gemeint. Seiner Meinung nach waren wir alle nicht »unschuldig« durch die Zeit gekommen. Und hatte er damit etwa nicht recht?

Wieder ließ ich meinen Blick schweifen: Wer konnte dieses Hakenkreuz in den Baum gehängt haben? Und was hatte der- oder diejenige damit sagen wollen?

Michel! Er grinste immer noch, aber jetzt ganz anders, irgendwie entschuldigend. Und Jockel neben ihm, warum kniff er, als er meinen Blick auffing, ein Auge zu?

Nur kurz stutzte ich, dann begriff ich: Sie waren es gewesen! Sie hatten dieses Kreuz in den Baum gehängt. Ich sprang ein zweites Mal auf. Das Blechkreuz lag ja noch immer dort, wo ich meine Wut daran ausgelassen hatte. Krumm und schief hatte ich's getreten, als Hakenkreuz überhaupt nicht mehr zu erkennen. Trotzdem nahm ich's auf, lief damit vor den Bunker und warf es weit in die Heiligabendnacht hinaus.

Kalt und finster war es draußen, überall Wolken, kein Mond. Mir war so elend zumute. Wie hasste ich all die Leute im Bunker, in der ganzen Stadt, im ganzen Land! Wieso hatte denn keiner vor mir dieses Kreuz vom Baum genommen? Hatte es wirklich keiner bemerkt?

Mit einem Mal standen Michel und Jockel neben mir, und Jockel sah mir an, wie mir zumute war. »Wir haben das Ding in den Ruinen gefunden.« Wie zur Entschuldigung hob er die Arme. »Na ja, und da wollten wir mal sehen, was jetzt alle die machen, die gestern noch ›Heil!‹ geschrien haben, wenn wieder so 'n Kreuz im Baum hängt. Sollte nur 'n Scherz sein.«

»Von wegen Scherz!«, giftete ich ihn an. »Hast doch selbst Heil geschrien, oder etwa nicht?«

War nicht in Ordnung, ich weiß. Doch diese schlimme Wut in mir, ich musste sie einfach loswerden.

»Na und?« Jockel blieb ungerührt. »Da war ich ja noch total ahnungslos.«

Ich: »Aha! Und jetzt wohl nicht mehr, was?«

»Nee«, gab er betont ruhig zurück. »Weiß inzwischen 'ne ganze Menge mehr. Außerdem«, er schob die Hände in die

Taschen, um noch selbstsicherer zu wirken, »haben Momm und Pappka etwa nicht ›Heil‹ geschrien? Oder du? Alle haben wir ›Heil‹ geschrien. Nur jetzt, da will keiner schuld sein. Alle schwafeln sie nur rum, alle haben sie immer nur Gutes gewollt. Auch Pappka.«

Durfte ich ihm widersprechen? Nein, auch er hatte recht, nicht anders als der Isegrimm. Meine Laune aber wurde dadurch nicht besser. Michel sah mir das an und wollte mich aufheitern. Dass in den Ruinen noch haufenweise anderes solches Zeug herumliege, prahlte er gut gelaunt. Sogar Führerbilder und jede Menge Orden und Uniformteile, die man prima an die Amis verkaufen könne. »Die sind ganz scharf auf solchen Plunder. *Souvenirs* nennen sie das Zeug. Wenn du mitmachst, dir bezahlen sie noch 'n paar Dollar mehr für den Ramsch. *Froleins* haben bei denen 'n Stein im Brett.«

Ich ging darauf nicht ein, fragte nur leise: »Und warum habt ihr dieses beschissene Blechkreuz nicht auch verscheuert?«

Jockel, lässig wie der größte Ganove vom Schwarzmarkt: »Weil wir ja jeden Tag jede Menge Besseres finden, das viel mehr einbringt. Das Kreuz, das haben wir extra für dich aufgehoben. Damit du was zum Zertreten hast, du strenge große Schwester vom BDM.«

Ich hob die Hand, als wollte ich ihm eine scheuern. Aber da lachte er nur wie früher, wenn er mir irgendeinen harmlosen Streich gespielt hatte, und ich konnte ihm nicht länger böse sein. »Idiot!«, zischte ich nur noch.

Jetzt kicherte er. »Ich weiß, aber kann ich was dafür? Das muss bei uns in der Familie liegen. Der einzige Unterschied: Die einen wissen es, die anderen nicht.«

Damit war die Sache aber noch nicht erledigt. Später, als wir wieder auf unseren Holzpritschen saßen, knöpfte Pappka sich Jockel vor. Er hatte gesehen, wie Jockel das Hakenkreuz in den Baum gehängt hatte. Doch hatte er nicht darüber reden wollen, solange wir nicht miteinander allein waren.

Jockel sagte wieder, Michel und er hätten sich nur einen Scherz erlauben wollen. Und er lachte dabei, und ich sah ihm an, was er dachte: Sollte er deshalb etwa ein schlechtes Gewissen haben? Geschah doch jeden Tag um uns herum viel Schlimmeres.

Pappka lachte nicht. Ernst blickte er Jockel an – und dann gab er Michel die Schuld an dem »Vorfall«. »Immer wieder dieser Halbganove«, schimpfte er. »Ist dir denn nicht klar, dass der Bursche kein Umgang für dich ist? Solche wie der, die landen doch alle mal hinter Gittern.« Ärgerlich schüttelte er den Kopf. »Vielleicht kann der Michel ja gar nichts dafür, dass aus ihm nichts Besseres geworden ist. Aber ist er deshalb ein Freund, auf den man stolz sein kann? Also noch mal: Ich will nicht, dass du ihm weiter nachläufst. Hast du das verstanden?«

Jockel wurde ganz weiß im Gesicht. »Aber es war ja nicht er, der das Kreuz in den Baum gehängt hat, sondern ich!« Sagte es und ballte die Fäuste, als müsste er sich jetzt auch körperlich verteidigen. »Warum hackst du immerzu auf Michel herum? Echte Kameradschaft, das hast du doch früher oft gepredigt, ist ein hohes Gut.«

Pappka: »Kameradschaft, ja! Aber nicht Kumpanei! Dabei handelt es sich nämlich um zwei ganz unterschiedliche Dinge. Wenn du das nicht begreifen willst, kann ich das nicht ändern. Noch aber wird getan, was ich sage.«

Zwei, drei Minuten lang starrte Jockel still zu Boden, dann schüttelte er den Kopf. »Nein! Michel ist mein Freund. Und das bleibt er auch. Deutsche sind treu! Und ich bin ein Deutscher.«

»Jockel! Bitte!« Momm legte den Arm um ihn. »Sieh es doch ein: Dieser Michel ist nicht gut für dich! Immer diese Herumtreiberei in den Ruinen! Vor ein paar Tagen ist ein Junge dabei ums Leben gekommen, eine Mauer ist über ihm zusammengestürzt ... Soll dir das etwa auch passieren?«

»Wir passen schon auf.« Jockel blieb stur. »Die Geländespiele bei der HJ, die waren auch nicht von Pappe.«

Die steile Falte auf Pappkas Stirn! Sie grub sich immer tiefer. Dass Jockel, der ihn doch früher immer nur bewundert hatte, ihm so entschieden widersprach, verstörte ihn. Nachgeben aber wollte oder konnte er nicht. »Machen wir's kurz«, sagte er, als wäre dieser Streit damit endgültig beendet, »von heute an gibt es keinen Umgang mehr mit diesem Strolch. Entweder du parierst oder du bist nicht mehr mein Sohn, so einfach ist das.«

Jockel schossen die Tränen in die Augen. »Ach?«, schrie er. »So einfach ist das? Na, dann habe ich eben keinen Vater mehr. Lasse mir von dir ja sowieso nichts mehr sagen.« Und nun heulte er richtig los. »Alles habt ihr falsch gemacht! Alles, alles, alles! Die tolle ›allumfassende Volksgemeinschaft‹, von der du immer erzählt hast – der Einzelne ist nichts, jeder tritt für den anderen ein –, was ist denn jetzt damit? Denkt doch jeder nur an sich selbst. Und ehrlich ist auch keiner. Niemand hat irgendwas gewusst, keiner will dabei gewesen sein. Wir aber sollen immer weiter auf euch hören. Michel hat recht, ihr habt versagt, wollt aber weiter die klugen Alleswisser spielen. Doch nicht mit uns, nicht mit …«

Die Ohrfeige, sie war so hart und wuchtig, dass Jockel gegen die Wand prallte.

»Hermann!«, rief Momm. »Bitte nicht!« Doch zu spät. Ich spürte, wie mir das Blut zu Kopf stieg: Jockel hatte ja nur gesagt, was auch ich längst dachte, aber nie gewagt hätte, es so deutlich auszusprechen. Schützend stellte ich mich vor ihn, breitete beide Arme aus und bat heiser: »Nicht noch mal! Bitte, nicht noch mal!«

Pappka wollte etwas erwidern, doch war er viel zu erregt, fand nicht gleich die richtigen Worte. Jockel war schneller, mit hochrotem Kopf schrie er Pappka an: »Aber wieso denn nicht noch mal? Bitte noch eine von der Sorte! Oder zwei oder drei, ich halt das schon aus. Ändern aber kannst du damit gar nichts. Wir sind nicht mehr bei der SA und nicht bei der HJ. Ich mach, was ich will. Und wenn dir das nicht passt, dann hau doch wieder ab. Wir brauchen dich nicht. Ohne dich war sowieso alles viel besser.«

Und damit stürzte er davon, zu Michel, zu wem denn sonst?

Einen ganz kurzen Moment sah es aus, als wollte Pappka ihm nachlaufen, doch überlegte er's sich anders. Unsicher blickte er Momm an. »Hätte ich mir das etwa gefallen lassen sollen?«, fragte er sie. »Solche Worte vom eigenen Sohn?«

Momm antwortete nichts darauf. Er aber stand da und sah sie an, als wollte er es nicht glauben, dass sie dazu nichts sagte. Bis er es endlich aufgab und abwinkte. »Na ja, keine Sorge, der kommt schon wieder. Spätestens, wenn er Hunger hat.«

Räuberbraut

3. Januar. Vor einem Jahr wohnten wir noch in Eichenbrück, und es hieß, dass wir die Ruhe bewahren sollten, weil wir nicht fortmüssten. Was für ein grausamer Betrug an all denen, die dann die Flucht oder die Vertreibung nicht überlebten! Die Betrüger aber, so heißt's im Bunker, haben sich rechtzeitig abgesetzt. Bereits Tage vorher hätten ihre vollbepackten Fluchtwagen bereitgestanden. Fast jeder will so etwas beobachtet haben. Ob das stimmt, weiß ich nicht, doch kann ich's mir inzwischen sehr gut vorstellen.

Die lange Zugfahrt durch Eis und Schnee, danach Berlin und die Tage, Wochen und Monate in Kewenow. Jetzt der Bunker und das Weihnachtsfest, das eigentlich gar keines war, und der Silvesterabend, der noch trostloser verlief. Nur ein Jahr ist vergangen, mir aber erscheint alles sehr viel länger, so viel ist passiert. Und noch immer wissen wir nicht, wie es mit uns weitergehen wird. Doch lohnt es, darüber nachzudenken? Ändert sich dadurch irgendwas?

Jockel ist noch nicht zu uns zurückgekehrt. Wie eine Klette hängt er an Michel, hat sogar die frei gewordene Pritsche über ihm bezogen. Wie oft hat Momm ihn nun schon gebeten, doch nachzugeben und zurückzukommen. Auch ich hab zweimal mit ihm geredet – er ist stur geblieben. Nicht mal am Neujahrsmorgen hat er sich blicken lassen, hat keinem von uns ein frohes neues Jahr gewünscht, und als wir ihn suchten, fanden wir ihn nicht.

Kutti nimmt das ganz besonders mit. Ob er denn für Jockel schon gar nicht mehr am Leben sei, hat er mich gefragt. Sein großer Bruder fehlt ihm sehr.

Jockel fühlt sich betrogen und verraten. Es geht ihm nicht anders als mir, er zeigt's nur deutlicher. Und ich? Hab ich mich genügend um ihn gekümmert? Nein, hab immer nur an Klaas und mich gedacht. Hätte viel früher mal mit Jockel reden müssen, weiß das jetzt, und das tut weh.

Und heute Morgen ist wieder etwas passiert, das mir zusetzt. Wir waren noch gar nicht richtig wach, als auf einmal laute Stiefelschritte durch den Bunker hallten. Kutti sprang auf, um nachzuschauen, kam zurück und flüsterte mir ganz erschrocken ins Ohr:

»Polizisten!«

Zwei Minuten später wusste es der ganze Bunker: Der Isegrimm war gefunden worden. Tot. Auf der Straße hatte er gelegen, mitten zwischen zwei Schuttbergen. Irgendwer hatte ihm in den Rücken geschossen. Die Polizisten, wie jetzt so oft zwei noch sehr junge Männer, befragten uns nach ihm. Sie wussten nur, dass er aus unserem Bunker kam.

Der Name Karl Krause wurde genannt und dass der Isegrimm gesagt hatte, er käme aus Danzig. Aber auch, dass er vielleicht gar nicht so hieß und sich bei uns nur versteckt hatte, wurde berichtet. Die Polizisten notierten sich alles, beschlagnahmten seine wenigen Habseligkeiten und gingen wieder.

Kaum waren sie weg, wurde gerätselt: Wer konnte den Isegrimm erschossen haben? Etwa einer von uns? Aber wer von uns besaß denn eine Waffe? Und wieso sollte einer von uns denn so etwas getan haben? Etwa wegen irgendeines blöden Streits?

Anfangs wurde vermutet, es könne ein Raubmord gewesen sein. So was kam ja vor, auch auf offener Straße. Doch dem Isegrimm waren nicht mal die Taschen geleert worden. Die Polizisten hatten gesagt, dass er alles noch bei sich gehabt hätte, sogar Zigaretten und Geld. Also hatte das Ganze was mit Rache zu tun? Vielleicht war der Isegrimm ja wirklich mal in einem KZ eingesetzt gewesen und einer der Häftlinge hatte ihn wiedererkannt?

Oma Schnurbusch konnte sich das gut vorstellen. »Wer sein Gesicht so zuwachsen lässt, der muss ja irgendwas zu verbergen haben«, sagte sie, fügte aber gleich hinzu, dass der, der den Isegrimm erschossen hatte, dennoch nicht recht getan hätte. »Wollen wir denn jetzt einer des anderen Richter sein?«, fragte sie Momm. »Gibt's denn keine ordentlichen Gerichte mehr?«

Ich musste an Onkel Rudi und Tante Lene denken. War das Gericht, das sie zum Tod verurteilt hatte, ein »ordentliches« gewesen? Vielleicht traute der, der den Isegrimm erschossen hatte, den Gerichten nicht mehr.

Wieder etwas, über das ich gern mit Klaas gesprochen hätte. – Ach, wie sehr vermisse ich ihn!

So begann dieser Tag, doch geschah danach noch so viel mehr, das ich bestimmt nie vergessen werde. Die Polizisten waren noch keine zwei Stunden weg, da kamen zwei andere Blaue in den Bunker – und Michel wurde abgeführt. Und Jockel? Lief mit verkniffener Miene neben Michel her.

Ganz kalt wurde mir ums Herz. Hatten die beiden was mit dem Mord am Isegrimm zu tun? Ich, vom Eschersheimer Turm kommend auf dem Weg zurück in den Bunker, sprang dem kleinen Trupp förmlich in den Weg. »Was ist denn passiert?«, wollte ich wissen. »Warum nehmen Sie Michel mit?«

Der eine Polizist, ein langer, dünner Knochenmann, musterte mich von oben bis unten. »Das Fräulein ist wohl die Räuberbraut? Na denn, der Herr Verlobte hat zu lange Finger! Da werden wir mal kräftig draufklopfen müssen, damit er lernt, besser auf sie aufzupassen.«

Michel grinste nur – und winkte ab. »Keine Sorge! Falscher Alarm. Die verwechseln mich mit so 'nem Kerl, der dem da« – er zeigte auf einen schwitzenden Mann mit Hut, der sich hinter den beiden Polizisten versteckte – »die Aktentasche geklaut hat und in unseren Bunker gelaufen sein soll. Der Spinner will mich wiedererkannt haben. Bin also bald wieder zurück. Nur kümmer dich doch bitte um Minka, ja? Sie hat Angst bekommen und sich irgendwo versteckt. Ist ja noch so 'n ganz junges Kätzchen, hat noch nie 'n Polizisten gesehen. Jockel und du, ihr müsst sie suchen. Und habt ihr sie, behaltet sie bei euch und füttert sie gut, bis ich wieder hier antanze.«

Minka? Es dauerte ein bisschen, bis ich begriff: Was konnte mit *Minka* denn anderes gemeint sein als die gestohlene Aktentasche? Michel besitzt ja gar keine Katze. Vorsichtig nickte ich. War ja so froh, dass diese Verhaftung nichts mit dem Mord am Isegrimm zu tun hatte und dass Jockel nicht mitverhaftet worden war.

Der andere Polizist, eher klein und rundlich, verlor die Geduld. »Los, Katzenpapa!«, schimpfte er und stieß Michel vorwärts. »Beweg dich! Wir würden dich gern noch dieses Jahr auf dem Revier abliefern und wir haben doch jetzt schon Januar.«

Der Knochenmann lachte und der kleine Trupp zog weiter, und Jockel und ich sahen ihm nach, bis wir sicher waren, dass die beiden Polizisten nicht zurückkehren würden. Gleich darauf begannen wir mit der Suche nach *Minka*. Wir klopften Michels Strohsack ab, obwohl, wie Jockel wusste, die beiden Polizisten das schon getan hatten, und blickten uns lange um in der Nische, in der Michels und Jockels Pritschen standen. Wo in dieser düsteren Ecke konnte Michel die Aktentasche versteckt haben?

Bis dann Jockel endlich auf die richtige Idee kam. »Vielleicht hat er die Tasche auf dem Weg hierher ja weggeworfen und nur das, was drin war, behalten«, flüsterte er mir zu. »Und das muss ja nicht so dick und breit sein wie 'ne Aktentasche und kann überall stecken.«

Er hätte aber gar nicht flüstern müssen, die Leute auf den Etagenpritschen rundherum kümmerten sich nicht um uns. Sie waren froh, dass die Polizisten weg waren und sie wieder ihren eigenen Sorgen nachhängen konnten.

Ich lief los, kam mit Kerze und Zündhölzern zurück und damit leuchteten wir die Mauer neben Michels Strohsack ab. Und tatsächlich, an der Trennwand zum Nachbarraum, dort, wo schon Putz abgebröckelt war, war da nicht ein Stein ein bisschen lose? Jockel nahm sein Taschenmesser, schob die Klinge in die eine Fuge und in die andere einen Finger und kratzte, zog und ruckelte den Mauerstein mit der Zeit immer weiter heraus.

Hinter dem Stein war ein Hohlraum – und was lag drin? Ein dicker Umschlag.

Jockel fingerte ihn heraus und ich blickte mich um. Die Leute auf den Strohsäcken aber dämmerten nur weiter vor sich hin. Allein eine junge, hochschwangere Frau hatte uns beobachtet. Ich nickte ihr zu. »Fotos! Von Michels Familie. Wir sollen sie aufbewahren, bis Michel wiederkommt.«

Sie, müde: »Wer's glaubt, wird selig.« Und damit schloss sie wieder die Augen. Was gingen sie Michels Geschäfte an?

Im Nu steckte der Stein wieder im Mauerwerk und raus ging's aus dem Bunker und immer weiter fort. Wir liefen, bis wir uns hinter einer hohen Ruinenmauer auf ein paar Trümmerbrocken setzten und den Umschlag öffnen konnten.

Was drin war? Geld! Lauter Hundertmarkscheine.

Ich nahm sie in die Hand, als wollte ich sie abwiegen, Jockel drängte mich, die Scheine zu zählen. »Das müssen ja mindestens tausend Mark sein«, freute er sich.

Es musste sogar sehr viel mehr sein, zählen aber wollte ich das Geld nicht. – Nein, ich nahm Michel diesen Diebstahl nicht übel. Es stehlen oder schieben inzwischen ja fast alle. Etwas ganz anderes ging mir durch den Kopf: Wenn Michel nun doch lange nicht zurückkehrte, was sollten wir tun mit diesem vielen Geld?

Jockel sagte sofort: »Wenn er nicht wiederkommt, behalten wir die Scheinchen. Oder willst du sie zur Polizei bringen? Dann kommt Michel ins Gefängnis. Aber so saublöd werden wir doch wohl nicht sein, oder? Bei so viel Geld handelt's sich ja sowieso um keine saubere Sache.«

Er hatte recht, der mit dem Hut musste irgendwelchen krummen Geschäften nachgegangen sein. Wozu sonst lief einer mit einem solchen Batzen Geld in der Aktentasche durch die Straßen? Die Polizisten hatten ja nur von einer gestohlenen Aktentasche geredet. Hatte er ihnen nicht gesagt, was drin war? Vielleicht würde er, brachten wir das Geld zur Polizei, erklären müssen, woher er es hatte. Ob ihm das gefallen würde?

Jockel ließ keinen Blick von mir. »Oder willst du das viele schöne Geld etwa wegschmeißen?«, fragte er mit so misstrauisch gerunzelter Stirn, als würde er mir das zutrauen. »Na gut, aber dann musst du Pappkas Schnapsgeld gleich hinterherwerfen. Das ist auch nicht ehrlich verdient.«

Nur noch kurz dachte ich nach, dann legte ich die Scheine in den Umschlag zurück und schob ihn mir unter Jacke und Pullover. »Warten wir's ab! Vielleicht ist Michel ja wirklich bald zurück, dann fragt er garantiert als Erstes nach seiner *Minka.*« Sagte es und hoffte, dass es wirklich so sein würde.

Und richtig, kaum war es dunkel geworden, meldete er sich bei mir. Er hatte Oma Schnurbusch abgepasst und ihr gesagt, dass die Polizisten ihn »wegen erwiesener Unschuld« gleich wieder laufen gelassen hätten. In den Bunker zurück aber wolle er nicht, er hätte was Besseres gefunden. Nur von mir würde er sich gern verabschieden, deshalb solle ich zum Eisernen Steg kommen und sein kleines Kätzchen mitbringen.

»Nu ja!«, wunderte sich Oma Schnurbusch über den seltsamen Auftrag. »Hat er denn überhaupt 'ne Katze? Wusst ich ja gar nicht.« Doch dann schimpfte sie nur noch auf ihr Rheuma, das ihr das Gehen durch die Stadt von Tag zu Tag schwerer mache, und mühte sich weiter.

Zwei Minuten später war ich auf dem Weg zum Eisernen Steg. Schon von Weitem sah ich Michel. Er lehnte am Geländer und starrte in den unter ihm im Mondschein glitzernden Main. Erst als ich vor ihm stand, blickte er auf. »Hallo, Räuberbraut!«

»Haben sie dich wirklich so schnell wieder laufen lassen?« Keine Sekunde lang hab ich an die Geschichte geglaubt, die er Oma Schnurbusch aufgetischt hatte.

Er grinste. »Hab mich selber laufen lassen.« Und stolz erzählte er mir, wie er den beiden Polizisten in einer Seitenstraße entwischt war. »In die eine Ruine rein, aus einer anderen wieder raus. So schnell konnten die gar nicht kucken, wie ich weg war.« Der mit dem Hut, so sagte er, sei schon gar nicht mehr dabei gewesen. »Der wollte nur seine Aktentasche wiederhaben. Aber die hatten sie ja nicht gefunden und die konnten sie auch gar nicht finden, weil die schon lange irgendwo im Main treibt.« Er spuckte in den Fluss unter sich. »Und was drin war, das hätte dieser Kaffeeschieber der Polizei garantiert nicht gezeigt.«

Alles so, wie Jockel und ich's uns gedacht hatten. Noch ehe er mich danach fragen konnte, zog ich den Umschlag unter dem Pullover hervor. Er nahm ihn und sah mich forschend an. »Haste reingekuckt?«

Ich nickte nur still und da nickte er auch. »Klar, musstest ja wissen, was du da mit dir herumträgst.« Doch sah er mir an, dass mir das Ganze nicht gefiel. Gleich verteidigte er sich: »Aber der hat das doch verdient, dass er beklaut wird. Hab ihn ewig lange beobachtet. Preise nimmt der, davon kann dir schwindlig werden ... Na ja, und als er dann seinen Kaffee los war und nach Hause oder in irgendeine Kneipe abtanzen wollte, hab ich 'n paar Schritte zugelegt, ihn eingeholt und mir die

Tasche geschnappt. Ging ganz leicht. Er kam mir nachgerannt, aber so langsam, wie der war, und so laut, wie er gekeucht hat, dachte ich, ich hätte ihn abgehängt. Sonst wäre ich doch nicht in den Bunker zurückgelaufen. War 'n Fehler, wird mir so schnell nicht wieder passieren.«

»Und jetzt?«, fragte ich. »Wo willst du jetzt hin? In den Bunker zurück kannst du nicht.«

Er zuckte die Achseln. »Mal sehen! Hab ja erst mal ausgesorgt, vorläufig werde ich nicht verhungern.« Fragend blickte er mich an. »Ist nur schade, dass ... na ja, dass wir uns jetzt kaum noch sehen werden. Du wirst ja bestimmt nicht mitkommen wollen, oder? Obwohl das Geld leicht für uns beide reicht.«

Mitgehen? Mit Michel? Wollte er nur nicht allein bleiben – oder war da wirklich mehr? Vorsichtig erzählte ich ihm von Klaas, sagte, dass Klaas jetzt zwar in Hamburg wohne, aber ganz bestimmt irgendwann herkommen würde und ich schon deshalb nicht wegkönne. Dass ich schon ewig lange nichts mehr von Klaas gehört hatte, sagte ich nicht.

Diese Enttäuschung in seinem Gesicht! Er musste darauf gehofft haben, dass ich eventuell – vielleicht weil er jetzt so viel Geld hatte – mit ihm mitgehen würde. »Das, na ja, das hab ich ja nicht gewusst«, stotterte er, »sonst hätt ich gar nicht erst gefragt.«

Also hatte Jockel ihm nichts von Klaas und mir erzählt. Ich wollte schon irgendwas Tröstendes sagen, da griff er plötzlich in den Umschlag und hielt mir ein paar Geldscheine hin. Unwillkürlich zuckte ich zurück – und damit, erst damit hatte ich ihn ernstlich verletzt.

»Schämst du dich für mich?« Ganz entgeistert blickte er

mich an. »Aber wieso denn? Der Schieber hat Kaffee verkauft und das für ungeheuer teures Geld. Hätte die Polizei ihn erwischt, wäre er die Moneten doch auch los gewesen.«

Ein nasser Wind pfiff über den Main, mir wurde kalt und viel zu lange schüttelte ich den Kopf. »Aber ich schäme mich doch nicht für dich«, beteuerte ich – und es war nicht gelogen. »Ich will nur nichts von dem Geld. Hab kein gutes Gefühl bei der Sache.«

»Rena!« Immer unglücklicher blickte er. »Bitte, nimm ein paar Scheine! Sonst kann ich dir, was du gesagt hast, nicht glauben.«

Schon tat er mir wieder leid und ich gab nach und sofort wollte er mir sieben oder acht von diesen Hundertmarkscheinen in die Hand drücken. »Nein«, bat ich, »nur vier. Zwei für Jockel und zwei für mich. Den Rest brauchst du ganz bestimmt selbst.«

Beim besten Willen, mehr von dem Geld hätte ich nicht annehmen können. Fühlte mich ja wirklich schon wie eine Räuberbraut

»Wie du willst!« Er gab mir die Scheine, ich steckte sie ein und hielt ihm die Hand hin. »Na denn – mach's gut!«

Er nahm meine Hand, ließ sie aber gleich wieder los, um mit großer Geste den Abgeklärten zu spielen. »Wir sehen uns wieder. Komm bestimmt bald mal angeritten, um nach euch Bunkermäusen zu sehen. Muss nur erst Gras über die Sache gewachsen sein.«

Michel ist kein Klaas, aber irgendwie hab ich ihn trotzdem gern. »Ja, tschüs!«, sagte ich nur noch, drehte mich um und rannte fort.

Ich rannte wirklich. Aber das nicht nur, weil mir so kalt war.

Hab das gestern geschrieben. Bin aber nicht weitergekommen, weil ja noch etwas passiert ist. War wirklich ein verhexter Tag. Am Abend – ich lag schon auf meiner Pritsche – kam Momm noch mal zu mir. Ganz aufgeregt war sie. Jockel sei verschwunden, sagte sie. Überall habe sie nach ihm gesucht, ihn aber nirgends finden können.

Momm, Pappka, Kutti und ich, zu viert haben wir noch mal den ganzen Bunker abgesucht – umsonst! Du, Jutsch, an meiner Hand oder auf meinem Arm, warst auch dabei.

Ja, und jetzt ist schon ein ganzer Tag vergangen und Jockel ist immer noch nicht wieder aufgetaucht. Für mich steht fest: Er ist mit Michel mitgegangen. Und das, ohne uns ein Wort davon zu sagen, weil wir ihn sonst ganz bestimmt nicht fortgelassen hätten. Aber Michel! Wie hat er Jockel nur mitnehmen können? Etwa als Ersatz für mich, weil er nicht allein bleiben wollte?

Bin so wütend auf ihn. Wüsste ich, wo er ist, ich würde zu ihm laufen und ihm seine geklauten Hunderter ins Gesicht klatschen. Kann aber wie so oft nichts anderes tun, als alles aufzuschreiben. Oder soll ich alle Ruinen abklappern, um die beiden zu suchen? Frankfurt ist nicht Kewenow und nicht Eichenbrück, wer hier nicht gefunden werden will, den findet keiner.

Auch Momm wollte die Stadt nach Jockel absuchen. Pappka hat's verboten. Wenn Jockel und Michel schon so dumm sind, in den Ruinen voller Blindgänger herumzukraxeln, dann dürften wir das nicht auch noch tun, so hat er geredet. Und danach geschimpft: »Das ist sie also, die von so vielen gepriesene ›neue Zeit‹! Kinder, die auf niemanden mehr hören! Kinder, die kriminell werden, weil sie keinerlei Werte mehr kennen.«

Als Momm ihm entgegnete, dass an der neuen Zeit doch nicht die Kinder die Schuld trügen, wies er sie zurecht: »Tut mir leid, Lotte, aber was war, das darf kein Grund sein, für alles Heutige Verständnis zu haben. Für wen hat unsereins sich denn aufbewahrt? In der Hauptsache doch für die Familie. Und jetzt? Der Herr Sohn haut ab, und das ohne Tschüs und Winke-Winke, und das Fräulein Tochter wird plötzlich fromm, verknallt sich in einen Pastorensohn und stellt ihre Eltern infrage. Soll ich da etwa noch Beifall klatschen?«

Lange sagte Momm nichts, dann schüttelte sie den Kopf. »Nein, Hermann, da bin ich ganz anderer Meinung. Müssen wir uns denn nicht eingestehen, dass unsere Kinder gar nicht anders können, als uns infrage zu stellen, nach all dem, was sie nun wissen? Was muten wir ihnen denn zu? Was ist das noch für eine ›Kindheit‹, mit der sie dank uns jetzt fertig werden müssen?«

Da sagte Pappka nichts mehr, starrte nur mit gekrauster Stirn in sich hinein. Bis Momm trotz seines Verbots plötzlich aufstand und fortging, um doch noch nach Jockel zu suchen. Sie verriet uns das nicht, doch wussten wir's alle.

Eine Weile starrte Pappka nur weiter vor sich hin, dann ging auch er. Erst mitten in der Nacht kamen beide zurück. Jeder für sich. Und miteinander reden wollten sie auch nicht mehr.

Mein zweites Zuhause!

An dem Abend, an dem Jockel verschwand, war Pappka bei Brünó. Und an all den anderen Abenden danach auch. Er ist jetzt lieber bei ihm als bei uns. Und immer trinken sie. Kommt er dann, legt er sich hin, sagt kein Wort und schläft ein.

Dass wir nicht wissen, wo Jockel ist, lastet auf uns. Wir können an fast gar nichts anderes mehr denken. Zum Glück gibt es aber auch Mutmachendes und sogar etwas sehr, sehr Schönes zu berichten.

Klaas hat geschrieben! Endlich, endlich, endlich! Bekomme jetzt fast jeden dritten, vierten Tag Post von ihm. Manchmal sogar zwei Briefe an einem Tag. Er will, dass ich alles über sein Hamburger Leben weiß – und auch von mir will er alles wissen.

Bin so froh, dass wir uns nicht verloren haben! Alle sehen mir das an. Gestern hat Oma Schnurbusch gefragt, ob ich einen Klumpen Gold gefunden habe. Weil ich doch neuerdings so viel freundlicher in die Welt schauen würde.

Warum Klaas nicht früher geschrieben hat? Als mein Brief in Kewenow eintraf, war er bereits in Hamburg. Zwar hatte seine Mutter ihm den Brief gleich nachgesandt, doch hat es Wochen gedauert, bis er ihn bekam. Den Grund dafür weiß nur die Post, die ja noch immer nicht so richtig funktioniert.

Er schreibt, dass es ihm gut geht. Leutnant Richardson hat ihm eine Stelle im Lebensmittellager besorgt. Besser hätte es nicht kommen können. Seiner Mutter hat er bereits ein Fresspaket geschickt, er will mir auch eins schicken. Er denkt oft an mich. Vor allem abends vor dem Einschlafen. Dann ist er für die anderen Männer, die auch für die Engländer arbeiten und mit ihm die Baracke teilen, gar nicht da.

Immer wieder lese ich seine Briefe, kann gar nicht genug davon bekommen. Nur etwas hat mich erschreckt: Er hat den Garstein gesehen, den ehemaligen Kewenower Bürgermeister. An einer Tankstelle in St. Georg, einem Hamburger Stadtteil, bedient er die Zapfsäule und wäscht Autos. In Kewenow dachten alle, der Garstein wäre in eine andere Besatzungszone abgetaucht. Jetzt weiß Klaas es besser: Er ist bei den Engländern geblieben, ist nur bis »vor die Haustür« geflohen.

Klaas fragt sich, ob er den Garstein anzeigen soll. Sein Vater, schreibt er, hätte das ganz sicher *nicht* getan, sondern nur mit ihm geredet. Er sei aber kein Pfarrer, denke nicht so »milde« und will nicht mit ihm reden. Er will aber auch »kein zweiter Kroog«, also kein Denunziant sein. Nur deshalb habe er den Engländern noch nicht erzählt, was der Kroog seinem Vater angetan hat. Wüssten sie Bescheid, wäre er ganz bestimmt die längste Zeit Bürgermeister gewesen. Mit dem Garstein gehe es ihm genauso.

Fällt mir schwer, das zu verstehen. Der Kroog darf doch nicht einfach immer so weitermachen und der Garstein hat auf Klaas geschossen. Er hätte tot sein können.

Hab Klaas das geschrieben, doch viel besser wäre es, wenn wir darüber reden könnten. So wie damals in seinem Zimmer.

Auch über Jockel und Michel habe ich berichtet. Und was hat Klaas geantwortet? Dass er die beiden gut verstehen kann. »Die meisten tun doch so, als hätten sie all die Jahre zuvor auf einem fremden Stern gelebt. Dein Bruder und sein Freund wissen wenigstens, was sie auf keinen Fall mehr wollen. Das ist viel besser, als sich irgendwelche schnellen Entschuldigungen einfallen zu lassen.«

Gleich musste ich an Pappka denken. Momm weiß nun auch, was sie nicht mehr will, aber Pappka? Das mit den schnellen Entschuldigungen, trifft das nicht auch auf ihn zu? Seit seiner Heimkehr hat er so geredet. »Fehler« seien passiert, aber eigentlich hätten er und seine Kameraden immer nur Gutes gewollt.

Und jetzt? Jetzt schimpft er über so vieles, lehnt alles Neue ab. Und dass die Amerikaner, Engländer und Franzosen immer öfter Streit mit den Russen haben, erfüllt ihn mit Schadenfreude! »Wart's nur ab«, hat er erst gestern wieder zu einem unserer Bunkernachbarn gesagt, »vielleicht gehen die Herren Sieger bald aufeinander los. Und – rums! – schon haben wir den Dritten Weltkrieg. Aber bei dem macht Hermann Haak nicht mehr mit, lieber gräbt er sich im Wald ein, bis er verfault ist.«

Er weiß nicht, dass auch ich das gehört habe. Doch wenn er's wüsste, ich glaub, inzwischen wäre ihm das egal.

Klaas schreibt, die Leute, die keine Verbrechen begangen hätten, sondern nur aus Angst, für irgendein falsches Wort ins Gefängnis oder KZ zu kommen, die Klappe gehalten hätten, die könne er verstehen. Wer eine Familie hat, musste ja auch an seine Kinder, Frau oder Mann denken. Doch sollten sie wenigstens jetzt ehrlich über ihre Angst reden. Vielleicht würde das Jungen wie Jockel und Michel ja sogar helfen.

Das ist genau das, was Tante Mala schon gesagt hat und auch ich mir wünsche. – Ach, wie beruhigt es mich, dass Klaas und ich in so vielem einer Meinung sind! Wie gut, dass wir einander haben!

Jetzt noch etwas, das Mut macht: Pappka hat wieder Arbeit! Ich meine, richtige Arbeit, also in seinem Beruf. Und – aber das ist nun wirklich kaum zu glauben! – bald werden wir auch wieder in eine Wohnung einziehen dürfen. Sogar in eine, in der noch alle Möbel stehen.

Wie das alles kam?

Als Pappka vor zwei Wochen mal wieder im Bauamt nachfragte, wie es denn jetzt mit Arbeit für ihn aussehe, hat man ihm sofort einen Fragebogen in die Hand gedrückt. Den solle er ausfüllen, hieß es, dann habe er eine Chance, eventuell eingestellt zu werden.

Alle Firmen, für die Pappka jemals gearbeitet hat, musste er angeben, und auch, wann er in die Partei und die SA eingetreten ist und wo er im Krieg eingesetzt war. Dazu noch vieles andere mehr. Der Beamte im Bauamt, mit dem er sich so gut versteht – passenderweise ein Dr. *Bau*mann –, sorgte dafür, dass sein Fragebogen vorrangig bearbeitet wurde. Was folgte, war eine »Anhörung«. Amerikanische Offiziere gingen mit Pappka den Fragebogen durch und stuften ihn am Ende als »Mitläufer« ein.

Alle, die sich bei der Stadt um eine Stelle bemühen, so erzählte Pappka, würden jetzt irgendwie »eingestuft« – in Schuldige, Belastete, Mitläufer und Entlastete. Entlastete, so heiße es, seien keine Nazis gewesen und hätten deshalb eine »blitzsaubere Weste«, Mitläufer eine leicht »angeschmuddelte«. Da aber fast alle, die beruflich vorwärtskommen wollten, »mitgelaufen« seien, würden sie, wenn sie gute Fachkräfte sind, trotzdem eingestellt. Nur Schuldige und Belastete, die blieben »echte Nazis« und hätten keine Chance. Manche würden sogar vor Gericht gestellt.

Pappka hat über seine »Entnazifizierung«, wie diese Überprüfungen genannt werden, nur gelacht. Für ihn ist das Ganze ein einziger Witz. Ich aber frage mich, wie ich wohl eingestuft würde, müsste ich einen solchen Fragebogen ausfüllen. Auch als Mitläuferin? Ganz bestimmt nicht als Entlastete.

Freue mich für Pappka. Wirklich! Nur erinnert mich dieser Dr. Baumann, obwohl ich ihn ja gar nicht kenne, sehr an den Kroog. Alles neu macht der Mai, hat Pappka mal gespottet. Aber ist das wirklich so? Manches »Alte« lässt sich vom »Mai« einfach nicht verdrängen. Erst hat der eine alte Kamerad Pappka zur Seite gestanden, jetzt ist's ein anderer. Was aber ist mit denen, die keine alten Kameraden haben? Solche wie Klaas' Vater oder Onkel Rudi und Tante Lene, wenn sie noch leben würden? Oder andere, die überlebt haben und inzwischen aus den Gefängnissen oder Lagern entlassen wurden. Wer greift denen unter die Arme?

Ach, auch darüber würde ich gern mit Klaas reden. Macht keinen Spaß, sich immer alle Fragen selbst beantworten zu müssen.

Jetzt das mit der Wohnung: Die haben wir vor allem dir, Jutsch, zu verdanken, dir und Momm. War ein echter Glücksfall. Und wo fanden wir dieses Glück? Im Amt, in dem die Bezugsscheine für Kleider, Schuhe und alles andere dringend Benötigte ausgegeben werden. Kutti passt ja fast gar nichts mehr, und so wie es für Lebensmittel Karten gibt, so gibt's für vieles andere eben Bezugsscheine.

Vor den Schaltern wie immer lange Schlangen. Momm und mir war klar, der halbe Tag ist hin. Deshalb hatten wir nicht die allerbeste Laune. Doch da wurde Momm auf einmal von ganz vorn zugewunken. Die Frau von Dr. Kienberg, unserem Hausarzt aus der Frankfurter Zeit, hatte uns entdeckt, und weil wir uns nicht zu ihr vordrängeln durften, kam sie zu uns und Momm und sie umarmten sich herzlich. Sie hatten sich ja immer bestens verstanden.

»Sind Sie also wieder in Frankfurt?« Frau Kienberg freute sich sehr über dieses Wiedersehen. »Und Ihr Mann und Ihre Kinder, haben sie den Krieg heil überstanden?«

Momm konnte nur nicken, die Augen waren ihr feucht geworden. Dass sie mal jemanden aus unserer Frankfurter Zeit wiedertreffen würde, damit hatte sie nicht gerechnet. Das alte Frankfurt, das gibt's ja gar nicht mehr, wie sie oft sagt.

Frau Kienberg blieb dann bei uns. Sie opferte ihren vorderen Platz, damit Momm und sie einander erzählen konnten, was sie inzwischen alles erlebt hatten.

Dr. Kienberg und seine Frau hatten Glück gehabt, ihr Bornheimer Haus war von keiner Bombe getroffen worden. So konnte der Doktor, der schon im Ersten Weltkrieg ein Bein verloren hatte und deshalb nicht mehr zur Wehrmacht einberufen wurde, weiter praktizieren und seine Frau konnte

Sprechstundenhilfe bleiben. Auch jetzt werden in ihrer Praxis noch Patienten behandelt. Zwar fehle es an Medikamenten, wie Frau Kienberg sagte, manchmal würden aber auch die einfachsten Hausmittel helfen.

Unser Bunkerleben entsetzte sie. Und was sagte sie da zu Momm? »Besuchen Sie uns mit Ihrer kleinen Jutta doch mal. Vielleicht kann mein Mann ja helfen.«

Momm wusste nicht, wie Dr. Kienberg »helfen« könnte, doch machte sie sich noch am selben Tag mit dir auf den Weg nach Bornheim. Irgendeine geheime Hoffnung trieb sie an. Der freundliche, inzwischen schon sehr weißhaarige Dr. Kienberg untersuchte dich und stellte viele Fragen und diagnostizierte am Ende eine Herzkrankheit. »Das Mädchen darf auf gar keinen Fall länger im Bunker bleiben«, sagte er. »Die Kälte dort, die Düsternis und Feuchtigkeit überlebt es nicht. Also gebe ich Ihnen mal einen ausführlichen Bericht mit. Sie müssen schnellstens eine Wohnung zugewiesen bekommen. Fallen Sie den zuständigen Behörden damit so lange auf die Nerven, bis man irgendwo eine warme und trockene Unterkunft für Sie aufgetrieben hat. Manchmal geschehen ja Zeichen und Wunder.«

Wie Momm erschrak, als sie das hörte! Der alte Arzt jedoch zwinkerte ihr zu. »Aber liebe, gute Frau Haak! Was soll ich denn sonst schreiben? Dass die Kleine unterernährt ist? Welches Kind ist das heute nicht? Nein, hauen wir ein bisschen auf die Pauke. Wer nicht lärmt, wird nicht gehört.«

Ein »Gefälligkeitsattest«, nichts anderes! Dr. Kienberg wurde zu Momms »Dr. Baumann«. Pappka ging damit zum echten Dr. Baumann, der verwies ihn an die »richtige Stelle«. Und wer saß an der richtigen Stelle hinterm Schreibtisch? Noch so ein alter Kamerad aus frühen Kampftagen. Und der hatte dann auch tatsächlich eine Wohnung für uns. Nicht weit vom Holzhausenpark, vierter Stock, vier Zimmer, alle voll möbliert!

Als Momm mir das erzählte – ich wollte es nicht glauben. In der so schlimm zerstörten Stadt eine Vierzimmerwohnung ganz für uns allein? Konnte das denn wirklich sein? Und auch noch möbliert?

Fast schäme ich mich für unser Glück. Trotz aller Freude. Die anderen Bunkerbewohner, die keine »Dr. Baumänner« kennen, wie lange werden sie noch im Bunker ausharren müssen?

Du, Jutsch, weißt nicht, was Dr. Kienberg dir angedichtet hat. Wenn wir dich immer wieder drücken und loben, als hättest du diesen Traum ganz allein wahr gemacht, kicherst du vor Spaß, als sei das alles nur ein lustiges Spiel. Und dann müssen wir lachen und herzen dich noch mehr.

Wer aber wohl zuvor in dieser Wohnung, die nun bald die unsere sein wird, gewohnt hat? Wieder mal so eine Frage, die ich nicht aus dem Kopf bekomme. Wer zieht denn heutzutage freiwillig aus seiner Wohnung aus und lässt alle seine Möbel zurück?

Momm vermutet, dass unser Vormieter mitsamt Frau und Kindern irgendwohin abgetaucht ist. Vielleicht, weil auch er so eine Art Isegrimm war. Etwas anderes kann sie sich nicht vorstellen. Wenn das so ist, dann ziehen wir also schon wieder in eine Wohnung, aus der andere fliehen mussten oder vertrieben wurden. Nur diesmal vielleicht mit etwas mehr Recht als damals?

Hab das laut gedacht – und da hat Pappka endgültig die Geduld mit mir verloren. »Was kümmert es die Wände, wer vorher zwischen ihnen Walzer getanzt hat?«, fuhr er mich an. »Sei froh, dass wir wieder wie Menschen leben dürfen. Wer jetzt pingelig ist, geht vor die Hunde. Willst du das?«

Am liebsten hätte ich erwidert, dass es mir egal ist, was die Wände kümmert und was nicht. Und wenn ich Fragen stelle, dann nur deshalb, weil ich nun mal keine Wand bin. Momm aber blitzte mich so heftig an, dass ich verdutzt schwieg. Und gleich darauf, da erfuhren Kutti und ich dann, weshalb es gerade für Momm so besonders wichtig ist, bald aus dem Bunker herauszukommen. Weil sie wieder schwanger ist! Im Sommer wird's so weit sein, dann wird das Kind kommen. Ihr fünftes. Müssten wir dann noch immer und vielleicht bis in den nächsten Herbst und Winter hinein im Bunker hausen – wie schlimm wäre das für das Baby!

Momm war ein bisschen verlegen, als sie uns das erzählte. Pappka machte sofort wieder auf gute Laune. Dass Momm noch vor einem Jahr für diese »Leistung« endlich das bronzene Mutterkreuz* verliehen bekommen hätte, witzelte er. Doch sei es dafür jetzt zu spät. Nun müsse sie diesen vom »verblichenen Führer« selbst gestifteten Orden wenigstens nicht wegwerfen, um in keinen falschen Verdacht zu geraten. Es gebe jetzt ja so viel selbst ernannte Anti-Nazis.

Momm lachte nicht und ich auch nicht, und Kutti hoffte nur, dass das Baby ein Junge wird. Für den will *er* dann der sorgende große Bruder sein.

Ehrlich, lange wusste ich nicht, was ich von alldem halten sollte. Was hatte ich für eine Angst gehabt, von Klaas schwanger geworden zu sein! Dass Momm noch mal schwanger werden könnte, nicht mal im Traum wäre mir das eingefallen. Doch hat sie natürlich recht, jetzt kommt's allein darauf an, dass der oder die Kleine kein Bunkerkind mehr wird. Alles andere? Vorläufig unwichtig.

So! Das wär's erst mal. In dieser Bunkernische werde ich nicht mehr sitzen und schreiben. Übermorgen feierst du, Jutsch, deinen dritten Geburtstag. Das wird schon in der neuen Wohnung sein. Mal sehen, ob ich auch dort eine Ecke finde, in der mich keiner stört.

Hab mir, als ich mit der Schreiberei begann, lange eingeredet, das zuallererst für dich zu tun. In der Hauptsache aber hab ich's für mich getan. Ich weiß das längst. Muss einfach zu allem meinen Senf dazugeben. Warum? Weil die Schreiberei für mich so etwas wie mein zweites Zuhause geworden ist. Wenn ich schreibe, fühle ich mich stärker. Lerne dabei so viel. Auch über mich selbst. Am Papier kann ich mich festhalten.

Und weil das alles so ist, weiß ich, dass ich später, im Beruf, nichts anderes tun will als schreiben. Was sollte mich denn sonst so erfüllen? Es wird so viel gelogen und verschwiegen, muss es nicht auch Leute geben, die versuchen, die Wahrheit herauszufinden? Solche, die keinem Führer, keinem Herrn Huberty oder geliebten Vater nach dem Munde reden? Muss doch nun schon seit Monaten niemand mehr die Klappe halten, nur um sich oder seine Familie nicht zu gefährden.

An Eichenbrück denke ich jetzt nur noch selten. Darf nicht immer nur zurückblicken. Urschel, Christel, Mechthild, Ruthchen und Burkhard, bestimmt werde ich sie lange nicht wiedersehen. Vielleicht sogar überhaupt nicht mehr. Weiß ja keiner, wo der andere abgeblieben ist. Nur eines ist sicher: In Eichenbrück sind sie nicht mehr. Das hat Frau Piwonka uns geschrieben. Es leben ja kaum noch Deutsche dort.

Werde Frau Piwonka auch bald schreiben. Sie soll sich melden, falls sie doch noch mal was von meinen Freunden hört. Und vielleicht weiß *sie* ja, wer vor uns in unserem Haus gewohnt hat. Sie ist ja in Eichenbrück geboren und aufgewachsen. Weshalb sollte sie mir das nicht verraten wollen?

Im Augenblick aber beschäftigt mich anderes mehr: In seinem letzten Brief schrieb Klaas wieder, dass er irgendwann ins Ausland gehen will. Am liebsten in ein sehr weit entferntes Land. Vielleicht Kanada oder Australien, wenn sie dort Deutsche aufnehmen. Er will wissen, ob ich mitgehen würde.

Erst hab ich »Ja« gedacht. Warum denn nicht? Vielleicht ist das Ganze nur Spinnerei, doch wenn nicht, weshalb sollte ich nicht mitgehen? Klaas und ich, wir gehören doch zusammen, und wir müssen ja nirgendwo bleiben, wenn es uns dort nicht gefällt.

Inzwischen bin ich mir nicht mehr so sicher. Wenn ich später mal berufsmäßig schreiben will, geht das ja nur auf Deutsch. Und ich will ja gerade über uns, über Deutschland schreiben – über alles, was war und vielleicht noch sein wird. Und dazu muss ich hierbleiben.

In meinem nächsten Brief werde ich Klaas das schreiben. Vielleicht bleibt er dann ja auch hier.

Doch das sind Zukunftsträume, ab nächste Woche werden Kutti und ich erst mal wieder zur Schule gehen. Ob ich mich darauf freue? Eher nicht, aber wenn ich schreiben, also Journalistin werden will, dann brauch ich das Abitur. Vielleicht studiere ich ja mal was in dieser Richtung.

Jetzt aber, an diesem unseren letzten Abend im Bunker, wollen du, Jutsch, Kutti und ich, bevor wir uns zum Schlafen hinlegen, noch ein bisschen an die frische Luft gehen. Zwei oder drei Runden um diesen Zementklotz werden wir drehen. Unsere »Abschiedsvorstellung«! Hoffe ja immer noch, dass Jockel, wenn's dunkel ist, sich vielleicht noch mal blicken lässt. Und wenn's heute Abend nicht ist – Oma Schnurbusch hat unsere neue Adresse. Wenn er will, kann er uns finden.

Anstelle eines Nachworts

Dieses Buch erzählt vom Ende des Zweiten Weltkrieges und dem verstörenden Neubeginn in Trümmern und Ruinen – Jahre, an die sich heute nur noch wenige erinnern.

60 Millionen Menschen, so wird geschätzt, fielen dem Zweiten Weltkrieg zum Opfer. Darunter viele Frauen und Kinder. Oft wird die Zeit ab dem 8. Mai 1945 als »Stunde null« bezeichnet, als hätte mit dem Tag des Kriegsendes alles von vorn begonnen. So war es aber nicht. Zwar gab es die alte Ordnung nicht mehr und noch lange keine neue, das alte Denken und die alte Moral jedoch lebten in vielen Köpfen weiter. Nur wenige Deutsche waren bereit, sich ehrlich mit der Vergangenheit auseinanderzusetzen, noch weniger, sich die eigene Schuld einzugestehen. Im Überlebenskampf der Nachkriegsjahre wurde vieles verdrängt, und die aus den deutschen Ostgebieten geflüchteten oder vertriebenen Menschen empfanden den Verlust ihrer Heimat als bitteres Unrecht. Das Unrechtmäßige des deutschen Angriffskrieges und die jetzt bekannt gewordenen ungeheuerlich grausamen in den deutschen Konzentrationslagern verübten Verbrechen wurden von vielen ausgeblendet.

Kinder und Jugendliche, die in der Nazizeit erzogen und zu Führergehorsam und Rassenhass erzogen worden waren, mussten lernen, diese Prägungen infrage zu stellen und die sie umgebende Welt mit neuen Augen zu sehen. Oft betraf das nicht nur die Politik der Nationalsozialisten, sondern auch das Verhalten der eigenen Eltern. Für nicht wenige ein sehr schmerzhafter Prozess. Die Antworten, die sie erhielten – zumeist Schutzbehauptungen –, genügten selten.

Die Stadt Eichenbrück – heute heißt sie wieder Wagrowiec – liegt etwa 50 Kilometer nordöstlich der polnischen Stadt Poznan, im deutschen Sprachgebrauch noch heute Posen genannt. Beide Städte haben ein wechselhaftes Schicksal durchlitten. 1793 fiel Wagrowiec an Preußen, 1807 wurde die Stadt Teil des neu erstandenen polnischen Herzogtums Warschau (Warszawa), 1815 fiel sie wieder an Preußen und wurde (ab 1875 unter dem Namen Wongrowitz) Sitz des Kreises Wongrowiec. Nach dem von Deutschland verlorenen Ersten Weltkrieg und dem danach abgeschlossenen Versailler Vertrag musste der Ort erneut an Polen abgetreten werden, blieb aber unter dem Namen Wagrowiecki weiter Kreisstadt.

Mit dem am 1. September 1939 erfolgten deutschen Angriff auf Polen begann der Zweite Weltkrieg. Schon am 2. September griffen deutsche Bomber die Stadt an und vernichteten den Bahnhof, das Rathaus und weitere bedeutende Gebäude. Die Deutsche Wehrmacht erreichte den Ort dann am 6. September 1939. Auch danach blieb die Stadt Sitz des Landkreises, nunmehr im Regierungsbezirk Hohensalza des jetzt so genannten Reichsgau Wartheland, und wurde erneut Wongrowitz genannt. Erst im Jahr 1942 wurde aus Wongrowitz Eichenbrück.

In der Besatzungszeit wurden etwa 600 000 Deutsche nach Polen umgesiedelt. Zahlreiche polnische Höfe wurden von Deutschen übernommen und viele Polen weiter nach Osten vertrieben. Auch wurde versucht, die polnischen Eliten – Politiker, Intellektuelle, Künstler und andere geistig Tätige – zu vernichten, um jeden möglichen Widerstand gegen die deutschen Besatzer im Keim zu ersticken. Etwa ein Fünftel der polnischen Bevölkerung wurde ermordet. Allein im Warthegau kam es zu über 10 000 Hinrichtungen. Alle Polen mussten Zwangsarbeit leisten oder wurden als Hilfskräfte oder Dolmetscher in den Dienst der deutschen Besatzer genommen. In Eichenbrück wurde ein Lager des Reichsarbeitsdienstes* eingerichtet.

Juden wurden deportiert und sehr viele von ihnen später ermordet. Nur wenige entkamen den Nazis. Dass an der Verfolgung und Vernichtung der Juden auch Teile der polnischen Bevölkerung beteiligt waren, ist heute eine unumstrittene Tatsache. Die allermeisten von ihnen waren zum Dienst gezwungene Helfer der deutschen Besatzer.

Am Ende des Krieges wurde den deutschen Einwohnern – ab 1942 zugezogen oder schon seit Langem in diesen Gebieten zu Hause – noch zu Beginn des Jahres 1945 befohlen, an ihrem Wohnsitz zu bleiben. Bei Nichtbeachtung dieses Befehls drohten hohe Strafen. Erst kurz vor Eintreffen der Roten Armee der Sowjetunion durften sie ihre Wohnhäuser verlassen. Eine »Frontbereinigungsmaßnahme«, wie dieser erzwungene Rückzug schöngeredet wurde. Bald sollten alle heimkehren dürfen. Aus heutiger Sicht eine leicht zu durchschauende Lüge. Doch wurde sie von vielen geglaubt, die sich mit dem Verlust ihrer alten oder neuen Heimat nicht abfinden wollten.

Am 23. Januar 1945 wurde Eichenbrück von der Roten Armee besetzt, und wie überall in den ehemaligen oder nur zeitweise deutschen Ostgebieten kam es zu unzähligen Racheakten an den noch dort verbliebenen deutschen Einwohnern: Erschießungen, Raub, Plünderungen, Brandstiftungen und Misshandlungen. Vergewaltigungen von Frauen und Mädchen wurden in einem solchen Ausmaß begangen, dass viele überlebende Deutsche bald nur noch davon sprachen. An die Verbrechen, die von Deutschen begangen worden waren und ja erst zu diesen Racheakten geführt hatten, wollten nur die wenigsten erinnert werden.

Besonders die Völker der Sowjetunion hatten in diesem von Deutschland mit menschenverachtender Grausamkeit geführten Krieg unermessliches Leid erfahren. 27 Millionen Tote wurden gezählt, fast jeder Soldat der Roten Armee hatte eigene Familienopfer zu beklagen. Hinzu kam, was den Rotarmisten vor Augen geführt wurde, als sie die deutschen Konzentrationslager Sobibor, Treblinka, Majdanek, Belzec, Chelmno, Stutthof und Auschwitz befreiten. Durften die Deutschen, die solch grausamer Verbrechen fähig waren, noch menschliches Mitgefühl erwarten?

6 Millionen Juden waren dem Rassenwahn der Nationalsozialisten zum Opfer gefallen – zudem Tausende Sinti und Roma, unzählige Kriegsgefangene aus fast allen europäischen Ländern und viele ermordete deutsche Widerstandskämpfer. Der Anblick der Leichenberge und das Elend der völlig ausge-

hungerten Überlebenden, darunter auch Kinder – Bilder, die sich den sowjetischen Soldaten eingebrannt hatten.

In Tagesbefehlen und Flugblättern, die die Kampfmoral ihrer Soldaten stärken sollten, förderte die sowjetische Führung den Wunsch nach Rache und Vergeltung und versprach nach dem Sieg reiche Beute, darunter Frauen und Alkohol. Später war dieses Versprechen nur schwer zurückzunehmen, obwohl die Vergewaltigung von Frauen und Mädchen durch Rotarmisten schon bald nach Kriegsende strengstens untersagt und von den eigenen Offizieren schwer bestraft wurde.

Ein berühmter Spruch lautet: Wer Wind sät, wird Sturm ernten. Waren die Schrecken, mit denen die Rote Armee in Ostdeutschland einfiel, also nur eine Art Antwort auf jene Schrecken, die die Deutschen nach Russland getragen hatten?

Sie waren eine Antwort, doch hätte sie nicht so grausam ausfallen müssen. Die Amerikaner, Briten und Franzosen, die aus dem Westen einmarschiert waren, hielten sich auch nicht in jedem Fall an die moralischen Gesetze, die sie für sich selbst aufgestellt hatten, doch kam es in wesentlich geringerem Ausmaß zu Übertretungen. Die Sowjetunion jedoch, die Anspruch erhob, mit dem Kommunismus ein menschenfreundlicheres System aufbauen zu wollen, verriet sich selbst: Auf der einen Seite das Propagandabild des als Befreier umjubelten Sowjetsoldaten, auf der anderen Seite die erschreckende Brutalität, mit der man in dem von den Nazis befreiten Land mit der Zivilbevölkerung umsprang.

In den von den vier Siegermächten USA, Großbritannien, Frankreich und Sowjetunion verwalteten deutschen Besatzungszonen lebten im Sommer 1945 noch etwa 75 Millionen Menschen. 5 Millionen deutsche Soldaten waren gefallen, 11 Millionen waren in Kriegsgefangenschaft geraten, von denen bis Ende 1946 allerdings der größte Teil bereits wieder entlassen worden war. Eine Ausnahme bildeten die etwa dreieinhalb Millionen Kriegsgefangenen, die in der Sowjetunion interniert waren und in sibirischen Arbeitslagern um ihr Überleben kämpften. Erst 1955 wurden die letzten Gefangenen freigelassen.

Als der Zweite Weltkrieg zu Ende ging, war Europa größtenteils zerstört. Allein in Deutschland wurden 500 Millionen Kubikmeter Schutt und Trümmer errechnet. Etwa 9 Millionen Städter waren vor den Bombardements aufs Land geflüchtet – nach ihrer Rückkehr standen viele vor ihren nicht mehr bewohnbaren Häusern und wussten nicht, wohin. Nicht anders erging es vielen der aus den Konzentrationslagern und Gefängnissen befreiten Überlebenden. Und jetzt strömten auch noch die etwa 12 bis 14 Millionen Flüchtlinge und aus den Ostgebieten Vertriebenen, auf die im Rest-Deutschland niemand gewartet hatte, in die den Deutschen verbliebenen Gebiete und forderten Wohnraum. In überfüllten Eisenbahnwaggons und in endlosen, oft durch Eis und Kälte ziehenden und von den Rotarmisten der Sowjetunion verfolgten Trecks waren sie in den Westen gelangt und wurden in der allgemeinen Not sehr oft als unwillkommen abgelehnt.

»Heim ins Reich« hatten sie gewollt, eine wirkliche Heimkehr aber wurde es nicht. Sie bezahlten einen der höchsten Preise für den von den Nazis angezettelten Krieg, bei dem sie – wenn sie nicht auf irgendeine Weise im Widerstand tätig gewesen waren – mitgewirkt oder den sie zumindest zugelassen hatten.

Am Ende stammten 16,5 % der Bevölkerung Westdeutschlands aus den verlorenen Ostgebieten, in Ostdeutschland waren es sogar 25 %. Hatten vor dem Krieg in Westdeutschland 160 Menschen auf einem Quadratkilometer gelebt, so waren es jetzt 200. Wo aber sollten alle diese jetzt wohnungslosen Menschen unterkommen? Die Großstädte waren zerstört, nur auf dem Land oder in wenig bombardierten Kleinstädten sah es ein wenig besser aus. Überall musste zusammengerückt werden. Was vielen Alteingesessenen nicht gefiel. »Was wollen die hier?«, so hieß es vielerorts. »Sie stehlen uns die wenigen Lebensmittel und das letzte bisschen Wohnraum.«

Die Deutschen aus dem Osten wurden ausgegrenzt und abgelehnt, oft gar als »zweitrangige Deutsche« diskriminiert. Unterschiedliche Lebensgewohnheiten und Kulturen trafen aufeinander. Auch waren die Kenntnisse über die Heimatregionen der Neuankömmlinge bei den Alteingesessenen oft nur spärlich. Sie blieben »Zuzügler«, und viele verstanden sich auch so, träumten über Jahrzehnte hinweg von der Rückkehr in die alte Heimat und waren nicht bereit einzusehen, dass die meisten von ihnen den Verlust der Ostgebiete mitverschuldet hatten. Und die Einsichtsvollen unter ihnen fragten sich, weshalb denn sie allein diesen so besonders hohen Preis für die angerichtete Katastrophe bezahlten sollten.

In diesem Zusammenhang darf nicht vergessen werden, dass nicht nur Deutsche vertrieben wurden. Auch in Polen kam es nach dem Ende des Krieges wieder zu Vertreibungen: Familien aus den polnischen Ostgebieten wurden in die ehemals von vielen Deutschen bewohnten Westgebiete zwangsumgesiedelt, da große Teile des polnischen Ostens an die Sowjetunion fielen. Vierzig Jahre lang war diese »Westverschiebung« für die kommunistisch geführte polnische Regierung ein Tabuthema. Besuchten nach der politischen Wende der Jahre 1989/90 deutsche Flüchtlinge oder Vertriebene ihre alten Heimatorte, lebten in den Häusern, die sie verlassen mussten, oft Menschen, die in jenen Nachkriegsjahren ebenfalls aus ihren Häusern vertrieben worden waren. Hin und wieder kam es zu sehr verständnisvollen Begegnungen.

In Deutschland erschwerte in jenen Jahren der Wohnungsnot der Mangel an Lebensmitteln den Kampf ums Überleben. Das Rationierungssystem, mit dem man seit Kriegsbeginn 1939 umzugehen gelernt hatte, konnte nicht mehr leisten, als die schwierigen Lebensbedingungen ein wenig abzumildern. Doch nicht nur in Deutschland, in vielen Ländern Europas war das Versorgungssystem mit Brennstoffen, Kleidung und Lebensmitteln zusammengebrochen. Die Besatzungsbehörden der Siegermächte kamen nicht umhin, jedem Deutschen nur das Nötigste zuzuteilen. So wurden in der britischen und in der amerikanischen Besatzungszone jedem erwachsenen »Normalverbraucher« nur 1550 Kalorien täglich an Lebensmitteln bewilligt – etwa 65 % dessen, was Ärzte auf die Dauer gesehen für die Ernährung eines Erwachsenen für erforderlich halten.

Die Menschen gaben die von den Lebensmittelkarten abgetrennten Marken ab, zahlten den amtlich festgesetzten Preis und erhielten dafür, was ihnen bewilligt worden war. Für Geld allein bekam man nichts – das Wenige, das es zu kaufen gab, sollte gerecht verteilt werden. Nur sehr Wohlhabende konnten sich dennoch besser ernähren – indem sie auf dem Schwarzmarkt tauschten oder einkauften, wenn auch zumeist zu sehr überteuerten Preisen.

Doch auch die Lebensmittelkarten boten keine Garantie, die bewilligte Menge Lebensmittel wirklich erwerben zu können. Die Wirtschaft lag brach, die Versorgung der Bevölkerung konnte nicht durchgehend gewährleistet werden. So mussten in den ersten drei Nachkriegsjahren viele Menschen mit oft nicht mehr als 800 Kalorien pro Tag auskommen. Der bekannte Spruch »Zum Leben zu wenig, zum Sterben zu viel« kennzeichnet diese Zeit sehr gut.

Hinzu kam: Auch die Sozial- und Gesundheitsfürsorge musste trotz äußerst beschränkter Mittel völlig neu organisiert werden. Größtes Problem aber blieb noch lange die Verteilung von Wohnraum. Zwar wurden Familien mit Kindern bevorzugt, doch bis die ersten Neubauten und wiederinstandgesetzten Wohnungen eine wirkliche Abhilfe schaffen konnten, vergingen Jahre. Die letzten der nach dem Krieg rasch aufgebauten Notbaracken wurden erst 1966 abgerissen.

Und zu all diesen Nöten und Schwierigkeiten kam die Sorge um den Verbleib der Angehörigen, die durch Kriegswirren, Flucht und Vertreibung den Anschluss an ihre Familien verloren hatten. Suchdienste hatten Hochkonjunktur. Sehnsüchtig wurden Lebenszeichen der Vermissten erwartet. Nicht selten fanden nahe Verwandte sich erst nach vielen Jahren wieder. Manche sogar erst nach Jahrzehnten.

Für die Regierungen der USA, Großbritanniens, Frankreichs und der Sowjetunion stellte sich die Frage, wie zukünftig mit diesem Volk, das für den Krieg und so viele unausdenkbar grausame Verbrechen verantwortlich war, umgegangen werden sollte. Es gab die verschiedensten Planspiele. Der sich schon bald ankündigende Kalte Krieg zwischen den drei Westmächten und der Sowjetunion bewirkte jedoch, dass sie nicht zum Tragen kamen. Um in diesem neuen Krieg, der nicht »heiß« werden durfte, nicht zu unterliegen, stärkten beide Seiten, so gut es ihnen möglich war, ihre Besatzungszonen. In der Folge entstanden zwei deutsche Staaten – auf dem Territorium, in dem die drei Westalliierten das Besatzungsrecht ausübten, wurde im Mai 1949 die Bundesrepublik Deutschland gegründet, viereinhalb Monate später wurde aus der Sowjetischen Besatzungszone die Deutsche Demokratische Republik.

Ziel der Westalliierten war es, die Bundesrepublik darin zu unterstützen, ein demokratisches System aufzubauen. In der DDR verkam das Wort »Demokratie« in der Staatsbezeichnung vom ersten Tag an zur Lüge. Der kleinere deutsche Staat blieb, bis die politischen Führer der osteuropäischen Staaten 1989 in einer zumeist friedlichen Revolution von ihren eigenen Völkern entmachtet wurden, eine Diktatur, wenn auch in gemäßigter Form. Die vierzigjährige Teilung Deutschlands als Folge des von den Deutschen verursachten Zweiten Weltkriegs aber hinterließ Wunden, die bis heute schmerzen.

Berlin, im Frühjahr 2021 *Klaus Kordon*

Worterklärungen

BEZUGSSCHEIN Im Krieg und in den ersten Jahren danach wurden nicht nur Lebensmittel rationiert. Auch Kleidungsstücke und Schuhe waren nicht allein durch Geldzahlungen zu erwerben. Bezugsscheine mussten beantragt werden und wurden oft nur bei dringender Bedürftigkeit ausgegeben.

BDM Bund Deutscher Mädel. Die Hitlerjugend als Jugendorganisation der Nationalsozialistischen Deutschen Arbeiterpartei (NSDAP) war untergliedert in das Deutsche Jungvolk (10- bis 14-jährige Jungen, auch Pimpfe genannt), in den Jungmädelbund (10- bis 14-jährige Mädchen) und in die eigentliche HJ bzw. den Bund Deutscher Mädel (14- bis 18-jährige Junge bzw. Mädchen). In allen diesen Jugendorganisationen wurden die Kinder und Jugendlichen vom ersten Tag an im Sinne der nationalsozialistischen Ideologie erzogen. Alle anderen Jugendorganisationen waren verboten.

FRAUENSCHAFTSABZEICHEN Die NS-Frauenschaft war die Frauenorganisation der NSDAP. Das Mitgliedsabzeichen zeigte ein Hakenkreuz und daneben die Buchstaben GHL für das Motto der Organisation »Glaube, Hoffnung, Liebe«.

GESTAPO Abkürzung für »Geheime Staatspolizei«. Während der Nazi-Zeit jener Teil der Kriminalpolizei, der mit der Verfolgung politischer Straftaten befasst war. Berüchtigt für grausame Folter- und Ermittlungsmethoden. Maßgeblich an der Verhaftung und Ermordung von Nazi-Gegnern und Juden beteiligt.

KLETTERWESTE Ursprünglich Bergsteigerkleidung. Seit den 1920er Jahren Fahrtenkleidung der in dieser Zeit neu entstandenen Jugendbewegungen. Vom BDM und dem Jungmädelbund als Uniformteil benutzt.

MUTTERKREUZ Nationalsozialistisches Ehrenkreuz für Frauen, die mindestens vier Kinder zur Welt gebracht hatten. Der Nazi-Staat benötigte »reinrassigen« Nachwuchs, um nach einer erhofften siegreichen Beendigung des Krieges die besiegten und unterdrückten Völker dominieren zu können. Das

Mutterkreuz wurde am 16. Dezember 1938 auf eine Verordnung Hitlers hin gestiftet. Es gab dieses »Ehrenkreuz« in drei Ausführungen: für 4 bis 5 Kinder in Bronze, für 6 bis 7 Kinder in Silber, ab 8 Kinder in Gold.

PIMPFENPROBE Leistungsprüfung sportlich-militärischer Art mit Wissensabfrage für Jungen im Deutschen Jungvolk.

REICHSARBEITSDIENST Mit Gesetz vom 26. Juni 1935 wurde ein Reichsarbeitsdienst für junge Deutsche beschlossen. Zunächst nur für junge Männer, die vor Ableistung ihres Wehrdienstes für 6 Monate zu bestimmten körperlich schweren Arbeiten einberufen wurden. Seit dem 23. Dezember 1938 – 8 Monate vor Kriegsbeginn – wurde auch die weibliche Jugend für ein »Pflichtjahr« dienstverpflichtet, zumeist zu Feld- oder Stallarbeiten auf dem Land oder als Haushaltshilfe einer kinderreichen Familie.

SA Abkürzung für »Sturmabteilung«. Kampforganisation der NSDAP, war bis zum Jahr 1933 das stärkste Macht- und Terrorinstrument der nationalsozialistischen Bewegung. Wegen der Farbe ihrer Uniform wurden ihre Mitglieder auch »Braunhemden« genannt. Später büßte die SA ihre politische Bedeutung ein.

SOWJETUNION Bis 1991 Union der Sozialistischen Sowjetrepubliken (UdSSR). Zentralistisch regierter, föderativer Einparteienstaat, dem neben Russland (78 % des Territoriums) auch zahlreiche nichtrussische Völker angehörten.

STUKAFLIEGER »Stuka« war die Kurzbezeichnung für »Sturzkampfflugzeug«. Im Zweiten Weltkrieg von der deutschen Luftwaffe verwendete Kampfflugzeuge, die Punktziele wie Brücken, Panzer oder Schiffe in steilem Sturzflug angriffen und ihre Bomben unmittelbar vor dem Abfangen des Flugzeuges in etwa 600 Metern Höhe ausklinkten.

SS Abkürzung für »Schutzstaffel«. 1925 entstandene Sonderorganisation zum Schutz der Nazi-Führung. Neben der allgemeinen SS (bereits 1939 etwa 240 000 Mitglieder), die übergeordnete »Polizeidienste« innerhalb und außerhalb der NSDAP ausübte, gehörten ihr auch die SS-Totenkopfverbände an, die zur Bewachung der Konzentrationslager eingesetzt wurden. Als Hauptakteur des nationalsozialistischen Terrors wurde die SS in den Nürnberger Prozessen 1946 zur verbrecherischen Organisation erklärt.

VERSAILLER VERTRAG Im Versailler Friedensvertrag vom 28. Juni 1919 wurd Deutschland zum Hauptschuldigen am Ersten Weltkrieg erklärt. Umfangreiche Reparationsleistungen wurden den Deutschen auferlegt und weitgehende politische und militärische Auflagen gemacht, die von der deutschen

Bevölkerung als kaum zu erfüllen, ungerecht und demütigend empfunden wurden. Für das Erstarken der NSDAP und Hitlers Weg zur Macht spielte die Propaganda gegen den Versailler Vertrag eine entscheidende Rolle.

VOLKSSTURM In der Endphase des Zweiten Weltkrieges zur »Heimatverteidigung« geschaffene Kampforganisation. Nicht der Wehrmacht angehörige, aber »waffenfähige« Männer zwischen 16 und 60 Jahren wurden zum Volkssturm eingezogen. In den letzten Wochen des Krieges wurden diese Altersgrenzen weit unter- bzw. überschritten.

VOLKSWOHLFAHRT Die Nationalsozialistische Volkswohlfahrt (NSV) gehörte zur NSDAP. Zuständig für Wohlfahrtsaufgaben (etwa Kinder- und Jugendarbeit) im Interesse der Partei und des Hitlerkults. Zu Beginn des Zweiten Weltkriegs zählte die Volkswohlfahrt 11 Millionen Mitglieder.

WARTHEGAU Die vom nationalsozialistischen Deutschland gewaltsam angeschlossenen Gebiete wurden in Reichsgaue unterteilt. Das betraf Österreich, das Sudetenland, das Wartheland und Danzig-Westpreußen. Jeder Reichsgau unterstand einem Reichsstatthalter.

WARTHELAND Nach der 1939 erfolgten Besetzung Polens einer der durch Erlass Hitlers 1939 errichteten Reichsgaue (Regierungsbezirk Posen). Galt als Experimentierfeld für die nationalsozialistische »Volkstumpolitik«, gleichbedeutend mit »Eindeutschung« und »Entpolonisierung«.